SCIENCE FICTION

Herausgegeben
von Wolfgang Jeschke

Von Isaac Asimov erschienen in der Reihe
HEYNE SCIENCE FICTION & FANTASY:

Der Mann von drüben · 06/3004
Geliebter Roboter · 06/3066
Der Tausendjahresplan · 06/3080
Der galaktische General · 06/3082
Alle Wege führen nach Trantor · 06/3084
Am Ende der Ewigkeit · 06/3088
SF-Kriminalgeschichten · 06/3135
Ich, der Robot · 06/3217
Die nackte Sonne · 06/3517
Der Zweihundertjährige · 06/3621

als Herausgeber:

Science Fiction-Erzählungen des 19. Jahrhunderts · 06/4022
Fantasy-Erzählungen des 19. Jahrhunderts · 06/4023
Der letzte Mensch auf Erden · 06/4074
Zukünfte — nah und fern · 06/4215
Spekulationen · 06/4274
Die Wunder der Welt · 06/4332
Science Fiction aus den Goldenen Jahren · 06/4600

Außerdem erscheinen seit 10 Jahren regelmäßig Auswahlbände mit Erzählungen aus dem amerikanischen ›Isaac Asimov's Science Fiction Magazine‹:

29. Folge · 06/4405
30. Folge · 06/4446
31. Folge · 06/4495
32. Folge · 06/4536
33. Folge · 06/4581
34. Folge · 06/4631
35. Folge · 06/4690
36. Folge · 06/4742

und in der ALLGEMEINEN REIHE:

Auf der Suche nach der Erde · 01/6401
Aurora oder Der Aufbruch zu den Sternen · 01/6579
Das galaktische Imperium · 01/6607
Die Rückkehr zur Erde · 01/6861
Die Rettung des Imperiums · 01/7815
Nemesis · 01/8084

und in der BIBLIOTHEK DER SCIENCE FICTION LITERATUR:

Lunatico · 06/7
Meine Freunde, die Roboter · 06/20
Die Stahlhöhlen · 06/71
Die nackte Sonne · 06/72

als Herausgeber:

Das Forschungsteam · 06/13

Isaac Asimov's
SCIENCE FICTION MAGAZIN

36. Folge

ausgewählt und herausgegeben
von
Friedel Wahren

Deutsche Erstausgabe

WILHELM HEYNE VERLAG
MÜNCHEN

HEYNE SCIENCE FICTION & FANTASY
Band 06/4742

Deutsche Übersetzungen
von Vincenzo Benestante, Ingrid Herrmann, Claudia Pape,
Michael Windgassen und Biggy Winter

Das Umschlagbild schuf Karel Thole

Redaktion: Irene Bonhorst

Printed in Germany 1990
Umschlaggestaltung: Atelier Ingrid Schütz, München
Satz: Schaber, Wels
Druck und Bindung: Elsnerdruck, Berlin

ISBN 3-453-04465-7

Inhalt

Bruce Sterling

Das Schwert des Damokles

›Das Schwert des Damokles‹ ist eine altgriechische Geschichte mit der tief befriedigenden Struktur der klassischen Legende. Sie ist randvoll ewiger Wahrheiten, die heute noch — sogar für unsere sogenannte aufgeklärte, postmoderne Generation — Relevanz und Gültigkeit besitzen; das können Sie mir ruhig glauben.

Neulich habe ich die Geschichte überprüft; und das Material ist großartig. Es ist nur eine Frage des Abschleifens. Man muß die Geschichte ein wenig aufpolieren und modernisieren. Also, los!

Es war einmal ein Mann namens Damokles, ein minderrangiger Höfling im Palast von Dionysius, dem Tyrannen von Syrakus. Damokles war mit seiner Stellung unzufrieden und beneidete Dionysius um seine Pracht.

Der Begriff ›Tyrann‹ führt leicht zu Mißverständnissen, weil er damals eine andere Bedeutung hatte. Tyrann hieß nur, daß Dionysius (405 v. Chr.—367 v. Chr.) die Regierung per Putsch übernommen hatte, anstatt auf legitime Weise. Es heißt nicht, daß er ein übler Despot war. Es sind schließlich die Ergebnisse, die zählen, und manchmal muß man die Regeln ein bißchen verbiegen, um etwas in Gang zu bringen.

Ein gutes Beispiel ist dieses ›Es war einmal‹. Damit kann ich die Geschichte beginnen, aber es hört sich nicht besonders griechisch an. Genaugenommen klingt es wie der Anfang eines Märchens der Gebrüder Grimm. Wenn man es dennoch als Beginn für eine klassische Geschichte wählt, ist es so, als würde man eine gotische Tür in einen griechischen Tempel einbauen. Manche moderne Kritiker sagen wahrscheinlich, daß das kein guter ästhetischer Zug ist, der den ganzen künstlerischen Versuch niederwälzt.

Natürlich haben es die modernen Kritiker ziemlich schwer heutzutage. Sie finden das Leben sicher nicht besonders spaßig. Sie werden nicht allzuoft das Fernsehgerät einschalten, nehme ich an. Sie lieben es eher gut strukturiert, aber heute ist alles hybrid, vor allem dort, wo es viel Bewegung gibt. Tokio, zum Beispiel. Das postmoderne Japan gleicht einem riesigen Shintotempel mit Hochofenschornsteinen. Kulturell gesehen ist das alles eher eine Schimäre, aber niemand übt daran Kritik, weil die Japaner kapitalistisch gesehen allen anderen in den Arsch treten. Was funktioniert, ist richtig, klar?

Ob Sie es glauben oder nicht, es gibt eine *Menge* Bankiers und Börsenmakler aus dem Westen, die nach Tokio umgesiedelt sind. Wirklich, sie *leben* dort. Postmoderne Finanzmakler müssen auf einer Vierundzwanzigstundenbasis arbeiten. Die New Yorker Börse schließt, bevor die Londoner Börse zum Leben erwacht. Tokio liegt direkt in der Mitte der Börsenzeitzonen — die einzigen Zeitzonen, die in unserer postmodernen Zeit wichtig sind.

So. Jetzt habe ich meinen Anfangssatz ziemlich verschwafelt, aber das wichtigste ist, die Geschichte an den Mann zu bringen; und das möglichst einfach, direkt, unprätentiös und naturalistisch. Also vergessen Sie auch den Märchenschnickschnack. Ich werde sie Ihnen so erzählen, wie ich hier zu Hause in Austin, Texas, mit meinen Freunden spreche.

Also, hört mal alle her: Es gab mal diesen Kerl, Damokles, der in so einem Palast in Sizilien herumhing. Im alten Sizilien. Aber dieser Damokles war kein Italiener, er war Grieche, weil damals ... das war vor Rom, und die Griechen waren prima Seeleute. Sie segelten überall rum und bauten diese Kolonien auf, bis ...

Okay, vergessen wir lieber den ganzen historischen Kram. Er ist wichtig für die Geschichte, aber ich kann ihn nicht in dem Ton vermitteln, ohne daß es blöd klingt. Bleiben wir also bei dem Drama. Wichtig zu wissen ist, daß Damokles seinen Chef beneidet, diesen Prinzen Dionysius. Also, eines Tages zieht Damokles seinen *chiton* an — das ist so 'ne Art griechische Tunika — und solche Sandalen mit Lederschnüren, die ihr von der Oper kennt; falls ihr in die Oper geht. Ich war nie dort. Aber vielleicht habt ihr mal so 'n Bibelschinken im Kino oder im Fernsehen gesehen. Da tragen sie die Dinger auch immer.

Wir könnten auch das Ganze vergessen und die Glotze einschalten. Ich meine, diese mündliche Erzählungstradition ist längst vorbei. Wann war das letzte Mal, daß euch ein Freund eine Geschichte erzählt hat? Ich meine nicht einen Haufen Lügen über die tolle Blondine, die er am Freitag umgelegt hat, sondern eine wirkliche mythenmäßige Geschichte mit einem Anfang, einer Mitte und einem Ende. Und mit einer *Moral*.

Seien wir mal ehrlich, so was tut doch kein Mensch mehr. Wenn wir Postmodernen eine Geschichte haben wollen, holen wir uns was aus der Videothek. Übrigens, *Near Dark* ist ziemlich gut. Hab's mir letzte Woche geliehen.

Jedenfalls befürchte ich, das hier kann nur funktionieren, wenn ich *literarisch* werde. Es muß auch eine archaische Note haben. Da müssen wir uns also draufheben: nicht postmodern, sondern so, wie die Griechen es erzählt hätten — einfach, würdevoll, klassisch und erbaulich. Wir werden ein magisches Netz aus Worten über die Jahrhunderte hinaus werfen, um ein Meereswesen einzufangen, das uns bei der Wiege der westlichen Zivilisation an Land zieht!

Stellen wir uns vor: Wir sind in einem Olivenhain auf einem Hügel im alten Athen. Ich bin der *mythagog*, wahrscheinlich ein alter Blinder — oder vielleicht ein alter Krüppel. Wenn wir Glück haben, bin ich blind *und* verkrüppelt. Im alten Griechenland schien die Erzählergabe mit der Anzahl körperlicher Gebrechen zu wachsen. Vielleicht bin ich Sklave, wie Aesop. Ich erfinde wunderbare mythische Geschichten, die ewig währen werden; oder ich rezitiere sie aus dem Gedächtnis, aber ich bin als Persönlichkeit nicht besonders wichtig.

Aber ihr, meine Zuhörer, seid etwas anderes. *Ihr* seid alle junge, blendend aussehende Aristokraten, deren Eltern alles bezahlen, was ihr zum genußvollen Leben benötigt. Eure Haut ist geölt, eure Haare kunstvoll gewellt, und ihr seid alle hervorragend im Diskus- oder Speerwerfen. Manche von euch sind nackt, aber niemand nimmt daran Anstoß. Sogar die Bestgekleideten unter euch tragen im Grunde nur von großen Bronzenadeln zusammengehaltene Tischtücher.

Habe ich erwähnt, daß ihr alle Kerle seid? Tut mir leid, aber so ist es. Diejenige von euch, die temperamentvolle junge Frauen sind ... ähm ... ihr sitzt zu Hause in irgendeinem dunklen, abgelegenen Zimmer und webt *chitona*. Ihr dürft das Haus überhaupt nicht verlassen. Wir Kerle werden euch irgendwann mal nach Mitternacht sehen. Nachdem wir uns mit Sokrates restlos besoffen haben. Dann werden wir mit euch alles anstellen, was wir wollen.

Wahrscheinlich werden wir euch schwängern. Wirkungsvolle Empfängnisverhüter gibt es nämlich noch nicht. Darum hat Damokles einen sehr engen Freund namens Pythias.

Aber wartet einen Augenblick — da ich ein echter griechischer *mythagog* bin, muß ich ihn ›Phynthias‹ nennen. ›Pythias‹ wurde ursprünglich ›Phynthias‹ genannt. Ein Mönch im vierzehnten Jahrhundert beging einen Übersetzungsfehler, und seitdem wird ›Phynthias‹ als ›Pythias‹ geführt. Es gibt sogar einen hochintelligenten Club im zwanzigsten Jahrhundert mit dem Namen ›*The Pythian Society*‹. Sie haben sich nach einem Übersetzungsfehler benannt. Guter Witz, was? Das zeigt, was alles geschehen kann, wenn ein Geschichtenerzähler nachlässig wird!

Auf jeden Fall, Damokles und Pythias waren zwei enge Freunde am Hofe von Dionysius. Eines Tages beleidigte Damokles den Tyrannen und wurde zum Tode verurteilt. Damokles bat um ein paar Tage Galgenfrist, um sich von seiner Familie zu verabschieden, die in einer anderen Stadt lebte.

Der unerbittliche Dionysius lehnte aber ab. Da trat Pythias vor und sagte. »Ich werde den Platz meines Freundes, Damokles, einnehmen. Wenn er nach sieben Tagen nicht zurückkehrt, werde ich an seiner Statt sterben!«

Das verhärtete Herz von Dionysius wurde davon berührt. Neugierig auf das Resultat gab er der Bitte statt. Die zwei Freunde umarmten sich weinend, und Damokles brach mit der traurigen Botschaft zum Heimatdorf seiner Familie auf. Pythias wurde in Gewahrsam genommen, und die Tage vergingen, einer nach dem anderen.

Moment mal. Verdammt! Habe ich ›Damokles‹ gesagt? Ich meinte ›Damon‹. Es heißt ›Damon und Pythias‹, nicht ›Damokles und Pythias‹. Scheiße, die bringe ich immer durcheinander.

O Mann! Jesus auf einem Motorrad! Ich habe die Geschichte so toll angefangen und war richtig in Fahrt. Seht mich *jetzt* an! Ich habe nicht mal einen Charakter in meiner Geschichte; nur *mich,* den Autor.

Ich kann einfach nicht glauben, daß ich mir das selber eingebrockt habe. Ich meine diese postmoderne literaturmagazinexperimentelle Masche, in der die Autoren sich selber als Charaktere benutzen. Ich *hasse* diesen Mist. Ich bin SF-Schreiber. Ich schreibe halt SF-Abenteuer und -Action. Okay, das ist verrücktes Zeug, aber es ist nicht von der *Struktur* her verrückt; es sind verrückte *Ideen,* geistiges Mensch-ärgere-dich-nicht.

Und jetzt bin ich nicht nur die einzige Figur in meiner Geschichte, sondern mein einziges Thema scheint die erzählerische Struktur zu sein. Ich kann es nicht aushalten, wenn die postmodernen Kritiker mit Begriffen wie ›erzählerische Struktur‹ über Geschichten reden wollen. Sie peinigen und belästigen Geschichten auf die Art, wie besoffene Kanalarbeiter Mädchen auf der Straße anmachen. Noch schlimmer: sie reden nicht bloß Unflat, sondern Bizarres und Undurchdringliches: »He, seht euch bloß die pelvische Biomechanik von *der* an! Und was für hypertrophiertes Lactiferengewebe!«

Ich hätte bei hartem SF bleiben sollen, das ist mein Problem. Von Anfang an war es klar, daß diese Geschichte eine von diesen versponnenen historischen Phantasieerzählungen sein sollte. Ich bin nicht mal der richtige Autor, um darin eine Figur zu sein. Diese Geschichte braucht einen Charakter wie Tim Powers, den Autor von *›The Anubis Gates‹* und *›On Stranger Tides‹*.

»Plötzlich erschien Tim Powers. Er sah um sich, sämtliche Sinne in Alarmbereitschaft.«

Wenn dies hier überhaupt funktionieren soll, dann nur im Tim-Powers-Stil.

»Plötzlich brach Tim Powers kopfüber in die Geschichte ein!« Seine Haare brannten, und er stand auf Stelzen. Zähneknirschend blickte er stechend durch mehrere sich lösende Schichten von Clownschminke und sagte:

»Was, zum Teufel, ist *das* hier für ein Fiktionsaufbau? Hier gibt es nichts außer einer halb zusammengefallenen antiken Bühnenkulisse. Ich könnte sogar im Schlaf bessere Recherchen anstellen! Ich ziehe sowieso Victoriana vor.«

Und dann schwamm eine Stimme aus narrativen Entfernungen, die wir von hier aus niemals erreichen könnten, daher und sagte: »Tim, was ist da los?«

Und Powers sagte: »Keine Ahnung, Süße, gerade noch saß ich am Computer und ... au! Jemand hat mir die Haare angezündet. Serna, hol mir die Schrotflinte!«

Ähm ... Scheiße!

»Tim Powers verschwand aus der Geschichte. Die Schminke verschwand ebenfalls. Er sah aus wie immer, und seine Haare brannten nicht mehr. Sie waren so gut wie unbeschädigt. Er ging ins Bad seines Appartements in Santa Ana, Kalifornien, holte einen Kamm und brachte wieder einen Sinn in seine Frisur. Er vergaß, daß er jemals in dieser Geschichte involviert gewesen war.«

»Ich würde an deiner Stelle keine Wetten darüber abschließen, Sportsfreund.«

Ich schwöre dir, Tim, das geschieht nie wieder! Sei nicht sauer. Viele Schriftsteller tun das. So wie Pandora, die Frau von Damokles. Das ist *nicht* die Pandora, Frau des Epimetheus in dem griechischen Mythos. Unsere Pandora ist hier noch nicht aufgetreten, aber sie ist wirklich eine interessante Figur. Sie richtet gern Deklarationen an den Leser; mit einer merkwürdigen erzählerischen Haltung. Zum Beispiel: Bin ich nicht die Schwester von Adolf Hitler und Anne Frank? Habe ich nicht ein Leben lang Gift gegessen, getrunken und eingeatmet? Halten Sie mich für ein Unschuldslamm, teurer Leser?« So in der Art.

›Pandora‹ ist in Wirklichkeit die dürftig getarnte Autorfigur von Ursula K. Le Guin in dem SF-Epos *Always Coming Home*. Es ist mir schleierhaft, wie Pandora überhaupt in diese Geschichte hereingekommen ist. Es muß wohl mein Fehler sein, aber ich bin bereit, gegen jeden Mann zu kämpfen, der behauptet, *Always Coming Home* sei keine echte SF! Auch wenn es im eigentlichen Sinne kein ›Buch‹ ist. *Always Coming Home* wird mit einer Tonkassette geliefert, was den erzählerischen Ruf der Geschichte zu Unrecht schwer anschlägt. Ich hätte gern zu *dieser* Geschichte eine Tonkassette anfertigen lassen, vielleicht mit japanischer Popmusik — oder vielleicht etwas von John Cage —, aber ich war zu geizig. Statt dessen werde ich einfach das Band von *Always Coming Home* hier in meinem Büro abspielen. Ich habe es per Post aus Oregon bestellt. Es ist ein seltsamer, harmonischer Gesang in imaginären Sprachen drauf.

Soviel zu Pandora. Ich wollte eine Szene schreiben, in der Damokles im Bett neben Pandora aufwacht und sie ihm einen bissigen Kommentar über das Weben von *chitona* liefert, aber ihr wißt wahrscheinlich, was ich meine.

Auf jeden Fall, Damokles verläßt das Haus und geht zur Arbeit. Er ist so voller Eifer, die Geschichte zu beginnen, daß er sich nicht nur homerisch ›in medias res‹ stürzt, sondern sich für eine atemlose Gegenwartsform entscheidet. Er arbeitet als kleiner Palastbeamter am Hof von Dionysius. In Wirklichkeit ist er ein ›Schmeichler‹; nach der Beschreibung in Ciceros *Tuskulanischen Disputationen* zu urteilen. Er ist kein Bürokrat im Sinne eines postmodernen Beamten. Es gibt keine Bürokratie in Syrakus; alles wird von einer kleinen Gruppe elitärer Familien kontrolliert. Syrakus ist eine vorindustrielle Stadt mit einer Bevölkerung von ungefähr fünfzigtausend Seelen. Ein unabhängiger Stadtstaat in der Größe von Oshkosh, Wisconsin.

Damokles bestreitet seinen Lebensunterhalt mit dem Erfinden von Geschichten, die den Menschen schmeicheln, die berechtigt sind, ihn umzubringen. Er ist eine Art Kreuzung zwischen einem Stegreifpoeten und einem PR-Experten. Er hat keine schlechte Stellung, wenn man seinen niederen Geburtsstand in Betracht zieht. Er kann fast jede Woche Fleisch essen. Für die meisten seiner Standesgenossen gibt es zwei Sorten von Grundnahrung: die erste ist eine Art Brei, und die zweite ist eine *andere* Art Brei.

Aber Damokles hat den Höhepunkt seiner Karriere bereits erreicht. Sobald dich ein Tyrann in seinen Palast aufgenommen hat und für deine Ernährung sorgt, gibt es nicht mehr viele Möglichkeiten der beruflichen Beförderung. Alles andere wird durch die Geburt oder per *coup d'etat* bestimmt. Bei der Geburt hat Damokles Pech gehabt — und wenn es einen *coup d'etat* gäbe, wäre Damokles bestimmt unter den ersten, die abgemurkst werden. Kein Staatsführer hat eine besondere Vorliebe für großmäulige Intellektuelle.

Damokles könnte sich bei der Armee einschreiben und in einen der unendlichen Kleinkriege ziehen, die von Dionysius geführt werden, aber dann würde er sich wahrscheinlich eine Verwundung zuziehen und an Tetanus oder Wundbrand sterben. Es gäbe auch eine gute Chance, daß er an der Ruhr stirbt, ohne die Zelte jemals zu verlassen. Die ruhmreichen Kriegsepen von Homer erzählen nichts von Krankheiten, aber o Mann! Es gibt sogar eine Seuche, die ›das Schwitzen‹ genannt wird. Thucydides schreibt darüber in seinen historischen Werken. Sie hat die halbe Bevölkerung von Athen dahingerafft. Niemand weiß heute, was das für eine Krankheit war oder woher sie gekommen ist. Wir täten gut daran zu hoffen, daß sie niemals wiederkommt.

Also, Damokles geht zum Hof, in seine zweitbesten Sachen gekleidet, denn es verspricht kein besonderer Tag zu werden. Damon und Pythias sind dort. Damokles kennt sie seit seiner Kindheit — er kennt fast jeden in Syrakus, der halbwegs wichtig ist, weil Syrakus letzten Endes eine relativ kleine Provinzstadt ist. Seit Damon und Pythias Dionysius' Gefallen durch ihre Aufopferungsmasche gewonnen haben, sind sie bei Hofe ziemlich große Bonzen. Damokles hat viele schmeichelnde Dithyramben, Jamben und Anapaesten über sie erfinden müssen; ihm fallen kaum mehr Reime auf ›Phynthias‹ ein, und er wünscht sich, der Kerl würde seinen verdammten Namen ändern.

Heute sieht er zu seiner Überraschung, daß ein großes Fest im Gang ist. Drei von Dionysius' Kriegsgaleeren sind aus Ägypten zurück, wo sie ein paar Schilfboote versenkt und einige Sklaven und etwas Beute ergattert haben. Es ist ein berühmter Sieg, und es gibt viel Hirsebier und Wein.

Damokles bahnt sich einen Weg durch die Feiernden und bedient sich. Der Wein steigt ihm schnell zu Kopf.

Noch weiß keiner, wie die Gärung funktioniert, und die Qualität des Weines kann sehr unterschiedlich sein. Manchmal erreicht er einen Alkoholgehalt von vier bis fünf Prozent und manchmal bringt er dich nach dem ersten Becher zum Kotzen. *Dieser* Wein kommt direkt vom griechischen Festland und ist von bester Qualität. Das heißt, er schmeckt kaum nach dem Teer, mit dem die Amphoren versiegelt wurden. Damokles wird stinkbesoffen.

Dionysius ist in guter Stimmung — in der Stimmung, in der es ihm Spaß macht, sich geniale psychologische Torturen für seine Anhänger auszudenken. Er ruft den torkelnden Damokles nach vorne und befiehlt ihm, den glorreichen Tag in extemporären Versen zu verewigen.

Damokles startet einen tollen Versuch, wirklich. Er nimmt ein Tamburin aus Ziegenhaut und schlägt es rhythmisch gegen seine Hüfte, damit er das richtige Versmaß einhalten kann. Er rezitiert viel von dem homerischen Kram, den er immer benutzt, wenn ihm nichts Originelles einfällt: »Soundso des gefiederten Helms« und »Sein Panzer läutete um ihn, als er fiel« und »Er biß in den Staub«. (Ehrlich, das ist von Homer!)

Aber er sieht, daß er keinen Erfolg damit hat. Allmählich verzweifelt er. Er fängt an, alles zu brabbeln, was ihm einfällt. Freie Assoziation, Surrealismus. Wir Postmodernen sind seit Max Ernst und Dada wirklich auf dem Trip, aber Dionysius kann weniger damit anfangen.

Damokles spielt sein letztes As aus und trägt die Schmeicheleien so dick auf, wie er überhaupt kann: Was Dionysius für ein Kind des Glücks ist, wie das Lächeln der Götter auf ihm ruht, wie groß seine Macht ist, wie gern jeder Grieche mit ihm die Plätze tauschen möchte.

»Ach, wirklich?« unterbricht ihn Dionysius mit seinem furchtbaren Lächeln. Er erteilt noch ein paar Befehle an seinen Weinträger und winkt Damokles mit einer Geste an seine Seite. »Du möchtest also der Tyrann sein?«

»Klar, wer möchte das nicht?«

»Na fein«, sagt Dionysius laut. »Setz dich hierher auf meinen Thron« — eigentlich ist es eine Speisecouch — »und genieße das Fest. Du, Damokles, darfst heute Tyrann sein!« Er nimmt sich die goldene Krone vom Kopf und setzt sie auf Damokles' schwitzende Birne. »Du darfst die Befehle erteilen. Sieh zu, wie sehr es dir gefällt.«

»Spitze!« sagt Damokles. »Danke!« Der Weinträger ist verschwunden, aber Damokles, der Frauen vorzieht, läßt eine der neuen ägyptischen Sklavinnen seinen Becher halten. Bald ißt er große Brocken gebratenen Wildschweines, trinkt Met und läßt eine satirische Bemerkung nach der anderen los. Der ganze Hof kann sich vor Lachen kaum halten. Allerdings ist das Gelächter ein ganz kleines bißchen nervös, aber Damokles schreibt das der ungewöhnlichen Situation zu.

Nur um die Atmosphäre zu lockern, befiehlt er einigen der älteren und würdigeren Höflinge, sich zu benehmen wie Ziegen oder Esel. Nur so, aus Spaß.

Dann sieht er ein Spiegelbild auf der polierten Fläche seines Bechers. Er schaut nach oben. Dionysius' Weinträger ist auf die Balken der Palastdecke geklettert. Er hat ein schweres, bronzenes Schwert und bindet es mit einem Wollfaden an einen Balken. Die Schwertspitze ist direkt auf Damokles' Torso gerichtet.

»Was soll das bedeuten?« fragt Damokles.

Dionysius, der aus einer Ecke alles beobachtet hat, kommt nach vorne. Er verschränkt die Arme und streicht seinen fürstlichen Bart. »Das«, sagt er, »ist die wahre Bedeutung der politischen Macht. Das ist das tägliche Entsetzen, unter dem wir Tyrannen leben und von dem ihr gedankenlosen Untertanen keine Ahnung habt.« Er lacht tief in seine königliche Brust.

»Kapiere«, sagt Damokles. »Das ist eine Metapher. Eine Art *koan*.«

»Richtig«, sagt Dionysius. »Und jetzt amüsiere dich

weiter, Damokles. Du wirst heute noch lange auf dieser Couch bleiben.«

»Das trifft sich gut«, sagt Damokles. »Es fängt gerade erst an, lustig zu werden.« Er kuschelt seinen Kopf auf ein enormes Bündel mit zweihundert Pfund TNT. Er hat diesen Sprengstoff den ganzen Tag bei sich getragen. Er ist in einer Art Rucksack mit seinem Körper verdrahtet.

Tatsächlich hat jeder im Palast sein Päckchen TNT. Es ist ihnen nur nicht aufgefallen, bevor die Situation metaphorisch erklärt wurde. Jeder in Syrakus hat seinen Sprengstoff. Jeder auf dem Planeten, Männer, Frauen und Kinder; sogar die unschuldigen Säuglinge in ihren Bettchen. Jeder trägt seinen Anteil der globalen Megatonnen; sie sind nie ohne, obwohl sie die Tatsache manchmal vergessen. Sie tragen es tagein, tagaus. Das müssen sie, denn das ist der postmoderne Zustand. Die Kosten bringen sie an den Rand des Bankrotts, und das Gewicht erdrückt sie schier, aber niemand wagt es, zuviel darüber nachzudenken. Das ist die einzige Methode, bei Verstand zu bleiben.

Mit einem belustigten Lächeln läßt Damokles zwei Wachen den Dionysius schnappen. Sie tun es gerne. Sie zeigen Dionysius einige der Gefahren, die das Leben eines gemeinen Untertans begleiten. Sie reißen ihm einige Zähne aus — ohne Krankenversicherung. Sie stellen andere, noch lustigere Dinge mit ihm an und schicken ihn schließlich in Lumpen und ohne Geld auf die Straße.

Soviel zu der berühmten Legende, ›Das Damoklesschwert‹. Ich hoffe, sie hat euch Spaß gemacht. Damokles lebte glücklich weiter, bis er die Gicht bekam oder Sklerose oder eine zünftige Heroinsucht oder AIDS.

Dionysius setzte sich in Kalifornien zur Ruhe, wo er heute noch lebt. Er ist oft in Talk-Shows zu Gast und hält gut bezahlte Vorträge vor diversen Handelskammern und politischen Aktionsgruppen. Er schreibt augenblicklich seine Memoiren, in denen er seinen Ruf in der Öffentlichkeit verteidigt. Er sucht auch eine Filmoption, aber das ist schon in Ordnung — ich glaube nicht, daß er sie bekommt.

Originaltitel: ›The Sword of Damocles‹
Aus: ›Isaac Asimov's Science Fiction Magazine‹, Februar 1990

Deutsche Übersetzung von Vincenzo Benestante

JUDITH MOFFETT

Erinnerung an Künftiges

> Im Schein glühender Heckleuchten wankte ich vom Auto aus zurück/und stand vor einem Haufen, einem Reh, jüngst umgebracht;/die Beine waren steif und schon fast kalt./Ich zog es weg; sein Leib war dick …
>
> WILLIAM STAFFORD, Fahrt durchs Dunkle*

Es war an einem rauhen, grauen Tag Ende Oktober, und ich mußte Seminararbeiten korrigieren. Wir fanden, daß an solchen Tagen unser winziger Kaminofen alle Unannehmlichkeiten mehr als wettmachte: das Entfernen, Isolieren und Neumontieren der Eichenverkleidung über der Feuerstelle, damit die örtliche Feuerwehr einverstanden war mit dem Anschluß am Schornstein, die Verhandlungen mit raffgierigen Holzhändlern und der ständige Dreck auf dem Teppich. Die Installateure hatten versichert, daß ihnen ein so winziger Kaminofen noch nie unter die Augen, geschweige denn zwischen die Finger gekommen war. Wir mußten für ihn extra kurzes Feuerholz bestellen, aber er war nicht nur niedlich wie ein Spielzeug, sondern heizte auch außergewöhnlich gut. Der Vorzug, auf dem hohen Sofa davor arbeiten zu dürfen, wurde von meinem Mann und mir in der Regel abwechselnd in Anspruch genommen. Ein Ausnahmerecht hatte nur derjenige, der Korrekturarbeiten mit nach Hause brachte. Der Ofen sorgte nicht nur für Behaglichkeit, sondern auch für Abwechslung, die besonders bei Korrekturen dankbar angenommen

---

* Aus: William Stafford, ›Travel Through the Dark‹, in: *Stories That Could Be True* (Harper & Row, 1977). Zitiert mit Erlaubnis des Autors.

wurde. Um die Brenntemperatur im Kamin auf 200 Grad zu halten, mußte nämlich ständig an ihm herumgebastelt werden.

An diesem Oktobermorgen nahm ich also den Ofen schon in aller Frühe in Beschlag. Ich hatte den Aschenkasten geleert, die Holzkiste mit Scheiten und Spänen gefüllt, das Sichtfenster geputzt, das Brennfach beschickt, die Abzugsklappe geöffnet und das Feuer angezündet. Als es weiter nichts mehr zu tun gab, machte ich es mir auf dem Sofa bequem und legte den Stoß der Arbeiten zu meinem Seminar über amerikanische Poesie zurecht. Im Abstand einer Armlänge fingen hinter der Sichtscheibe rote Flammen lustig zu tanzen an.

Die ersten zwei oder drei Korrekturen sind nur mit verbissener Selbstbeherrschung zu bewältigen. Danach geht es besser; man versinkt in eine Art Beurteilungs-Trance. Matt, mein Mann, war den Tag über außer Haus. Gelegentlich stocherte ich in der Glut herum, legte Holz nach, verstellte die beiden Zugklappen um eine Nuance und schrieb meine Bemerkungen an Blattränder und auf letzte Seiten. Das Telefon läutete nur einmal: Ein Student hatte es versäumt, den Hausaufgabenteil der Prüfung am Montag abzugeben, und bat nun um Erlaubnis, die Arbeit persönlich nachzureichen. Das war die einzige Unterbrechung, und als ich schließlich aufstand, um ein Butterbrot und ein Glas Cider zu mir zu nehmen, waren fünf und damit ein Viertel aller Aufsätze korrigiert. Mit meinem Vormittagspensum durfte ich zufrieden sein. Noch zwei Arbeiten wollte ich mir vornehmen und dann bis zum Abend eine Pause einlegen.

Aber mit der Arbeit, die ich mir nach dem Mittagsimbiß zu Gemüte führte, schien irgend etwas nicht zu stimmen.

Wie alle anderen fing sie mit der Beantwortung der zweiten von vier zur Auswahl gestellten Fragen an, aber auf der zweiten Seite boten sich die merkwürdigsten

Ausschweifungen. Ich stolperte über Verweise zur Atomkraft und landete bei der Prognose einer zukünftigen Katastrophe. Als ich dann die Ansicht des Schreibers zur Kenntnis nahm, daß nur außerirdische Invasoren die Menschheit vor ihrer völligen Ausrottung beschützen könnten, mußte ich laut aufstöhnen und die Lektüre unterbrechen. Außerirdische Invasoren! Ich sah nach, welcher Name über der Arbeit stand, und stöhnte zum zweiten Mal. Terry Carpenter war der Junge, der den verspäteten Hausaufgabenteil zu mir nach Hause bringen wollte und wahrscheinlich schon unterwegs war.

Mir blieb nicht mehr viel Zeit, um über einen geeigneten Kommentar zu dieser Arbeit nachzudenken.

Ich blätterte zur ersten Seite zurück und machte mich fluchend an einen gründlichen zweiten Lesedurchgang. Solche Ausfälle kommen zur Semestermitte nicht gerade selten vor. Dann nämlich sind in vielen Fächern Prüfungen fällig, und besonders die Studenten, die auf der Kippe stehen, sind dem Leistungsdruck nicht mehr gewachsen. Ich weiß von Selbstmorddrohungen; und es hat sogar Selbstmordversuche gegeben (erfolglose, zum Glück), abgesehen von Depressionen, Arbeitsunfähigkeit und allgemeinem Versagen. Solche Ausfälle sind also nicht ungewöhnlich, aber jeder Professor hofft, daß keiner seiner Studenten durchdreht, zumal sie ihm zur Mitte des langen Semesterbetriebes sowieso schon gehörig auf die Nerven gehen. So kurz vor den ersehnten Herbstferien ist zusätzliche Abeit für den Lehrer ein Greuel, und Studenten in Schwierigkeiten machen zusätzliche Arbeit. Man muß Nachforschungen anstellen, Beurteilungen abgeben, zu helfen versuchen. Solche Probleme zu ignorieren, ist fast unmöglich. Also hofft man, daß sie gar nicht erst auftauchen.

Terry hatte jene Prüfungsaufgabe gewählt, die die vergleichende Gegenüberstellung zweier Gedichte verlangte. Bei dem einen handelte es sich um das hübsche

Gedicht »Der Elch« von Elizabeth Bishop: Einer Reisebusgesellschaft, von Boston nach Nova Scotia unterwegs, begegnet nachts in den Wäldern von New Brunswick ein vom Mond beschienenes Elchweibchen. Das andere Gedicht stammt von William Stafford, ist viel kürzer und prägnanter und trägt den Titel »Fahrt durchs Dunkle«; darin geht es um einen Mann, der am Straßenrand ein von einem Auto getötetes Reh findet, dessen ungeborenes Kitz noch am Leben ist. Das Gedicht von Bishop war mit den Studenten bereits besprochen worden, aber die »Fahrt durchs Dunkle« hatte ich ihnen erst am Tag des Examens vorgelegt. Das Gemeinsame an beiden Gedichten — nächtliche Fahrt, die Begegnung zwischen Kraftwagen und Tier, beziehungsweise Mensch und Tier, die nachhaltige Reaktion des Menschen auf diese Begegnung und so weiter — erleichterte den Einstieg in einen Vergleich, während die eigentliche Schwierigkeit darin bestand, das jeweils Besondere im Hinblick auf Länge, Sprache, Inhalt, Form und Zweck herauszustreichen und zu würdigen. Von den vier Aufgaben, die ich gestellt hatte, war diese, wie mir schien, die einfachste und interessanteste.

Aber irgend etwas daran hatte Terry Carpenter offenbar mächtig verstört: »... die Bäume am Hang sind alle gebrochen, tot, krank und verkümmert, und Außerirdische werden auf dieser Seite der Linse kein Wild mehr zu Gesicht bekommen, weil es nämlich verstrahlt und verschwunden ist, und als der Bock auftauchte, ist auch mir übel geworden bei dem Gedanken, daß all die Kraft und Schönheit umsonst ist, egal wie brünstig er einer Rehgeiß nachstellt, denn wenn er ein Kitz zeugt, wird es oder spätestens sein Enkel tot sein wie alle anderen, die verurteilt sind, an unserer Dummheit zu sterben, so erscheint der Bock wie ein schönes, trauriges, verschwendetes, dem Untergang geweihtes Wesen ...« So ging es seitenlang weiter. Der schwülstige Stil und die auf Kommata beschränkte Zeichensetzung entsprachen ganz und gar nicht dem, was sonst von Terry zu erwarten war. Obwohl ich die Arbeit dreimal durchlas, fiel es mir schwer, dem Geschreibe eine Aussage abzugewinnen — wenn es denn überhaupt eine gab. Die Aufgabe war natürlich nicht gelöst, aber trotzdem beschäftigte mich die Frage: Was hatte Terry im Sinn gehabt?

Ein Blick auf den Ofen ließ mich aufspringen. Während ich mir den Kopf über Terrys Examensarbeit zerbrach, war die Nadel des runden Thermometers auf 130 Grad zurückgefallen. Ich streifte Lederhandschuhe über, stocherte hastig in der eingefallenen Glut herum und warf Späne und Knüppelholz darauf, um die verkohlten Scheite wieder zum Brennen zu bringen. Dann verschloß ich die kleine Gußeisentür und sperrte die Zugklappe weit auf. Als ich im Knien darauf wartete, daß das Feuer an Stärke zunahm, versuchte ich mich daran zu erinnern, wie Terry am Telefon geklungen hatte. An seiner Stimme war mir nichts Seltsames aufgefallen. Aber womöglich war ich nicht sehr aufmerksam gewesen, weil ich es eilig hatte, das Gespräch zu beenden.

Abgesehen davon, daß ich seine tüchtige Mitarbeit in der Klasse hin und wieder lobte, hatte ich mich um Terry Carpenter nie sonderlich gekümmert. Die einzige schriftliche Benotung seiner Leistung war ein »Gut«, das er für eine Gedichtinterpretation bekommen hatte. Zur Sprechstunde war er nie bei mir aufgekreuzt. Auch hatte er nie versucht, persönlich auf mich Eindruck zu machen. Gegen Semestermitte beschäftigt man sich als Lehrer nur mit den ganz guten und den störenden oder hoffnungslos dummen Studenten; die guten und durchschnittlichen voneinander zu unterscheiden, fällt schwerer, es sei denn, der eine oder andere drängt mir ein persönliches Gespräch auf oder zeichnet sich durch ungewöhnliches Aussehen oder Verhalten aus. All das traf auf Terry nicht zu; ja, ich mußte mir eingestehen, daß ich den Jungen gar nicht richtig kannte.

Ich gab es auf, am Ofen zu hantieren, warf die Handschuhe in den Holzkasten und rief im Büro meines Mannes an. Er war nicht da. Dann versuchte ich, unsere Fachbereichsleiterin zu erreichen, und erfuhr von ihrer Sekretärin, daß sie den ganzen Nachmittag über in einer Konferenz sei. Bevor ich die Sekretärin bitten konnte, Terry Carpenters Unterlagen herauszusuchen (falls er Englisch als Hauptfach studierte, würde eine Akte im Büro vorliegen), hörte ich draußen eine Autotür zuschlagen.

Ob vorbereitet oder nicht, es war soweit.

Als ich die Tür öffnete, stand Terry schon im Rahmen. Hinter meinem rostigen, zehn Jahre alten Toyota versperrte ein wuchtiger, funkelnder Wagen die Auffahrt. Der Motor lief noch. »Hey!« grüßte Terry fröhlich und steckte mir einen braunen DIN-A-4-Umschlag in die Hand. Gleich darauf schickte er sich an zu gehen und sagte: »'tschuldigung, daß ich Sie zu Hause störe; und tut mir leid wegen der späten Abgabe.« Dabei grinste er erleichtert, aber auch müde und kläglich — eben wie ein Student, der froh ist, eine lästige Angelegenheit loszusein. Er trug Jeans und eine offene Kordjacke mit dunklem Plüschkragen. Die Haare standen wirr durcheinander, das Gesicht war unrasiert: typische Begleiterscheinungen einer überfälligen Hausarbeit. Unter diesen Umständen hätte niemand normaler aussehen können.

Normal war sogar die Eile, mit der er wieder weg wollte. Fast hätte ich ihn gehen lassen, brannte aber auf eine Erklärung zu seiner seltsamen Arbeit. Ein paar gezielte Fragen würden nicht viel Zeit in Anspruch nehmen. »Darf ich Sie für einen Augenblick hereinbitten? Ich würde Sie gerne etwas fragen; es geht um Ihre Seminararbeit«, sagte ich mehr auffordernd als bittend.

»Oh ...«, stammelte Terry, »na gut.« Das Grinsen verschwand. »Dann stell ich besser zuerst den Motor ab. Das Auto gehört meinem Freund, mit dem ich das Zimmer teile«, fügte er beinahe verlegen hinzu. Vielleicht war ihm mein schäbiger Toyota aufgefallen. Terry machte wirklich nicht den Eindruck eines jungen Mannes kurz vor einem Nervenzusammenbruch. Dazu fehlte ihm alleine schon die nötige Selbstbezogenheit.

Als er in den Flur trat, schloß ich die Tür hinter ihm, ging in die Küche ans Spülbecken, setzte einen Wasserkessel auf und fragte beiläufig: »Tee?« Terry schien einzusehen, daß er so bald nicht wieder nach draußen kommen würde, zog die Jacke aus und warf sie über einen Stuhl. »Danke. Ehm, stimmt was nicht mit meiner Arbeit?«

»Augenblick noch. Darauf kommen wir gleich zu sprechen.« Ich klapperte mit Tassen und Löffeln herum, um Zeit zu schinden. Als das Wasser im Kessel kochte, goß ich den Tee auf, stülpte einen Warmhalter über die Kanne und trug das beladene Tablett ins Wohnzimmer. Mir war alles andere als wohl zumute. »Nehmen Sie doch Platz.« Ich ließ mich in die Sofaecke fallen, nahm Terrys Arbeit vom Stapel und schaute ihm in die Augen. »Tja, Terry. Es wäre gut, wenn Sie mir gleich die Wahrheit sagen. Standen Sie unter irgendwelchen Drogen, als Sie das hier geschrieben haben?«

»Du liebe Güte, nein.« Er richtete sich auf und war sichtlich alarmiert. Aber wie mein geübter Blick sofort erkannte, war auch diese Reaktion völlig normal bei einem Studenten, der so direkt und ohne Warnung herausgefordert wurde. »Das heißt … ich hab 'ne Menge Kaffee getrunken und fast die ganze Nacht über an der Arbeit gesessen. Himmel, warum fragen Sie das?«

»Haben Sie jemals LSD oder ähnliches geschluckt? Entschuldigen Sie, daß ich nachhake, aber ich muß es wissen.«

»Ja, einmal. In der High School.«

»Und? War das ein Horrortrip?«

»Nein. Überhaupt nicht. Ich wollte nur mal wissen, wie das ist, und hab's nie mehr gemacht.«

»Gab's irgendwelche Nachwirkungen?«

Terry war nervös geworden; er hing am anderen Sofaende über der gepolsterten Armlehne und schüttelte den Kopf. »Ich versteh das alles nicht. Was haben Drogen mit meiner Examensarbeit zu tun?«

»Ich habe gehofft, daß Sie *mir* einen Zusammenhang erklären können.« Ich reichte ihm seine Arbeit. Er überflog die erste Seite und blätterte zur zweiten. Seine Augen huschten hin und her. Ich beobachtete ihn dabei und sah, wie die Stirn kraus und das Gesicht blaß wurde. Als er die dritte Seite durchgelesen hatte, warf er mir einen verstörten Blick zu und ging zur vierten über. Er atmete flach und in immer kürzeren Abständen.

Jäh blickte er auf und ließ die Blätter auf den Schoß fallen. »Ich weiß nicht, was ich dazu sagen soll. Ich versteh's einfach nicht.«

»Erinnern Sie sich, diese Arbeit geschrieben zu haben?«

»Nein ... ans *Schreiben* eigentlich nicht. Ich weiß nur noch, daß ich mich am Montag ziemlich dreckig gefühlt habe, weil ich die zwei voraufgegangenen Nächte kaum geschlafen hatte. Ich dachte schon, ich hätte mir irgendwas eingefangen.«

»Aber Sie haben das geschrieben, oder?« drängte ich. Ich mußte Bescheid wissen.

Terrys Stimme kippte fast über. »Na klar, hab ich; kann nicht anders sein. Das ist schließlich meine Handschrift. Trotzdem kann ich mich nicht erinnern, wie ich das hier zu Papier gebracht habe. Ehrlich, das schwöre ich.«

»Tja, wie erklären Sie sich das?«

Er brach fast in Tränen aus und rutschte unruhig auf dem Sofa herum. »Vielleicht ging's mir zu der Zeit übler, als ich dachte. Ich weiß nicht, vielleicht hatte ich Fieber in den Knochen.«

»Aber jetzt geht's Ihnen wieder gut?«

»Ja, ging es mir, bevor ich *das* hier gelesen habe. Montag nacht hab ich tief und fest geschlafen.«

Ich dachte eine Weile nach. Terry kauerte angespannt

neben mir, und der Tee dampfte vor sich hin. »Na gut. Sie erinnern sich also nicht, die Arbeit geschrieben zu haben. Erkennen Sie denn wenigstens den Inhalt wieder? Das heißt, haben Sie schon mal was Ähnliches in einem Science-Fiction-Buch gelesen oder in einem Film gesehen?«

»Das ist ja gerade das Gruselige an der Sache«, entgegnete er mit belegter Stimme. »Es kommt mir bekannt vor. Ich hatte einen ... Traum. Ja, ich glaub, es war ein Traum; es muß einer gewesen sein.«

»Wann war das?«

»Vergangenes Wochenende. Genau weiß ich das nicht mehr. Ich hatte das Ganze vergessen, bis Sie mir jetzt das Ding hier vorgelegt haben.«

»Terry, ich nehme die Sache ziemlich ernst«, sagte ich. »Vielleicht haben Sie in letzter Zeit zuviel gearbeitet. Oder hatten Sie persönliche Probleme?« Er gab keine Antwort. Warum hätte er mir auch irgend etwas sagen sollen? »Nun, wie dem auch sei, ich denke, es wäre vernünftig, wenn Sie sich an jemanden vom Gesundheitsdienst wenden würden. Dem sollten Sie die Arbeit zeigen und erklären, daß Sie nicht wissen, wie der Text zustande gekommen ist.«

Ich legte eine Pause ein. Terry hörte mir nicht mehr zu. Er hing vornübergebeugt, hatte die Ellbogen auf die Knie gestützt und die Hände vor den Kopf geschlagen. Ich mußte näherrücken, um ihn hören zu können. »Womöglich war's doch kein Traum.« Er schaukelte ein wenig auf und ab. »Kann sein, daß da was vorgefallen ist. Im Park ... lieber Himmel, mir platzt gleich der Kopf.«

»Wollen Sie mir sagen, daß es tatsächlich eine Invasion von Außerirdischen gegeben hat?«

Gleich darauf bereute ich meinen zaghaften Versuch der Aufmunterung. Terry geriet außer sich, brüllte, daß er verdammt noch mal selber nicht wisse, was all das zu bedeuten habe, und schaukelte heftiger. Mit fast weinerlicher Stimme fragte er: »Könnten Sie mir ... haben

Sie ein paar Aspirin für mich? Ich kann nicht mehr klar denken.«

»Ich hol Ihnen welche. Vielleicht können Sie die mit Tee einnehmen. Schenken Sie uns doch bitte zwei Tassen ein; er wird längst durchgezogen sein.« Ich lief nach oben zum Medizinschrank und kehrte mit einem Röhrchen Bufferin zurück. Terry schluckte eine Dosis davon und spielte mit der Tasse. Als ich meine leergetrunken hatte, sagte ich: »Ich entschuldige mich für meinen überklugen Rat. Erzählen Sie mir, was es mit dem Park auf sich hat. Welchen Park meinen Sie?«

»Den Staatspark im Norden. Ich würde Ihnen gern alles erklären, fühl mich aber so *daneben* ... ich kann mich nicht richtig erinnern ... ich ... oh, mein Gott!« er fing zu würgen an und sprang auf. »Ich glaub, ich muß ... wo ist das Badezimmer?« stammelte er, rannte los, der Beschreibung nach, die ich ihm hinterherrief.

»Bei mir läuft irgendwas total verkehrt«, sagte er, als er langsam die Treppe wieder herunterkam. »Das ist mir noch nie passiert. Darf ich noch ein paar Tabletten haben?« Er setzte ein gequältes Lächeln auf. »Die anderen sind nicht lange genug unten geblieben, um wirken zu können.«

Ich schüttelte ihm zwei Tabletten in die offene Hand. »Langsam trinken. Gut. Wie war das mit dem Park? Erzählen Sie, wenn Ihnen danach zumute ist.«

Terry ließ sich aufs Sofa fallen und wandte mir sein nettes, aber käseweißes und unrasiertes Gesicht zu. »Also, letzten Sonntag bin ich in aller Frühe dahin gegangen, um über den Hausaufgabenteil der Prüfung nachzudenken. Aus irgendeinem Grund konnte ich mich zu keinem bestimmten Thema durchringen. Am Samstag hatte ich mir schon stundenlang den Kopf darüber zerbrochen, praktisch den ganzen Tag über und bis in die Nacht hinein, war dann für ein paar Stunden eingenickt und gegen fünf Uhr morgens aufgewacht. Ich wollte unbedingt raus aus der Stadt, an die frische Luft, um den Kopf ordentlich durchblasen zu lassen, wenn Sie verstehen, was ich meine. Also hab ich mir das Auto von meinem Freund ausgeliehen und bin losgefahren. Unterwegs hab ich in einem 24-Stunden-Laden Kaffee und Blaubeertaschen gekauft. Beim Park bin ich ausgestiegen und eine Weile rumgelaufen. Es wurde gerade hell.«

»Warum haben Sie sich um das Examen soviel Sorgen gemacht? So schwer war es doch nicht.«

»Kann sein, daß ich ziemlich fertig war nach der letzten Woche. Da mußte ich zwei Zwischenprüfungen ablegen und dann noch die Hausarbeit schreiben, die für Freitag fällig war. Vergangene Nacht hab ich sie dann endlich zu Papier gebracht. War überhaupt kein Problem.«

»Augenblick.« Ich war aufgestanden, um nach dem Ofen zu sehen, stellte das Stocheisen zurück in die Ecke und zog die Blätter aus dem Umschlag, den Terry mitgebracht hatte. Auf den ersten Blick erkannte ich, daß es sich um eine gelungene, schnörkellose Arbeit handelte. Keine Außerirdischen, keine Katastrophen. »Also gut. Sie sind also im Park angekommen. Wo haben Sie denn das Auto abgestellt?«

»Unten am Bach, auf dem Parkplatz bei Sycomore Mills. Kennen Sie den? Als ich klein war, bin ich oft mit meinem Vater dagewesen. Er war gern im Park und hat Spaß daran gehabt, die Hirsche zu beobachten. Komisch, aber ich bin schon seit Jahren, seit der Scheidung meiner Eltern, nicht mehr dahingekommen. Trotzdem konnte ich mich noch genau an alle Wege erinnern und wie sie von der Autobahn aus zu erreichen sind.«

An der Stelle wurde ich hellhörig. Die Details schienen auf irgendein traumatisches Kindheitserlebnis hinzuweisen. Ich sagte: »Auch ich gehe oft dorthin. Zum Joggen. Sie sind also mit Ihren Blaubeertaschen den Weg am Bach entlanggegangen und haben Kaffee geschlürft. Was dann?«

»Ich bin immer weiter gelaufen bis runter zum Weißen Pfad ...«, er sah mich an, und ich nickte; der Weiße Pfad war mir bekannt. »... dann ein Stück bergauf bis zu den großen Felsbrocken im Wald auf der Hügelkuppe.« Jetzt warf er mir wieder einen Blick zu, und zum zweiten Mal gab ich ihm zu verstehen, daß ich mich auskannte. »Dann bin ich auf einen der Felsen hochgeklettert und hab mich eine Weile hingesetzt. Nein, ich glaube, ich hab ziemlich lange dagesessen, zwei oder drei Blaubeertaschen gegessen und versucht, über Robert Penn Warrens erzählende Poesie nachzudenken, allerdings ohne zu irgendeinem Ergebnis zu kommen. Und dann ... bin ich wieder zurück zum Auto gegangen und nach Hause gefahren.« Der Abschluß des Berichtes war reichlich überstürzt. Er fuhr sich mit den Händen übers Gesicht und durch die schwarzen, zerzausten Haare und schnitt eine Grimasse, als würde ihm eine Kraftanstrengung abverlangt. »Nein, so war es nicht. Das ist nur, woran ich mich erinnern kann. Aber beim Lesen der Arbeit hier sind mir Sachen eingefallen, Bilder wie im Traum, Szenen, die sich da oben vor dem Wald abspielen. Herrje, mir wird gleich der Schädel platzen.«

»Sie haben, wie Sie sagen, nur ein paar Stunden Schlaf gehabt. Sind Sie vielleicht eine Weile eingenickt?«

»Möglich, aber ... es war ziemlich kalt da oben, müssen Sie wissen. Sechs, sieben Uhr in der Früh ... und überhaupt, ich kann mich wirklich nicht erinnern, das Zeug da geschrieben zu haben. Die erste Seite ja, aber von dem Rest weiß ich nichts. Ich weiß nur, daß mir jetzt beim Lesen diese Bilder durch den Kopf purzeln. Es muß irgendwas passiert sein am Sonntag; da bin ich sicher, das kann ich fühlen ...« Plötzlich kippte seine Stimme über. Er schlug sich wieder die Hände vors Gesicht und wimmerte — vor Kopfschmerzen, wie es schien.

Ich war inzwischen davon überzeugt, daß sein mysteriöses Diktat im Grunde nichts weiter war als das Symptom einer ernstzunehmenden Verstimmung, und sagte so feinfühlig wie möglich: »Warum gehen Sie nicht nach oben und legen sich hin? Die Kopfschmerzen verschwinden vielleicht, wenn Sie ein bißchen zu schlafen versuchen. Inzwischen rufe ich jemanden vom studentischen Gesundheitsdienst an, vielleicht sollte ich auch Ihre Eltern informieren. Glauben Sie mir, Terry, mit solchen Sachen darf man nicht spaßen. Sie brauchen Hilfe.«

Als ich das Wort »Eltern« fallenließ, setzte Terry die Tasse, die er gerade erst zur Hand genommen hatte, so ruckartig ab, daß es schepperte und Tee auf den Unterteller schwappte. »Nein!« Er schüttelte energisch den gequälten Kopf. »Besten Dank, aber ich will wirklich nicht, daß sich meine Eltern einschalten. Ich will ... ich werde zurückfahren an die besagte Stelle und herausfinden, was am Sonntag passiert ist.«

Er stand auf. Auch ich stand auf und sagte schnell: »Das wäre der größte Fehler, den Sie machen können. Sie sind durcheinander und fühlen sich elend. In dem Zustand dürften Sie überhaupt nicht Auto fahren, geschweige denn an den Ort zurückkehren, der das ganze Problem ausgelöst hat.« Weil mein Einwurf Terry nicht davon abhalten konnte, seinen Mantel anzuziehen, beschloß ich, daß es an der Zeit war, die gestrenge Lehrerin zu spielen. »Terry, das kann ich nicht erlauben. Sie bleiben hier. Ich rufe jetzt den Gesundheitsdienst an, und dann sehen wir weiter.« Bei meinem Mann, der stämmig war und vornehm aussah mit seinem Schnauzbart und den grauen Schläfen, klappte die Methode immer besser als bei mir. Ich wünschte, Matt wäre zu Hause gewesen. Die meisten meiner Studenten ließen sich von mir noch einschüchtern, aber störrische junge Männer, von denen Terry ein Musterbeispiel war, bekam ich einfach nicht in den Griff.

»Rufen Sie, wen Sie wollen. Bleiben werde ich nicht. Ich will nicht unhöflich sein; Sie wollen mir ja nur helfen. Aber ich muß los und nachsehen, ob was in Erfahrung zu bringen ist — bevor Ärzte an mir rummachen und mich womöglich einsperren.«

Aber Terry war ein wohlerzogener Junge, der sich einer Autoritätsperson nicht so leicht widersetzen mochte, vor allem dann nicht, wenn sie freundlich zu ihm war. Deshalb zögerte er an der Türschwelle, als ich ihm mit fester Stimme sagte: »Terry, diskutieren hat keinen Zweck; ich kann Sie in dem Zustand nicht fahren lassen.« Dann fügte ich hinzu: »Na schön, Sie haben gewonnen und können auf dem Hügel nach Hinweisen suchen. Aber ich werde Sie hinfahren und mitkommen. Anschließend bringe ich Sie hierher zurück. Dann machen wir eine Verabredung mit dem studentischen Gesundheitsdienst. Mein Mann wird später in die Stadt fahren und Ihren Freund auflesen, damit er sein Auto abholen kann. Recht so?«

»Ich mach Ihnen ziemlich viel Umstände«, sagte er kleinlaut.

»Kaum der Rede wert im Vergleich zu den Umständen, die Sie machen würden, wenn man Sie vom Pflaster kratzen müßte. Kommen Sie, wir füllen den Rest Tee in eine Thermoskanne und kaufen unterwegs ein paar Sachen zum Essen. Wir sollten Ihren Ausflug am Sonntag so genau wie möglich rekonstruieren. Es ist noch hell genug: wir brauchen uns also nicht zu beeilen. Ich will nur eben den Ofen runterstellen ... so, schon passiert. Wir können los.« Ich fühlte mich erleichtert, wollte mir das aber nicht anmerken lassen und führte ihn vor die Tür, wo ich ihn bat, den monströsen Wagen wegzusetzen (halb in Sorge, daß er Reißaus nehmen würde). Währenddessen schrieb ich eine Nachricht für Matt, steckte ein paar Sachen in einen Umhängebeutel und rangierte den Toyota auf die Straße. Der Ausflug dürfte wohl kaum mehr als zwei Stunden in Anspruch nehmen. Wenn dann Matt zu Hause war, würden wir gemeinsam dafür sorgen können, daß Terry tat, was *wir* für das Beste hielten.

Das Wetter war nicht besonders gut für das, was unter anderen Umständen ein angenehmer Ausflug hätte sein können. Trotzdem tat es mir nicht leid, das Haus zu verlassen. Wir parkten das Auto da, wo Terry den Wagen seines Freundes abgestellt hatte. Ich steckte die Gebäcktüte (unterwegs eingekauft) in den roten Nylonbeutel, hängte ihn mir über die Schulter und marschierte mit Terry über den für Kraftfahrer gesperrten Pflasterweg. Nach Wochen dichter Wolken, aber spärlicher Niederschläge floß nur wenig Wasser im Bachbett. Die Buchen und Pappeln hatten das meiste Laub schon abgeworfen; es lag bunt und leuchtend am Boden. Auch Terry schien die frische Luft gut zu bekommen. Der stramme Marsch brachte wieder Farbe in sein Gesicht. Die Kopfschmerztabletten taten jetzt offenbar ihre Wirkung. Er hatte angefangen, die Umgebung interessiert zu betrachten. »Wenn wir den Sonntag nachstellen wollen, müssen wir ungefähr hier in die Tüte greifen«, sagte er. Ich nahm den Beutel von der Schulter und reichte ihm ein Hefeteilchen.

Jogger und Radfahrer zogen von vorn und hinten an uns vorbei und gerieten beim Anstieg auf den Hügel heftig ins Keuchen. Ein kleinwüchsiger Läufer mit einer ausgefallenen, halblangen Rennhose hatte sein Gesicht mit einem schwarzen Kopfschützer maskiert, der an Mund und Nase ausgeschnitten war. Um die Taille flatterten verschiedene Kleidungsstücke, die er offenbar zum Wechseln dabei hatte. Im Vorbeilaufen warf er uns einen stieren Blick zu; seine Arme ruderten, die nackten, blassen Waden stampften. Terry grinste und meinte: »Wie gesagt: außerirdische Eindringlinge!« Dabei klang er so munter, daß ich am therapeutischen Zweck des Ausflugs keinen Zweifel mehr hatte, genausowenig wie daran, daß seine Probleme auf eine völlig nüchterne

Erklärung zurückzuführen waren. Und nüchterne Erklärungen gehörten zu meinem Geschäft.

Dann kamen wir an die Stelle, wo der Weiße Pfad vom Hauptweg abzweigt. Terry hatte es eilig, nach links abzubiegen. Der Weg führte jetzt steil nach oben und folgte weißen Markierungen an Bäumen und Steinen bis zur Stelle jener vier großen Granitvorsprünge, die in längst vergessener Zeit vom Gletschereis freigelegt worden waren. Auf halber Höhe schreckten wir eine Gruppe von fünf Rehen auf. Sie kehrten uns die weißen Hinterteile zu und sprangen durch die kahlen Bäume davon. Nach einer steilen Viertelmeile erreichten wir die Hügelkuppe. »Der da!« sagte Terry und kletterte auf einen gewaltigen Felsblock rechts vom Weg, der sich um das Hindernis herumschlängelte.

Oben war der Fels wie eine natürliche Bank geformt. Dort angelangt, kramte ich den gesamten Beutelinhalt heraus: Thermoskanne, Hefeteilchen, Styropor-Becher, Löffel und zwei Schaumstoffmatten aus Polyurethan. Eine davon gab ich Terry als Sitzunterlage. »Passen Sie auf, daß Sie nicht mit den Fingern überall drangehen. Zufällig weiß ich, daß im Sommer hier oben jede Menge giftiger Efeu wächst«, sagte ich, arrangierte die Einzelteile für unser verrücktes Picknick und schenkte Terry einen Becher Tee ein.

»Das macht doch richtig Spaß oder? Wenn ich mit meinem Vater hierhergekommen bin, hat er auch immer jede Menge eingesteckt — Butterbrote, Äpfel und zwei Dosen Cola, alles frisch aus der Kühltasche.«

»Schon mal Proust gelesen? Das soll jetzt keine Testfrage sein. In *Auf der Suche nach der verlorenen Zeit* erzählt Proust, wie, durch einen von Tee durchweichten Kuchenkrümel ausgelöst, alle verschütteten Kindheitserinnerungen wiederaufleben.« Ich öffnete die rot-weiß gepunktete Gebäcktüte und hielt sie ihm hin. »Sie, Terry, müssen sich nur an Sonntag erinnern.«

Terry teilte eins der mit Zuckerguß glasierten Hefeteilchen und tunkte eine Hälfte davon in den Tee. »Das kann ich auch«, sagte er grinsend, biß ins eingeweichte Ende und kaute mit gekünstelt forschender Miene. »Kaffee ist ein sehr viel besseres Tunkmittel — daran kann ich mich noch erinnern, was den Sonntag betrifft.« Er aß, leerte den Teebecher und schaute dabei aufmerksam und suchend umher. Ich schenkte ihm neu ein, sagte aber nichts und ließ ihn in Frieden. Die Examensarbeit steckte zusammengefaltet in der Außentasche des Schulterbeutels, griffbereit, wenn sich eine geeignete Gelegenheit bot. Was für eine Wirkung würde es haben, sie hier oben laut vorzulesen? Doch ich war mir nicht schlüssig, was besser sein würde: Terry zu bedrängen oder ihn professionellen Händen zu überlassen. Während ich hin und her überlegte, sprach Terry plötzlich mit seltsamer Stimme: »Das hat ein Hirsch gemacht.«

»Was?« Er zeigte durch die Bäume hinter uns auf einen fast runden Fleck aufgewühlter Erde, der deutlich vom rostigen Rot des Laubes zu unterscheiden war. »Hmmm. Soviel ich weiß, scharren Hirsche den Boden auf, wenn die Brunft bevorsteht, das heißt um diese Zeit. Die meisten Hirschkühe brauchen noch eine Weile, aber die Hirsche sind jetzt schon bereit und lassen Dampf ab, indem sie den Boden aufwühlen und sich mit dem Geweih in tiefhängende Äste verkeilen. Da drüben sind Zweige abgebrochen, und von den Ästen ist Rinde abgeschält. Sehen Sie?«

»Ja«, sagte Terry. »Aber wieso wußte *ich* darüber Bescheid?« Er legte das halbe Teilchen auf dem nackten Felsen ab, verschränkte die Arme vor der Brust und zog die Schultern zusammen. »Ohh, jetzt geht das wieder los. Ich fühl mich plötzlich so elend.« Sekunden später klapperten seine Zähne. Ich revidierte sofort meine Ansicht über den Sinn seiner Rückkehr an diesen Ort, zumal ich die einzige Person war, die ihm hier draußen helfen konnte.

»Ich wette, das hat Ihnen Ihr Vater erzählt, als Sie noch klein waren«, versuchte ich zu erklären und legte Wert darauf, weniger besorgt zu klingen, als ich es tatsächlich war.

»Nein. Nein! Mit meinem Vater hat das nichts zu tun, und so lange her ist es auch nicht. Ich hab's am Sonntag erst erlebt. Ich sah ihn. Er rannte rundherum im Kreis, pflügte mit den Vorderhufen durch den Boden, streckte den Hals und zerschlug die Äste mit seinem Geweih. Tobte wie verrückt. Ich hab ihn gesehen und hier auf dem Stein gesessen, ohne daß er es gemerkt hat, so sehr war er mit sich selber beschäftigt. Himmel, das war ein Schauspiel, und ... die *anderen* waren genauso begeistert wie ich ...« Er stockte und wurde plötzlich, wie schon bei mir zu Hause, käsig weiß im Gesicht. Er atmete flach und japsend.

»Die anderen? Wovon sprechen Sie? Wer war an jenem Morgen noch hier oben?«

»Da ... da waren ... zwei von denen. Ein Mann, da oben auf dem Hügel, in ... in einer Art Imkeranzug. Und der andere ... war ...« Terry schrie auf, schrill und unvermittelt. Vor Schreck stieß ich die Thermoskanne um, die über den Stein rollte und zwei Meter in die Tiefe fiel. Terry lag auf dem Bauch und erbrach sich über den Felsrand. Fast eine Minute lang lag er so, ließ den Kopf hängen, würgte und röchelte. Mein Herz pochte wie wild. Mir wurde selber übel, und ich wußte Terry und mir nicht zu helfen.

Aber als er sich wieder aufrichtete und nach einer Serviette langte, um sich den Mund abzuwischen, sah ich, daß es ihm wieder besser ging.

»Tut mir leid«, sagte er. »Entschuldigen Sie, daß ich Ihnen das zumute. Soll nicht wieder vorkommen.« Er steckte die benutzte Serviette in die Manteltasche. »Verstehen Sie, ich *soll* mich nicht erinnern; deshalb kommt's mir hoch, sobald ich es versuche. Aber jetzt ist alles auf einmal wieder vor mir aufgetaucht.« Der Tee in seinem Becher war kalt geworden. Er spülte den Mund damit aus und spuckte über den Felsrand.

»Für mich ergibt all das keinen Sinn«, sagte ich zögernd. »Wollen Sie Ihre Erinnerungen nicht lieber jemandem anvertrauen, der besser zuhören kann als ich? Ich würde sagen, Ihnen ist alles auf einmal hochgekommen.«

Terry grinste. Er war immer noch bleich, sein Gesicht feucht. »Schon gut. Ich brauch keinen Irrenarzt«, sagte er und sah inzwischen wirklich nicht mehr danach aus, obwohl ich nun schon zweimal in zwei Stunden hatte miterleben müssen, wie er zwischen völliger Normalität und akuten Beschwerden hin und her pendelte. »Sie werden es mir zwar nicht glauben, aber ich erzähl's Ihnen trotzdem. Wahrscheinlich wird mir überhaupt keiner glauben ... kann ich übrigens das letzte Teilchen haben?«

»Nur wenn Sie versprechen, es unten zu behalten. Daß Sie jetzt noch Appetit haben, ist mir unbegreiflich.«

»Ich garantiere Ihnen, das war mein letztes Mißgeschick. Also gut, die Sache war so: Ich bin, wie gesagt, hier hochgestiegen, hab mich hingesetzt, über Robert Penn Warren nachgedacht und mich umgesehen. Nur so, Sie verstehen. Und plötzlich sehe ich da vorne, direkt auf dem Hügel, gleich neben dem Weg einen sommerlichen Flecken.«

»Einen sommerlichen Flecken?« Er nickte. »Ich kann Ihnen nicht ganz folgen.«

»Da war es nicht nur sommerlich, sondern auch viel später am Tag. Kurz nach Mittag ungefähr. Es war, als hätte ich durch ein Fenster gesehen in einen Raum ohne Wände. Verschwommen an den Rändern, aber zur Mitte hin war der Hügel klar und deutlich zu erkennen, bis auf den Unterschied, daß es in diesem runden Ausschnitt sehr hell war, sonnig und grün. Die Blätter an den Bäumen, das Unkraut am Boden und die Klettenbüsche — alles im sattesten Grün. Auf den ersten Blick waren nur Schemen zu erkennen, die hin und her tanzten. Aber je länger ich hinsah, desto mehr Ruhe und Schärfe kam ins Bild. Und dann hatte ich den Eindruck, durch eine riesige Linse zu blicken, wie durch eine Kamera.« Beim Sprechen hatte er unverwandt auf die Hügelkuppe gestarrt, aber jetzt sah er mich an und lächelte selbstzufrieden. »Mein Eindruck hat sich als richtig herausgestellt.«

»Eine riesige Linse?« Hatte er in der Arbeit nicht auch schon eine Linse erwähnt? Eine Linse, die in der Luft schwebte? »Und wie groß soll die ungefähr gewesen sein?«

»Etwa ... sagen wir, wie eine Leinwand für Diaprojektion.« Terry verzog das Gesicht und schüttelte sich. »An dem Morgen war's bedeckt, sonst wäre sie kaum auszumachen gewesen. Zuerst war ich völlig fassungslos, dann hätte ich mir vor Angst fast in die Hose gemacht. Später war ich drauf und dran, vom Felsen zu steigen und zu versuchen, in den Sommerausschnitt zu gehen. Aber bevor ich mich dazu aufraffen konnte, tauchten zwei Gestalten auf der grünen Fläche auf und gafften von ihrer Seite zu mir herüber. In dem Augenblick war mir endgültig klar, daß es sich nicht bloß um eine optische Täuschung handeln konnte. Das heißt, der Umriß des Hügels war derselbe, auf beiden Seiten standen Bäume; es hätte also am vielen Kaffee, am Schlafmangel oder am Einfall der Sonne liegen können — aber daß da Figuren auftauchten, ließ sich so nicht erklären. Sie waren nur zum Teil sichtbar. Von der größeren konnte ich fast alles sehen. Es war, als würde ich von innen jemanden ums Haus schleichen sehen. Ist so einer nahe vorm Fenster, sieht man nur einen Teil, stimmt's? Der Fensterrahmen schneidet den Rest ab. Ich konnte also diesen Kerl nur vom Kopf bis zur Hüfte sehen, nicht mehr. Wirklich, es war, als wäre ein Vorhang zur Seite geschoben und der Blick auf eine helle Sommerszene freigegeben worden.«

»Sie haben an dem Morgen nicht zufällig — verzeihen Sie, wenn ich frage — was eingenommen, oder?«

»Nein, das schwöre ich«, sagte Terry gelassen. »Ich hab bloß versucht, die Arbeit zu schreiben.«

Ich hielt es für besser, auf ein persönliches Urteil zu verzichten. »Was war also mit der anderen Gestalt, der kleineren?«

»Das war der Außerirdische«, sagte er. Es folgte eine kurze, leicht gespannte Pause. Da waren sie also, die Invasoren.

Terry brach das Schweigen (wozu ich in dem Augenblick nicht in der Lage gewesen wäre): »Hmmm, vielleicht wär's besser, wenn ich nur das erzähle, was passiert ist.«

»Tun Sie das. Ich werde Sie nicht mehr unterbrechen.«

»Nun, der große Kerl — es war ein Mensch — sah mich sofort, schien schrecklich erschrocken zu sein und sagte zu dem Fremden: ›Verflucht, da hinten ist jemand.‹ Und der Fremde sagte: ›Ich sehe‹, und dann so etwas wie: ›Schade, aber das Risiko haben wir nun mal in Kauf genommen.‹ Er, der Fremde, trug auch Schutzkleidung. Er war viel kleiner und kompakt gebaut, und was ich unter dem Imkerhelm entdecken konnte, waren nichts als Haare. Es schien fast, als würde er einen Nikolausbart tragen, hell in der Farbe, weiß oder vielleicht grau. Auf jeden Fall hatte mich das nackte Grauen gepackt. Weil die beiden aber offenbar dieselbe Sprache wie ich benutzten, brachte ich es irgendwie fertig zu sagen: ›He, was geht da vor‹, oder was ähnlich Geistreiches.«

»Hatte der Außerirdische einen Akzent?« wollte ich wissen.

»Nee. Er sprach genau wie wir. Der andere auch. Er war übrigens nicht sehr alt und sagte: ›Gleich werde ich alles erklären.‹ Und dann: ›Wird bei euch zur Zeit Halloween gefeiert?‹ Das hab ich verneint und so verstanden, als wären die beiden Amnesieopfer oder Zeitreisende, denn wer sollte sonst so eine Frage stellen? Ich kam mir vor wie in einem zweitklassigen Film. Aber ich wollte eine Erklärung und fragte: ›Schätze, ihr stammt aus der Zukunft‹, und der Mensch antwortete: ›Stimmt genau.‹ Einfach so. Dann der andere: ›Da sind wir auch jetzt. Wir können dich sehen, aber nicht erreichen, und du kannst nicht zu uns kommen. Wie spät ist es auf deiner Seite? Es ist zu dunkel und von hier aus kaum zu schätzen.‹ Also sag ich ihm, daß es früh am Morgen ist. Ich hab einfach mitgespielt, ohne mir die ganze Sache wirklich bewußt werden zu lassen, verstehen Sie? Trotzdem hatte ich immer noch schreckliche Angst. Es war so unheimlich, so unerklärlich, was da vor sich ging.«

Aber ich konnte mir erklären, was da vor sich gegangen sein mochte. Terry schien einen Film nachzuerzählen, in dem ein großer Mensch und ein kleiner Außerirdischer gemeinsam in die Vergangenheit blicken, sie aber nicht aufsuchen können. All das, so dachte ich im stillen, würde von einem guten Psychiater sortiert werden können. Ich beschränkte mich aufs Zuhören.

Terry fuhr fort: »Also sagte ich und kam mir wie ein Idiot dabei vor: ›He, ich dachte, ihr dürftet nicht riskieren, die Vergangenheit zu beeinflussen.‹ — ›So ist es‹, antwortete der Große. ›Mein Freund wird dich deshalb einer Gehirnwäsche unterziehen. Tut mir leid. Eigentlich dürfen wir nicht einmal das, haben aber den falschen Tag erwischt.‹ Er machte tatsächlich einen bekümmerten Eindruck. Drum hab ich gefragt: ›Was dürft ihr nicht?‹ Und er antwortete: ›Ich bin ...‹ — ich glaub, er sagte was von einem Techniker oder Ingenieur — ›... im Institut für Zeitphysik. Mein Freund hier ist mein Vorgesetzter und Chef des Instituts. Ich habe ihn überreden können, den Terminierer hierherzubringen, weil ich meiner alten Kusine ein Geburtstagspräsent machen will. Sie wird in ein paar Wochen siebzig.‹ Verstehen Sie? Er wollte filmen, was seiner Kusine hier vor vielen

Jahren passiert ist und wovon er aus ihren Erzählungen wußte. Es sollte eine Überraschung sein.«

»Das ist doch ebenso an den Haaren herbeigezogen wie das, was manche Studenten an Entschuldigungen vorbringen, wenn sie ihre Arbeit zu spät abgeben.«

Terry grinste. »Wer weiß, vielleicht ist das, was am verrücktesten klingt, zutreffender als alles andere. Aber in dem Augenblick hab ich auch bloß gedacht: Wer's glaubt, wird selig. Doch der Große versuchte mir dann zu erklären, daß der Terminierer an den Ort des Ereignisses gebracht werden muß, das man noch einmal erleben will. Fernaufnahmen, so wie die am Sonntag, lassen sich nicht auf den Tag genau einstellen, geschweige denn auf die gewünschte Stunde oder Minute. Der Mann wußte, daß er den richtigen Zeitpunkt um wenige Tage verfehlen konnte. Trotzdem schien er ziemlich enttäuscht zu sein, denn er hatte nur den einen Versuch. Der Betrieb des Terminierers ist nämlich sehr teuer. Bei einer Rückblende von dreißig Jahren braucht er enorm viel Energie, und das ist die Zeit, die die beiden überbrücken wollten.

Wie dem auch sei, seine Kusine hatte ihn früher oft mit in den Park genommen, um Hirsche durchs Fernglas zu beobachten und um ihm die Felsen zu zeigen. Dabei erzählte sie ihm immer, wie sie einmal zu Halloween abends in der Dämmerung hier oben hockte, wo auch wir jetzt sitzen, als ein Hirsch aus dem Wald gerannt kam und direkt neben dem Felsen eine Hirschkuh bestiegen hat. Und diese Szene wollte er filmen — den Paarungsvorgang! Natürlich ohne daß ihn die Kusine dabei sieht. Kein Wunder, daß er vor Schreck zusammenzuckte, als er mich da sitzen sah. Der Kusine hätte er nämlich nur ungern das Gehirn gewaschen. Er war ein netter Kerl«, sagte Terry. »Ich fand ihn recht sympathisch und hatte die ganze Zeit den Eindruck, als wollte er besonders freundlich mir gegenüber sein.«

Die Teile der Geschichte fügten sich zu einer plausiblen Diagnose zusammen: sogar die Doppelbedeutung des Wortes *Präsent* (je nachdem, ob es groß oder klein geschrieben wurde) paßte da hinein. Um irgend etwas zu sagen, bemerkte ich, daß das Gerät sehr umständlich in der Handhabung sei. Angenommen, die Linse wäre während einer Waldmesse der Kirchengemeinde eingeschaltet worden? Hätten alle Anwesenden eine Gehirnwäsche bekommen? War es wirklich nötig, das Gerät an den Ort des vergangenen Geschehens zu bringen? Wenn ja, so leuchtete mir nicht ganz ein, wie ein kontrollierter Ablauf garantiert werden konnte, zumal eine Feineinstellung nicht möglich war.

Terry zog die Stirn kraus. »Ich weiß. Wahrscheinlich ist die Bedienung im Normalfall genauer. Aber dieser Versuch war von vornherein schlecht vorbereitet. Tim hat auch den Grund genannt …«

»Der Name des jungen Mannes war Tim?«

»Ja. So wurde er jedenfalls von dem Außerirdischen genannt. Er sagte, daß man das Zeitfenster an die jeweils entsprechende Stelle bringen muß, denn bei dem Vorgang gelte das gleiche Prinzip wie bei Spukschlössern: Ort und Zeit sind miteinander verbunden. Verstehen Sie? Wenn ein Geist aus dem achtzehnten Jahrhundert in der Bibliothek eines alten Herrenhauses auftaucht, oder wenn Leute, die ein gewaltsames Ende gefunden haben, ständig herumgeistern, um die Umstände ihres Todes vor Ort neu zu erleben. So ungefähr muß man sich das vorstellen. Aber wie so was genau funktioniert, werden wir erst später erfahren«, prophezeite Terry. »Dann nämlich, wenn die Außerirdischen kommen und uns darüber aufklären. Der Zeitempfänger ist ihre Erfindung. Ohne ihren Besuch wären wir nie dahintergekommen; oder ich sollte besser sagen: *würden* wir nie dahinterkommen.«

»Und wann wird dieser Besuch stattfinden?«

»Ich schätze, ziemlich bald. Jedenfalls rechtzeitig … bevor wir uns selber in die Luft sprengen. Sicherlich in weniger als dreißig Jahren, denn das ist der Abstand, den sie uns gegenüber hatten. Nein, haben.« Terry lachte. »Es ist nicht leicht, die richtige Zeitform zu finden. Sie werden allerdings erst dann kommen, wenn irgendein großer Unfall in einem der umliegenden Kraftwerke passiert und die ganze Gegend einschließlich der Atmosphäre verstrahlt ist. Der muß mindestens so schlimm sein wie der Unfall von Tschernobyl. Die meisten Menschen werden evakuiert sein, aber die Tiere, die Vegetation und der Boden ... also, nachdem er mir das erzählt hat, sind mir die Bäume aufgefallen, die Sommerlaub trugen. Sie hatten zwar grüne Blätter, aber die jungen Bäume waren verkrüppelt und einige davon sogar tot. Den Tieren im Park geht's natürlich nicht besser. Sie werden alle sterben.«

Mir schnürte sich der Magen zusammen, so überzeugend hatte Terry diese Bemerkungen in seine Geschichte eingebaut. Aber ich hielt krampfhaft an meiner Interpretation fest. Im mythischen Park von Terrys Kindheit mußten all die schönen, unschuldigen Tiere der Vergangenheit sterben aufgrund der für ihn traumatischen Scheidung seiner Eltern.

Ich fragte, ob ›Tim‹ erzählt habe, welches Kraftwerk in die Luft gehen würde, war aber kaum überrascht, als Terry den Kopf schüttelte und keine Antwort wußte.

»Wenn Ihnen die ganze Sache soviel Angst gemacht hat«, sagte ich, »warum sind Sie nicht einfach weggelaufen?«

Die Frage schien ihn zu verblüffen. »Daran hab ich überhaupt nicht gedacht. Wahrscheinlich war meine Neugier von Anfang an größer als die Angst. Vielleicht hat mich aber auch der Rety festgehalten, ohne daß ich es gemerkt habe. Das wäre ihm bestimmt leicht möglich gewesen.«

»Der Rety ist wohl der Außerirdische, oder?«

Terry grummelte unschlüssig und meinte dann: »Tim sagte, sie hätten vor einiger Zeit ein paar ihrer Leute hier bei uns zurückgelassen, die sie nach einem Jahr oder so wieder abholen wollten. Allerdings gab's Ärger mit dem Raumschiff. Und als sie endlich aufkreuzten, waren ihre Leute alle gestorben. Wir hatten inzwischen das postindustrielle Zeitalter erreicht und mit der Erforschung des Weltraums begonnen. Sie haben uns eine Weile beobachtet. Einige von ihnen wollten schließlich hierbleiben und uns helfer.. Sie konnten nämlich voraussehen, daß wir geradewegs auf eine Katastrophe zurannten. Aber diejenigen, die das Kommando hatten, wollten sich aus dem Staub machen. Also sind alle aufgebrochen. Aber kaum waren sie weg, als an Bord eine Meuterei ausbrach. Der Kurs wurde geändert und die Erde wieder angesteuert. Kurz vor ihrer Ankunft war ein Kernkraftwerk in die Luft geflogen. Deshalb haben sie direkt nach der Landung die Kontrolle übernommen.«

Er warf mir einen Blick zu und erwartete eine Reaktion. Ich wußte nicht, was ich sagen sollte. Diese *Deus-ex-machina*-Lösung schien mir der unoriginellste Teil seiner Geschichte zu sein. ›Rety‹ war ein lächerlicher Name; wahrscheinlich war er ein Anagramm von ›Terry‹ oder womöglich ein Kürzel für ›Rette mich!‹ Die Sache wurde mir langsam zu albern.

»Tja«, fuhr Terry schließlich fort. »Jedenfalls haben sie eine Art Schirm vor den Terminierer gestellt, um das Wild nicht zu vergrämen. Dann mußte ich mich hier zwischen den beiden Felswülsten flach hinlegen. Das hat der Außerirdische irgendwie erzwungen, durch Hypnose oder so. Ein paar Stunden hab ich mich nicht mehr rühren können, und da war mir klar, daß Tim die Wahrheit über die Fremden gesagt hatte. Plötzlich sah ich den Hirsch kommen und den Boden aufwühlen. Sie hätten mal erleben sollen, wie begeistert die beiden waren. Vor allem der Rety. Sie haben das Schauspiel gefilmt, sozusagen als Entschädigung für den verpaßten Moment, den sie eigentlich hatten aufnehmen wollen.

Danach machten sie sich daran, den Terminierer auszuschalten. Aber vorher mußten sie mir noch das Gehirn waschen.«

Ich konnte mir nicht verkneifen zu bemerken: »Tim scheint in kürzester Zeit eine Menge erklärt zu haben. Wann ist er mit der ganzen Information rausgerückt? Während Sie unter Hypnose standen?«

»Nein, davor, als sie den Schirm aufgespannt haben. Dem Rety ging das anscheinend gegen den Strich, trotzdem hat er sich nicht eingeschaltet. Ich glaube, es war das erste Mal, daß Tim mit einem Menschen aus der Vergangenheit gesprochen hat. Bevor er verschwand, schien er ziemlich verlegen gewesen zu sein, als ob er sich ärgerte, zuviel ausgeplappert zu haben. Aber warum bloß? Immerhin hatten sie doch schon geplant, mein Gedächtnis zu streichen. Das wollte ich allerdings nicht so einfach hinnehmen. Ich hab sie angeschnauzt und gesagt: ›Wer gibt euch das Recht, mich gegen meinen Willen zu hypnotisieren und meine Erinnerung zu löschen, nur weil ihr ein Geburtstagsgeschenk machen wollt? Wie steht's mit meinen Freiheitsrechten?‹«

»Und was haben die beiden darauf geantwortet?«

»Tim sagte, die Fremden würden sich in unseren Rechten nicht besonders gut auskennen und wären der Meinung, daß der Zweck die Mittel heiligt, zumal sie jetzt das Kommando übernehmen. Und wenn ich seine — Tims — Kusine kennen würde, hätte ich vielleicht mehr Verständnis dafür, warum dieser Rety das Risiko eingegangen ist und erlaubt hat, den Film zu drehen. Tim hat sich an die zwanzig Mal bei mir entschuldigt. Ihm war selber nicht wohl bei der Sache. Ein wirklich netter Kerl, dieser Tim.«

Terry tat mir leid. Seine bizarre Geschichte über den Hirsch, die Kusine, das Geburtstagsgeschenk, über Vergessen und Schuld schien Punkt für Punkt eine zwar hübsch verschlüsselte, aber trotzdem leicht durchsichtige Umschreibung seiner eigenen Situation zu sein.

»Die Gehirnwäsche hätte sicher funktioniert«, sagte er, »wenn die Prüfung am nächsten Tag nicht dazwischen gekommen wäre. Das mit den Rehen oder Hirschen! Verstehen Sie? Das Stafford-Gedicht ist doch, wenn man's genau nimmt, ein Ausschnitt von dem, was im großen Maßstab passiert ist ... passieren wird. Tote Rehe und Kitze, die nie geboren werden, weil die Menschen so rücksichtslos sind. Die natürliche Umwelt geht kaputt an unserer Technik und den Unfällen, die damit passieren. Überall dasselbe Trauerspiel.« Nach einer Pause fuhr er fort: »Stellen Sie sich vor, Sie hätten meine Arbeit verschlampt oder einfach mit einer Sechs benotet. Dann hätte ich mich nie erinnern können.« Er seufzte und grinste erleichtert. »Aber ich bin froh, daß ich mich erinnere. Ich weiß, mir wird keiner glauben. Sie halten mich für übergeschnappt und denken, der Junge hat einen Vaterkomplex und kommt mit der Scheidung seiner Eltern nicht klar und phantasiert sich dummes Zeug zusammen. Stimmt doch, oder?« Ich muß wohl ein verblüfftes Gesicht gemacht haben, denn Terry lachte. »Klar, ich verstehe, daß man mir die Geschichte nicht abkaufen kann, jedenfalls so lange nicht, bis der Rety auftaucht. Aber ich schwöre, die Sache hat sich genau so zugetragen, wie ich sie erzählt habe.«

Eine Antwort darauf erschien mir unmöglich. Terry hatte meine Hypothese längst durchschaut. Ich fühlte mich bloßgestellt und fing aus Verlegenheit an, die Reste unseres Picknicks einzuräumen. Es war höchste Zeit aufzubrechen. Bald würde es dunkel sein.

Terry versuchte, mir aus der Verlegenheit zu helfen, und sagte freundlich, fast neckend: »Ein paar Einzelheiten passen nicht so recht zu Ihrer Annahme. Ist Ihnen das nicht aufgefallen? Die alte Kusine und ihr Geburtstag zum Beispiel. Wenn diese Figur die Stelle meines Vaters vertritt, müßte sie doch männlich sein. Und warum hat mir der Fremde das Gedächtnis gelöscht, wenn ich mich mit ihm identifiziere? Warum dann der Bart?

Wenn ich mir einen wachsen ließe, wäre er auch in vierzig Jahren noch nicht grau. Außerdem, glauben Sie nicht auch ...«

Ich hörte ihm nicht mehr zu, war wie erstarrt und umklammerte die halb aufgerollten Kunststoffmatten mit den Händen. »Terry«, unterbrach ich ihn. »Was für ein Tag ist heute?«

»Der 31. Oktober.« Und dann sperrte Terry die Augen auf, als auch ihm dämmerte, was mir als aberwitzige Möglichkeit durch den Kopf ging. Wir starrten uns entgeistert an. »Wird heute nicht Halloween gefeiert?« sagte ich, und Terry fragte im selben Moment: »Wann haben Sie Geburtstag?«

Bevor einer dem anderen antworten konnte, krachte es im Gehölz. Die Hirschkuh sprang — vorherbestimmt, erinnert —, nur als sandfarbener Schatten in der Dämmerung erkennbar, ungestüm den Hügel hinauf und auf die Felsen zu, gejagt von einer zweiten, stattlicheren Gestalt, die die Kuh einholte, beleckte, beschnüffelte und unter dem großen Felsen, auf dem wir hockten, besprang, sie in die Knie zwang mit einem einzigen Stoß, der so explosiv war, daß die hinteren Hufe vom Boden abhoben. Und so schnell, wie sie aufgetaucht waren, sprangen sie wieder davon. Bevor wir uns rühren oder Luft holen konnten, waren sie im Dunkel der Bäume verschwunden.

Originaltitel: ›Remembrance of Things Future‹
Aus: ›Isaac Asimov's Science Fiction Magazine‹, Dezember 1989

Deutsche Übersetzung von Michael Windgassen

Megan Lindholm

Ein Hauch von Lavendel

Meine Schwester und ich wuchsen auf wie Mäuse im Nest eines verrotteten Sofas. Der Vergleich drängte sich mir schon auf, als ich gerade neun war und sie noch ein Kleinkind. Wenn sie nachts eingerollt vor meinem Bauch schlief und mich fast über den Rand des alten Sofas schubste, das uns als Bett diente, hörte ich die Mäuse unter uns im Polster nagen und manchmal sogar das Fiepen eines Jungen, das die Mutter rief. Dann beugte ich mich eng um Lisa und stellte mir vor, sie sei ein kleines rosafarbenes Mäusekind und ich der Mäusevater, der es schützend umschlang. Manchmal war mir in diesen Nächten weniger kalt.

Wir hausten über all die Jahre in derselben Wohnung im Kellergeschoß. Es war immer klamm, selbst im Sommer, feucht und verdreckt, aber nicht ganz so schlimm wie in den Wohnungen über uns, wo es nach Urin und Kot stank. Das Haus war ein altes Stadtgebäude, vor langer Zeit umgebaut und aufgeteilt in vier kleine Etagenwohnungen und eine Kellerwohnung. Unsere war die billigste, weil gleich nebenan der Heizofen und der Wasserboiler standen. Ich war noch klein, drei Jahre oder so, als ein Rohr draußen vor dem Haus platzte und unsere Wohnung knöcheltief unter Wasser setzte. Ich wachte auf und sah meine Sachen vorbeischwimmen. Die alte Couch saugte das Wasser auf wie ein Schwamm. Ich schrie nach der Mutter und hörte es platschen, als sie aus dem Bett stieg und fluchend durchs Wasser watete, um mich auf den Arm zu nehmen. Der Musiker, den sie zu der Zeit als Freund hatte, hielt die Überschwemmung für einen gelungenen Scherz, bis er seinen Saxophonkoffer herumdümpeln sah. Er packte seinen Kram zusammen und verschwand. Ich kann mich nicht entsinnen, ihn jemals wiedergesehen zu haben.

Wir saßen den ganzen Tag auf den Stufen zu unserer Wohnung und warteten darauf, daß die Stadtwerke das Rohr flickten, daß das Wasser zurückging und daß der Hausmeister auftauchte.

Er kam schließlich, sah sich die Bescherung an, nickte und sagte, verdammt, die Sache habe immerhin ihr Gutes, weil er sowieso neue Fliesen legen und die Wände isolieren wollte. »Reißen Sie das alte Zeug ruhig runter«, sagte er zu Mama. »Ab damit und hinters Haus. Ich laß das Gerümpel dann wegschaffen. Sagen Sie mir Bescheid, wenn Sie fertig sind, und ich schicke Ihnen die Handwerker vorbei. Und was Ihre Miete angeht ...«

»Wie gesagt, die hab ich per Post überwiesen«, unterbrach ihn meine Mutter und schaute stur an seinem Ohr vorbei. Der Hausmeister stöhnte und fuhr weg.

Also pulten Mama und ihre Freunde das vergammelte Linoleum vom Boden und rissen die Hartfaserplatten von den Wänden, unter denen der mit Mastix verschmierte Betonboden und die Sechs-mal-acht-Stempel vor den grauen Steinwänden zum Vorschein kamen. Damit war die Renovierung abgeschlossen. Der Hausmeister ließ den Schutt nie wegschaffen und schickte auch keine Handwerker. Also blieben die Wände ohne Isolierung und waren selbst im Sommer klamm. Über Winter war es bei uns wie im Kühlschrank.

Mama hielt es nie so genau mit der Miete und konnte deshalb schlecht auf den Putz hauen. So war es bei den meisten Nachbarn im Haus: Sie zahlten, wenn Geld da war, wenn nicht, verdrückten sie sich, damit ihnen der Hausmeister nicht auf die Pelle rückte. Die Wohnungen waren entsetzlich verkommen, aber wer sich beschwerte, lief Gefahr, vor die Tür gesetzt zu werden. Alle Mieter wußten, daß der Hausmeister Kredit von der Regierung hätte haben können, um sein Gebäude in Skoag-Appartements zu verwandeln, womit viel Reibach zu machen war. Unser Haus stand am Rand einer Skoag-Siedlung, und der Bedarf nach neuen Appartements nahm ständig zu.

Das war zu der Zeit, als die ersten Skoags aufkreuzten und kaum Wohnraum für sie zu finden war. Denn was an Unterkünften für sie in Frage kam, wurde behördlich kontrolliert, um, wie es hieß, ›interplanetarische Störfälle‹ zu vermeiden. Man wollte nicht riskieren, daß einer der Fremden die Treppe runterfiel und dabei eine seiner Flossen brach, obwohl es sich bloß um Parias handelte. Die Ausgestoßenen waren unsere einzige Verbindung zu deren Planeten, Kultur und vor allem Raumfahrttechnik, an der die ganze Welt teilhaben wollte. Keiner wußte allerdings, woher sie stammten oder wie sie zur Erde gelangten. Eines Tages waren die ersten einfach aus dem Meer gestiegen wie angespülte Kubaner. Noch mehr Nassauer, wurde damals gewitzelt. Sie machten keinen Hehl daraus, Exilanten zu sein, die nicht mehr nach Hause zurückkehren konnten. Sie erreichten uns in Dreier- und Vierergrüppchen, aber von den Schiffen, die sie brachten, war nie eine Spur zu sehen. Die Bonzen der Regierung ließen sich dadurch allerdings nicht von ihren kühnen Hoffnungen abbringen. Sie hofften, wenn wir artig mit ihnen umgingen, würden sie ein, zwei Hinweise fallen lassen über Antriebsformen interstellarer Raumschiffe oder dergleichen. Also durften die Skoags subventionierte Wohnungen mit Duschen, Heizkörpern, Teppichböden und isolierten Wänden beziehen. Per Gesetz wurde beschlossen, daß zusätzliche Mittel zur Investition von Neubauten zur Verfügung standen. Aber der Haushalt konnte nicht aufgestockt werden, und deshalb mußten Leute wie wir auf dem Wohnungsmarkt einen gewaltigen Satz nach unten machen. Als kleines Kind verstand ich von alledem nur soviel, daß unsere Wohnung die meiste Zeit über kalt war und daß alle Nachbarn die Skoags haßten.

Ich glaube, meiner Mutter war die ganze Sache ziemlich egal. Immerhin war sie selten zu Hause. Manchmal lästerte sie ein bißchen, wenn sie Freunde zum Musikmachen, Rauchen und Essen mitbrachte. Es war immer dieselbe Clique und der gleiche Budenzauber, Mama mittendrin, aufgedreht von der Musik, vielleicht sogar bekifft. Sie schleppten Musikinstrumente und Bier im Sechserpack an, manchmal auch eine braune Tüte mit billigen Lebensmitteln: Salami, Käse, Cräcker oder Yoghurt und Reistörtchen und Tofu. Sie stellten alles auf den Tisch und dudelten mit den Instrumenten herum, während Mama Kommentare abgab wie: »Verdammt, guckt euch bloß diesen elenden Stall an. Dieser Arsch von Hausmeister war immer noch nicht da. Billy, ist er heute endlich dagewesen? Nein? Scheiße, Mann, seit einem Jahr verspricht uns der Geizkragen, die Bude zu renovieren. Verdammt noch mal.«

Ihre Kumpels meinten dann, sie solle sich nicht künstlich aufregen; zum Teufel, bei ihnen würd's auch nicht besser aussehen; Hausmeister wären überall die gleichen Arschlöcher. Meistens fing dann einer an, über die Skoags zu stänkern und wie verflucht nett es doch sei, daß die Regierung den fremden Flüchtlingsdreck verhätschelte, aber den eigenen Bürgern bei der Miete nicht mal ein bißchen unter die Arme greifen könnte. Wenn in dieser Nacht eine Menge Skoags im Café gewesen waren, hätten Mama und ihre Freunde darüber gelästert, daß die Skoags miese Scheißer seien, die Musik aus ihren Speckschwarten synthetisierten. Ich erinnere mich an einen schrecklich aufgebrachten Kerl, der allen weismachen wollte, daß die Skoags nur deshalb zur Erde gekommen wären, um die hiesige Musik zu stehlen. Nach seiner Meinung wußte die Regierung Bescheid, ohne sich weiter darum zu kümmern. Er sagte, es gäbe sogar ein geheimes Abkommen, das den Skoags freien Gebrauch aller in den Staaten urheberrechtlich geschützten Musikstücke garantierte, wenn sie im Ge-

genzug Blaupausen ihrer Raumschiffe zur Verfügung stellen würden. Auf seine Meinung legte aber keiner besonderen Wert. Später am Abend setzte er sich mit vollgedröhntem Kopf vor meinem Sofa auf den Boden und heulte. Er versicherte mir, ein wirklich großartiger Musiker zu sein, dem aber leider das Geld fehlte für einen anständigen Synthesizer, auf dem er komponieren könne, während die verfluchten Skoags bloß ihre blöden Bälger aufzublasen brauchten, um alle nur möglichen Töne zu produzieren. Er rückte mir ziemlich nah auf die Pelle und erklärte, die eigentliche Gefahr bestünde darin, daß ihm die Skoags alle gute Musik vor der Nase wegkomponieren würden. Das war natürlich Blödsinn. Skoags konnten zwar alles, was sie hörten, perfekt nachspielen, waren aber zu wirklich origineller Musik nicht in der Lage. Keiner hatte sie jemals Skoag-Musik spielen hören; sie kannten nur unsere Stücke. Als ich ihm den Einwand vortrug, kippte er besinnungslos vornüber. Von den anderen beachtete ihn niemand; alle kümmerten sich bloß ums Essen, um das Bier und die Musik. Die Partys meiner Mutter verliefen immer gleich.

Für gewöhnlich rollte ich mich am Sofaende zusammen, legte das Gesicht ins Kissen und versuchte zu schlafen. Manchmal hockte am anderen Ende ein Pärchen und befummelte sich, oder in der Küche probten zwei, drei Musiker pausenlos die Begleitakkorde eines Stücks, das ich noch nie gehört hatte und nie mehr hören würde. Das war Mamas Welt: Sie hing mit Musikern herum, die sich abstrampelten, um ihre selbstgemachten Stücke für Trinkgelder in billigen Spelunken vortragen zu dürfen. Sie nahm dann irgendeinen der Jungs unter ihre Fittiche und half ihm mit ihren Fürsorgeschecks über die Runden. Sie paßte auf ihn auf, als wäre er aus purem Gold, ging jeden Tag mit ihm aus, setzte sich an den Straßenrand, während er die Passanten mit seiner Musik belästigte, oder hockte vor der Bühne, wenn er mit einer Band in Cafés oder Clubs spielte.

Nachts kamen sie spät nach Hause, standen morgens spät auf, um anschließend wieder losuziehen. Manchmal kam ich von der Schule zurück und fand sie am Küchentisch sitzen und palavern. Es ist schon komisch: Die Männer, die Mama nacheinander anschleppte, sahen immer gleich aus, guckten wie ausgemergelte Hunde aus der Wäsche und hörten meiner Mutter zu, die ständig dasselbe predigte. »Gib bloß nicht auf. Du hast echt Talent. Irgendwann wirst du's noch packen, und dann schaust du auf die anderen zurück und lachst. Du bist echt gut drauf, Lennie (oder Bobby oder Pete oder Lance). Ich weiß es. Ich fühl das. Ich kann's hören. Eines Tages kommst du ganz groß raus.«

Das Lustige ist, sie hatte immer recht. Die Kerle lebten bei uns für ein paar Monate oder ein Jahr und machten dann plötzlich — holterdiepolter — Karriere. Sie wurden am Straßenrand entdeckt, in einem Café oder von einer aufstrebenden Band engagiert. Für Mama hatten sie dann nichts mehr übrig. Ihr schien das nicht allzuviel auszumachen, aber manchmal brüstete sie sich vor anderen Frauen damit, daß sie eine Menge starker Typen schon gekannt hatte, »als sie noch ganz kleine Nummern waren«. Vielleicht sah sie darin die Bestimmung ihres Lebens, daß sie Gitarrenschwenker durchfütterte, bis außer ihr auch andere deren Gezupfe ertragen konnten. Womöglich wähnte sie sich auserwählt, die wahre Musik in Gang zu halten. Eines Abends brachte sie eine Scheibe nach Hause und gab sie mir. Sie trug den Titel ›Feueraugen‹, und der auf dem Cover abgebildete Kerl hatte dunkle Haare und blaue Augen — genau wie ich. »Das ist dein Paps, Billy-Boy«, sagte sie. »Aber davon weiß er nichts. Er hat sich verkrümelt, bevor ich von dir wußte, und war gerade auf einer Tournee durch die Staaten, als du zur Welt gekommen bist. Sieh dir die hübschen, hübschen Augen an. Grad so wie deine, mein Kleiner. Du hättest ihn singen hören müssen, Billy. Ich wußte schon damals, daß er was auf dem Kasten hat.« Ich glaube, es war das erste Mal, daß ich sie weinen sah. Mir ist bis heute nicht klar, ob sie weinte, weil Paps uns verlassen hatte, oder aus einem anderen Grund. Aber sie hatte sich schnell wieder eingekriegt und ging in dieser Nacht allein schlafen. Abends darauf brachte sie eine ganze Band mit nach Hause, und am Morgen lag ein neuer Musiker in ihrem Bett.

Wenn Mama während einer Party zugedröhnt war oder jemanden im Schlafzimmer einer ›safer sex‹-Behandlung unterzog, stand ich manchmal im Pyjama auf und machte mich über das Essen her, stopfte in den Hals, soviel ich konnte, und versteckte ein paar Reistörtchen und eine Handvoll Cräcker hinterm Sofakissen. Ich wußte, daß sich die Mäuse daran vergreifen würden, aber, zum Teufel, sie nahmen nie viel und knabberten nur die Ränder an. Denen, so dachte ich, ging es auch nicht besser als mir. Wenn ich Glück hatte, waren auch ein paar Frauen unter den Partygästen. Sie machten immer viel Aufhebens um mich, meinten, daß meine großen blauen Augen wahnsinnig toll zur Geltung kämen im Kontrast zu den dunklen Haaren, und schenkten mir Kaugummis und Lebensretter aus ihren Portemonnaies, manchmal sogar zehn Cent oder einen Vierteldollar. Wie Spatzen fütternde Leute in Straßencafés. Wenn mich Mama erwischte, wurde sie wütend und schickte mich ins Bett. Ich müßte früh raus, um zur Schule zu gehen, sagte sie dann, und ob ich nicht wollte, daß was Anständiges aus mir wird? Anschließend lachte sie immer den anderen zu, als hätte sie was Komisches gesagt, und hakte mit säuselnder Stimme nach: »Wenn du nicht zur Schule gehst, verpaßt du den Musikunterricht. Das wär doch schade, oder?« Als würd ich einen Scheißdreck darum geben. Sie protzte immer damit herum, daß ich die Stimme von Paps hätte und später einmal Sänger werden würde, daß Musik mein Leben sei und ich nur wegen des Musikunterrichts freiwillig zur Schule ginge.

Blödsinn. ›Im Märzen der Bauer‹ mit vierzig anderen gelangweilten Erstkläßlern zu singen, brachte mir nicht gerade viel über Musik bei. Musik war ganz nett, aber ich konnte nie verstehen, daß Leute wie Mama so versessen darauf waren. Sie hatte nie ein Instrument zu spielen gelernt. Auch wenn es ihr gelang, den Ton zu halten, so war ihre Stimme beileibe nichts Besonderes. Aber zum Leben brauchte sie Musik wie Luft oder Nahrung. Komisch. Ich glaube, die Männer, die sie mitbrachte, hätten ihr ein bißchen mehr Achtung gezeigt, wenn sie in der Lage gewesen wäre, selber etwas von dem zu produzieren, worauf sie so wild war. Ich konnte ihnen oft anmerken, daß sie meine Mutter von oben herab ansahen und nicht für voll nahmen, weil sie selber keine Musik machte. Aber für Mama bedeutete Musik viel mehr als jedem einzelnen von ihnen. Sie mußte sich ständig damit berieseln lassen, und wenn kein leibhaftiger Musiker zu Hause war, spielte das Radio ununterbrochen. Ich schlief meistens ein bei Musik; Mama tanzte dazu und sang in ihrer mittelmäßigen Stimme mit. Manchmal hing sie, alle viere von sich gestreckt, in unserem kaputten Lehnsessel, den Kopf zurückgeworfen und auf dem Bauch einen Becher Tee oder Bier, den sie mit einer Hand festhielt. Sie war dann wie weggetreten, ihr Blick ganz düster, sah weder mich noch die nackten Wandstützen, die vergammelte Couch oder den zerkratzten Küchenschrank. Musik ließ sie abheben, und ich fragte mich immer, in was für Gefilde. Mir leuchtete nicht ein, wie jemand für eine Ansammlung von Tönen leben konnte, nach Worten und Noten anderer.

Ich erinnere mich genau an den Tag, der mein Leben veränderte. Ich war drei Häuserblocks von unserem Zuhause entfernt, halbwegs im Skoag-Sektor, und hörte einigen Skoags zu, die an der Straßenecke standen. Vom Zuhören konnte eigentlich keine Rede sein, denn vor allem interessierte mich der Anblick ihrer fettigen Bälger, die sich aufblähten wie diese idiotischen Ballontiere, die

Roxie der Clown zum Schulanfang an uns Kinder verteilt hatte. Als sie ihre Membranen über dem korallenartigen Knochengewebe bis zum Platzen aufgeblasen hatten, fingen sie an zu musizieren, wobei die Haut in Schwingung geriet wie die Trichter der wirklich alten Lautsprecher, von denen Mama noch welche hatte. Die Skoags erinnerten mich an Frösche, nicht nur weil ihre Hälse beim Quaken auf und ab flatterten, sondern auch wegen des feuchten, grün-gelben Glanzes ihrer Haut.

Ich hielt sicheren Abstand. Das tat jeder. Von der ›Nimm nie Drogen‹-Aufklärung in der Schule wußte ich, was das Zeug auf ihrer Haut mit mir anstellen konnte. Ich hatte Skoag-Fantaster gesehen, die mit hohlen Augen ihre Finger nach jedem vorbeiziehenden Skoag ausstreckten, um eine neue Dröhnung zu bekommen, trotz der Gefahr, davon taub zu werden. Skoag-Fantaster lebten nicht lange; sie wurden von Autos oder Lastwagen überrollt, die sie nicht hörten, oder träumten sich zu Tode, vergaßen zu essen und zu trinken, vergaßen einfach alles, außer mit den Fingerspitzen nach Skoag-Schleim zu tasten. Aber an der Straßenecke waren keine Taster zu sehen. Die Skoags, die dort spielten, schienen erst vor kurzem zur Erde gekommen zu sein, denn ihre Schädel zierte immer noch ein Knochenkamm. Aufgrund unserer Schwerkraft verloren Skoags diese Knochenkämme für gewöhnlich ziemlich schnell. Einer von ihnen trug den größten Kamm, den ich je gesehen hatte; er war wie eine Königskrone und violett wie ein dicker, alter Bluterguß.

Um die Skoags hatte sich eine Menge unterschiedlichster Leute versammelt. Touristen, die zum ersten Mal auf Skoags getroffen waren, machten Video- und Tonbandaufnahmen. Ortsansässige versuchten, mit den Touristen zu handeln; manche ließen sogar einen Hut rumgehen und taten so, als würden sie für die Skoags sammeln. Alte Knaben und junge Mädchen vertrieben sich die Zeit, riefen den Skoags Schimpfwörter zu, um die Touristen zu schockieren, und riskierten insgesamt eine große Klappe. Außerdem waren Jungs wie ich zur Stelle, die die Schule schwänzten, weil die Sonne schien, der Wind nicht zu heftig blies und weil keiner auf die üblichen Schulscherze Lust hatte, wie zum Beispiel unter der Bank in eine Flasche zu pinkeln. Die Skoags spielten für alle.

Sie spielten den ganzen Morgen über, nudelten das bekannte Skoag-Repertoire ab: ›Viel Glück auf allen deinen Wegen‹, ›Hurra, der Lenz ist da‹, ›Wenn du die Meine wärst‹ und ›Amerika, du Wunderschöne‹. Der Geschmack und die Auswahl ihrer Stücke war das Verrückteste an den Skoags. Sie spielten immer wieder dasselbe in unterschiedlicher Reihenfolge. Gerade fingen sie mit ›Moon over Bourbon Street‹ an, als ich Mama auftauchen sah.

Sie war mit Teddy am Morgen losgezogen, um ihren Fürsorgescheck abzuholen. Teddy war nicht mehr bei ihr, und ich konnte ihrem Gesicht ablesen, daß wieder ein Musiker unsere Wohnung geräumt hatte. Ich war froh für mich, denn in den nächsten paar Tagen würden regelmäßige Mahlzeiten auf dem Tisch stehen, auch größere Portionen, weil der Scheck nur noch zwei Leute ernähren mußte. Außerdem würde sich Mama zweimal soviel mit mir unterhalten wie gewöhnlich. Natürlich gäbe sie auch besser acht darauf, daß ich pünktlich aufstand und zur Schule ging, aber das war ein Preis, den ich gern zu zahlen bereit war. Schließlich würde es bestimmt nicht lange dauern, bis sie eine weitere Party feiern und einen neuen Musiker anschleppen würde.

Deshalb war ich entschlossen, mein kurzes Glück zu genießen. Ich lief auf sie zu und rief: »Boh, Mama, du mußt unbedingt den einen mit dem violetten Kamm spielen hören; der ist richtig super.« Für den Kommentar hatte ich vier Gründe. Erstens wollte ich der Frage, warum ich nicht in der Schule sei, zuvorkommen. Zweitens wollte ich Teddys Verschwinden überspielen und so tun, als würde ich es gar nicht bemerken; denn er war ein mieser Kerl und verdiente meine Mutter nicht. Drittens freute sich Mama, wenn ich mich an Musik interessiert zeigte. Ich glaube, sie hoffte immer, daß ich in die Fußstapfen meines Vaters treten und Sänger werden würde, um ihren Lebenswandel dadurch im nachhinein zu rechtfertigen. Und viertens fand ich den Violettbekammten wirklich gut, obwohl ich nicht sagen konnte, warum.

»Spielst du Tourist, Billy-Boy?« fragte mich Mama auf ihre stichelnde Art, die sie immer dann hervorkehrte, wenn wir allein waren. Und ich lachte, denn auch ich fand es albern, daß Touristen vom Inland in unser Viertel von Seattle herauskamen, um Skoags zu sehen und ihren Jam Sessions zuzuhören. Die Bewohner dieser Gegend ignorierten die Skoags wie das Gedudel im Supermarkt oder einen Fernsehapparat im Schaufenster. Von denen war immer nur dasselbe zu hören. Deshalb war das, was ich gesagt hatte, auch eine Art Witz, um Mamas trüben Blick aufzuheitern und sie zum Lachen zu bringen.

Aber Teddy war wohl ein stärkerer Typ, als ich angenommen hatte, denn ihr Lächeln verschwand ziemlich schnell, und sie schimpfte nicht einmal mit mir. Sie beugte sich zu mir und nahm mich in den Arm, als wäre ich das einzige, was sie auf der Welt hatte. Und dann sagte sie ganz kleinlaut wie ein Mädchen, das dem Vater eine schlimme Tat zu beichten hat: »Ich hab ihm unseren Scheck gegeben, Billy-Boy. Versteh, Teddy hat die Chance, nach Portland zu gehen und bei ›Schall und Wahn‹ vorzuspielen. Das ist eine neue Plattenfirma, und wenn alles so läuft, wie ich glaube, wird er im Handumdrehen jede Menge Geld machen. Dann holt er uns zu sich. Wir werden in ein richtiges Haus ziehen, Billy, nur für uns allein, oder vielleicht kaufen wir uns ein Wohnmobil, begleiten ihn auf seinen Tourneen und lernen das Land kennen.«

Sie erzählte noch mehr, aber ich hörte nicht zu. Ich wußte, was los war, denn einmal hatte einer ihrer Kerle beide Schecks geklaut: ihre Unterstützung als alleinerziehende Mutter und mein Kindergeld. Uns standen schlimme Zeiten bevor, ein Monat auf Pump, ranzige Erdnußbutter auf trockenem Brot, Milchpulver mit viel zuviel Wasser verflüssigt, Uralt-Cornflakes, die in der Milch verschlammten, und Makkaroni. Jede Menge Makkaroni aus der Mikrowelle, so viel, daß ich sie am Stück schlucken würde, weil mir der schleimige Biß zuwider wäre. Ich hatte schon Hunger vom Rumstehen draußen im Wind, und als ich über unsere Aussichten nachdachte, wurde mir flau im Magen. Zu Hause gab es kaum was zum Essen; das gab es nie in den Tagen vor Fälligkeit des Schecks.

Ich hielt Mama umklammert und haßte Teddy — nicht mehr und nicht weniger als all die andern, die uns ausgenommen hatten. Ich wollte fragen: »Und was ist mit mir? Was wird aus uns? Sind wir nicht genauso wichtig wie Teddy?« Aber ich hielt den Mund. Meine Fragen hätten das Geld nicht zurückgeholt. Es hatte also keinen Sinn, sie zum Weinen zu bringen. Außerdem gab es noch einen Grund: Vor drei Wochen etwa hatte Janice, unsere Nachbarin, bei uns am Küchentisch gesessen und geweint, weil sie gerade ihre kleinen Mädchen abgegeben hatte. Sie war nicht mehr in der Lage gewesen, für sie zu sorgen, ihnen Essen zu geben. Jetzt würden sie wenigstens anständige Mahlzeiten und warme Kleider bekommen, hatte Janice andauernd wiederholt. Ich wollte Mama nicht auf den Gedanken bringen, daß mir Essen und warme Sachen wichtiger wären als bei ihr zu bleiben.

Also wischte ich verstohlen mein Gesicht an ihrer Bluse ab, hob den Kopf und sah sie an. »Schon gut, Mama«, sagte ich. »Wir kommen schon zurecht. Laß uns nach Hause gehen und alles durchsprechen.«

Aber sie hörte mir nicht einmal zu. Sie starrte wie gebannt auf die Skoags, genaugenommen auf den mit dem dicken Schädelkamm, und lauschte auf ›Moon over Bourbon Street‹, wie sie es noch nie zuvor getan hatte. Ich konnte nichts Besonderes an dem Lied finden und zerrte an ihrer Hand. Aber für sie war ich in dem Augenblick überhaupt nicht vorhanden; sie war irgendwie weggedriftet. Ich blieb also neben ihr stehen und wartete.

Mama hörte andächtig zu. Der Skoag mit dem großen violetten Kamm beobachtete sie. Er hielt die ganze Zeit seine flachen Augenflecken auf sie gerichtet, die wie bei allen Skoags ruhig, leblos und stumpf waren. Er schaute über die Köpfe der Touristen und Buhrufer hinweg direkt auf meine Mutter.

Als das Lied zu Ende war, gingen die Musiker nicht wie sonst gleich zur nächsten Nummer über. Der Violette stand da, fixierte Mama und ließ die Luft aus den prallen Schläuchen ab. Die anderen Skoags musterten ihn, schienen verdutzt und zappelten herum. Einige quakten auf. Aber dann ließen auch sie die Luft ab, und bald waren alle bis auf die Knochen geschrumpft; die schlauchähnlichen Luftkammern lagen wieder eng an ihren Körpern an. Meine Mutter stierte auf den Skoag, als würde sie immer noch Musik hören, bis ich ihren Arm schüttelte.

»Ich komm gleich«, sagte sie, blieb aber wie angewurzelt stehen. Sie rührte sich nicht einmal. Ich zerrte an ihrer Hand und sagte: »Ich hab Hunger.«

Dann zuckte sie zusammen und sah auf mich herab. »Oh, mein armer kleiner Junge«, sagte sie. Daß sie den Spruch ernst gemeint hatte, ärgerte mich. Auf dem Weg nach Hause dachte ich die ganze Zeit darüber nach. Ich war nicht selbstsüchtiger als andere Kinder auch, und Kinder hatten manchmal das Recht, selbstsüchtig zu sein. Ich trabte neben ihr her, überzeugt davon, daß sie selber wußte, wie schlimm der Monat werden würde und wie sehr ich schleimige Makkaroni haßte. Wahrscheinlich wußte sie sogar, daß sich die Sohle von meinen Turnschuhen löste. Und trotzdem hatte sie Teddy den Scheck gegeben, was für ein Kind nur schwer zu kapieren ist.

Also gingen wir nach Hause. Sie drehte das Radio an und ging gleich an die Arbeit. Wenn kein Musiker in der Nähe war, der sie ablenkte, konnte meine Mutter sehr methodisch und praktisch sein. Sie machte eine Bestandsaufnahme unserer Lebensmittel und packte sie geordnet in den Küchenschrank. Dann durchwühlte sie alle Taschen ihrer Kleider, tastete in den Sesselritzen herum und kramte auf diese Weise alles Geld zusammen, das uns geblieben war; zehn Dollar, siebenundachtzig Krumme. Dann plazierte sie mich an den Tisch wie einen ihrer Musikusse und erklärte, wie sie uns über den Monat bringen wollte. Sie sagte, wenn ich brav zur Schule ginge, würde ich täglich Milch und eine Vita-Rolle gratis bekommen; außerdem stünde mir eine warme Mahlzeit zu. Für mich wäre also gesorgt, abgesehen vom Abendessen. Aber das ließe sich verkraften, zäh wie wir nun mal seien, oder? Wir zwei brauchten nur zusammenzuhalten, dann könnte uns nichts kleinkriegen, nicht mal Schmalhans, der Küchenmeister. So redete sie in einer Tour. Aber plötzlich brach sie ihre Durchhalteparolen ab, stand auf und kniete sich vors Radio. Sie drehte an den Knöpfen und zog die Stirn kraus. »Der Sender kommt nicht durch. Oder da ist was kaputt. Verdammt, das fehlt mir noch. Jetzt läßt mich der verfluchte Apparat auch noch im Stich.« Sie versuchte es auf drei verschiedenen Stationen, schaltete dann aber wütend aus. »Scheiß Lautsprecher«, beschwerte sie sich bei mir. »Der Klang ist nur noch blechern.«

Mir war nichts aufgefallen. Trotzdem hielt ich den Mund und sah ihr zu, wie sie einen Topf mit Wasser füllte und Lebensmittel aus dem Küchenschrank holte.

Wir aßen Haferflockenbrei zu Abend und Toast mit

ausgelassener Erdnußbutter. Mama gab mir die letzten Krümel vom braunen Zucker für meine Grütze. »Vollwertkost mit viel Proteinen«, sagte sie, als habe sie statt der zusammengekratzten Reste eine planmäßige Diätspeise zu Tisch gebracht. Ich nickte und löffelte. Allzu schlecht war es nicht. Immerhin besser als Makkaroni.

Am Abend blieb Mama am Küchentisch sitzen und schmökerte in einem Buch mit Pappeinband, das Teddy zurückgelassen hatte. Sie trug ein altes T-Shirt. Ich glaube, sie fühlte sich ziemlich mies. Hin und wieder stand sie auf, fummelte am Radio herum, schüttelte den Kopf und schaltete es wieder aus. Kaum hatte sie eine Weile gelesen, machte sie das Radio wieder an, suchte einen Sender, fand aber nie, was sie wollte. Zwischendurch lauschte ich auf die Geräusche im Haus, die nachts immer unheimlich waren. Der Wasserboiler grummelte und gurgelte hinter der Trennwand. Ich bemalte ein ›Nimm nie Drogen‹-Blatt von der Schule und wünschte, man hätte mir mehr als drei Buntstifte mit nach Hause gegeben. Ich wollte den Löffel und die Spritze silbern ausmalen. Gelb haute einfach nicht hin.

Mama hatte gerade zum zwölften Mal das Radio ausgeschaltet. In der Stille, die eintrat, hörte ich ein Geräusch. Es klang, als würde jemand einen Sack Kartoffeln die Treppe zu uns herunterbugsieren. Mama und ich sahen einander an. Sie legte den Finger an die Lippen und sagte: »Schhh!« Also verhielt ich mich ruhig und wartete. Plötzlich klatschte es an der Tür. Jemand warf sich dagegen, daß die Scharniere bebten.

Die dunklen Augen meiner Mutter wurden riesig und ängstigten mich mehr als das Poltern an der Tür. Sie ging in die Küche und holte unser größtes Messer. »Geh in mein Zimmer, Billy-Boy«, flüsterte sie. Aber ich konnte mich vor Schrecken nicht rühren. Es war wie in einem Monsterfilm, wenn die Musik aufkreischt, bevor etwas Furchtbares die Szene betritt. Jeder ist darauf vorbereitet und starrt doch wie gebannt zur Leinwand. Ich mußte wissen, was da draußen vor sich ging. Und Mama war zu verängstigt, um mir und meinem Gehorsam auf die Sprünge zu helfen. Statt dessen schlich sie näher an die Tür heran und hielt das Messer festgepackt: »Wer ist da?« schrie sie, aber ihre Stimme überschlug sich.

Der Druck auf die Tür ließ nach, und für einen Moment war alles still. Dann war ein Geräusch zu hören. Es klang, als blies jemand in eine Trompete, in der eine Ziehharmonika klemmte, ein Laut wie aus einem verrückten Zeichentrickfilm, wenn Doofus Duck mit einem Gummihammer verprügelt wird. Mama sah so verdutzt aus, daß ich vor Lachen prustete. Es war ein Skoag-Laut, der alles andere als furchterregend klang. Dann sprach eine Stimme, so weich und tief wie gestreichelte Cellosaiten.

»Für Menschen heiße ich Lavendel.«

»Der Skoag?« fragte Mama, aber ich war schon an ihr vorbeigesprungen und schob den verbogenen Türriegel zur Seite. Das mußte ich mir ansehen. Es war absolut ungewöhnlich, nachts einen Skoag vor unserer Tür anzutreffen. Den Anblick durfte ich mir nicht entgehen lassen. »Billy!« warnte mich meine Mutter, doch ich hatte die Tür schon aufgezerrt.

Der Skoag stand leibhaftig vor mir. Es war der Violette, dem wir zugehört hatten. Er sah nur wesentlich kleiner aus mit schlaffen Luftblasen, nicht viel größer als Mama, und hatte eine Art Bauchsack, in der eine braune Einkaufstüte steckte, ein Blumenstrauß, in grünes Seidenpapier eingewickelt, und eine kleine Tüte aus dem Schnapsladen. Er trug einen durchsichtigen Plastikumhang; das entsprach der Vorschrift für Skoags, die menschliche Wohnungen aufsuchten. Im wäßrigen Straßenlicht glänzte darunter seine Haut, die einer schillernden, bewegten Öllache in einer Pfütze glich. Seine dicken, kleinen Flossen schlugen wie bei einem schwimmenden Fisch auf und ab. Die trüben, blauen Augenflecken waren auf meine Mutter gerichtet.

Sie starrte zurück, hielt das Messer immer noch in der Hand, hatte es aber längst vergessen. In abwehrender Geste verschränkte sie die Arme vor der Brust. »Was wollen Sie?« fragte sie mit trotzig verstörter Stimme, die sonst nur der Hausmeister zu hören bekam.

Eine kleine Blase über den Augen pulsierte beim Klang seiner Cellostimme. »Eintreten.«

»Nun, das erlaube ich nicht«, antwortete sie im gleichen Augenblick, als ich die Frage stellte: »Wie sind Sie die Treppe runtergekommen?«

»Unter größten Schwierigkeiten«, pulsierte er mir zu, und über den Cellotönen war das Winseln einer Geige zu hören, das seiner Antwort eine scherzhafte Note verlieh. Ich konnte mir nicht helfen und grinste, was er allerdings nicht bemerkte. Er hatte meine Frage beantwortet, bevor er aufmerksam wurde auf das, was Mama gesagt hatte. Ich fühlte mich zwei Fuß größer, weil er mir gegenüber gesprochen hatte wie ein Kumpel zum anderen.

Jetzt sah er meine Mutter abwartend an.

»Gehen Sie!« forderte sie ihn auf.

»Ich kann nicht«, sagte er, wieder ganz Cello. »Sie haben uns heute morgen zugehört. Ich meine, Ihr Interesse gespürt zu haben. Meine Gefährten sagen, daß ich mir das nur einbilde, weil ich so verrückt nach Ihnen bin. Zugegeben, ich mache mir Hoffnungen. Ich habe Geschenke mitgebracht. Blumen und Wein für Sie, wie's sich gehört, und etwas zu essen für Ihr Kind, weil es, wie ich gehört habe, sehr hungrig ist. Darf ich reinkommen?«

Meine Mutter rührte sich nicht; sie stierte ihn nur an. Ein Auto huschte auf der verregneten Straße vorbei, der Wind blies die Treppe herunter, um den Skoag herum, und schlug uns kalt entgegen. Die beiden standen sich stumm gegenüber und schienen auf etwas zu warten.

»Ich liebe Sie«, flüsterte das Cello, und die Töne spülten wie eine warme Welle durch unsere Wohnung. Die

Wörter waren schon gesprochen, aber der Klang riß nicht ab, sondern ging in Musik über wie akustische Stickerei am Saum eines Gedankens. Ich lauschte den verebbenden Tönen, und dann entstand wieder ein Schweigen, das uns trennte. Die Stille war unerträglich.

»Kommen Sie rein«, sagte meine Mutter.

So trat Lavendel in unsere Wohnung und in unser Leben.

Alles änderte sich.

Alles.

Nach ein paar Tagen kannte uns kein Nachbar mehr. Wenn ich über die Straße ging, flogen mir Steine nach, aber ich sah nie, wer sie geworfen hatte. Das Radio blieb ein für allemal ausgeschaltet. Jeden Tag standen leckere Sachen auf dem Tisch. Mama schaute sich nicht mehr nach Straßenmusikern um und hörte auf, offenen Mikrophonen nachzustellen. Die Leute riefen ihr häßliche Namen nach, und im Hausflur wurde unser Briefkasten von der Wand gerissen. In der Schule war ich in so viele Prügeleien verwickelt, daß ich auf Anordnung des Direktors das ganze Jahr über Nachsitzen bekam. Danach hatte ich überhaupt keine Freunde mehr, was mir nicht leid tat, weil Lavendel zu Hause war.

Jeden Tag ging ich zur Schule, weil Lavendel es so wollte. Das sei für später sehr wichtig, versicherte er mir, und das reichte, um mich zu überzeugen. Wenn ich von der Schule nach Hause kam, rutschte ich über die gefurchte Rampe, die nun statt der Treppe zu unserer Wohnung hinabführte, und Lavendel wartete schon auf mich, selbst wenn Mama unterwegs war. Ihre Musikerfreunde hatten mich bloß geduldet und meist ignoriert, mich wie eine Katze oder Zimmerpflanze behandelt, wie ein lästiges Wesen, das in Mutters Wohnung lebte. Ganz anders war das bei Lavendel. Er wußte, daß ich da war, und freute sich darüber. Er gab mir das Gefühl, wichtig zu sein. Wir sprachen oft miteinander, während er den matschigen Haferbrei durch eine Membrane auf der Brust rieb und ich Kekse und Milch in mich reinstopfte. Dann mußte ich ihm alle Zettel zeigen, die ich von der Schule mitgebracht hatte, oder aus den Schwarten vorlesen, die ich in der Bücherei ausgeliehen hatte. Ihn begeisterte alles, was ich tat. Meistens redeten wir und lachten. Sein Lachen erinnerte mich an das Zirpen einer riesigen Heuschrecke. Einmal sagte er, daß Skoags nie gelacht hätten, bevor sie zur Erde gekommen seien, aber die Idee, Freude durch ein spezielles Geräusch kundzutun, sei so wunderbar, daß alle Exilanten sofort darauf anspringen würden, und jeder Skoag dürfe sich ein eigenes Lachen zulegen. Lavendel sagte das, als sei die Fähigkeit des Lachens eine besondere Gunst. Mein Lachen, so fand er, wäre eins der schönsten, die er je gehört habe. Seit dem Tag, an dem er mich zum ersten Mal lachen gehört hatte, wußte er, daß derjenige, dem so ein schöner Laut gelang, etwas ganz Besonderes sein mußte. Und dann lachte er mein Lachen, damit ich mich selber einmal lachen hören konnte, was mich wiederum zum Lachen brachte, und so lachten wir wohl an die zehn Minuten gemeinsam, harmonisch, wie eine neue Art von Musik.

Im Rückblick ist mir klar, daß er nicht viel wußte über die Grundbedürfnisse der Menschen. Weil er das meiste von mir lernte, entsprach seine Vorstellung von dem, was wichtig ist, der Interessenlage eines Siebenjährigen. Vom Essen hielt er viel und sorgte immer dafür, daß genug im Haus war. Allerdings neigte er dazu, ständig das gleiche einzukaufen. Er liebte bunte, simple Spielsachen, die sich bewegten: Jo-Jos und Kreisel, Segelflugzeuge, Murmeln, Bälle und Frisbees. Ich glaube, Blumen hielt er für etwas, das im wesentlichen zu meiner Mutter gehörte. Er stellte unsere kleine Wohnung zu mit zierlichen Glasvasen voller Blumensträuße. Ich habe nie einen Extrawunsch geäußert; mir reichte, was er mitbrachte, und Mama dachte genauso. Sie war zu sehr ans Geben gewöhnt, als daß sie leicht etwas hätte annehmen können. Trotzdem, Lavendel sorgte für uns. Ich weiß noch, wie ich eines Tages nach Hause kam und ihn dabei beobachtete, wie er mit den Flossen vorsichtig über hervorstehende Nägel und Fetzen der Hartfaserplatten tastete, die an den Wandbalken hingen. »Gefällt das der Mama?« wollte er wissen.

»Nein. Es ist schrecklich häßlich. Aber was anderes haben wir nicht«, antwortete ich. Seine luftleeren Blasen kräuselten sich zu einer Geste, die, wie ich gelernt hatte, einem freudigen Grinsen entsprach. »Dann würde das hier vielleicht der Mama gefallen«, raunte das Cello, und er fing an, Meterware aus seiner Bauchtasche zu spulen. Es schimmerte wie Plastik, fühlte sich aber weich wie Stoff an und war so dünn, daß man einen Quadratmeter davon in der Faust zusammenballen konnte. Er fing an, das Material aufzuhängen; es bildete herabfallend einen hübschen Faltenwurf und erwärmte den Raum durch Farbe und Isolierung. Der muffige Kellergeruch verschwand, und durch das Zimmer flutete weiches Licht. Dann versteckten wir uns im Kleiderschrank und warteten, bis Mama nach Hause kam. »Oh, Lavendel«, rief sie überrascht, »du überdeckst alle Ecken und Kanten in meinem Leben.« Lange Zeit dachte ich, sie habe bloß die Kanthölzer der Wände gemeint. Er konnte aus dem Wandbehang verschiedene Farben hervorzaubern und sorgte fast täglich für Abwechslung. Ich weiß bis heute nicht, wie er das schaffte. Er hätte mir bestimmt Auskunft gegeben, aber ich habe nie gefragt.

Er erklärte mir alles, was ich wissen wollte. Ich kannte die Skoags besser als die sogenannten Experten von damals. Auf alle meine Fragen gab er mir eine Antwort. Ich erfuhr, daß die Skoags in die Verbannung zur Erde geschickt wurden, weil sie in aller Öffentlichkeit musizierten, was auf ihrer Heimatwelt verboten war. Ich wußte, daß sie nur die Musik anderer Leute spielten, weil das Komponieren ausschließlich zum Amt eines heiligen Anführers gehörte. Die Skoags auf der Erde waren religiöse Rebellen, Abtrünnige. Sie glaubten nicht daran, daß Musizieren nur für Gottesdienste vorbehalten sei. Statt dessen vertraten sie die Ansicht, daß jeder — nicht bloß Priester-Skoags — ständig und überall singen sollte. Mit solchen Äußerungen hatten sie sich auf ihrer Welt der Ketzerei schuldig gemacht. Wer dabei ertappt wurde, konnte wählen zwischen Verbannung und ›einem höchst unerfreulichen Ereignis‹. Lange Zeit wußte ich nicht, was Lavendel mit dieser Umschreibung meinte. Vieles von dem, was er sagte, blieb mir ein Rätsel. Lavendel versuchte mir oft zu erklären, daß Musizieren ein Kreis sei; wenn jemand gut genug singen konnte, um perfekte Musik zu erzeugen, würde dasjenige geschaffen, was den Kreis vollendet. Meine Mutter, so sagte er, stünde kurz davor. »Sie bringt den Kreis fast zur Vollendung, aber noch nicht ganz.« Was er da sagte, war mir schleierhaft. Kaum ein Tag verging, ohne daß er nicht einen neuen Erklärungsversuch unternommen hätte. Es gab aber einfach keine menschlichen Wörter, mit denen diese Vorstellung der Skoags beschrieben werden konnte. Das ärgerte mich sehr. So blieb eine Lücke zwischen uns offen. Er erzählte auch von anderen Dingen und verriet mir, daß manche Skoags lange, gegliederte Flossen hätten, die meinen Fingern glichen, oder daß sie vor einer Reise durchs All dehydriert würden, und daß sie die Menschen für ›halbgeschlechtlich‹ hielten, weil sie sich nicht selber befruchten konnten. Ich brauchte bloß zu fragen; er antwortete. Aber wenn ich nicht fragte, hielt er sich mit seinen Erklärungen zurück. Ich habe ihn zum Beispiel nie gefragt, ob er gekommen sei, um der Verbannung seiner Leute ein Ende zu machen, oder ob er auf seiner Welt ein wichtiger Skoag gewesen sei oder wie ihre Raumschiffe funktionieren würden. Er hätte mir bestimmt Auskunft gegeben. Aber ich habe nie gefragt.

Während der langen Abende musizierte Lavendel für uns. Er spielte alles, was wir uns wünschten. Er kannte alle Lieder, um die meine Mutter bat, und konnte sie in jeder Version vortragen. Mama saß dann immer am Ende meiner Couch, wärmte meine Füße und hörte hingerissen zu, während Lavendel so lange spielte, bis ich eingeschlafen war. Morgens wurde ich durch sein Klatschen an der Tür geweckt. Dann sprang ich auf und ließ ihn reinkommen. Er war immer beladen mit Müsli, Milch, Früchten, seiner eigenen, widerlichen Kost und frischen Blumen für Mama. Er wiederholte dann alle neuen Klänge, die er nachts über in der Stadt aufgeschnappt hatte, nicht nur die Musik, die aus den Kneipen nach draußen drang, sondern auch die Rufe der Möwen über der Bucht, das Husten der Säufer und Hundegebell. Ich konnte mich kaum losreißen, um zur Schule zu gehen, und war sicher, daß Mama und Lavendel den ganzen Tag über viel Spaß haben würden. Ich ging eigentlich nur, weil er es so wollte.

So ließ sich herrlich leben. Es gab zu essen, jede Menge zu erzählen und ein gemütliches Zuhause — alles, was ein Kinderherz begehrt. Vor allem aber hatte ich Lavendel. Wieviel er mir bedeutete, ist kaum in Worte auszudrücken. Über ein Jahr lang war die Welt für mich mehr als nur in Ordnung.

Eines Tages kam meine Mutter durch Zufall mit ihm in Berührung. Ich weiß das, weil ich es selber gesehen habe. Es war so simpel, so dumm. Sie rutschte auf dem Küchenboden aus, streckte die Arme aus, um sich festzuhalten, und bekam eine von Lavendels Flossen zu packen. Mit der bloßen, schleimig glänzenden Flossenspitze hielt er Mutters Hand, fing sie auf und versetzte sie in Ekstase. Ihr Gesicht veränderte sich, sie schrie auf — ein einfaches »Oh!«, wie ein Kind, das zum ersten Mal einen Weihnachtsbaum sieht — und setzte sich auf den Küchenboden. Sie saß einfach da und lächelte. Lavendel zog sacht seine Flosse aus ihrer Hand, aber es war zu spät. Mit seinen dunkelblauen Augenflecken sah er mich an.

»Das war keine Absicht von dir«, tröstete ich. »Es war nicht deine Schuld.« Aber mein Herz ließ mich am ganzen Leib zittern.

Kaum eine Sekunde später stand Mama auf und sagte: »Alles in Ordnung. Reg dich nicht auf, Lavendel. Hör auf, so rumzuzappeln. Billy, glotz nicht; mir geht's gut.« Sie griff nach der Ecke des Küchentischs und setzte sich auf einen Stuhl. »Scheiße. Das hat voll reingehauen«, sagte sie wenig später und seufzte. Dann stand sie auf, ging zum Herd und rührte in der Spaghetti-Sauce. So weit, so gut. Mann o Mann, dachte ich, als mir mein ›Nimm nie Drogen‹-Buch von der Schule einfiel. »Was freu ich mich, daß Mama keine Skoag-Fantasterin geworden ist!«

Natürlich irrte ich mich.

Am Anfang berührte sie Lavendel nie, solange ich in der Nähe war. Und Kinder spüren nichts von allmählichen Veränderungen. Wenn ich von der Schule nach Hause kam, saß Mama summend am Küchentisch. Es wurde immer schwerer, ihre Aufmerksamkeit zu gewinnen. Dann forderte sie mich auf, mein Essen selber zuzubereiten. Zuerst sagte sie mir noch, was ich kochen sollte, aber später winkte sie nur noch mit der Hand in Richtung Kühlschrank. Nach einer Weile lernte Lavendel tiefgekühlte Mahlzeiten kennen und versorgte uns damit. Als ich eines Tages von der Schule kam, bemerkte ich, daß Lavendel unseren von der Wohlfahrt bezogenen Mikrowellenherd gegen einen neuen, besseren ausgetauscht hatte. Von da an wärmte ich alles im Herd an. Trotzdem war bei mir immer noch nicht der Groschen gefallen.

Mir fiel eigentlich nur auf, daß Mama und Lavendel immer vertrauter miteinander wurden. Daß er in jener ersten Nacht von Liebe gesprochen hatte, war mir nicht seltsam vorgekommen. Ich liebte Mama ja auch, und eine Menge von Musikern sagten das gleiche. Wieso hätte es mir also aufstoßen sollen, daß ein fremder Skoag an der Türschwelle meiner Mutter seine Liebe gestand. Lavendel ließ nie eine Gelegenheit aus, um deutlich zu machen, wie wichtig ›die Mama‹ sei. Das zeigte sich nicht nur an den Blumen oder an der Art, wie er auf ihre Musikwünsche einging. Er respektierte sie wie kein anderer zuvor. Er hielt ihr Zuhören für ebenso wichtig wie sein Musizieren.

Und es wurde ihm immer wichtiger. Wenn er ihr jetzt am Abend etwas vorspielte, brach er manchmal mitten in einem Stück ab und fragte: »Stimmt das? Ist das richtig so?«

»Nein«, sagte sie dann, und er ließ verzweifelt die Luft aus den Schläuchen.

Oder wenn sie sagte: »Ja, fast«, und selber ein paar Takte vorsummte, die dem, was er gespielt hatte, auch nicht annähernd gleichkamen, meinte er: »Ich glaube, ich kann's hören.«

Manchmal sagte sie auch: »Ja, ja, genau das ist es.« Dann spielte er das Stück immer wieder aufs neue, während sie dasaß, nickte und lächelte.

Ihr Wandel ging langsam vonstatten. Sie achtete nicht mehr auf ihre Kleidung und ging nur noch selten aus. Sie wurde dick und kaufte große Männerhemden aus zweiter Hand, um ihren Bauch zu verdecken. Sie entwickelte einen Trick, was ihre Haare betraf, kämmte und zupfte immer daran herum wie ein pedantischer Fiedler, der ständig die Saiten nachstimmt. Ihre Stimme veränderte sich, wurde schleppend und gedämpft. Sie verschluckte die Endungen der Wörter. Wenn ich nach Hause kam, saß sie manchmal am Tisch und träumte mit offenen Augen. Auf meine Fragen reagierte sie nicht, bis Lavendel an ihre Seite rückte. Dann endlich sah sie mich an und antwortete mir mit süßer, verklärter Stimme.

Leichter war es, mit Lavendel zu reden. Er wußte sowieso immer alles, und Mama war so glücklich und verträumt, daß ich mir keine weiteren Sorgen machte. Sie hatte nichts zu tun mit den verlausten ausgemergelten Skoag-Fantastern, die ich aus dem Schulbuch kannte. Sie war sauber, dick und schön, strotzte vor Gesundheit und schwelgte in Träumen. Zu der Zeit fand ich heraus, daß Lavendel nachts über nicht mehr ausging, sondern manchmal sogar neben ihr auf dem Bett lag. Mama hielt dann seine Flosse umschlungen und ruhte mit dem Kopf auf dem Plastiküberzug, der seinen Körper bedeckte. Hätte ich also nicht spätestens zu dem Zeitpunkt merken müssen, daß sie eine Skoag-Fantasterin und völlig benebelt war? Wie hätte ich? Ich war ein Kind, und sie sah nicht aus wie eine Fantasterin. Obwohl sie mich oft ignorierte, so war sie doch meine Mutter. Und sie hörte jeden Abend zu, wenn Lavendel spielte.

Auch ich war von seiner Musik wie verzaubert. Mama wünschte sich keine speziellen Lieder mehr, und mir war sowieso egal, was er spielte. Hauptsache, er musizierte für Mama und für mich. Was zählte, war dieses letzte bißchen Aufmerksamkeit, das mir am Ende eines Tages vergönnt war. Aber allmählich stellte sich auch in der Hinsicht ein Wandel ein. Seine Musik veränderte sich. Er fing an, Lieder zu spielen, die ich nicht kannte. Einige waren düster und traurig, die Texte oft in einer fremden Sprache. Manchmal klangen sie nach Zupfmusik und Lagerfeuerromantik, dann wiederum wie eine Bläserschlacht und Stahlgeklirre. Ab und zu war die Musik so fremd und wunderbar, daß sich die Härchen aufrichteten und mir ein Schauer über den Rücken lief. Langsam verstand ich, warum meine Mutter soviel übrig hatte für Musik. Bei manchen seiner Lieder glaubte ich, mein Herz würde aus dem Körper springen und durch die Luft tanzen wollen. Dann zog es mich vom Sofa an die Seite von Lavendels fetten, schwieligen Schwanzflossen, und ich war vor Glück richtig verrückt. Manche Lieder kitzelten mir Tänen aus den Augen und machten mich traurig, weil ich, wenn auch nicht ganz, so doch fast verstehen konnte, worum es bei dieser Musik ging.

Das mußten Lavendels eigene Kompositionen sein. Kein anderer hätte solche Töne hervorgebracht, eine Musik, die mich so gut zu kennen schien. Das mußte ohne Zweifel seine ureigene Musik sein, die zu spielen den Skoags eigentlich streng verboten war — es sei denn, sie hatten als Skoag-Priester die Aufgabe, für die Tempel zu komponieren.

Im Februar wurde das erste Paket für Lavendel abgeliefert. Es lag vor der Rampe, als ich nach Hause kam. Ich hob es auf und brachte es in die Wohnung. Es war nur eine flache, schwarze Plastikkiste. »Sieh mal, was ich gefunden habe«, sagte ich, als ich durch die Tür trat. Lavendel kam sofort auf mich zu und nahm mir das Päckchen aus der Hand.

»Für mich«, sagte er. »Eine Nachricht.« Seine Cellosaiten vibrierten unnatürlich, als er es in die Bauchtasche steckte. Daß er es öffnete, habe ich nie gesehen. Er sprach auch nicht davon und wollte meine Schulhefte sehen.

Danach kamen noch drei oder vier weitere Päckchen an, die ich immer am Fuß der Rampe fand, wenn ich von der Schule nach Hause zurückkehrte, und jedesmal nahm sie mir Lavendel aus der Hand. Einmal, ich kam gerade von der Schule, hatte es zu regnen angefangen, und als ich unser Haus erreichte, waren Flossenspuren auf der Rampe zu erkennen, die zu dem flachen, schwarzen Päckchen führten. Sie waren also von Skoags abgelegt worden. Ich wunderte mich, warum Skoags Nachrichten hinterließen, statt mit Lavendel zu sprechen.

Das letzte Nachrichtenpäckchen war nicht schwarz, sondern silbern. Lavendel hielt es eine lange Zeit in den Flossen und starrte darauf. Dann bewegten sich die Muskeln, die seine Augenflecken auf- und zugehen ließen, als er meine Mutter sekundenlang fixierte. Sie wußte etwas über die Nachrichtenpäckchen, und was sie wußte, schien wenig erfreulich zu sein. Ich brannte darauf zu erfahren, um was es ging, wagte aber nicht zu fragen. Die Stille war erdrückend wie eine Zentnerlast. Ich ging zu Mama und ließ mich von ihr an den dicken Bauch drücken. Sie streichelte mir wie einem Säugling den Kopf, stieß mich dann sanft von sich und wies zur Tür. Ich sollte nach draußen gehen.

»Ich bin doch kein Baby mehr«, protestierte ich gegen den Versuch, mich in einer wichtigen Frage auszuschließen.

»Nein«, sagte Lavendel. Er winkte mit einer Flosse ab, und meine Mutter ließ mich los. »Das bist du wirklich nicht mehr. Du bist alt genug, um mit einer wichtigen Angelegenheit vertraut gemacht zu werden.« Er stockte, brachte aber dann sein Cello in heftige Schwingungen. »Billy-Boy. Daß ich hier bei euch wohne, hat die anderen Skoags wütend auf mich gemacht. Sie verlangen, daß ich zurückkehre und so lebe, wie sie es wünschen. Aber ich kann nicht. Das werde ich ihnen morgen erzählen. Vielleicht wird es ...« Das Cello seufzte wortlos und fuhr dann fort: »... Unannehmlichkeiten geben. Womöglich ein höchst unerfreuliches Ereignis. Solange ich weg bin, verlaß ich mich darauf, daß du auf die Mama achtgibst.« Er drehte sich langsam um und sah meine Mutter an. »Mehr läßt sich dazu nicht sagen. Billy braucht nicht vor die Tür zu gehen.« Sie senkte den Kopf und fügte sich seinem Wunsch. Er verlor kein Wort mehr über die Sache, sondern ging in der Wohnung auf und ab, summte stimmlos vor sich hin und ließ den Wandbehang von einer blassen Malvenfarbe zu einem Himmelblau aufleuchten.

An diesem Abend spielte er lange Lieder ohne Worte mit viel Saitenklängen und schrillen Blasinstrumenten. Ich schlief ein zu einer Musik, die wie Möwengeschrei nach einem Sturm anmutete.

Als ich am nächsten Tag von der Schule zurückkam,

war Lavendel nicht da. Mama saß am Küchentisch. Sie blickte nicht einmal zu mir auf. Erst als ich die Schulbücher vor ihr auf den Tisch knallte, stierte sie mich aus Augen an, die so hohl und düster waren wie Lavendels Augenflecke. Ihr Gesicht sah aus wie an dem Tag, als sie Teddy unseren Scheck gegeben hatte, nur tausendmal schlimmer. »Billy«, nuschelte sie mit geschwollener Zunge, und es klang, als hätte sie den Mund voll von türkischem Honig. Sie streckte die Arme nach mir aus, aber ihre Handflächen waren von schillernden Narben zerfurcht wie auf den Bildern im ›Nimm nie Drogen‹-Buch. Plötzlich wollte ich mich nicht mehr von ihr berühren lassen. Meine Gedanken purzelten durcheinander und sträubten sich vor der Wahrheit. Ich wich ihr aus, fühlte mich betrogen, ahnte, daß irgendwas schrecklich im argen lag. »Lavendel!« rief ich, aber die Cello-Antwort blieb aus. Ich musterte Mama, ihre vernarbten Hände, spürte, wie verloren sie war in ihrer Taubheit, und wußte, wer sie so zugerichtet hatte. Aber schlimmer war, daß er jetzt nicht bei uns war.

»Nimm's ihm nicht übel«, murmelte Mama mit schleppender Stimme. »Es mußte so kommen. Wir konnten uns selber nicht mehr helfen. Eines Tages wird alles wieder gut werden.«

Sie konnte nicht ahnen, wie dreckig es uns ergehen sollte. Der lange, einsame Abend war schon schrecklich genug. Sie fing plötzlich zu zittern an, umklammerte sich dann mit den eigenen Armen und neigte den Kopf zur Seite, als lauschte sie auf ein Geräusch. Ich saß auf der Couch, beobachtete sie und versuchte, ihre Einsamkeit zu ermessen. Wie eine Lunge, die vergeblich nach Luft schnappt, so war sie von der Musik, von allen Geräuschen ausgeschlossen. Aber er liebte sie doch, und er liebte mich; er konnte sie nicht einfach so leer und mich so allein zurücklassen. Er würde uns nicht mir nichts, dir nichts im Stich lassen. Ich sah, wie meine Mutter die Finger in die Ohren bohrte, als wollte sie einen Stopfen rauspulen. Unter ihren Nägeln sammelte sich trockene Haut und grindiges Zeug. Das Klopapier, mit dem sie sich die Ohren auswischte, bekam rosafarbene Flecken. Es war schrecklich, ihr zuzusehen. Aber es wurde alles noch entsetzlicher, als ich Flossen draußen über die Rampe stapfen und ein schweres Klatschen an der Tür hörte, aufsprang in der Hoffnung, Lavendel wäre zurückgekommen und alles würde wieder sein wie früher. Ich rannte zur Tür, zerrte sie für ihn auf. Er stürzte in den Raum.

Es schepperte fürchterlich, als er zu Boden ging, aber er schrie nicht auf. Auch Mama blieb stumm, als sie auf ihn zuging. Ich trat einen Schritt zurück und sah zu, wie sie sich über ihn wälzte.

Ich brüllte los, als ich sah, wie sie ihn zugerichtet hatten. Seine Luftschläuche hingen in dünnen Fetzen herab, und aus den zerfransten Rändern sickerte etwas Gelbliches. Jede Schallmembrane seines Körpers war zerstückelt. Er versuchte zu sprechen, doch seine Stimme klang wie flatternde Gardinen und Zeitungsfetzen, die im Winter über die Straße fliegen, wie das Scherbeln zerrissener Trommelfelle. Meine Mutter kniete neben ihm, nahm seine Flossen und preßte sie an ihre Wangen. Ich kann immer noch nicht glauben, daß sie sich lediglich wie ein Junkie den letzten Rausch sichern wollte. Ihre Augen steckten voll schrecklicher Weisheit und Liebe, als sich der schillernde Schleim durch ihre Haut fraß und Spuren hinterließ. Noch einmal fingen die zerfetzten Membranen zu flattern an, blieben dann aber schlaff.

Ich rannte auf die Straße hinaus, die im Regen glänzte, so schillernd wie seine Haut und naß wie der aus den Wunden tropfende Saft. Ich lief so weit und so schnell, wie ich konnte, und versuchte, dem Schrecken zu entkommen, einem Ort entgegenzufliehen, der mit dem, was ich erleben mußte, nichts zu tun hatte. Ich weiß nicht, wer sie alarmiert hatte, die Polizei oder den Krankenwagen oder was auch immer schließlich kam, um Lavendel abzuholen. Mama war es nicht, da bin ich mir sicher. Sie hatte bestimmt nur dagesessen und die Flossen gehalten, während die Musik verklang.

Im Morgengrauen kehrte ich um. Ein Mann und eine Frau warteten auf mich. Sie trugen lange Regenmäntel und standen im Zimmer. Vielleicht fürchteten sie, sich auf unseren Stühlen dreckig zu machen. Lavendels Umrisse waren mit Kreide auf den Boden gezeichnet worden. Keiner gab mir Antwort. Statt dessen löcherte man mich mit Dutzenden von Fragen. Hatten die Skoags Lavendel umgebracht? Warum? Ob ich etwas gesehen hätte? Ob meine Mutter den Mördern Hilfe geleistet hätte? Warum ein Skoag bei uns gewohnt habe? Ob er jemals versucht hätte, mich zu berühren? Aber aus Wut verweigerte ich jede Antwort. »Wo ist meine Mama?« wollte ich immer wieder wissen. Schließlich wurde ich in einen Wagen gesetzt und in ein Kinderheim gefahren.

Die Frauen im Heim trugen alle graue Hosen und weiße Hemden. Sie nannten mich ›Herzchen‹, gaben mir zwei Hosen, zwei Hemden, Unterwäsche, Socken und Schuhe und steckten mich in die Badewanne. Meine Sachen wurden samt und sonders weggeworfen. Dann zeigten sie mir ein Bett mit brauner Wolldecke, das in einer Reihe von Betten mit braunen Wolldecken stand, und sagten, daß es mir gehörte wie auch die Kiste am Fußende.

Am nächsten Tag kamen noch mehr Leute, um sich mit mir zu unterhalten, nette Leute mit freundlichen Stimmen, Kaugummis und Lebensrettern. Eine Frau erklärte mir, daß meine Mama krank und an einem Ort untergebracht sei, wo es ihr bald wieder besser gehen würde. Aber ich hörte raus, was sie in Wirklichkeit meinte, nämlich daß Mama böse gewesen sei und so lange eingesperrt bliebe, bis sie wieder artig sein würde. Sie sagten mir, der Skoag sei weg, und ich bräuchte keine Angst mehr zu haben. Ich sollte ruhig über alles sprechen, und keiner würde mir weh tun. Sie meinten, meiner Mama wäre am besten zu helfen, wenn ich auf alle Fragen antworten würde. Aber ihre Stimmen klangen wie quietschende Käfigtüren, wie Eisentore, die vom Wind auf und zu geschlagen wurden. Ich wußte, daß Mama nicht durch Geschwätzigkeit zu helfen war. Als sie mir also Fragen stellten, zuckte ich immer nur mit den Schultern oder kehrte alles ins Gegenteil um. Ich log auf Teufel komm raus, sagte, daß Lavendel mein Vater und Mama seine Sekretärin sei. Ich warnte sie, erbrechen zu müssen, würgte und versuchte, ihnen auf die Schuhe zu kotzen. Nach drei Tagen ließen sie mich in Ruhe.

Anschließend mußte ich tagtäglich mit den anderen Heimkindern zur Schule gehen und den Sonderunterricht für Kinder von Drogenabhängigen besuchen. Fast jeden Tag wurde ich verprügelt. Die größeren Jungen nannten mich ›Billy Banane, Sohn einer Skoag-Hure‹. Einer der Jungs hatte eine Zeitung, auf deren Titelseite ein Bild meiner Mutter abgebildet war mit der fettgedruckten Überschrift: »GELIEBTE EINES SKOAGS WIRD ZEUGIN EINER RITUELLEN HINRICHTUNG! Fantasterin gesteht: ›Er wurde getötet, weil er mich liebte.‹« Ich schlug den Kerl, zerrte ihm die Zeitung aus der Hand und riß sie in Stücke. Die Frau, die auf dem Schulhof Aufsicht führte, nannte mich ein Tier, das in keine Kindergemeinschaft passen würde. Ich mußte drei Stunden nachsitzen, was mir nur recht war. In dieser Nacht stand ich auf, ging ans Bett des Jungen und pinkelte die Matratze voll. Er bekam Ärger wegen Bettnässerei. Ich lernte schnell.

Viel Zeit verging. Vielleicht nur ein Monat oder zwei, aber es kam mir entsetzlich lang vor. Mein eigentliches Leben war zu Ende gegangen; irgendwer hatte mich in ein neues gesteckt. Ich fühlte mich wie jemand anders, hielt Lavendels Leben und Tod für etwas, das ein Spielkamerad von mir erlebt hatte, irgendein kleines albernes Kind, dem nicht aufgefallen war, daß seine Mutter von Drogen abhing, die ihr vom Dealerfreund zugesteckt wurden. So dumm war ich längst nicht mehr. Ein Mann, der mir ständig gute Ratschläge gab, sagte, ich sollte immer daran denken, daß nichts von alledem meine Schuld sei. Ich sei bloß ein Kind und hätte nichts tun können gegen den Entschluß meiner Mutter, eine Skoag-Fantasterin zu werden. Man gab sich richtig Mühe, mir die Schuldgefühle zu nehmen und mich statt dessen gegen meine Mutter aufzuwiegeln, die mein Leben ruiniert habe. Aber dann, eines schönes Frühlingstages, schaute ich zum Fenster der Schulklasse raus und sah eine Frau mit Mantel, Kapuze, Handschuhen und einem Schal, der um ihr Gesicht gewickelt war. Ich erkannte sie nicht gleich und wandte mich wieder den Rechenaufgaben zu. In der Pause durfte ich dann mit ihr nach Hause gehen.

Es ist alles so simpel, wenn man ein Kind ist. So simpel und scheußlich. Ich fand mich ab mit dem was passierte, lebte von einem Tag zum anderen, und wunderte mich über nichts mehr, weil ich kaum etwas zu erwarten hatte. Ich war auch nicht überrascht, als wir unsere Wohnungstür aufgebrochen vorfanden. Ein Nachbar oder ein Straßenbengel hatte in der Wohnung alles kurz und klein geschlagen. Die Kreidespur war immer noch zu sehen. Dazugekommen waren die Scheißhaufen am Boden. Lavendels Wandverkleidung hing in toten, braunen Fetzen von der Decke. Seine Blumen schimmelten zwischen zerschlagenem Glas auf dem Tisch. Die Türen vom Küchenschrank waren abgerissen worden, der Mikrowellenherd war verschwunden, und meine Couch stank nach Urin. Essensreste und Mäusedung lagen verstreut umher.

Mama richtete einen Stuhl auf, stellte ihn auf die Beine und wischte den Sitz sauber. Darauf legte sie Mantel, Schal und Handschuhe ab und entblößte dabei ihre Narben so selbstverständlich, daß ich gar nicht erst dazu kam, entsetzt zu reagieren. Sie waren nun Teil von ihr wie der dicke Bauch und die dunklen Augen. Sie hob ein Stück Papier vom Boden auf schrieb eine Liste mit verschiedenen Putzmitteln und billigen Lebensmitteln und gab mir Geld zum Einkaufen. Dann nahm sie den alten Besen zur Hand.

Auf dem Weg zum Laden kam mir niemand in die Quere. Der Türsteher starrte mich fast zwei Minuten lang an, bevor er dem Personal eine Meldung durchgab. Auf dem Rückweg kam mir ein ungeheuer feister Skoag entgegen. Er erkannte mich, drehte sich um und folgte mir. Aber alle Skoags sind langsam; ich ignorierte seine tutenden Rufe, mit denen er mich zum Stehenbleiben aufforderte. Er wollte Freundschaft schließen und bot mir Bonbons an. Ich lief weiter und bog von einer Gasse in die nächste, bis ich ihn abgeschüttelt hatte.

Als ich zu Hause war, sah die Wohnung fast so aus wie früher. Der ganze Müll steckte in braunen Säcken, die ich zum Abfall nach draußen tragen mußte. Die Kreidelinien waren weg. Ich dachte an Zauberei, die Altes ungeschehen macht, und hoffte, Lavendel aus dem Schlafzimmer kommen zu sehen oder sein Cellozupfen zu hören. Aber es blieb natürlich still, und die braunen Fetzen der Wandverkleidung baumelten auf den Rand eines Müllsacks herab.

Die Stille wickelte mich ein, machte mich genauso taub und einsam wie meine Mutter. Ich hockte mich auf den Boden, fing an zu heulen und rief: »Lavendel, Lavendel!« Mama versuchte, die Schranktüren wieder einzuhängen, und benutzte ein Küchenmesser als Schraubenzieher. Ich trat mit den Beinen aus, hämmerte mit den Fäusten auf den kalten, harten Zement und schrie, bis jemand im Stockwerk über uns mit einem Besenstiel zu klopfen anfing. Ich schätze, Mama registrierte die Schwingungen. Sie kam zu mir und tröstete mich, bis ich zu heulen aufhörte, und meinte, daß alles in Ordnung sei. Aber das war es nicht. Mir wurde klar, wie schrecklich allein ich war. Der Schmerz bohrte sich immer tiefer in mich wie ein unsichtbares Messer, daß niemand ertasten und herausziehen konnte. Ich wußte, daß es meiner Mutter nicht besser erging, und fand kein Mittel, ihr zu helfen. Deshalb nahm ich mir vor, ihr zu verzeihen, daß sie Lavendel hatte weggehen lassen.

Wir fanden zu einem Tagesrhythmus zurück, zu einem monotonen Takt, der uns am Leben hielt. Mama entwickelte sich zu einer guten Hausfrau. Es ging ihr vor allem darum, die Zeit totzuschlagen. Sie machte alles sauber und reparierte die kaputten Sachen. Von den Sozialbeihilfen legte sie Reserven zurück, bis wir einen billigen Mikrowellenherd kaufen und wieder warme Mahlzeiten zu uns nehmen konnten. Sie flickte meine alten Lumpen und nähte aus zu klein gewordenen Hosen neue Sachen für mich. Alle zwei Wochen zog sie Mantel, Schal und Handschuhe an, um den Fürsorgescheck abzuholen; aber die Einkäufe erledigte ich. Auf dem Schulhof wurde ich wieder jeden Tag verprügelt. Dann klaute ich einen Baseball-Schläger aus der Turnhalle, lauerte dem Kerl auf, dem ich die ständige Prügelei zu verdanken hatte, und walkte ihn ordentlich durch. Nachdem ich dreimal nacheinander Zahn um Zahn gerächt hatte, begriffen es auch die anderen Kerle. Sie ließen mich in Frieden. Auf dem Schulhof konnten sie zwar über mich herfallen, aber sie wußten, daß ihnen früher oder später eine saftige Abrechnung drohte. Damit kam ich durch. Der feiste Skoag wartete fast täglich vor dem Laden auf mich; er versuchte, mit mir anzubandeln, aber ich lief ihm weg. Es gab also keinen mehr, der mir lästig wurde. Die Stille zu Hause hatte mich eingewickelt. Daß niemand mit mir sprach, machte mir nichts mehr aus. Gab es eine passendere Art, Lavendels Tod zu betrauern, als durch Schweigen? Ich war neun Jahre alt und hatte den schönsten Teil meines Lebens schon hinter mich gebracht.

Mama wurde immer dicker und langsamer. Mir

schwante, daß sie bald sterben würde. Sie schlurfte wie eine alte Frau durch die Küche, und wenn sie am Tisch saß, schien sie nicht nur taub, sondern auch blind zu sein. Einmal die Woche kam eine Sozialhelferin vorbei. Sie verteilte Handzettel, die vor Skoag-Fantastereien warnten, gab mir »Nimm nie Drogen«-Malbücher, Luftballons und Buntstifte. Mama bekam von ihr eine unterschriebene Bescheinigung, die sie gegen ihre Fürsorgeschecks eintauschen mußte. Die Sozialhelferin war jünger als meine Mutter und trug graue Hosen und weiße Hemden. Ich hatte den heimlichen Verdacht, daß sie vom Kinderheim kam und darauf aus war, mich zurückzuholen. Ich mußte ihr meine Hände zeigen und jede Woche in eine Flasche pinkeln, obwohl jeder wußte, daß Skoag-Schleim im Urin nicht nachweisbar ist. Sie ließ Lehrhefte für Zeichensprache zurück, die Mama aber nicht anrührte. Also nahm ich sie und übte, derbe Schimpfwörter für die Kerle in der Schule mit den Fingern zu buchstabieren.

Und Lavendel fehlte mir so sehr.

Die Einsicht traf mich immer wie ein Schlag ins Gesicht. Wenn ich herumlungerte, Rechenaufgaben machte, Gemeinheiten über die Schwester eines Klassenkameraden ins Heft kritzelte, meine Decke zusammenfaltete oder Wasser aus der Leitung trank, wurde mir plötzlich mit aller Wucht klar, daß mir Lavendel fehlte. Mir war dann immer, als würde jemand seine Hand um mein Herz legen und zudrücken. Einmal rannte ich in der ganzen Wohnung herum und suchte nach Sachen, die er uns mitgebracht hatte. Aber kein Zeichen war von ihm zurückgeblieben. Mir schien es manchmal, als wäre er nie bei uns gewesen, und die Stille war, als hätte es nie seine Musik gegeben.

Eines Tages im Mai kehrte ich von der Schule nach Hause zurück, und Mama hatte ein Baby. Ich war völlig unvorbereitet und reichlich schockiert, als ich es im Bett sah mit einem rosaroten Nachthemdchen bekleidet, das

Mama aus einem alten T-Shirt von mir genäht hatte. An den sorgfältig zusammengelegten Handtüchern beim Bett und der grauen Kiste voller Papierwindeln war zu erkennen, daß jemand meiner Mutter geholfen hatte. Wahrscheinlich eine andere Sozialhelferin. Mamas dikker Bauch war verschwunden, und ich kam mir ziemlich dumm vor, nicht bemerkt zu haben, daß sie schwanger gewesen war. Auf der Straße hatte ich oft schwangere Frauen gesehen, aber mir war nie in den Sinn gekommen, daß meiner Mutter so was passieren konnte. Ich wußte auch, daß Babys nicht von selbst kommen. Irgendein Mann mußte daran beteiligt gewesen sein. Und der einzige, der in letzter Zeit mit uns gelebt hatte ...

Mama sagte nicht viel, sie sah mich nur an, während ich den Säugling musterte. Was mich am meisten faszinierte, waren die winzigen Fingernägel, so dünn wie Papier. Ich mußte immer wieder auf die Hände starren.

»Na los«, sagte Mama schließlich. »Du kannst sie ruhig anfassen. Sie ist deine kleine Schwester, Billy. Leg deinen Finger in ihre Hand.« Ihre Stimme klang wie die Aufnahme auf einem alten, ausgeleierten Tonband. Mama machte einen schrecklich müden Eindruck.

»Ist sie ... sicher?« fragte ich. Aber sie achtete nicht auf meine Lippen und verstand nicht, was ich sagte. Ich ging und holte meinen Notizblock aus dem Schultornister, auf den ich feinsäuberlich in Druckbuchstaben schrieb: »HAT IHRE HAUT WAS VON EINEM SKOAG?« Dann ging ich ins Schlagzimmer zurück und reichte ihr den Block.

Sie las, zerknüllte das Blatt und warf es durchs Zimmer. Ihre Lippen waren so fest aufeinandergepreßt, daß sich ein weißer Rand bildete. Ich bekam es mit der Angst zu tun. Als Lavendel noch bei uns war, hatte sie nie mit mir geschimpft, und seit seinem Tod war sie zu verstört, um wütend auf mich zu werden. »Scheiße!« fluchte sie, und das Wort hatte die Schärfe, die ich von früher gewöhnt war. Sie packte mein Handgelenk, und ich spürte die harten, glatten Narben ihrer Handfläche. »Hör mir gut zu, Billy-Boy«, zischte sie. »Ich weiß, was man dir eingeredet hat. Aber du hast Lavendel gekannt und kennst mich, verdammt noch mal. Du müßtest wissen, daß wir uns ... geliebt haben. Wenn er ein Mensch gewesen wäre, hätte ich bestimmt ein Kind von ihm haben wollen. Aber er war nun mal ein Skoag. Also konnten wir zusammen keins bekommen. Das Kind da im Bett gehört ganz allein mir. Hundert Prozent. Das passiert manchmal bei Frauen, die abhängig sind von Skoag-Berührungen. So was nennt man selbstbewirkte Schwangerschaft. Sie ist mein Abziehbild, ein Klon von mir. Aber ich werde schon dafür sorgen, daß sie es besser hat. Ihr werden sich alle Möglichkeiten auftun. Sie wird nicht von der Fürsorge leben müssen und keine ...«

Ihre Stimme schlingerte mehr und mehr, die Wörter flossen ineinander über. Sie ließ mein Handgelenk los und begann zu weinen. Dann hob sie den Kopf, krallte die Finger über der gespannten Haut der Handflächen zusammen und führte sie dicht vors Gesicht. Ihre Tränen rollten über die Narben, die Lavendels letzte Berührung auf ihrem Gesicht hinterlassen hatte. Von ihrem Schluchzen wurde das Baby wach, das nun ebenfalls zu heulen anfing. Das kleine Gesicht wurde rot, der Mund stand sperrangelweit offen, ohne einen Laut von sich zu geben. Und Mutter sagte zu ihm im gräßlichsten Tonfall, den ich je bei ihr gehört hatte: »Warum bist du bloß gekommen, Kleines? Ich kann dir nichts bieten. Ich kann niemandem was bieten.« Mama wälzte sich zur Seite und drehte ihrem Säugling den Rücken zu.

Ich stand dabei, sah zu und dachte, daß sich Mama gleich umdrehen und für sie sorgen würde. Aber es verging eine lange Zeit; Mama wurde von Heulkrämpfen geschüttelt, und das Baby lag da mit rotem Kopf und weinte stumm.

Also hob ich meine Schwester auf. Ich wußte, wie Säuglinge auf den Arm zu nehmen waren, weil ich Janices Baby oft gehalten hatte, bevor sie ihre Kinder abgeben mußte. Ich drückte sie an die Brust und stützte ihren Kopf mit der Schulter ab, damit er nicht hin und her wackelte. Ich trug sie im Zimmer herum und schaukelte sie, aber ihr Gesicht blieb knallrot. Sie japste schwer nach Luft, gab aber beim Heulen keinen Laut von sich. Ich dachte, daß sie vielleicht Hunger hat. Also ging ich in die Küche und schaute im Kühlschrank nach, ob Mama ein paar Fläschchen darin abgestellt hatte oder die Wohlfahrts-Babykost in verschweißter Plastikfolie, die Janice immer auf Vorrat hatte. Tatsächlich, ich fand ein Fläschchen und wärmte es im Mikrowellenherd auf, bis der Plastikboden blau wurde, um anzuzeigen, daß die richtige Temperatur erreicht war. Dann setzte ich mich und steckte den Nuckel in ihren weit geöffneten Mund. Aber damit schien sie nichts anfangen zu können; ihr unerträgliches Brüllen nahm kein Ende.

Ich setzte mich auf die Couch und legte sie auf meinen Schoß. Ihre kleinen Beinchen waren vor dem Bauch zusammengerollt. Ich sah mir die roten, schrumpeligen Füße an und die winzigen Zehen. Mein altes T-Shirt wirkte albern an ihr, und ich wünschte, ihr was Besseres besorgen zu können. Vielleicht war ihr kalt. Ich legte einen Zipfel von meiner Decke über sie. Ihr Mund blieb geöffnet, das Gesicht rot. Leider hatte ich keinen Schnuller oder so was Ähnliches zur Hand. Also fing ich an, sie auf dem Schoß hin und her zu wiegen und sang ihr das Lied vor, das Janice der kleinen Peggy immer vorgesungen hatte. Es handelte von einer Elster, einer Ponykutsche und vielen Geschenken, die ein Baby bekommt, wenn es still ist. Endlich machte sie den Mund zu, und die Gesichtsfarbe wechselte von rot in einen normalen Rosaton. Sie schlug die zusammengepreßten Augen auf und gaffte mich an. Ihre Augen waren blau, aber irgendwie düster. Als ich das sah, war mir klar, daß Mama gelogen hatte, denn die Kleine hatte genau den Blick von Lavendel, wenn ich nicht wußte, ob er mir ins Gesicht oder direkt in den Kopf hineinschaute. Keine Frage, das war seine Tochter, und solange ich sie bei mir hatte, war Lavendel nicht ganz und gar verschwunden. Das Baby gehörte zu ihm; er hatte es für mich zurückgelassen, damit ich mich darum kümmerte. Mir war ein Teil von ihm anvertraut.

Plötzlich wurde mir ganz anders. In meiner Kehle machte sich ein dicker Kloß breit, daß ich kaum mehr atmen, geschweige denn singen konnte. Aber daran schien sich die Kleine nicht zu stören. Sie starrte mich einfach nur an, und ich schaute zurück und ahnte, was Lavendel mit dem Kreis gemeint hatte, der zu vollenden war. Denn ich wußte, daß mich meine Schwester genauso lieb hatte wie ich sie, und das war so wichtig, wie Lavendel gesagt hatte. Ich hielt sie fest, bis ihr die Augen zufielen. Dann streckte ich mich vorsichtig auf der Couch aus, legte sie auf meinen Bauch und zog die Dekke über uns. Ihr Gesicht ruhte an meinem Hals. Ich spürte ihren Atem, und manchmal schmierte mir ihr Mund einen nassen Babykuß auf die Haut. Bevor ich einschlief, gab ich ihr den Namen ›Lisa‹, denn Lavendel hatte mir oft ein Lied vorgesungen von einer ›Lisa, Lisa, sad Lisa, Lisa‹.

Danach gehörte sie mehr zu mir als zu Mama. Der Heimweg von der Schule war für mich, als würde ich zu Lavendel nach Hause zurückkehren. Ich bedeutete ihr sehr viel. Sie heulte immer und war pitschnaß, wenn ich zu Hause ankam. Meine Mutter schien nie zu merken, wann das Kind gewickelt werden mußte, und selbst wenn sie nicht taub gewesen wäre, hätte sie es nie schreien gehört. Also war ich es immer, der die Kleine sauber machte, fütterte, im Arm hielt und schaukelte. Und ich sang ihr immer was vor. Das gefiel ihr am meisten. In der Hinsicht war sie genau wie meine Mutter. Ich kam auf die Idee, das Radio auf einen Sender einzustellen, der rund um die Uhr Musik brachte. Wenn ich zur Schule mußte, ließ ich das Radio laufen. Seit dem Überfall auf unsere Wohnung war in den Lautsprechern immer ein Hintergrundgeräusch zu hören, das wie rollende Autoräder auf nasser Straße klang. Aber das störte Lisa nicht. Ich legte sie morgens ab, schaltete das Radio ein, und wenn ich von der Schule zurückkam, war sie immer noch glücklich. Nachts schlief sie bei mir, weil ich Angst hatte, daß sie aus Mamas Bett fallen würde. Meine Couch war wie geschaffen für uns zwei, weil ich Lisa zwischen mich und die Rückenlehne legen konnte. Da war sie die ganze Nacht über in Sicherheit, so sicher wie die kleinen Mäuse, die unter uns ihr Nest hatten.

Ein neuer Rhythmus kam in mein Leben. Ich kümmerte mich um alles, sorgte für Mama genau so, wie Lavendel es mir erklärt hatte, und sorgte mich auch um Lavendel in Gestalt von Lisa. Mama brauchte nicht viel zu tun. Sie holte ihre Schecks ab und hielt die Wohnung sauber. Ich brachte die Schecks in den Laden, kaufte Lebensmittel und ein paar Kleinigkeiten für Lisa. Sie mochte alles, was rasselte, klingelte oder sonstige Geräusche machte. Mama wurde nur einmal wütend, als ich sieben Dollars für ein Stofftier ausgegeben hatte: ein Lämmchen mit Spieluhr. Sie schrie mich mit ihrer breiigen Stimme an, weil ich am Hackfleisch gespart, statt dessen Tofu gekauft und auf Margarine, Eier und Marmelade ganz verzichtet hatte. Aber Lisa zu sehen, wie sie aufgeregt mit den kleinen Fäusten ausschlug, wenn das Lämmchen zu spielen anfing, war Entschädigung genug.

Nach vier oder fünf Monaten fiel mir auf, daß Mama die Wohnung nicht mehr richtig sauberhielt. Sie putzte zwar immer noch, aber weniger gründlich. Außerdem mußte ich die Kocherei jetzt ganz allein erledigen. Sie schien ausgepumpt und hohler zu sein als damals, als sie mit Lisa niedergekommen war. Ich glaube, sie hatte mehr erwartet und gehofft, daß es Lisa einmal besser haben würde. Zuerst reagierte sie einfach nur enttäuscht, dann gab sie ihr Interesse auf. Ich war sauer darüber und versuchte, ihr mehr Aufmerksamkeit für Lisa zu entlocken. Ich zeigte ihr, wie Lisa lächeln lernte und wie sie schon ohne Hilfe sitzen konnte. Aber es nützte nichts. Mama nahm sie für eine Weile auf den Schoß, sah sie an und legte sie dann auf der Couch ab, ohne auch nur dafür zu sorgen, daß sie nicht vom Rand rollen konnte. Mit ihr mochte Mama weder sprechen noch spielen. Schließlich gab ich es auf und liebte Lisa um so mehr, um Mamas mangelnde Liebe wettzumachen.

Die Pflege fiel mir immer schwerer, je größer Lisa wurde. Im Sommer lief alles bestens, aber als die Schule wieder anfing, war es kaum mehr möglich, sie einen ganzen Tag lang allein zu lassen. Ich machte den Versuch, sie in einen großen Pappkarton zu stecken, solange ich nicht bei ihr sein konnte. Doch es ließ sich kaum ein Karton auftreiben, der stabil genug war. Sie langte immer nach dem Rand und versuchte aufzustehen, und ich hatte Angst, sie würde herausfallen. Sie aß auch jetzt viel mehr, und das Fläschchen, das ich im Karton zurückließ, reichte nicht aus. Sie war längst wieder hungrig, wenn ich von der Schule zurückkam. Mama beachtete sie kaum noch und reagierte nicht auf ihr stummes Geschrei. Mama schien überhaupt nichts mehr mitzubekommen. Jeden Tag wischte sie durch die Wohnung und setzte sich dann an den Küchentisch. Spät abends wickelte sie sich manchmal den Schal ums Gesicht und ging spazieren. Aber das war alles, was sie tat. Deshalb hatte ich kein gutes Gefühl mehr, Lisa den ganzen Tag über allein zu lassen. Nach Weihnachten ging ich nicht mehr zur Schule, was keinem aufzufallen schien.

Wenn ich an die Tage zurückdenke, die ich mit Lisa verbracht habe und in denen sie sich zu einer richtigen Person entwickelte, muß ich sagen, daß sie fast so schön waren wie die Tage mit Lavendel. Lisas Augen wurden braun, verloren aber nie den Blick von Lavendel. Wenn ich sie zur Musik hin und her schaukelte, konnte sie durch mich hindurchschauen. Ihre Haare waren so dunkel wie die von Mama, aber lockiger im Nacken. Sie lächelte fast immer. Ich haßte es, ihr Sachen anzuziehen, die aus alten T-Shirts zusammengeflickt worden waren. Das Zeug saß viel zu eng, und Mama hatte nichts Neues genäht. Darüber sprach ich mit der Sozialhelferin, die alle zwei Monate bei uns vorbeischaute. Sie nannte mir ein Geschäft, wo Sachen zu kaufen waren, die von reichen Leuten abgegeben wurden. Dann gab sie uns allen je einen Berechtigungsschein und half mir, die richtigen Kleidergrößen darin auszufüllen. Die Frau von der Fürsorge war eigentlich gar nicht so übel.

Es war an einem Montag, als ich die Berechtigungsscheine einsteckte und mit Lisa den Bus bestieg. Wir hatten einen Sozialpaß und konnten umsonst fahren. Alle Leute im Bus hielten Lisa für ein süßes Kind, riefen ihr Kosenamen zu und streichelten ihr über die Hände oder schüttelten ihre Füße. Das ließ sie sich gern gefallen. Eine alte Frau, die einen Teil der Strecke neben uns saß, schenkte mir einen Fünfdollarschein und sagte, daß ich etwas für meine Schwester davon kaufen sollte. Sie war sehr nett. Beim Aussteigen rief sie: »Wiedersehn, kleiner Fratz. Wiedersehn.« Sie wartete wohl auf eine Antwort von ihr. Deshalb sagte ich: »Sie kann nicht sprechen.« Darauf lächelte die Alte und meinte: »Ach, das wird sie bald lernen. Keine Sorge.«

Im Altkleiderladen erging es uns nicht anders. Die Frau an der Theke schwärmte von Lisa und sagte immer wieder: »Nein, was für ein süßes Ding! Und so ein braves Mädchen, gell?« Lisa lächelte, gab aber keinen Ton von sich.

»Sie ist ein bißchen schüchtern, gell?« meinte die Frau. »Zu Hause plappert sie wahrscheinlich ununterbrochen.«

»Ja, Madam«, antwortete ich, schämte mich aber für die Lüge, als die andere Frau mit drei Tüten voller Kleidungsstücke für uns ankam. Sie zeigten mir die Sachen, die sie für Lisa ausgesucht hatten: kleine Kleidchen mit Spitzenbesatz, neue Wolldecken und ein Rässelchen, wonach Lisa sofort langte. Ihre Tüte war die vollste von den dreien, vielleicht weil sie so niedlich aussah.

Ich hätte froh sein müssen, als wir wieder nach Hause fuhren. Aber die Tüten waren schwer, und ich mußte nicht nur sie, sondern auch Lisa tragen. Im Bus trafen wir mit einem anderen Säugling zusammen, der ständig wütende Geräusche von sich gab. Es klang schrecklich, aber ich wünschte, Lisa wäre auch dazu in der Lage gewesen. Daß sie zu Hause so still war, hatte mir nie Sorgen gemacht. Jetzt aber dachte ich, was wohl werden würde, wenn sie einmal groß genug wäre, die Wohnung verlassen zu können.

Ich stieg aus dem Bus aus; die Tüten waren schwer, und Lisa zappelte. Es wurde dunkel und fing an zu regnen und ich hatte noch acht Häuserblocks weit zu gehen. Ich konnte mich kaum mehr auf den Beinen halten, als der feiste Skoag plötzlich aus einer Gasse bog und auf uns zukam.

»Hallo, kleiner Junge«, tutete er.

»Scher dich zum Teufel«, rief ich, weil ich furchtbar erschrocken war. Selbst wenn ich die Tüten fallengelassen hätte, wäre es mir kaum gelungen, mit Lisa auf dem Arm wegzulaufen. Im Dunkeln hätte ich auf dem nassen Gehweg leicht ausrutschen und auf Lisa stürzen können. Ich drückte sie fest an mich und hoffte, der Skoag würde in ihren Augen Lavendels Blick wiedererkennen und verschwinden. Vielleicht, so dachte ich, würde er uns in Ruhe lassen, wenn ich einfach weiterging. Aber seine Fußflossen hielten Schritt und klatschten neben uns über den nassen Gehweg.

»Ich hab was für dich«, sagte er. Mir wurde noch mehr bange, weil der Kerl im SAG NEIN-Schulbuch genau mit diesen Worten seine Opfer anredete.

»Scher dich zum Teufel«, wiederholte ich und ging

schneller. Eine der Tüten platzte, und mir war zum Heulen zumute. Ich hätte gern um Hilfe geschrien, aber es war dunkel und kein Mensch auf der Straße zu sehen. In dieser Gegend wurden Hilferufe sowieso überhört.

»Jungchen«, dudelte er. »Es war nicht einfach, dich zu finden, denn uns ist befohlen worden, kein Wort über die Sache zu verlieren. Wenn ich mit dir spreche, riskiere ich jedesmal ein höchst unerfreuliches Ereignis. Bitte, nimm das hier an und entlaste mich von dem Versprechen, das mich drückt.«

Lisa zappelte in meinen Armen und versuchte, die dudelnde Stimme zu orten. Sie strampelte und trat mir eine der Tüten aus der Hand. Bevor ich sie aufheben konnte, hatte er ein Päckchen aus der Bauchtasche gezogen und es in die Tüte geworfen. Es bestand aus Plastikbeuteln, die mit Klebeband zusammengewickelt waren, aber ich konnte nicht erkennen, was in ihnen steckte. Ich hatte Angst, die Tüte anzufassen, weil ich nicht in seine Nähe kommen wollte und nicht wußte, was er da reingetan hatte. Drogen vielleicht, etwas, für dessen Besitz ich verhaftet werden konnte. Aber in der Tüte am Boden waren ausgerechnet Lisas Sachen, für die ich ja den Weg unternommen hatte.

»Was ist das?« fragte ich so schroff ich konnte.

»Eins für jeden Monat. Grünes Handelspapier. Wie nennt ihr es gleich noch? Geld. Damit du für deine Mutter sorgen kannst.«

»Lavendel«, platzte es aus mir heraus. Ich ahnte einen Zusammenhang, durchschaute ihn aber noch nicht.

»Still!« tutete der feiste Skoag wie die schrille Hupe eines Volkswagens. »Wer den Namen des Ketzers ausspricht, fordert ein höchst unerfreuliches Ereignis heraus.«

»Aber ...«

»Ich habe meine Aufgabe erledigt, bis dein nächster Monat anfängt. Wenn ich dich dann rufe, lauf nicht weg. Mach's mir nicht noch schwerer. Ich wär das Versprechen nicht eingegangen, hätte ich vorausgesehen, was dem passiert ist, in dessen Schuld ich jetzt stehe. Geh jetzt, schnell, bevor man uns zusammen sieht.«

Er watschelte davon wie eine aufgeschreckte Ente. Ich packte die Tüte und lief nach Hause. Den ganzen Weg über schlug mein Herz wie wild. Ich glaubte Lavendels Geist gesehen zu haben, der immer noch herumspukte, um nach uns zu suchen. Das Geld in der Tüte gab mir Rätsel auf. Wieviel es war oder wofür, kümmerte mich weniger als die Frage, was Lavendel wohl gedacht hatte, als er dem feisten Skoag das Versprechen abverlangte. Wenn ihm klar gewesen war, daß er sterben mußte, warum hatte er sich seinen Mördern ausgeliefert, statt die Polizei zu rufen oder zu uns zurückzukommen? Warum hatte er die Nachrichtenpäckchen nicht einfach ignoriert?

Mit Lisa und den Tüten im Arm rutschte ich die Rampe hinunter. Es gelang mir, den Türknopf zu drehen, ohne etwas fallenzulassen. Als ich die Wohnung betrat, brannte nur ein Licht. Mama war nicht da. Ob sie uns suchte, weil es schon spät war, oder nur einen ihrer nächtlichen Spaziergänge unternahm, konnte ich nicht sagen.

Es gibt aber Dinge, die einfach Vorrang haben. Also wechselte ich Lisas Windeln, gab ihr eine Flasche, zog ihr eins der neuen Nachthemden über und setzte sie mit dem Fläschchen, der Rassel und der neuen Decke in die Pappkiste. Sie sah so niedlich aus in den frischen Sachen, daß es mir um den langen Weg nicht mehr leid war. Ich schaltete das Radio an, suchte nach sanfter Musik und wartete darauf, daß Lisa zur Ruhe kam.

Ich hatte Zeit zum Nachdenken, aber mir gingen zu viele Dinge auf einmal durch den Kopf. Das Päckchen in Lisas Tüte war voller Geld; die Scheine lagen eingerollt in den Plastikbeuteln. Ich öffnete sie vorsichtig und warf die Beutel weg, obwohl der Skoag-Schleim darauf getrocknet und somit völlig ungefährlich war. In jedem Beutel steckte dieselbe Menge: fünf Zehndollarnoten. Ich rollte jeden einzelnen Schein auseinander und suchte nach einer Nachricht oder irgendeinem Zeichen von Lavendel, das mir helfen konnte zu verstehen, warum er von uns gegangen war und sich hatte töten lassen. Aber ich fand nur Geld.

Ich wickelte es in eins von Lisas alten Hemden und steckte das Bündel in die Couch. Mama würde es nicht zu Gesicht bekommen. Lavendel hatte es mir anvertraut, weil er wußte, daß ich es nicht für unnützes Zeug ausgeben würde. Ich nahm mir vor, ein Laufställchen für Lisa zu kaufen, damit sie nicht immer auf dem kalten Zementboden rumzukriechen brauchte. Und frische, echte Bananen wollte ich holen, statt der getrockneten Bananenflocken, die aussahen wie graue Rotze.

Ich ging zum Pappkarton und warf einen Blick hinein. Sie sah mich an. Ihre Beinchen lagen eingeknickt auf dem Bauch. Sie hielt die Flasche, und ein kleiner Milchbach rollte über ihre Wange. Ich wischte die Tropfen weg, aber als sie mich anlächelte, rann noch mehr Milch aus dem Mundwinkel. Ihr dunkler Lavendel-Blick hielt mich fest, drang durch mich hindurch, und für einen Moment lang wähnte ich ihn vor mir und hoffte darauf, seine Cellostimme zu hören. Aber Lisa gab keinen Laut von sich.

Das war auch eine Sache, über die ich nachdenken mußte.

Lisa konnte hören; soviel stand fest. Warum also plärrte sie nicht wie jedes andere Kind? Ich nahm die Flasche weg und versuchte, ihr in den Mund zu schauen. Sie saugte an meinem Finger, aber als ich ihr den Mund öffnen wollte, gebärdete sie sich wie wild. Schließlich machte sie von alleine den Mund auf und schrie auf ihre Art, nämlich lautlos. Ich schaute ihr in den Rachen, konnte aber nichts Ungewöhnliches feststellen. Ich untersuchte sie, bis ihr Kopf rot anlief und schweißnaß wurde vom stummen Schreien. Dann gab ich ihr die Flasche zurück und wiegte sie in den Armen, um sie für meine Gemeinheit zu entschädigen. Und meine Grübeleien nahmen kein Ende.

Lisa war eingeschlafen. Ich legte mich neben sie und fiel fast von der Couch — so groß war sie inzwischen geworden. Dann kam Mama zurück. Sie drehte kein Licht an und sagte auch nichts, kam einfach durch die Tür und ging summend in ihr Zimmer.

Ich lag auf der Couch und wußte Bescheid. Endlich war mir klar, warum sie ausging.

Himmel, wie dumm ich doch gewesen war.

Ich lag da und zitterte vor Wut und Angst, mußte ich doch fürchten, daß sie uns in große Schwierigkeiten bringen würde. Ich wollte aufstehen, in ihr Zimmer gehen und sie anbrüllen. Aber sie hätte mich ja nicht gehört und eine schriftliche Bemerkung gar nicht erst zur Kenntnis genommen. Selbst die Neuigkeiten über Lavendels Geld, Lisas schöne Sachen und die Tatsache, daß sie nicht sprechen konnte, hätten sie kaum interessiert. Mama würde sich in ihrem idiotischen Gesumme nicht unterbrechen lassen und Löcher in die Luft starren. Denn sie kümmerte sich um nichts und hatte wahrscheinlich nie etwas anderes im Kopf gehabt als ihre verdammte Musik.

Sie war nicht dumm. Sie hielt die Wohnung sauber, zog sich anständig an und holte die Fürsorgeschecks ab. Auf der Straße herumlaufen wie gewöhnliche Skoag-Fantaster wollte sie nicht. Sie schlich nur nachts nach draußen und berührte einen der Skoags, die immer draußen vor den Clubs standen, um der Musik zu lauschen. Davon war ich jetzt überzeugt, auch ohne es mit eigenen Augen gesehen zu haben. Das war alles, was für sie zählte: ein bißchen Skoag-Haut, die sie berühren konnte. Dabei war ihr egal, daß man mich und Lisa in ein Kinderheim stecken würde, sobald sie mit schleimigen Händen erwischt wurde. Und wie es im Kinderheim zuging, war mir noch allzugut in Erinnerung. Ich stellte mir vor, wie es Lisa dort ergehen würde, wo niemand auf ihre stummen Schreie achtete oder bereit wäre, sie vor den Gemeinheiten der anderen in Schutz zu nehmen. Sie würde zu denen, die als ›besondere Fälle‹ galten, in den großen Raum gelegt, mit vielen Spielsachen zwar, aber ohne Aufsicht. Ich würde sie nie sehen, und bald hätte sie mich vergessen. Ich würde das einzige verlieren, was mir Lavendel zurückgelassen hatte. Und das alles nur wegen Mama.

Am nächsten Tag beobachtete ich meine Mutter und hoffte, mich geirrt zu haben. Aber die Zeichen waren eindeutig und zu erkennen an der Art, wie sie mit rhythmischen Bewegungen den Boden wischte und im Takt dazu mit dem Kinn auf und ab wackelte. Sie war abhängig von Skoag-Schleim und widerte mich an. Ich hatte gedacht, daß sie aus Liebe zu Lavendel mit ihm in Berührung gekommen war. Jetzt kam sie mir wie eine Hure vor, wie jemand, der jeden Skoag anpackt, nur um den Kopf voller Musik zu haben. Ich haßte sie.

Am nächsten Tag ging ich wieder in den Gebrauchtwarenladen und kaufte für Lisa einen Kinderwagen, ein Laufställchen, ein Stück Teppich, um den Boden damit auszulegen, und einen Strampelanzug mit Fuß und Mütze. Ich mußte zweimal fahren, um alles nach Hause schaffen zu können.

Als Mama das ganze Zeug sah, versuchte sie rauszukriegen, wie ich daran gekommen war. Aber ich kümmerte mich nicht um sie und ihre Stampfkartoffelstimme. Sie packte meinen Arm und schüttelte mich. »Biwy! Woheh hassu as Seuch? He?« Solche Töne gab sie inzwischen von sich. Ich langte nach der Hand, die meinen Arm umklammert hielt, und bog ihr die Finger um. Die Skoag-Narben glänzten feucht, da wo sie aufgesprungen waren. Ich riß mich von ihr los.

»Das geht dich überhaupt nichts an«, sagte ich, als sie sich die Hände vor die Brust schlug. Ich schrie nicht, sprach nur besonders deutlich, um sicherzugehen, daß sie mir von den Lippen lesen konnte. Ich nahm Lisa in den Arm, trug sie zur Couch und spielte ›Backekuchen‹ mit ihr. Auf Mama achtete ich nicht. Nach einer Weile fing sie an, komische Laute zu machen. »Huh. Hu-huuu.« Sie setzte sich hin, vergrub das zernarbte Gesicht in den zernarbten Händen und schaukelte hin und her. Dann merkte ich, daß sie heulte, ließ sie aber allein. Ich erinnerte mich an das ›Nimm nie Drogen‹-Buch aus der Schule und an die Bemerkung, daß Junkies keine Freunde haben, nicht lieben können und an nichts anderes denken als an den nächsten Trip. Ich hielt mich an den Rat des Buches, daß ein Junkie keine Liebe verdiente. Also ignorierte ich sie. Zu der Zeit war ich gerade zehn Jahre alt.

Ich nahm alles selber in die Hand. Ich kramte die Lehrhefte für Zeichensprache hervor, die die Sozialhelferin zurückgelassen hatte, und brachte Lisa bei, mit Gesten zu sprechen. Einfache Sachen zu Anfang: Arme in die Höhe, um aufgehoben zu werden. Finger in den Mund, um die Flasche zu bekommen. Nick mit dem Kopf, wenn du Radio hören willst. Für mich waren die Übungen schwieriger als für Lisa, denn ich wußte, was sie wollte, durfte aber nicht reagieren, bevor ihr die geforderte Geste nicht gelang, egal wie sehr sie auch schrie. Ich machte das Zeichen vor, nahm dann ihre Hände und wiederholte die Geste. Anschließend mußte sie es selber versuchen. Sie schrie viel, aber schließlich glückten ihr einfache Zeichen. Als sie zwei Jahre alt war, hatten wir die erste Lektion fast durch.

Für eine Weile lief es nicht schlecht bei uns zu Hause. Mama paßte auf, sich von keiner der Sozialhelferinnen erwischen zu lassen. Wenn Besuch kam, war sie immer in der Wohnung und hatte alles aufgeräumt. Als ich einmal vom Einkaufen zurückkam, badete sie gerade Lisa im Waschbecken. Aber das tat sie nur, weil eine der Frauen da war. Es war ein Trick von ihr, um die Hände in Bewegung zu halten, und daß die Narben auf ihren Handflächen feucht waren, führte die Sozialhelferin natürlich auf das Badewasser zurück. Lisa planschte herum und lächelte. Man konnte wirklich annehmen, daß sie daran gewöhnt war, von Mama gewaschen zu werden. Ich stellte die Lebensmittel auf den Tisch, sagte: »Hallo, Mama«, und trug dazu bei, daß wir wie eine glückliche kleine Familie erscheinen mußten. Mama hörte erst auf, Lisa einzuseifen, als die Frau sagte, sie müsse jetzt gehen, sei aber sehr froh darüber, daß bei uns alles in bester Ordnung ist.

Kaum war sie weg, nahm ich das Handtuch und trocknete meine Lisa sorgfältig ab, wobei sie ständig das Zeichen für Kekse machte. Sie strampelte und zappelte, als ich sie anzog, bis ihr Mama schließlich gab, wonach sie verlangte. Erst als ich ihr die Schuhe angezogen und sie auf dem Boden abgesetzt hatte, wurde mir die Bedeutung dieser kleinen Szene klar. Ich wurde wütend, wütender noch als darüber, daß sie Lisa gebadet hatte, um ihre Hände vor der Sozialhelferin zu verstecken. Auf ihrem Nachttischchen fand ich die Lehrhefte für Zeichensprache. Ich nahm sie mit und pfefferte sie auf den Küchentisch. Mama beobachtete mich.

»Die gehören mir«, formulierte ich deutlich mit den Lippen. »Laß die Finger davon!«

»Biwwy«, flehte sie, und ich konnte sehen, wie geschwollen und violett ihre Zunge war. Mir wurde übel und elend zumute. Es tat mir vor allem um Lisa und mich leid. Die dicke, violette Zunge war ein Entzugszeichen bei Skoag-Fantastern. Sie schien seit über achtundvierzig Stunden nüchtern zu sein. Ich dachte daran, wie sie Lisa gewaschen und der Sozialhelferin den Rükken zugekehrt hatte, um sich vor ihr zu verstecken. Nur war der Grund für ihr Versteckspiel ein anderer, als ich angenommen hatte. Mama benutzte uns immer noch.

Sie kam nicht mehr an ihren Schleim ran. Warum, war mir nicht klar, aber ich wußte, daß das gefährlich für uns werden konnte. Sie würde es nicht lange aushalten. Lange konnte sie ihren Entzug nicht geheimhalten. Ich war geschockt und mußte etwas tun, um Lisa zu schützen. Ich empfand schreckliche Wut und gleichzeitig eine Art heiße Genugtuung, weil meine Einschätzung von ihr richtig gewesen war. Sie zerrte uns immer tiefer in den Schlamm und machte alles nur schwerer. Ich hatte gut daran getan, mich nicht mehr um sie zu kümmern. Je mehr wir für sie sorgten, desto herber würde sie uns enttäuschen.

Es wurde in der Tat alles schwieriger. Ich mußte wieder zur Schule und eine Stunde früher den Unterricht antreten, um Mathe aufzuholen. Und das hatte zur Folge, daß ich Lisa meiner Mutter für noch längere Zeit überlassen mußte. Lisa konnte jetzt gehen. Wenn also die Tür offenblieb, würde sie womöglich die Rampe hochklettern und auf die Straße laufen. Ich saß auf der Schulbank und fragte mich, ob Mama irgendeinem Skoag nachschleichen, die Tür auflassen und Lisa Gelegenheit geben würde, nach draußen zu gehen, wo sie von einem Auto angefahren werden könnte. Oder schlimmer noch: Sie mochte sich verirren und würde mir nicht antworten können, wenn ich nach ihr riefe. Die Schulstunden waren eine einzige Qual.

Jeden Tag rannte ich nach Hause und stellte erleichtert fest, daß Lisa nichts passiert war. Alle zwei, drei Nächte ging Mama aus, und ich wußte nicht mehr, worauf ich hoffen sollte. Darauf, daß sie Schleim ergatterte, um summend zurückzukehren, aber leicht als Fantasterin entlarvt werden zu können? Oder darauf, daß sie keinen Schleim bekam, unter Entzug zu leiden hatte, um sich dann womöglich wieder an Lisa ranzumachen? Oder sollte ich mir wünschen, daß sie einen Lieferwagen überhörte, der ihren Weg kreuzte?

Es kam knüppeldick, als ich eines Abends losging, um von dem feisten Skoag einen weiteren Briefumschlag in Empfang zu nehmen. Das Licht der Straßenlaterne schimmerte auf seiner Haut und blitzte wie ein khakifarbenes Neonlicht von der schwingenden Stimmmembrane auf. Er streckte die Flosse aus, die in einem Plastikhandschuh steckte, und hielt mir den Briefumschlag entgegen. Ich aber sagte: »Sie müssen mir einen Gefallen tun.«

»Nein«, hupte er. »Keine Sonderwünsche.« Er wedelte hastig mit dem Briefumschlag und blinzelte ängstlich in eine Gasse, in der aber nichts zu sehen war. Ich holte tief Luft.

Ich sagte ruhig und in einem Tonfall, der keinen Zweifel aufkommen ließ: »Sie haben Lavendel versprochen, auf mich und Mama achtzugeben.«

»Ja. Deshalb bringe ich regelmäßig das Geld.«

»Stimmt. Das ist auch gut so, aber nicht genug. Sie müssen zu uns nach Hause kommen, zweimal die Woche, und zwar spät in der Nacht.«

»Nein«, antwortete er gequält, fragte aber dann: »Warum?«

»Nun, ich glaub, Sie kennen den Grund.«

Er schaukelte auf seinen Flossen hin und her wie ein Elefant im Zoo. »Das kann ich nicht«, tutete er kläglich. »Bitte. Nur das nicht. Nimm das Geld und geh. Das ist viel zu gefährlich für mich.«

»Für mich wird's gefährlich, wenn Sie nicht kommen. Sie haben Lavendel etwas versprochen.«

»Ich ... bitte, bitte. Nur einmal die Woche. Mittwochs nachts, sehr spät. Bitte.«

Er steckte mir den Briefumschlag in die Hand und hörte nicht auf zu schaukeln. Wenn ich es verlangt hätte, wäre er auch zweimal in der Woche gekommen. Aber ich wollte nicht, daß er mich dafür haßte. »In Ordnung«, sagte ich. Vielleicht mußte ich ihn noch einmal um einen Gefallen bitten, und für Mama würde einmal die Woche gerade eben reichen.

Er kam am Mittwoch spät in der Nacht. Ich schreckte aus dem Schlaf auf, als er die Rampe herunterpolterte und an die Tür klatschte. Mama war zu Hause geblieben, hatte seufzend auf ihre Hände geschaut und war gegen Mitternacht ins Bett gegangen. Es war zwei Uhr, als der feiste Skoag auftauchte. Ich hatte gar nicht mehr mit ihm gerechnet. Komisch. Allein die Geräusche auf der Rampe ließen mein Herz höher schlagen, und ich stürmte zur Tür wie früher, wenn ich Lavendel hereingelassen hatte. Insgeheim hoffte ich sogar, daß er da draußen stehen, auf mich warten und dabei ungeduldig mit den Flossen wedeln würde.

Aber es war nur der fette Skoag. Er kauerte in der dunkelsten Ecke des Eingangs und spähte hinaus auf die Straße. Kaum hatte ich die Tür geöffnet, latschte er herein und stieß sie zu.

»Schnell«, sagte er und zog den Plastikhandschuh aus. »Schnell, bitte, ich muß gleich wieder weg.«

»Hier lang«, sagte ich und führte ihn ins Schlafzimmer meiner Mutter.

Sie war noch wach, lag auf dem Rücken und starrte zur Decke. Das Bett, eingekeilt in einer Ecke des kleinen Zimmers, war ein zerrupftes Wrack. Der Luftzug, den wir verursachten, als wir hereinkamen, machte sie auf uns aufmerksam. Sie stierte uns an, halb träumend, halb wach, und plötzlich richtete sie sich auf und schrie: »Lavendel!«

Der Name klang deutlich und hart aus ihrem Mund, wie früher, als sie noch anständig reden konnte. Dann sah sie, daß es ein anderer war, sank in sich zusammen und stieß ein furchtbares heulendes Lachen aus. Der fette Skoag drehte fast durch, als er ihr Schreien hörte, und watschelte aufgeregt zur Tür hin, aber ich kam ihm zuvor, schlug sie zu und stemmte den Rücken dagegen. »Nein«, sagte ich und hielt den Türknopf gepackt. »Sie gehen nicht, bevor Mama Sie berührt hat.«

Seine Augenflecken wurden stumpf und tot. Er drehte sich um und schlich auf ihr Bett zu. Ihr hysterischer Anfall flaute ab, und schließlich schluchzte sie nur noch.

Ich musterte ihr Gesicht; statt des Schocks machte sich Schrecken darin breit, als der fette Skoag auf sie zukam. »Nein«, rief sie klar und deutlich, und dann noch mal: »Neiiin. Neiiin.« Sie rutschte an den Bettrand und preßte sich in die Ecke. »Neiiin. Lassmich. Gehwech. Biwwy. Bidde. Schmeis'n raus. Nein.« Aber als ihr der Skoag seine Flosse entgegenstreckte, kroch sie übers Bett und packte sie wie eine Handvoll Lotteriescheine. Sie klammerte sich fest, und ihr Körper zuckte in Krämpfen wie bei einem Klassenkameraden von mir, der immer Anfälle bekam. Ihre Augen rollten, sie warf den Kopf in den Nacken und streckte die Zunge raus. Mir wurde übel, und außerdem schämte ich mich wie ein Spanner, der zuguckt, wie sie es mit einem Mann im Bett treibt. Aber ich konnte nicht wegsehen. Der Skoag blieb ungerührt stehen, bis ihre Hände von ihm abließen. Sie waren voller Schleim und leuchteten im Dunkeln. Das Zeug war zäh wie die Paste, die sie mir als Kind über die Brust gerieben hatte, wenn ich erkältet war. Dann streckte sie sich wieder im Bett aus. Ich zog ihr die Decke über. Als ich den Skoag nach draußen führte, war mir schon nicht mehr klar, warum ich mir all die Mühe gemacht hatte.

»Denken Sie dran«, erinnerte ich ihn, als er die Rampe hochwatschelte. »Nächsten Mittwoch. Es ist wichtig. Sie haben Lavendel was versprochen.«

Den Mittwoch fand ich passend, weil die Sozialhelferin immer donnerstags oder freitags kam. Dann würde meiner Mutter noch nichts anzumerken sein. Der fette Skoag blieb kurz auf der Rampe stehen.

»Für Lavendel«, sagte er, und es klang wie eine Trompete, die von einem weit entfernten Hügel herunterschallt. »Nur für ihn laß ich mich auf solche Sachen ein. Nur für ihn.«

Da wurde mir klar, daß der fette Skoag so was wie Haß gegen mich empfand, weil er sich durch mich erpreßt fühlte. Hätte ich weniger von ihm verlangt, wären wir womöglich Freunde geworden. Ich blickte dem fetten Skoag nach, kam mir wie ein Kuppler vor, gemein und mies, weil ich seine Loyalität gegenüber Lavendel ausnutzte. Aber mir blieb nichts anderes übrig, ich mußte Lisa beschützen. Manchmal redete ich mir sogar ein, daß Lisa mir von Lavendel anvertraut worden war. Ich ging zu Bett, schmiegte mich um meine Schwester und schlief ein mit der Hoffnung, daß meine Schandtaten, die ich zu ihrem Schutz unternahm, keinen schlechten Einfluß auf sie haben würden.

So ging es weiter. Der fette Skoag kam einmal die Woche. Mama bekam ihren Schleim und war glücklich. Die Sozialhelferin schöpfte nie Verdacht. Ich ging zur Schule, um Ärger zu vermeiden, und kümmerte mich um Lisa. Lisa wurde größer. Aus ihr wurde ein kleines Mädchen. Samstags fuhren wir mit dem Bus in den Park der Gaswerke. Da brachte ich sie auf der Schaukel in Schwung und sah mit ihr zu, wie andere Kinder bunte Windvögel steigen ließen. Ich ließ niemanden in ihre Nähe kommen, damit sie nicht wegen ihres Stummseins gehänselt wurde. Wenn irgendeine der Mütter »Hallo« zu ihr sagte oder meinte: »Ach, was für schöne Haare«, schaltete ich mich ein und sagte: »Sie ist sehr schüchtern. Und meine Mama sagt, daß sie nicht mit Fremden reden darf.« Dann zog ich sie immer hinter mir her und kaufte ihr ein Eis. Von Kindern, die Eis schlecken, erwartet man nicht, daß sie sprechen.

Sie war drei Jahre alt, als die Nachricht kam. Das Radio lief für Lisa ununterbrochen. Bei klassischer Musik machte sie die Augen zu und schaukelte hin und her; manchmal zitterte sie auch ganz plötzlich. Von Jazz wurde sie zappelig. Um sie zum Schlafen zu bringen, wählte ich einen Sender mit gutem, altem Rock 'n' Roll. Ich hätte die Meldung eigentlich mitbekommen müssen, hörte aber nie Nachrichtensendungen, gab auch kein Geld für Zeitungen aus. Deshalb war ich wütend auf den Verkäufer, als er mir eine *Seattle Times* in die braune Einkaufstüte steckte.

»Dafür zahl ich aber nicht«, sagte ich.

»Die geht auf Kosten des Hauses, Jungchen«, antwortete er. »Schätze, du solltest wissen, daß es um deinen Skoag und die anderen geht.«

Es war das erste Mal, daß er mir gegenüber Lavendel erwähnte. Als Lavendel noch lebte, war der Verkäufer immer sehr freundlich zu mir gewesen, woran sich auch nach seinem Tod nichts geändert hatte — im Gegensatz zum Personal des Waschsalons, wo man mich mitsamt der Wäsche vor die Tür setzte mit der Begründung: »Wär ja noch schöner, wenn uns der Skoag-Schleim den Abfluß verstopft.« Wie dem auch sei, der Verkäufer wandte sich gleich dem nächsten Kunden zu, und mir war klar, daß er kein Wort mehr über die Zeitung verlieren wollte. Ich ging nach Hause zurück.

Während das Essen im Herd garte, faltete ich die Zeitung auseinander, ohne zu wissen, worauf ich achten sollte. Aber die Überschrift sprang mir sofort ins Auge. »KONTAKT MIT SKOAG-PLANETEN BESTÄTIGT.« Ich las den Artikel gründlich durch und versuchte alles zu verstehen. Darin hieß es, daß die Gerüchte bestätigt worden seien, aber um welche Gerüchte es eigentlich ging, wurde nicht gesagt. Die Sensationsmeldung war, daß die Skoags offiziell Kontakt mit der Erde aufgenommen hatten, von Planet zu Planet. In dem Artikel hieß es weiter, daß uns die technischen Grundlagen dieser Art von Nachrichtenübermittlung eigentlich längst bekannt waren, aber noch nie angewendet worden seien und so weiter. Ich mußte dann durch die ganze Zeitung blättern, um die Fortsetzung des Artikels zu finden. Und was ich dann las, ließ mir die Haare zu Berge stehen. Wie die Nachricht der Skoags im einzelnen lautete, hielt der Informationsdienst zurück; doch er widersprach nicht der Vermutung, daß sie im Zusammenhang stand mit dem rituellen Mord an ›einer hochgestellten Skoag-Persönlichkeit im Exil von Seattle‹.

Ich hatte den Warnton des Mikrowellenherdes völlig

überhört und blickte erst auf, als Mama vor mir auftauchte. Lisa hatte schon gegessen. Ich konnte es nicht leiden, wenn mir Mama meine Aufgaben aus der Hand nahm und die gute, liebe Mutter spielte, die auf ihre Kinder aufpaßte, statt Skoags hinterherzulaufen und sich einen Scheißdreck um uns zu kümmern. Im Drogenunterricht war in dem Zusammenhang von ›einschmeichelndem Verhalten‹ die Rede gewesen, das Rauschgiftsüchtige und Alkoholiker anwenden, um ihren Angehörigen weiszumachen, daß sie sich zum Besseren verändert hätten, besonders dann, wenn ihnen die Einweisung drohte. Aber mich konnte sie nicht hinters Licht führen. Ich knüllte die Zeitung zusammen, gab sie Lisa zum Spielen und aß zu Abend.

Zwei Tage später kam der Mann. Er glaubte wohl, daß es niemandem auffallen würde, wenn ein grauer Wagen von der Regierung nachts vor einer der Mietskasernen unseres Elendsviertels vorfuhr. Ich hörte, wie jemand die Rampe herunterstolperte, und als es klopfte, machte ich die Tür einen Spalt breit auf, soweit es die Vorhängekette zuließ.

»Ja?« sagte ich, obwohl mir ein dicker Kloß im Hals steckte. Abhängigkeit von Skoag-Schleim ließ sich zwar nicht im Urin nachweisen — das sagten alle, und ich hatte es immer geglaubt —, aber was wäre, wenn man einen neuen Test entwickelt hätte und Mamas Fantasterei feststellen würde? Ich versuchte, mir nichts anmerken zu lassen, und gaffte den Regierungsbeamten durch den Spalt an.

»Du mußt mich schon reinlassen«, flüsterte er. »Ich habe mit deiner Mutter zu reden.«

»Tut mir leid«, antwortete ich energisch. »Sie ist taub. Wenn Sie was zu sagen haben, schreiben Sie's auf oder sprechen Sie mit mir darüber. Mit ihr können Sie nicht reden.«

»Ich beherrsche die Zeichensprache«, entgegnete er nervös und ließ die Finger sprechen.

»Sie aber nicht«, sagte ich und wollte die Tür zuschieben.

»Bitte.« Er steckte zwar nicht den Fuß in den Spalt, stemmte sich aber gegen die Tür. »Es geht um den toten Skoag. Lavendel. Und es ist äußerst wichtig, mein Junge.«

Wir starrten uns eine Weile an.

»Schau«, fuhr er schließlich fort. Er flüsterte nicht mehr, sondern klang ganz normal, wenn auch ziemlich müde. »Ich könnte am Morgen mit Polizisten zurückkommen, die Tür aufbrechen lassen und dich nach draußen zerren. So wichtig ist es nämlich. Es sei denn, du läßt mich jetzt rein; dann bliebe die Sache unter uns.«

Mama langte an mir vorbei, hängte die Kette aus und machte die Tür auf. Ich hatte gar nicht bemerkt, daß sie noch wach war. Sie sah schrecklich aus. Ihr zernarbtes Gesicht leuchtete im Licht der Straßenlaterne, das durch die Tür hereinfiel. Nur ihr Haar war so schön wie eh und je. Sie schaltete das Licht ein und warf die Tür hinter dem Mann ins Schloß. Er sah sich um und sagte: »Gütiger Himmel.« Es war der erste Mal, daß ich einen erwachsenen Mann diesen Ausspruch wie ein Gebet sagen hörte. Dann setzte er sich vor dem Küchentisch auf einen Stuhl und fing an, meiner Mutter Zeichen zu machen.

Er kam weder vom Sozialamt noch vom Drogendezernat, sondern war ein wirklich hochgestellter Regierungsbeamter. Die zweite Überraschung für mich war die Tatsache, daß Mama mit Gesten antwortete. Jetzt erst fiel mir auf, daß ich die Lehrhefte für Zeichensprache schon lange nicht mehr gesehen hatte. Wahrscheinlich lagen sie in ihrem Zimmer. Einschmeichelndes Verhalten. Ich fragte mich, welche Zeichen sie wohl Lisa gab, während ich in der Schule war. Aber dann ließ ich den Gedanken fallen und konzentrierte mich auf das Gespräch. Der Mann formulierte die Worte auch deutlich mit den Lippen und nahm zusätzlich die Finger zu Hilfe, um nicht durcheinanderzukommen, wie es schien.

»Lavendels ... Leute ... sind sehr verärgert ... Über seinen Tod. Er war ... ein wichtiger Skoag (das Zeichen für Skoag: die an die Stirn gelegten Finger gingen wie bei Liegestützen auf und ab und ahmten eine vibrierende Membrane nach). Kein Exilant ... sondern eine Art Priester ... oder Bürgerrechtskämpfer.«

Der Mann erklärte weiter, wie bedeutend Lavendel gewesen war, wie sehr er gehofft hatte, die Verbannten zu bekehren, statt dessen aber auf deren Glaubensrichtung umgeschwenkt war und sie in ihrer Ketzerei sogar übertroffen hatte. Das paßte überhaupt nicht mit dem zusammen, was Lavendel mir erzählt hatte, trotzdem hielt ich den Mund. Der Mann kam dann auf den eigentlichen Punkt zu sprechen, nämlich daß die Nachricht von Lavendels Tod erst jetzt seinen Heimatplaneten erreicht und die Skoags entsetzt hatte. Aus seinen Worten war nicht herauszuhören, ob diese Nachricht so lange unterwegs gewesen war, oder ob die Exil-Skoags den Mord an Lavendel bis jetzt verschwiegen hatten. Jedenfalls wollten die Skoags jemanden zur Erde schikken, um die Sache aufzuklären, und unsere Regierung hatte ihnen volle Unterstützung zugesichert — unter anderem die Erlaubnis, daß der Skoag-Gesandte mit Mama und mir sprechen durfte. Ich war drauf und dran zu erklären, daß nur wir darüber entscheiden, mit wem wir sprechen wollten oder nicht, verkniff es mir aber. Der Mann fuhr fort und sagte, wie günstig die Gelegenheit für uns Menschen sei, mit den Skoags endlich diplomatische Beziehungen aufzunehmen, und daß für uns damit der erste Schritt ins tiefe All gemacht wäre, daß die Vereinigten Staaten in dieser Sache die Richtung weisen würden und so weiter. Dann machte er den Vorschlag, daß wir zuerst einmal die Wohnung wechseln müßten.

Erst jetzt schaltete ich mich ein. »Nein«, sagte ich bestimmt und war verblüfft, als mir Mama prompt zustimmte und ebenfalls klar und deutlich »Nein« sagte.

Der Mann gab sich redlich Mühe, uns zum Umzug zu überreden. Der Skoag-Gesandte würde in zwei oder drei Jahren ankommen. (Ich wunderte mich darüber, daß der Zeitpunkt offenbar nicht genauer zu bestimmen war.) Wir müßten dann in einer hübschen Wohnung wohnen, um die Regierung der Vereinigten Staaten nicht in Verlegenheit zu bringen. Zweitens müßte die Wohnung sicher sein, damit wir nicht von Terroristen verschleppt oder ermordet würden, und drittens ein offizielles Büro, weil wir Berater für die Gespräche mit den Skoags nötig hätten.

Es war vier Uhr in der Früh, und er redete immer noch auf uns ein, als Mama aufstand, mit Nachdruck »NEIN« sagte, ins Schlafzimmer ging und die Tür zuknallte.

Der Mann starrte auf die Tür. Dann seufzte er und fuhr sich durch die Haare. »Ihr macht einen großen Fehler«, sagte er und schüttelte den Kopf, »einen verflucht großen Fehler, den ihr verdammt noch mal bereuen werdet. Hier geht's nicht nur um euch, Jungchen, sondern um die ganze Menschheit. Scheiße. Tja, ich denke, wir werden einen anderen Weg suchen müssen.«

Also zog er ab.

Ich lag noch eine Weile wach auf der Couch und dachte darüber nach, ob wirklich Gefahr bestünde, ob die Nachbarn über uns herfallen oder Terroristen eine Bombe in unsere Wohnung legen würden. Aber dann glaubte ich, sicher sein zu können, daß Terroristen kein Interesse daran haben würden, Lisa von mir zu nehmen, sie in eine Sonderschule oder ein Heim zu stecken oder Mama als Fantasterin zu entlarven und entsprechend zu behandeln. Genau das würde jedoch passieren, wenn man uns in eine andere Wohnung steckte, denn dann wäre Mamas Abhängigkeit nicht länger geheimzuhalten. Das war auch der Grund, warum sie das Angebot ausgeschlagen hatte. Sie hatte Angst, ihre Skoag-Schleim-Quelle zu verlieren. Was mich anging, so war es mir unmöglich, den Ort zu verlassen, an dem ich mit Lavendel gelebt hatte. Ich starrte auf die Stelle am Boden, wo er gestorben war. Die Kreidemarkierung war seit Jahren verschwunden, aber ich konnte sie immer noch sehen.

Der Regierungsbeamte war trickreicher, als ich angenommen hatte. Einen Monat später wurde die Sanierung unseres Wohnviertels beschlossen. Dafür wollte man eine Menge Steuergelder einsetzen. Die Hausbesitzer hatten achtzehn Monate Zeit für die Renovierungsarbeiten und die Wahl, entweder zuzustimmen oder die Subventionsmittel auszuschlagen. Also wurden unsere Wände isoliert und vertäfelt, die Böden ausgeschäumt und mit Heizteppichen ausgelegt. Unter die Spüle kam ein kleiner Warmwasserbereiter, der Heizungskeller wurde unserer Wohnung zugeschlagen und als zweites Schlafzimmer ausgebaut.

Die ganze Nachbarschaft verwandelte sich. Aus den Gehwegen wurden Quadrate herausgestemmt, in die man dünne, kleine Bäume pflanzte, und alle Fassaden erhielten einen neuen Anstrich. Der Abfallberg hinter unserem Haus wurde weggeräumt mitsamt den alten Linoleumböden. In den Hof kam ein kleiner, eingezäunter Kinderspielplatz mit echtem Rasen und großen Klettergerüsten aus Plastik. Um jede Straßenlaterne wurden vier Blumenkästen gestellt. Ich konnte die ganze Aktion nicht leiden. Man versuchte uns zu verstecken, wollte Fremden weismachen: Hier leben nicht etwa arme Leute im eigenen Dreck, sondern anständige Leute, wie sie in den Schulbüchern beschrieben waren. Alle Papas und Mamas haben Arbeit, gehen zur Kirche, und ihre Kinder trinken weiße Milch und essen braunes Brot. Ich haßte es; aber Lisa hatte Gefallen daran. Sie pflückte ständig Blümchen und brachte sie Mama. Mama stellte sie immer in die Vase, so wie früher die von Lavendel. Manchmal hätte ich sie am liebsten kaputtgeschlagen.

Eines Tages kam ich von der Schule zurück, als vor unserem Haus gerade ein großer Möbelwagen abfuhr und mir einen furchtbaren Schrecken in die Glieder jagte. Hatte sich Mama nun doch entschlossen auszuziehen, war sie mit Lisa verschwunden? Aber so war es dann doch nicht. »Wonne Reschierung«, nuschelte sie angewidert und stand im Zimmer herum, als gäbe es keinen Stuhl zum Sitzen.

Alle unsere alten Möbel waren weg. Sogar der Küchenschrank und der Kühlschrank waren ausgetauscht; an der Wand stand ein riesiger Ofen mit Heißluftventilen zum Warmmachen von Getränken. Meine Couch war verschwunden mitsamt dem wohligen Geruch der Mäuse. Das neue Sofa paßte zu dem klobigen Sessel, der daneben stand. Das Radio war nur so groß wie ein Laib Brot, konnte aber bei voller Lautstärke das Haus zum Einsturz bringen. Außerdem entdeckte ich eine Videotruhe, eine Keyboard-Konsole und jede Menge Nippes. Die Regierung wollte uns wirklich gut aussehen lassen.

Im neuen Schlafzimmer standen zwei Betten, die von einem albernen Schirm voneinander getrennt waren — als hätten Lisa und ich nach all den Jahren irgendwas Schamvolles voreinander zu verbergen. Lisa hüpfte schon auf ihrem Bett herum und sah dabei aus wie ein Kind aus einem Katalog. Ich fing sie im Flug auf, hielt sie in den Armen und erkannte für einen Augenblick, wie sehr sie Mama glich. Wie ein Abziehbild: die gleichen Haare, die gleichen Augen. Jetzt wußte ich, daß sie tatsächlich Mamas Klon war und ihr immer ähnlicher werden würde, bis auf die vernarbten Hände und Wangen. Ich setzte sie ab, rannte auf Mama zu und umarmte ihre Knie. Sie stand da und sah sich verloren um, als wäre für uns kein Platz mehr da.

So glaubte man also, uns verändert und dahin gebracht zu haben, daß wir, wenn der Skoag käme, den Vereinigten Staaten keine Schande bereiten würden. Aber an den geheimen Mittwochbesuchen des dicken Skoags änderte sich genausowenig wie an Mamas idiotischem Gesumme. Die Kreidemarkierungen waren für mich immer noch da; ich sah sie sogar unter dem Teppich. Und die Nachbarn schnitten uns wie eh und je.

Wir warteten. Ein Jahr. Zwei Jahre. Es kamen mehr Skoags, aber nicht der, auf den wir warteten. Drei Jahre. In einem großen Zeitungsartikel behauptete irgendein Journalist, daß der Skoag-Gesandte überhaupt nicht kommen würde und die ganze Sache ein leeres Gerücht, eine Falschmeldung wäre. Aber der dicke Skoag verriet mir die Wahrheit. Der Gesandte war schon dagewesen, hatte mit den Mördern von Lavendel gesprochen und ihre Tat im nachhinein gerechtfertigt. Mit den Menschen hatte er nicht reden wollen.

Die Teppiche wurden fleckig; Lisa malte auf der neuen Wandvertäfelung herum, und Mama konnte das Geschmiere nicht mehr wegputzen. Vier Jahre. Graffiti an den Häusern und Bierflaschen in den Blumenbeeten. Wir vergaßen die Regierung, und die Regierung vergaß uns.

Lisa war sieben, fast acht Jahre alt. Wir kehrten gerade von einem Tagesausflug in den Park der Gaswerke nach Hause zurück. Ich machte mir Sorgen, weil ein Brief von der Schule angekommen war. Jemand hatte uns angezeigt und gemeldet, daß in unserer Wohnung ein Kind lebt, dem die allgemeine Schulausbildung vorenthalten wurde. Wenn Lisa nicht zur Schule ginge, würde uns die Sozialhilfe gestrichen. Aber ohne die Fürsorgeschecks konnten wir nicht über die Runden kommen. Ich wußte mir nicht zu helfen und dachte daran, mit Lisa abzuhauen. Ich war fünfzehn, also fast in dem Alter, Arbeit zu suchen.

An der Straßenecke stand wie immer eine Gruppe

von Skoags. Ich ging an ihnen vorbei. Ihre Musik interessierte mich längst nicht mehr. Ich war schon einen Häuserblock weiter, als mir auffiel, daß Lisa zurückgeblieben war. Ich rannte zurück, aber es war schon zu spät.

Sie hörte zu, lauschte mit großen Augen und offenem Mund, wie immer, wenn es Musik für sie zu hören gab. Die Skoags spielten alte Beatles-Stücke. Ein paar Touristen standen dabei, ein paar Lästermäuler — die wie üblich gemischte Zuhörerschar. Die Skoags musizierten, und Lisa hörte zu.

Doch plötzlich brachen sie ihr Spiel ab. Ihre Membranen blieben still, und die Augenflecken waren auf Lisa gerichtet. Durch die Schädelkämme schillerten helle Farben, und plötzlich gaben sie ein Geräusch von sich, das so unglaublich klang, als würde der Heiland auf einem weißen Pferd aus dem Himmel herbeigeritten kommen, um uns zu erlösen. Es wurde lauter und lauter. Aus den Häusern ringsum liefen Skoags herbei, watschelten über den Gehweg und stimmten, kaum daß sie angekommen waren, in das Geräusch mit ein. Auch durch ihre Schädelkämme flackerten bunte Farben. Es klang wie ein frohlockendes Halleluja, woran Lisa großen Gefallen zu haben schien. Ihre Wangen glühten, und ihre Augen waren weit aufgesperrt. Ich drängte mich nach vorn, packte ihre Hand und zog sie hinter mir her, vorbei an den Skoags, die ihre glänzenden Flossen nach uns ausstreckten. Ich nahm Lisa auf den Arm, rannte mit ihr nach Hause und riegelte die Tür hinter uns zu.

Am nächsten Tag war unsere Straße so vollgestopft mit Skoags, daß kein Auto mehr passieren konnte. Sie standen da und schaukelten auf den breiten, flachen Flossen hin und her, ohne einen Laut von sich zu geben, und stierten auf unser Haus. Hubschrauber flogen darüber hinweg, und ein Filmbericht wurde im Fernsehen gebracht, aber die Nachrichtenreporter wußten nicht, was eigentlich los war. Sie rieten den Einwohnern des betroffenen Stadtgebietes, ihre Wohnungen nicht zu verlassen und ruhig zu bleiben, bis die Verwaltung entschieden habe, was zu tun sei.

Es dauerte zwei Tage. In den Straßen drängten sich die Skoags, unsere Tür war versperrt, und in der ganzen Zeit hämmerte mein Herz wie verrückt, bis ich glaubte, mir würde der Schädel platzen. Ich hatte einen Verdacht, ahnte fast, was hinter der Sache steckte.

Am dritten Tag wurde ich von einem Geräusch geweckt, das sich anhörte wie Vogelstimmen, die mit dem Meeresrauschen und dem Lachen kleiner Kinder harmonisierten. Es war Teil eines schönen Traumes, den ich gehabt hatte. Als ich aufwachte und das Geräusch immer noch hörte, glaubte ich also, immer noch zu träumen. Dann fiel mir auf, daß ich in Wirklichkeit von einer Reihe kleinerer Geräusche geweckt worden war. Ein Stuhl wurde über den Teppich zur Tür geschoben, dann die Vorhängekette ausgeklinkt. Ich sprang aus dem Bett.

Die Straße war fast leer. Da standen nur der graue Regierungswagen und derselbe Beamte, der uns vor vier Jahren besucht hatte. Und ein ungeheuer dicker Skoag mit einem großen, violetten Schädelkamm. Er gab diesen harmonischen Vogelgesang von sich, und Lisa marschierte geradewegs auf ihn zu. Sie lächelte, und ihr Haar flatterte im Wind. Wie eine kleine Traumwandlerin, so kam sie mir vor. Der Skoag breitete seine behandschuhten Flossen aus, und sie rannte los.

Ich schrie ihren Namen, das weiß ich genau, aber sie schien mich nicht zu hören. Der Skoag hob sie vom Boden auf, und bevor ich sie erreichen konnte, waren die drei in den Wagen gestiegen. Der Beamte startete den Motor und fuhr davon.

Das ist das Ende der Geschichte. Fast.

Mama stand in der Tür und weinte. Die Tränen liefen ihr über die Wangen, wurden umgelenkt von den Wülsten ihrer Narben.

»Hinterher!« schrie ich. »Hol sie zurück! Die können sie doch nicht so einfach wegschleppen.«

»Nein.« Sie sprach jedes Wort überdeutlich aus und betonte, was sie sagte, mit Gesten ihrer Hände. »Sie haben Lisa nicht weggeschleppt. Sie wollte von sich aus mitgehen. Sie *mußte* mitgehen. Sie braucht nicht zurückzukommen; unseretwegen nicht.«

»Das kannst du nicht wissen!« brüllte ich. »Wie kannst du so was behaupten?«

Sie sah mich lange an. »Weil ich es gehört habe«, gestikulierte sie stumm. Ich beobachtete ihre zernarbten Finger und sah in ihr vom Wunder gerührtes Gesicht. »Es hat mich gerufen, und ich habe es gehört. Aber der Ruf galt nicht mir, nicht dem Teil von mir, der vor dir steht, sondern meinem anderen Ich, das ich dir verdanke — dem, was du für sie zustande gebracht hast. Der Vollendung des Kreises, der, die so gut hört, daß sie nicht zu sprechen braucht. Das eine Ich hat recht getan. Aber dieses Ich hier hat es gehört und gewußt, wie gern sie gehen wollte.«

Dann schlurfte Mama zurück in ihr Zimmer und machte die Tür zu.

Weiter passierte nichts. Der dicke Skoag kam nicht mehr, und Mama schaffte es ohne Entzugserscheinungen. Ich schätze, das letzte Lied reichte, um sie für immer high zu machen. Ich ging von der Schule ab, und von der Fürsorge besuchte uns keine mehr, um nach dem Rechten zu sehen. Es kam auch niemand, um uns aufzuklären. In den Zeitungen gab es keine Artikel, keine Geschichten über ein kleines Mädchen, das von den Skoags gestohlen wurde. Keiner fragte uns, warum Lisa nicht zur Schule ging. Keiner fragte, wieviel der Regierung ein kleines Mädchen wert ist. Oder ein Skoag mit violettem Schädelkamm.

Aber im nächsten Monat bekam Boeing einen großen Auftrag von der Regierung zugeschanzt, der Jobs für halb Seattle mit sich brachte, und die Zeitungen waren voller Nachrichten über die bahnbrechende Technik, die uns den Sternen näherbringen sollte. Ich brauchte also keine weiteren Erklärungen. Sie etwa?

Die Welt bekommt ihre Sterne, die Skoags ihre Lisa, und ich gehe leer aus. Lisa ist verschwunden und mit ihr die letzte Spur von Lavendel. Was er von mir verlangt hatte, war nicht wenig. Aber ich habe es getan: auf Mama aufgepaßt. Die Skoags können jetzt nach Hause zurückkehren. Jeden Tag sieht man weniger von ihnen auf den Straßen. Sie verbeugen sich immer vor Mama und mir. Mit dem Singen haben sie aufgehört, aber ihre Schädelkämme schillern in allen Farben. Manchmal frage ich mich, ob Lavendel eigentlich wußte, was er von mir erwartet hatte.

Vielleicht wollte er wirklich nur, daß ich auf Mama aufpasse, und der Rest geschah nur zufällig. Ich weiß es nicht.

Mama und ich wohnen immer noch hier. Im nächsten Monat werde ich achtzehn. Ich muß mich bei der Fürsorge als Volljähriger registrieren lassen und beim Arbeitsamt zur Ausbildung melden. Mamas Schecks für Erziehungshilfe werden gestrichen werden, und auch sie muß eine Umschulung machen, sonst wird die Sozialhilfe ausgesetzt. Mir bleibt nichts anderes übrig als auszuziehen, weil die Bezieher von Sozialhilfe keine zweite Person in ihrem Haushalt haben dürfen. Mama wird wahrscheinlich eine kleinere Wohnung bekommen.

Schade. Denn letzte Nacht, kurz bevor ich auf der Couch einschlief, hörte ich eine Maus, die im Polster herumnagte.

Es war eine gute Wohnung, wirklich. In ihr wohnten gute Leute.

Originaltitel: ›A touch of Lavender‹
Aus: ›Isaac Asimov's Science Fiction Magazine‹, November 1989

Deutsche Übersetzung von Michael Windgassen

Jane Yolen

Der stille Mönch

Abtei Glastonbury, im Jahre des Herrn 1191

Er war groß, und selbst unter der unförmigen Kutte wirkten seine Schultern breit. Die Kapuze verdeckte sein Haar. Als er sie zurückschlug, sah man seine Tonsur; sie war so kurzgeschoren, daß man nicht erkennen konnte, ob er blondes, rotes oder graues Haar hatte.

Das Faszinierendste an ihm waren die Augen; blau wie der Himmel im Hochsommer, und das Weiße darin schimmerte hell wie gebleichter Musselin. Er war ein gutaussehender Mann mit einer kräftigen, schmalen Nase und einem Mund, der sämtlichen Frauen in der Gemeinde ein Kopfschütteln entlocken würde ob der Verschwendung. Die Damen unseres Kirchspiels waren lebenslustige Geschöpfe, so hatte man mich gewarnt.

Ich wurde ihm als Führer zugeteilt, trotz meines verkrüppelten Beins, da ich wesentlich jünger war als meine Mitbrüder. Als Oblate war ich in das Kloster gekommen, und ich gehörte zu den wenigen, die sich später fürs Bleiben entschieden und sich tatsächlich der Schar von Heiligen anschlossen. Die meisten Oblaten widmen sich später dem Handel, obschon einige zugegebenermaßen ins Soldatenheer eintreten, mit der sicheren Gewißheit im Herzen, daß sie eines friedvollen Todes sterben werden.

Vater Joseph meinte, ich solle meine Mitbrüder nicht ›Heilige‹ nennen, denn den Stand der Heiligkeit müsse man sich verdienen, man wüchse nicht automatisch hinein. Aber mein leiblicher Vater sagte mir, ehe er mich der Abtei übergab, durch das ständige Zusammensein mit heiligen Männern könne ich selbst ein Heiliger werden; und er würde sich einen guten Platz im Himmel sichern, weil er mich der Abtei als Opfer brachte.

Ich weiß nicht, ob das stimmte; denn mein Vater starb an einer Krankheit, die sein drittes Weib mit ins Ehebett brachte, fürwahr eine sonderbare Hochzeitsgabe. Und in der Abtei verbrachte ich den größten Teil meiner Zeit nicht im Gebet, Seite an Seite mit Heiligen, sondern auf den Knien, Fußböden schrubbend. Ich putzte die Zelle des Abts, die langen, düsteren Gänge und das Dormitorium.

Trotzdem war es immer noch besser, als daheim in Meade's Hall zu sein, wo man mich ständig hänselte, auch wenn ich der Sohn des Lords war; sein achter Sohn, der mit einem verkrüppelten Bein zur Welt kam und bei der Geburt seine Mutter umbrachte. In der Abtei Glastonbury wurde ich wenigstens gebraucht, wenn auch nicht gerade geliebt.

Als der großgewachsene Wanderer an jenem Sonntag spätabends an die Pforte klopfte, hütete ich das Tor; Bruder Sanctus lag mit Fieber im Bett, und so war ich der erste, der den stillen Mönch sah.

Ich weiß, daß es unrecht ist, einen anderen Mann auf diese Weise zu lieben. Es ist falsch, einen Menschen mehr zu verehren als Gott. Diese Warnung wird den kindlichen Oblaten als erstes eingeschärft. Denn das Herz eines Jungen ist ein natürlicher Altar, und viele seltsame Gottheiten begehren, daß ihnen auf ihm geopfert werde. Doch ich liebte ihn vom ersten Augenblick an; wegen des hoffnungsvollen Ausdrucks in seinem Gesicht, der überlagert wurde von einer Maske des Kummers.

Er bat nicht darum, eingelassen zu werden, er *verlangte* es. Doch niemals erhob er die Stimme oder verlor die Beherrschung. Aus diesem Grund nannten wir ihn den Stillen Mönch und benutzten kaum seinen richtigen Namen. Doch seine Stimme konnte gebieterischer klingen als die unseres Abts Giraldus, der ein aufbrausendes Temperament besitzt. Ehe ich den Stillen Mönch kennenlernte, hatte ich vor den Wutausbrüchen des

Abts gezittert. Dann durchschaute ich sie als das, was sie waren: eine Demonstration von Macht, hinter der sich Schwäche verbirgt.

»Ich suche in eurer Abtei einen Platz zum Ausruhen, und morgen früh, nach dem Morgengebet und der Absolution, möchte ich mit eurem Abt sprechen«, sagte der Stille Mönch.

Ich öffnete das Tor, wobei mir wieder auffiel, wie laut das Schloß quietschte und das Holz knarrte. Im Gegensatz zu vielen anderen Abteien hielten wir keine Räume für Gäste bereit. Wir empfingen keine Besucher, denn zu jener Zeit hatten wir selbst fast nicht genug zu essen.

Ihm sagte ich das jedoch nicht. Ich führte ihn in meine Zelle, die aussah wie die aller anderen, mit Ausnahme der des Abts, welche noch kärglicher eingerichtet war; ein Umstand, an den Abt Giraldus uns täglich zu erinnern pflegte.

Der stille Mönch schien es nicht zu merken. Schweigend nickte er und ließ sich auf dem dünnen Strohsack nieder, wonach er sogleich einschlief. Nur Soldaten und Mönche besitzen diese Fähigkeit. Mein Vater, der einst eine Schar Berittener anführte, konnte es auch. Ich hatte es mir angewöhnt, seit ich in der Abtei lebte. Behutsam deckte ich ihn mit meiner dünnen Decke zu und schlich mich hinaus.

Am nächsten Morgen unterhielt sich der Stille Mönch lange mit Abt Giraldus und dann mit Vater Joseph und Vater Paul. Er betete gemeinsam mit uns, und als wir sangen, übertönte seine Stimme alle anderen, selbst die Soprane der jugendlichen Oblaten und den lieblichen Tenor von Bruder John.

Er kniete am längsten nieder, und zum Schluß lag er über eine Stunde lang ausgestreckt auf dem kalten Steinfußboden, sehr zum Verdruß des Abts, der seinen Groll an mir ausließ. Er bemängelte meine Putzarbeit, und ich mußte den Boden in seiner Zelle nochmals schrubben, obwohl die Steine dort schon ganz glatt waren von seinen jahrelangen Bußübungen.

Bruder Denneys — so nannte sich der Stille Mönch, angeblich nach einem Jungen, der ihn aus einer Anwandlung von Apathie wachgerüttelt hatte — erhielt die Erlaubnis zu bleiben, bis eine bestimmte Aufgabe erfüllt sei. Doch ehe diese Aufgabe in Angriff genommen werden konnte, mußte man sich die Genehmigung des Papstes einholen.

Worin diese Aufgabe bestand, verrieten weder der Abt noch Vater Joseph noch Vater Paul. Wenn ich es herausfinden wollte, blieb mir nichts anderes übrig, als mich direkt an Bruder Denneys zu wenden. Ich konnte auch warten, bis wir vom Heiligen Vater eine Nachricht bekamen — was, wie wir alle sehr wohl wußten, Tage, Wochen, ja Monate dauern konnte, wenn man den Zustand der Straßen zwischen Glastonbury und Rom bedachte. Falls wir überhaupt eine Antwort erhielten.

Unterdessen bewies uns Bruder Denneys, daß er einen starken Rücken und einen noch stärkeren Arm hatte. Und Wunder über Wunder (Vater Joseph, der sonst mit dieser Bezeichnung geizte, sagte, er sei ein Wunder), er besaß auch einen Beutel voller Gold, das er mit Bruder Aermand teilte, der unsere knappen Mahlzeiten kochte.

Wir alle wußten, solange Bruder Denneys in der Abtei weilte, würden wir besser essen als in den meisten Jahren zuvor. Vielleicht ließ die Nachricht aus Rom deshalb so lange auf sich warten. Unsere kleine Schar von Heiligen verwandelte sich in Goldgräber.

Nicht alle Wunder, so hatte Vater Joseph einmal gesagt, entstammten einem reinen Herzen. Manche hätten ihren Ursprung in zu strengem Fasten, zuviel Wein oder zuwenig Schlaf. Und manche Wunder, ergänzte ich in Gedanken, entsprangen einem übermächtigen Wunsch nach Gold.

In unserem Kloster gab es kein Schweigegebot. Wir besaßen so wenig, daß Gespräche unser großes Privileg waren, außer natürlich an heiligen Feiertagen, von denen es viel zuviel gab.

Vor den Mahlzeiten pflegten wir uns zu treffen, um die kleinen Ereignisse des Tages miteinander auszutauschen: daß die Pflanzen zum Lobe des Herrn zu sprießen begännen, daß die Vögel von Gott kündeten, indem sie ihre Nester bauten, und ähnlichen frommen Klatsch, wie er in kleinen Gemeinschaften üblich ist.

Nur selten sprachen wir über unsere Vergangenheit; denn die hatte die meisten von uns nach Glastonbury gebracht. Sogar Sankt Patrick, den wir von allen Heiligen am höchsten verehrten, soll eine Vergangenheit gehabt haben, als er nach Glastonbury kam.

Unsere kleine, mit Lehm verputzte Kirche hatte die Beichten von guten und von schlechten Männern gehört, von Heiligen und von Sündern, ehe sie vor sieben Jahren durch einen Brand zerstört wurde.

Die Geschichten jedoch, die uns Bruder Denneys in jenem Frühjahr erzählte, waren gewiß die wunderlichsten Beichten, die uns allen je zu Ohren gekommen waren. In den Mienen des Abtes, Vater Josephs und Vater Pauls erkannte ich eine jähe, übermächtige Gier, die mir unverständlich blieb.

Bruder Denneys erzählte uns, weshalb er zu seiner Wanderung aufgebrochen war. Wir erfuhren von einer Königin, die man des Hochverrats bezichtigt hatte, von einer verratenen Freundschaft, von dem Wunsch, Buße zu tun. Er befand sich auf der Suche nach dem Grab der Königin, um dort um Vergebung zu bitten.

All das war den Beichtvätern nichts Neues, da sie die Geheimnisse von Lords und Bauernknechten kannten; uns wunderte hauptsächlich, wie lange Bruder Denneys schon unterwegs war.

Natürlich zeigten wir Verständnis für seine Verzweiflung und weihten seine Suche mit Oratorien, die unser

Chor sang. Ehe die Kirche niederbrannte, waren die Mönche von Glastonbury für ihre schönen Stimmen berühmt gewesen; man nannte uns in einem Atemzug mit so bekannten Chören wie denen von Caer Garadawg und Bangor.

Ich sang die Baßstimme, was jeden wunderte, der mich sah; denn ich bin klein und schmächtig, und um meine Hühnerbrust könnte mich ein Heiliger beneiden.

Unser Chor hätte noch besser klingen können; doch das Geld, das eigentlich für den Wiederaufbau der Kirche bestimmt gewesen war, hatte man dafür verwandt, um die Kreuzzüge zu finanzieren.

In unserer Sache gab es nicht wenige Zweifler, obwohl der Abt, Vater Paul und Vater Joseph, die unsere weltlichen Angelegenheiten regelten, jede diesbezügliche Äußerung rasch im Keim erstickten; sie dachten an den schier unerschöpflichen Vorrat an Gold.

Wie lange er unterwegs gewesen sei? Nun, er sah nicht so alt aus, wie er vorgab zu sein. Sechshundert Jahre hätten tiefere Runzeln hinterlassen müssen. Doch am Ende war jeder Mönch in Glastonbury vom Wahrheitsgehalt seiner Geschichte überzeugt — selbst Bruder Thomas, der seinen Namen zu recht trug.

Bruder Denneys verriet uns, daß er früher ein Ritter gewesen sei, der edelste unter den Edlen jener erlauchten Runde, die den mächtigen König Artus auf der Suche nach dem Gral begleitete.

»Ich, der einst Lancelot du Lac war«, erzählte er mit fester, ruhiger Stimme, »bin jetzt nichts weiter als ein wandernder Bettelmönch. Ich suche das Grab der holden Dame, die ich zu sündigen lehrte. Meine nackte Haut berührte die ihre, meine Zunge bohrte sich in ihren Mund wie die Gabel in ein Stück Fleisch.«

Wer konnte es uns verübeln, daß wir in jenem Augenblick lustvoll erschauerten, besonders die jugendlichen Oblaten, die an der Schwelle zum Mannesalter standen. Selbst Abt Giraldus vergaß sich zu bekreuzigen, so sehr fesselte ihn die Beichte.

Doch ungeachtet der Sensation, die er auslöste, fuhr Bruder Denneys fort:

»Ihr müßt wissen, daß sie den König liebte, aber nicht den Thron. Sie liebte ihn als Mann, nicht als Monarchen. Doch er wußte nicht, wie man eine Frau liebt. Er war mit dem Königreich verheiratet, versteht ihr, und das genügte ihm. Er hätte ein Heiliger werden sollen.«

Danach schwieg er, wie in innere Betrachtungen versunken. Wir waren alle still, als habe er uns ein Gleichnis erzählt, für das wir Jahre brauchen würden, um es zu entschlüsseln.

Dann seufzte er. Es klang wie ein Windhauch, der über einen leeren Brunnenschacht streicht. Er lächelte nicht; es war, als habe er zu lächeln verlernt. Er nickte und fuhr fort:

»Muß ein Königreich weiterbestehen? Muß eine Königin einen Erben gebären?« Er legte eine Pause ein, aber nicht, um unsere Antworten abzuwarten, sondern um tief Luft zu holen. »Ich schwöre euch, das war der einzige Grund, der sie in meine Arme trieb, und nicht etwa eine ehebrecherische Liebe zu mir. Ein oder zwei Jahrhunderte lang bildete ich mir ein, unsere Liebe sei etwas Großartiges gewesen; eine Liebe, anfangs wie ein schöner Zauber, zum Schluß nichts weiter als Verderbnis bringende Leidenschaft. Ich verfluchte die Hexe Morgaine und klagte sie an, indem ich ihr gleichzeitig dankte; ich verfluchte die Sterne und klagte sie an. Doch schließlich gestand ich mir ein, daß ich ein Narr sei, denn nur ein Narr läßt sich von seinen niedrigen Instinkten verführen.« Er deutete auf seinen Unterleib und biß sich dabei auf die Lippe, wie wenn er sich an etwas bestimmtes erinnerte; dann erzählte er weiter:

»Als sie sich in das Kloster Amesbury zurückzog, kannte ich die Wahrheit, ich wollte mich nur nicht damit abfinden. Da ihr eine jungfräuliche Geburt versagt war, erwählte sie mich — und nicht Gott —, um ihren Leib zu segnen. Doch ich enttäuschte sie — wie Gott. Sie konnte meinen Samen nicht bei sich behalten, ich vermochte keine gesunde Frucht zu zeugen. Ein Kind verließ zu früh ihren Schoß; ein geschwänztes Balg mit hervorquellenden Augen, mehr Nixe denn ein menschliches Wesen. Danach war sie nie wieder in der Hoffnung.« Er schüttelte sich.

Auch ich erbebte.

Uns alle überlief ein Schauder, als wir an das mißgestaltete Kind dachten.

»Als sie wußte, daß sie gesündigt hatte, ohne das erhoffte Ziel zu erreichen, lebte sie in Keuschheit, wie der Mann, den sie verehrte, ihr über alles geliebter Gemahl. Mich vergaß sie.«

In diesem Moment stieß einer der kindlichen Oblaten einen lauten Seufzer aus, und der Abt warf ihm einen finsteren Blick zu. Doch Bruder Denneys ließ sich nicht stören.

»Was blieb mir anderes übrig, als ihr nachzueifern?« Er sprach jetzt so leise, daß wir uns gespannt vorbeugten, um kein Wort zu verpassen. »Würde ich Vergebung für meine Sünden finden? Ich mußte es ihr gleichtun und Gott ein Opfer bringen.«

Er stand auf, streifte mit einer flinken, geübten Bewegung seine Kutte ab und warf sich splitternackt auf den steinernen Fußboden.

Ich weiß nicht, ob die anderen es merkten, aber ich saß so, daß ich es sehen mußte. Er lag bäuchlings auf dem Boden und kehrte uns seinen muskulösen männlichen Rücken zu. Doch vorn war er so glatt wie ein Mädchen. In einem wahnwitzigen Anfall von Reue hatte er sich selbst entmannt und das Instrument seiner Sünde auf dem Altar der Verzweiflung geopfert.

Ich bedeckte mein Gesicht mit den Händen und weinte; ich weinte, weil er Schmerzen ausgestanden hatte, weil er so ohne Hoffnung war, und weil ich ihm, aufgrund meiner Verkrüppelung, nicht auf seinem langen, einsamen Weg folgen konnte.

Monatelang warteten wir auf eine Nachricht aus Rom. Aber entweder war der Heilige Vater zu sehr mit den drei streitbaren Königen und deren Kreuzzügen beschäftigt, oder die Straßen zwischen Glastonbury und Rom waren wieder einmal von Räubern belagert. Jedenfalls kam keine Botschaft, und der Stille Mönch arbeitete weiterhin in der Abtei, während er für dieses Privileg aus seinem offenbar unerschöpflichen Vorrat an Gold bezahlte.

Sooft es ging, arbeitete ich an seiner Seite, und das hieß, daß ich den doppelten bis dreifachen Dienst verrichtete. Aber es genügte mir schon, wenn ich nur seine sanfte Stimme hörte, mit der er mir von seiner Vergangenheit erzählte. Ich wage es kaum zu sagen, aber seine Geschichten gefielen mir besser als das Evangelium; sie waren schöner, fesselnder, geheimnisvoller, und obendrein handelten sie von menschlichen Leidenschaften. Sie vermittelten mir Einblicke in ein Leben, wie ich es aus eigener Anschauung nie hätte kennenlernen können.

Der Winter verging, und die Sonne erwärmte den Erdboden so weit, daß wir ihn mit unseren Spaten umgraben konnten. Da kam eines Nachts Bruder Denneys in meine Zelle. Derlei Besuche waren streng verboten.

»Mein Kind«, flüsterte er, »ich muß mit dir sprechen.«

»Mit mir?« wunderte ich mich. Meine Stimme klang plötzlich heiser. »Warum ausgerechnet mit mir?«

Mein Herz klopfte wie wild, doch meine Zeit als kindlicher Oblate lag noch nicht so lange zurück, daß ich vergessen hätte, auf sich nähernde Schritte zu lauschen.

»Ich habe dich ausgesucht, Martin, weil du an meinen Lippen hängst, wenn ich meine Geschichten erzähle.

Du folgst mir getreulich wie ein Hund seinem Herrn oder ein Knappe seinem Ritter.«

Ich blickte auf die steinernen Bodenplatten, ohne etwas zu entgegnen, denn er hatte ja recht. Ich hatte nur nicht gewußt, daß ihm meine Anhänglichkeit aufgefallen war.

»Tust du mir einen Gefallen, wenn ich dich darum bitte?«

»Selbst dann, wenn ich mich gegen Gott und die Heiligen versündigen würde«, flüsterte ich. »Selbst dann.«

»Auch wenn du damit gegen die Klosterregeln verstößt?«

»Dann gerade«, sagte ich wie zu mir selbst, doch er hörte es.

Er erzählte mir, was ihn ausgerechnet nach Glastonbury geführt hatte; er weihte mich in sein Geheimnis ein, das außer mir nur noch der Abt, Vater Paul und Vater Joseph kannten. Ich erfuhr den Grund, weshalb er auf eine Nachricht aus Rom wartete, die bis jetzt noch nicht eingetroffen war.

»Es gab einen Barden, einen Waliser, der sang von dieser Abtei und ihren Gräbern. In diesem Land gibt es viele Abteien und viele Gräber; ich kenne sie alle. Jedenfalls glaubte ich das. In seinen Versen besang er die beiden Pyramiden von Glastonbury, die ein bestimmtes Grab flankieren. Aus seinen Reimen hörte ich Merlins Sprüche heraus, der geweissagt hatte: ›*Eine kleine Wiese, ein friedvoller Ort zwischen hochragenden Steinen.*‹«

Ich muß den Kopf geschüttelt haben, denn mit der Zungenfertigkeit eines Menschen, der etwas Auswendiggelerntes herunterhaspelt, zitierte er:

»*Die Zeit wird kommen, da gewisse Zeichen sich offenbaren;*
Eine kleine Wiese, ein friedvoller Ort zwischen hochragenden Steinen;
Ein Geschenk aus Gold öffnet die Pforte;
Und am Ende des Weges wartet die göttliche Vergebung.«

Er sprach im Brustton der Überzeugung, doch den vollständigen Orakelspruch fand ich noch rätselhafter als den vorher erwähnten Teil davon.

Er seufzte. »Du verstehst mich nicht. Das Grab zwischen den beiden steinernen Pyramiden ist dasjenige, das ich suche, dessen bin ich mir absolut sicher. Aber dein Abt bleibt hart. Ohne die Einwilligung Roms darf ich das Grab nicht öffnen. Doch ich muß es tun, Martin, ich kann nicht anders. Sie liegt dort unten begraben; ich will mich der Toten zu Füßen werfen und die göttliche Absolution erbitten.« Er hatte mich bei den Schultern gepackt.

»Pyramiden?« Ich staunte nicht über seine Leidenschaftlichkeit oder über die Besessenheit, seine Königin exhumieren zu wollen. Doch soweit ich wußte, gab es im Hof der Abtei keine Pyramiden.

»Es gibt hier zwei sich nach oben hin verjüngende Tafeln«, erklärte Bruder Denneys. »Viele Namen von Heiligen sind darin eingemeißelt.« Er schüttelte mich, als wolle er mich dadurch zum besseren Verstehen zwingen.

Dann begriff ich endlich. Er meinte die beiden stehenden Steinplatten mit den Namen der früheren Äbte und anderer heiliger Männer, die an diesem Ort gelebt hatten. Wie Wasserfälle rieselten die Schriftzeichen die steinernen Fassaden hinunter. Doch es bedurfte einer gehörigen Portion Phantasie — oder Verzweiflung —, um sie als Pyramiden zu deuten. Ich mußte aussprechen, was ich dachte.

»Dort befindet sich keine Grabstätte, Bruder Denneys. Nur eine Grasnarbe, die im Frühjahr und Sommer grünt. Einmal im Jahr veranstalten wir dort zum Ruhme Gottes ein Picknick.«

»Das hatte ich gehofft. Das hat Merlin mit seinem Spruch gemeint: *eine kleine Wiese, ein friedvoller Ort.* So muß die Ruhestätte meiner Hohen Dame aussehen.«

»Aber dort ist nichts!« In diesem Punkt blieb ich unbeirrt.

»Das kannst du nicht wissen, mein Sohn. Meine Hoffnung ist stärker als deine Überzeugung.« In seinen Augen lag ein sonderbares Leuchten; ich sah es, weil der Mond meine Zelle erhellte. »Willst du mit mir kommen, wenn übermorgen Vollmond ist? Allein kann ich das Grab nicht öffnen. Irgend jemand muß Wache stehen.«

»Weshalb?«

»Um uns vor den Nebelfeen zu schützen; und vor den Geistern der Toten.«

»Ich dachte, Ihr meintet den Abt und den Bruder Nachtwächter.« Ich nahm mir vor, alle Schuld auf mich zu nehmen, falls wir entdeckt würden, sagte es jedoch nicht. Er war ein Mann, der den Märtyrer in mir erweckte.

»Wirst du mir helfen?«

Ich betrachtete meinen Fuß, der sich im fahlen Mondlicht unter der dünnen Decke abzeichnete. Er war so verkrüppelt, daß er selbst zugedeckt noch grotesk wirkte. Dann hob ich den Blick und sah Bruder Denneys ins Gesicht, der auf der Bettkante hockte. Fast glaubte ich, ein Lächeln zu erkennen.

»Ja«, antwortete ich, »möge Gott mir beistehen.«

Er umarmte mich einmal, stand auf und ging.

Wie schnell doch die beiden Tage vergingen! Ich hielt mich fern von ihm, als könne ich dadurch vermeiden, daß jemand unser künftiges Unterfangen erriete. Ich polierte die Steinfliesen in der Halle, bis einer der kindlichen Oblaten, der kleine Christopher von Chedworth, darauf ausglitt und so schwer stürzte, daß er sich einen Tag lang in die Obhut des Bruder Krankenpflegers begeben mußte. Der Abt entband mich von meinen Pflichten und ließ mich zur Strafe im Garten die Kräuterbeete hacken und in der Küche Töpfe schrubben.

Nachdem sich der Stille Mönch meiner Komplizenschaft versichert hatte, sprach er nicht mehr mit mir; er nickte mir nicht einmal zu, wenn er an mir vorbeiging. Hätten wir nicht wissen müssen, daß wir uns gerade durch diese *Unterlassungen* verdächtig machten? Hätte Bruder Denneys, der in Schlachten gekämpft hatte, nicht eine bessere Strategie entwerfen können? Jetzt weiß ich, daß er als Ritter ein Einzelkämpfer gewesen war. Als Liebhaber hatte man ihn bei seinen Amouren ertappt.

Doch Gott wachte über uns und ebnete uns den Weg, selbst dann, als ich mich alles andere als gottgefällig verhielt.

Die Frühmette war vorbei; ich hatte den Psalmen und selbst den Wechselgesängen nur wenig Aufmerksamkeit gezollt. Statt dessen betrachtete ich den Mond, der durch das Kapellenfenster schien und das gläserne Bild beleuchtete, das Lazarus darstellte, wie er von den Toten auferstand. Zweimal hatte mich Bruder Thomas mit dem Ellbogen anstoßen müssen, damit ich die richtigen Responsien gab, und dreimal funkelte Vater Joseph mich wütend an.

Jedoch gab mir Bruder Denneys nicht das ersehnte Zeichen, obschon der Mond das Haupt des Lazarus wie ein kreisrunder Heiligenschein umgab.

Niedergeschlagen kehrte ich in meine Zelle zurück, wo ich mich auf die Knie warf; in dieser Position, die für mich wegen meines schlimmen Beins sehr schmerzhaft war, betete ich zu Gott, den ich vernachlässigt hatte, und bat ihn, mich gegen falsche Hoffnungen und böse Versprechungen zu feien.

Dann hörte ich das Klappern von Sandalen, die den Gang herunterkamen. Ich blieb auf den Knien, obwohl mir der Schmerz durch das rechte Bein bis in die Leiste ausstrahlte. Ich wartete, nahm die Gebete zurück, die ich wenige Minuten zuvor gen Himmel gesandt hatte, und meine Treulosigkeit wurde belohnt, als der Stille Mönch in meine Zelle trat.

Er brauchte nichts zu sagen. Ohne seine Hilfe stand ich auf, glättete meine Kutte und zog sie herunter, um mein verkrüppeltes Bein zu verbergen, und folgte ihm schweigend hinaus.

Es war still im dunklen Dormitorium; das einzige, was man hörte, war Bruder Thomas' lautes Schnarchen und die leisen blubbernden Atemgeräusche der schlafenden kindlichen Oblaten. Ich wußte, daß der Novizenmeister später in der Nacht nach den schlummernden Jungen schauen würde, doch im Augenblick rührte er sich nicht. Nur der Bruder Pförtner war wach, lungerte am Eingangstor herum und wartete auf den Boten aus Rom, der wahrscheinlich nie eintreffen würde. Wir schlugen den Weg zur hinteren Pforte ein, die auf den Friedhof führte. Dort konnte uns niemand hören.

An der Pforte hatte Bruder Denneys eine große Schaufel bereitgestellt. Während ich betend auf den Knien lag, war er nicht untätig gewesen. Ich schuldete ihm schweigende Pflichterfüllung; und meine Liebe.

Seite an Seite überquerten wir den Friedhof, vorbei an vielen Grabsteinen. Er paßte sein Tempo dem meinen an, doch ich wußte, wie sehr er sich danach sehnte, vorwärtszueilen. Im stillen dankte ich ihm und bemühte mich, mit ihm Schritt zu halten.

Wir begegneten weder Nebelfeen noch weißgewandeten Gespenstern, die laut wehklagend unter dem Vollmond dahinwandelten; nicht, daß ich mit welchen gerechnet hätte. Ich wußte besser Bescheid als die meisten anderen Menschen, wie das Gehirn imstande ist, Ungeheuer herbeizuzaubern. Als ich noch ein Kind war, hatte man mir oft Streiche gespielt, und viele Nächte hatte ich unfreiwillig auf dem Totenacker verbracht. Oft lag ich frierend und gefesselt in einem frisch ausgehobenen Grab oder auf einer Steinplatte des Friedhofs unserer Burg. Mein Vater pflegte über derlei Schabernack zu lachen. Vielleicht hatte er die Urheber solcher Streiche sogar gedungen. Schließlich hielt er viel von seelischer und körperlicher Abhärtung.

Doch ich male mir gern aus, daß er heimlich stolz auf mich war, weil ich mich nie beklagte. Oft war ich bis auf die Knochen durchgefroren, und die Schmerzen in meinem Bein wollten überhaupt nicht mehr vergehen, aber niemals erschien mir ein Gespenst, und deshalb konnte ich auch nicht an sie glauben.

All diese Erinnerungen und noch andere gingen mir durch den Sinn, während ich Bruder Denneys zu den Pyramiden folgte, auf die sich seine Hoffnung gründete.

Zwar sahen wir keine Gespenster, dafür aber jede Menge Schatten, und mehr als einmal erschraken wir beide, ehe wir endlich die kleine Wiese, den friedvollen Ort, erreichten, an dem der Stille Mönch seine Liebste beigesetzt wähnte.

»Ich werde graben«, sagte er, »und du stehst Wache.«

Er zeigte auf eine Stelle, von wo aus ich die schwarzen Umrisse der Kirche und des Klostergebäudes sehen konnte und jeden entdecken würde, der sich uns näherte. Während er in seiner bedächtigen, tüchtigen Art zu schaufeln begann, kletterte ich auf einen kalten Stein, der einem gewissen Bruder Silas gewidmet war, und hielt Wache.

Die einzigen Geräusche, die das Eindringen der Schaufel in das Erdreich begleiteten, waren der langgezogene Jagdruf einer Eule und kurz darauf der Schrei eines kleinen Tieres, der verriet, daß der Beutezug erfolgreich verlaufen war. Danach hörte man nur noch das leise Klopfen des Spatens, der sich immer tiefer zu dem mutmaßlichen Grab hinunterfraß.

Stundenlang mußte er gegraben haben; nur am Stand des Mondes erkannte ich, wie die Zeit verging. Er stand so tief in dem ausgehobenen Loch, daß ich nur noch sein Schädeldach sehen konnte, als er plötzlich aufschrie.

Ich rannte zum Rand der Grube und starrte hinunter.

»Was ist?« fragte ich, während ich versuchte, inmitten der finsteren Schatten etwas zu erkennen.

»Ich bin auf Holz gestoßen«, sagte er.

»Ein Sarg?«

»Es scheint eher ein Stück von einem Baumstamm zu sein«, antwortete er. Er bückte sich. »Es *ist* ein Baumstamm, wahrscheinlich Eiche.«

»Dann hat Euer Barde sich geirrt«, meinte ich. »Kein Wunder, bei einem Waliser.«

»Es handelt sich um eine von Druiden beeinflußte Grabstätte«, erklärte er. »Darauf deutet die Eiche hin. Merlin hatte seine Hand im Spiel.«

»Ich dachte, Merlin sei bereits früher gestorben; oder verschwunden. Das habt Ihr mir in Euren Geschichten selbst erzählt.«

Er schüttelte den Kopf. »Es ist eine Druidenlist, daran besteht kein Zweifel. Du wirst sehen.« Er begann wieder zu schaufeln, dieses Mal schneller. Die Erde spritzte über den Rand der Grube und beschmutzte meine Sandalen, ehe ich zurückweichen konnte. Etwas flog mir ins Auge, und ich mußte weinen. Es dauerte lange, bis ich es herausbekam und meine Tränen versiegten.

»Das ist es«, hörte ich seine Stimme. »Und hier liegt noch mehr.«

Wieder spähte ich in die Kuhle. »Was?«

»Ein Stein mit einem Kreuz darunter.«

»Weil sie Christin war?« fragte ich.

Er nickte. »Die Druiden mußten ihr das Kreuz mitgeben.«

Der Mond war fast untergegangen, doch über den Horizont spannte sich ein dünner heller Lichtstreifen. Von der Abtei hörte ich das Glockengeläut, und das bedeutete, daß Bruder Angelus wach war. Wenn wir nicht zum Gebet erschienen, würde man nach uns suchen. Und wenn man uns nicht in unseren Zellen anträfe, würden die Mitbrüder hierherkommen. Abt Giraldus mochte aufbrausend und ein Polterer sein, aber er war nicht dumm.

»Beeilt Euch«, drängte ich.

Er wandte das Gesicht zu mir empor und lächelte. »All die Jahre des Wartens«, sagte er. »All die Jahre des Hoffens; all die Jahre der falschen Gräber.« Dann wandte er sich wieder seiner Arbeit zu. Indem er die Schaufel wie ein Stemmeisen benutzte, hob er das Grab aus. Unter einem ausgehöhlten und umgekippten Eichenstamm lagen die sterblichen Überreste zweier Menschen, und nicht nur die einer einzelnen Frau. Ihre Knochen waren ineinander verhakt, als umarmten sie sich im Tode inniger denn zu Lebzeiten.

Ein Skelett war eindeutig das eines Mannes. Neben dem Schädel lag ein Helm, wie ein Krieger aus der damaligen Zeit ihn getragen haben mochte. Der andere Schädel war umrahmt von langen blonden Zöpfen, in denen sich das frühe Tageslicht fing.

»Guinevere!« rief der Stille Mönch laut. Zum erstenmal hörte ich, wie er seine Stimme erhob. Sich über die Gebeine bückend, strich er mit der Hand ehrfürchtig über das goldene Haar.

Von hinten legte sich eine Hand auf meine Schulter, doch ich drehte mich nicht um. Statt dessen sah ich gebannt zu, wie die blonden Zöpfe unter der Berührung des Stillen Mönchs zu Staub zerfielen. Was soeben noch Goldhaar gewesen war, verwandelte sich in ein Nichts.

Bitterlich weinend warf sich Bruder Denneys auf die beiden Skelette; ich sprang hinunter in die Grube, obwohl sie mindestens sechs Fuß tief war. Ich zerrte ihn von den brüchigen, trockenen Knochen weg und hielt ihn im Arm, bis er sich ausgeweint hatte.

Als ich wieder hochblickte, sah ich rings um das Grab die vertrauten Gesichter meiner Mitbrüder. Am Fuß der Grube stand der Abt höchstselbst, sein Gesicht glühte rot und zornig wie eine offene Wunde.

Natürlich mußte Bruder Denneys Glastonbury verlassen. Er ging bereitwillig davon. Denn obschon das kleine Steinkreuz die Inschrift trug: HIC JACET ARTHURUS REX QUONDAM REXQUE FUTURUS, sagte er, es sei nicht das richtige Grab gewesen. Der Sarg sei nichts weiter als ein kieloben liegender Einbaum aus einem der Dörfer am See. Das Haar, das wir beide im Morgenlicht hatten golden schimmern sehen, wäre lediglich Schimmel gewesen.

»Sie liegt irgendwo anders, nicht hier«, behauptete er und deutete geringschätzig auf die umgewühlte Erde. »Und ich muß sie finden.« Ich folgte ihm durch das Tor und die Straße hinunter, bemüht, mit ihm Schritt zu halten. Und ich folge ihm immer noch.

Im Lauf der Zeit ist sein Haar grauer geworden, doch sein Gesicht blieb ohne Falten. Mich hingegen haben die langen Jahre als sein Gefolgsmann und Knappe gezeichnet, meine Stirn ist tief zerfurcht. Ihn scheinen die vielen kleinen Wunder nicht zu berühren, die bei jeder Graböffnung geschehen: in Westminster wurde ein blindes Mädchen sehend; in Shropshire gab es einen jungen Mann, der von Geburt an stumm war und dessen Zunge nunmehr so behende ist, daß er sogar Versreime sprechen kann.

Unterdessen weiß ich, daß er diesen besonderen Gral, nach dem er sucht, niemals finden kann. Er lebt in seiner eigenen Hölle, und ich folge ihm auf meinen zwei gesunden, geraden Beinen.

Auch mir ist ein kleines Wunder widerfahren. Manchmal, wenn im Winter der Schnee hoch liegt, schmerzt mich mein rechtes Bein und erinnert mich an meine Verkrüppelung. Wenn ich im Schlaf aufschreie, hört er es nicht und spendet mir keinen Trost.

Doch mein Knöchel warnt immer noch vor jedem heraufziehenden Unwetter. Nicht, daß er mir für diese prophetischen Dienste dankbar wäre. Aber meistens kann ich ohne Schmerzen und ohne zu hinken laufen, und gewiß braucht jeder Wundertäter einen Zeugen für seine Gabe, einen Apostel, der der Nachwelt über ihn berichtet. Dies ist meine Bürde, meine Pflicht, meine nie versiegende Freude.

Zur Zeit der Tudor schreibt der Altertumsforscher Bale: »Im Jahre 1911 fand man in Avallon die Leichname von König Arthur und seinem Weib Guinevere. Sie ruhten in einem eichenen Sarg, ihre Leiber vermodert, nur ihre Knochen waren übriggeblieben. Als ein Mönch nämlicher Abtei, der bei der Grube stand und hinabschaute, das Haar der Frau erblickte, das glänzte wie gelbes Gold und zu Zöpfen geflochten war, gebärdete er sich wie toll. Er sprang in das tiefe Loch hinein und wollte nach dem Haare greifen. Doch dies gelang ihm nicht. Denn sowie er die Flechten berührte, zerfielen sie zu Staub.«

Im Jahre 1193 verfügten die Mönche von Glastonbury über genügend Geldmittel, um ihre Kirche wiederaufbauen zu können; denn reiche Pilger strömten scharenweise zu den Reliquien. Wenige Monate nach der Exhumierung schenkte König Richard dem normannischen Herrscher von Sizilien, Tancred, ein Schwert, von dem er behauptete, es sei Excalibur.

Originaltitel: ›The Quiet Monk‹
Aus: ›Isaac Asimov's Science Fiction Magazine‹, März 1988

Deutsche Übersetzung von Ingrid Herrmann

FREDERIK POHL

Es geschieht so allerhand …

Bei meinen Universitätsauftritten verspreche ich grundsätzlich nie mehr als einen vierzigminütigen Vortrag mit anschließender halbstündiger ›Diskussion‹. So steht's dann im Vertrag. Es steht kein Wort darin von etwaigem Löffelbiegen, Gedankenlesen oder Erraten der Gegenstände, die irgend jemand im Publikum in der Hosentasche hat. Ich verspreche überhaupt nie, daß ich irgend etwas tun kann oder werde, mit Ausnahme, siehe oben, einer kleinen Rede. Und manchmal tue ich auch nichts. Ich habe da meine SCHEFS, oder ›Schema-F-Sprechübung‹, die meine Zuhörer darüber informiert, wie ich den Gaben, über die ich offenbar verfüge, eigentlich ratlos gegenüberstehe, und wie sie einmal funktionieren und dann wieder nicht, und daß es vielleicht stimmt (das sage ich stets in scherzendem Tonfall), was mir einst jemand zugeflüstert hat: daß sich nämlich gelegentlich höhere Wesen vom Planeten Clarion als Störfaktor in mein Publikum einschleichen. Daraufhin erzähle ich eine Menge lustiger Geschichten von Johnny Carson und Merv Griffin und ein paar anderen Berühmtheiten, in deren Shows ich schon aufgetreten bin … und dann, nachdem ich »Danke sehr, vielen Dank!« gesagt habe, um sie diskret darauf hinzuweisen, daß nun der Applaus fällig wird, und ein paar von ihnen anfangen mit dem Gebrüll: »Laß meine Uhr stehenbleiben, Hans!«, dann schüttle ich bloß den Kopf. »Nicht heute abend, bitte«, sage ich, »heute habe ich gar kein Gefühl dafür, ich bitte um Ihr Verständnis, meine Damen und Herren!« Und ich lasse sie zischen und pfeifen.

Fritzl gefällt das nicht. Er sagt immer, wenn sie zu oft pfeifen und zischen, dann wird es eines Tages keine

Collegeverträge mehr geben; aber ich habe es schon seit langem satt, auf das zu hören, was Fritzl sagt. Außerdem sind in letzter Zeit Universitätsauftritte ohnehin rarer geworden.

An sich geht das ganze Geschäft mit den übernatürlichen Fähigkeiten seit einer Weile recht schlecht. Das ist auch der Grund dafür, daß ich mich von Fritzl zu diesem Unterfangen überreden ließ. Ich wollte eigentlich nicht, aber er lag mir andauernd in den Ohren: »Fünfzig. Tausend. Dollar!«, so, wie er es immer macht. Und das hielt ich einfach nicht mehr aus.

Wir haben die Sache sehr sorgfältig in Angriff genommen. Erst einmal spionierte er zwei Tage lang das Büro aus, und dann, eines frühen Nachmittags, ging ich einfach hin. Der Kerl und die Frau waren gerade zu Tisch, und die Buchhalterin hielt die Stellung für die Empfangsdame, die ebenfalls beim Mittagessen war. Absolut perfektes Timing. Mit einem freundlichen Grinsen und einem etwas schüchternen Gesichtsausdruck trat ich durch die Tür. »Ich würde gern mit Doktor Smith oder Miß Baker sprechen, bitte. Mein Name ist Hans Geissen. Oh, nicht da? Ich werde warten, bis sie zurück sind, wenn es Ihnen nichts ausmacht.« Ich gab ihr keine Chance, sich zu überlegen, ob es ihr etwas ausmachte oder nicht, weil ich bereits dabei war, eingehend die Wände des Wartezimmers zu betrachten, ehe sie antwortete. Ich war sorgfältig bemüht, mich möglichst unauffällig zu benehmen. Eine dicke rote Kordel bildete die Grenze zwischen ›denen da oben‹ und ›uns da unten‹, und ich blieb brav auf der Seite des gemeinen Volkes. Aber ich setzte mich nicht hin, sondern wanderte die Wände entlang und betrachtete die Urkunden, Zertifikate und Porträts. Ein Diplom einer Universität in Hobart, Tasmanien, hing da, das aus Hochwürden Samuel Shipperton Smith einen Doktor der Theologie machte. Daneben befand sich das Bild einer dürren Frauensperson in klassischem griechischen Gewand und mit griechischer Frisur; in den Händen hielt sie eine griechische Harfe oder Leier oder wie immer die Dinger heißen. Die Schrift auf dem vergoldeten Rahmen gab mir darüber Auskunft, daß es sich um Miß Gwendoline Stella Baker handelte.

In Wartezimmern gibt es stets eine Fülle interessanter Dinge, wenn man weiß, wie man danach suchen soll. Was man dabei tunlichst vermeiden sollte, ist natürlich der *Eindruck*, nach irgend etwas zu suchen oder irgend etwas Bestimmtem seine Aufmerksamkeit zu widmen. Als ich am Tischchen vor der mit orangerotem Plastik bezogenen Sitzbank vorbeikam, nahm ich also eine Nummer von *People* auf und blätterte sie langsam durch, während ich herumwanderte. Selbstverständlich übertrieb ich dabei nicht, und als ich fand, nun war es genug, ließ ich mich mit der Zeitschrift auf dem Schoß nieder und las sie eifrig zu Ende, ohne ein einzigesmal aufzublicken, bis der Schichtwechsel stattfand. Als die echte Empfangsdame von ihrem Big Mac, ein Cola, kein Eis bitte, zurückkam, und die beiden über mich zu flüstern begannen, zuckte ich mit keiner Wimper.

Die Buchhalterin verdrückte sich, die Empfangsdame nahm ihren Platz ein und begann augenblicklich ein gewispertes Telefongespräch. Die Zeit verging. Ich ließ sie vergehen. Eine halbe Stunde später verschwand sie auf ein leises, dumpfes Murmeln hin durch eine Tür. Als sie zurückkam, saß ich genauso da, wie ich gesessen hatte, ehe sie gegangen war. »Mister Geissen?« sagte sie.

Ich hob den Kopf und blinzelte ein paarmal, als müßte ich mich erst entsinnen, was ich hier eigentlich wollte.

»Doktor Smith und Miß Baker erwarten Sie in ein paar Minuten im Konferenzzimmer.«

»Oh, vielen Dank«, erwiderte ich. »Ich werde bereit sein.«

In Wirklichkeit war ich natürlich schon längst bereit ...

»Du hast die Leute vom Institut für Technologie in Massachussetts geschafft«, sagte Fritzl, »und die Leute von der Forschungsstelle für Parapsychologie. Du hast Johnny Carson geschafft und die Fernsehheinis in ›Good Morning, America‹ und in ›Today‹. Du wirst doch auch mit diesen beiden Figuren fertigwerden!«

»Klar kann ich mit ihnen fertigwerden«, entgegnete ich, »aber es geht gar nicht darum, mit ihnen *fertigzuwerden*. Die Frage ist: Kann's dafür Knast setzen, ja oder nein?«

»Du behauptest doch nichts, du Dummkopf«, sagte er. Wie er mit mir redete!

»Natürlich behaupte ich nichts.« Das tue ich nie. Ich stelle immer nur fest, diese Dinge unterlägen nicht meiner Kontrolle. Ich gebe keine Versprechen ab. Ich bleibe bloß in dauernder Bewegung, und sobald ich eine Chance sehe, drehe ich Ihnen die Uhr zurück oder öffne Ihnen den Hosenlatz, und wenn Ihr Kugelschreiber abbricht, bin ich genauso überrascht wie Sie. Wenn ich keine Chance dazu kriege, setze ich mein schamrotes, verlegenes Grinsen auf, das Ihnen sagen soll, daß jeder mal einen schlechten Tag haben kann. »Hol mir einen Drink«, sagte ich, stand auf und ging hinüber zum Fenster. Wir wohnten im ›Plaza‹. In einer Suite. Keiner sehr großen Suite, aber wissen Sie, was selbst die kleinen im ›Plaza‹ kosten? Man kann jedoch nicht in der Jugendherberge logieren, wenn man in der Sendung ›Today‹ auftreten will.

Fritzl brachte mir Campari und Kirschenlimonade und dazu ein Armband. Ich trage immer eine Menge Schmuck; das Armband bestand aus silbernen Schlangen, die sich umeinander wanden. Es paßte genau, aber ich hatte ihn nicht darum gebeten. »Was ist damit?« fragte ich.

Er sagte: »Versuch, es zu verbiegen.« Schaffe ich nicht. »Rostfreier Stahl, versilbert«, erklärte er. »Wenn du einen Hunderternagel verbiegen willst, steckst du die Spitze hier hinein und drückst kräftig dagegen. Biegt sich wie Butter.«

»Vielleicht«, sagte ich. Ich biege nicht gern Härteres als Löffel, weil man es kaum schafft, dabei nicht zu grunzen und einen roten Kopf zu bekommen.

»Kein Vielleicht. Außerdem ist es magnetisiert, für den Fall, daß du eine Kompaßnummer machen willst ...« Herrgott, ich hatte doch schon sechs verschiedene Arten, den Kompaßtrick zu machen, und alle davon waren gut! Am besten funktioniert die, bei der ich eine kleine Plastikkugel im Mund halte, in der ein Magnet steckt. Haben Sie im TV mal gesehen, wie ich die Nummer vorführe? Ich beuge mich über den Kompaß, konzentriere mich, und die Nadel dreht sich wie wild rundum. Meist verwende ich dabei die Kugel, und wenn ich das Gefühl habe, irgendein Klugscheißer möchte mir hinterher in den Mund schauen, dann verschlucke ich sie einfach. Bloß kosten die Kugeln dreißig Scheine pro Stück, und irgendwie finde ich es würdelos, später danach zu suchen. »... wenn du diesen Smith und seinen kleinen Liebling aufsuchst«, sagte er, aber ich war schon draufgekommen, was er vorhatte.

»Ich habe nicht gesagt, daß ich das tun würde«, warf ich ein.

»Nein, du Dummkopf, das hast du nicht gesagt!« Er machte mich nach. »Bloß hast du keine andere Wahl, glaub mir!«

»Es geht uns doch nicht so schlecht«, gab ich zu bedenken.

»Es geht uns *schrecklich!*« widersprach er. »Geh zu diesen beiden Stinktieren, und laß dir von ihnen sagen, was für ein sensationelles Talent du bist. Laß dir die fünfzig Riesen überreichen, komm damit nach Hause, wir machen halbe-halbe und dann sehen wir uns mal ein anderes Land an. Australien vielleicht. In Australien waren wir noch nie.«

»Und wenn ich nicht nach Australien will?«

»Macht auch nichts, Kleiner. Aber hier ist nichts mehr zu holen. Sieh bloß zu, daß du die Sache bei den beiden nicht vermasselst, hörst du?«

»Ich habe noch nie etwas vermasselt!« sagte ich beleidigt. »Ich mache das doch schon lange genug, Fritzl.«

Er sah mich mit seinen großen, braunen, feindseligen Augen an. »Genau das ist es ja, was mich beunruhigt, du Dummkopf. Du wirst schludrig.«

Aber bei Hochwürden Smith und Miß Baker war ich nicht schludrig. Sie trug keine klassisch griechischen Gewänder; sie trug einen dreiteiligen grauen Hosenanzug, der aussah, als habe sie die Größenangabe vergessen, als sie ihn beim Versandhaus bestellte. Schüchtern und wohlerzogen nannte ich meinen Namen, und die Miß zog geräuschvoll die Luft durch die Nase und sagte: »Ach ja, Geissen. Sie treten doch im Fernsehen auf, nicht wahr? Wir haben schon von Ihnen gehört. Sie kommen wohl wegen der Prämie.«

Ich muß sagen, daß Fritzl das recht genau vorhergesehen hat. Ich war nicht überrascht zu hören, daß die beiden mich kannten — mein Gott, auch Verrückte sehen gelegentlich fern —, und hatte daher Verblüffung und gelinde Empörung parat. »Prämie? Ich will überhaupt nichts von Ihnen. Ich bin nur gekommen, weil« — und da zog ich den Zeitungsausschnitt aus der Jakkentasche — »weil mir jemand diese Anzeige geschickt hat.« GRATISTEST lautete die Überschrift. In der Annonce stand, daß jedermann, der meinte, über hellseherische Fähigkeiten, Psi- oder andere übersinnliche Erfahrungen zu verfügen, eingeladen werde, sich in diesem Büro testen zu lassen.

»Sie möchten sich einem Test unterwerfen?« fragte der hochwürdige Doktor. Seine Stimme klang abwehrend; so wirkte auch seine Körperhaltung: er saß hochaufgerichtet an einem Ende des Konferenztisches und hielt die Arme vor der Brust verschränkt.

Ich hob die Schultern. »Ich weiß nicht, ob ich echt bin«, erklärte ich.

Blicke wurden hin- und hergeworfen zwischen den beiden. Ich wartete. »Bringen Sie mir die Akte«, sagte Smith, und die Miß erhob sich und holte einen Ordner aus dem Schrank. Sie fummelte darin herum, zog ein Blatt Papier aus einer Klarsichtfolie und reichte es ihm. Er überflog es, nickte und gab es an mich weiter.

Ich hatte es bereits gesehen. Es war ein Bericht, den ich sehr gut kannte.

Aus *Vorläufiger Bericht über H. G.* von Gerard T. K. Shapman, *Amerik. Schriften f. Paraps.*, 8. Jhrg., Nummer 3, S. 262:

Im August 1970 lernte ich die Versuchsperson kennen. H. G. war damals eingeschriebener Hörer an der Universität, an der ich unterrichte. Eine Reihe von Vorfällen ließ darauf schließen, daß der Genannte über latente parapsychologische Fähigkeiten verfügte; da mir jedoch weder strenge Kontrollmöglichkeiten noch statistische Grundlagen für eine Analyse zur Verfügung standen, war ich nicht in der Lage, zu einer zufriedenstellenden Beurteilung zu gelangen. Dennoch sind drei Vorfälle aus dieser Zeit es wert, aufgezeichnet zu werden.

1. H. G.s Fähigkeit, Objekte aus einiger Entfernung zu manipulieren (»Telekinese«), trat bereits zu einem frühen Zeitpunkt zutage, nämlich im Laufe eines unter Laborbedingungen stattfindenden physikalischen Experiments, bei dem ich ohne Unterbrechung anwesend war. Dennoch stellte sich heraus, daß bei einem zu diesem Zweck installierten Transformatorensystem sechs Anschlüsse vertauscht worden waren.[2)] Die Anschlüsse hatte ich vorher eigenhändig hergestellt und getestet. Der Raum war versperrt und keine Person darin zugegen, bevor ich mit H. G. eintrat. Er stand unter meiner steten Beobachtung bis zu jenem Zeitpunkt, zu dem ich

die vertauschten Kontakte entdeckte. Der Raum besaß nur einen Zugang, eine mit einem schweren Riegel versperrte Tür. Die Fenster waren vergittert. Es gab weder die Möglichkeit für noch irgendeinen Hinweis auf den Zutritt eines Unbefugten.[3] Bezeichnenderweise traten die telekinetischen Effekte in einer Art und Weise zutage, die H. G.s. Laborbenotungen signifikant beeinträchtigten, was letztendlich dazu führte, daß er diese Prüfungsreihe mit negativem Erfolg beendete. (Berichte über ähnliche Wahrnehmungen auf diesem Gebiet gibt es auch von anderer Seite: vergl. Renfrew[4], Bayreuth[5] u.a.)

2. Bei einer anderen Gelegenheit war H. G. imstande, den Inhalt einer verschlossenen Schachtel zu beschreiben, obwohl er zu keinem Zeitpunkt die Möglichkeit hatte, von diesem auf irgendeine Art und Weise Kenntnis zu erlangen. Es gab weder visuelle noch auditive, geruchsmäßige oder tastbare Hinweise. Obwohl seine Beschreibung keine exakten Details enthielt, war sie im Prinzip unbestreitbar korrekt.

3. Bei einer dritten Gelegenheit bezog er sich in einem Brief, den er mir kurz nach meiner Heirat aus einer Entfernung von 3000 Meilen (4800 Kilometer) aus Deutschland sandte, in Form ihres Kosenamens auf meine Frau, von dem er keinerlei Kenntnis haben konnte. Er hatte sie nie zuvor gesehen. H. G. schrieb den Brief auf die Anzeige meiner Verehelichung hin, die in der Zeitschrift der Universität[7] erschienen war und in der nur der tatsächliche Vorname meiner Frau genannt wurde, der keine Ähnlichkeit hat mit dem Kosenamen, mit dem ausschließlich ich sie anrede.

All diese und ähnliche Vorfälle könnte man als richtungweisend, jedoch auf keinen Fall für beweiskräftig und schlüssig erachten. Im Jahr darauf hingegen, als H. G. nach seiner Entlassung aus der Armee der Vereinigten Staaten nach Cambridge zurückkehrte, bat ich ihn, an einer unter allerstrengsten Bedingungen vorgenommenen Testserie teilzunehmen, aus welcher schließlich ohne jeden Schatten des Zweifels hervorging, daß H. G. über paranormale Fähigkeiten verfügte, die in diesem Grad bisher nicht bekannt waren.

»Ach ja, die M.I.T.-Tests«, sagte ich. »Ich arbeitete damals gerade als Pommes-frites-Brater bei McDonald's auf dem Harvard Square, als Professor Shapman eines Tages hereinschneite und einen Big Mac und ein Vanilleshake bestellte.«

»Es ist schon vorgekommen, daß Testreihen gefälscht wurden«, sagte Sam Smith voller Mißtrauen und sah giftig drein.

Kriecherisch warf ich mich ihm zu Füßen und leckte ihm die Zehen — ich meine das nicht wortwörtlich, selbstverständlich. »Das weiß ich«, seufzte ich, »und ich mache Ihnen absolut keinen Vorwurf, wenn Sie nichts davon glauben.«

»Und wie ist es mit Ihnen, Geissen?« fragte das ältliche Mädchen, »sollen wir *Ihnen* glauben? Halten Sie sich für glaubwürdig?«

»Nicht im mindesten«, sagte ich und quetschte eine Träne hervor — und jetzt meine ich es wortwörtlich. Ich hatte immer schon die Gabe, jederzeit nach Belieben weinen zu können. »Ich weiß nicht einmal, was passiert, Miß Baker. Nein. Ich hätte gar nicht herkommen sollen. Ich gehe doch lieber ...«

Smith ließ mich aufstehen, zur Tür gehen und die Hand auf die Klinke legen. Dann sagte er mit einer Stimme, die klang wie eine rostige Ofentür: »Wir legen keinen Wert auf das, was jemand glaubt, Geissen. Wir legen Wert auf Beweise.«

»Und es ist richtig«, ergänzte Miß Baker schlau, »daß dieser Doktor Shapman im Vergleich zu den meisten anderen gar kein solcher Idiot ist.«

Darüber konnte man geteilter Meinung sein.

Ich kannte Shapman schon seit langer Zeit, seit meinem dritten Semester am M.I.T., dem Jahr, bevor ich das Studium hinschmiß. Er war mein Physikprofessor und interessierte sich auch für übernatürliche Phänomene, was er aber in seinen Vorlesungen nicht erwähnte. Etliche der anderen Studenten versuchten, ihm in den Arsch zu kriechen, indem sie ihm andauernd von ihren Träumen erzählten, die ihnen prophezeit hatten, daß Vater oder Tante demnächst bei der Heimfahrt von der Party oder der Arbeit mit dem Wagen von der Straße abkommen oder einen Frontalen bauen würden ... So was tat ich nie. Ich spitzte nur die Ohren, wenn der Tratsch die Runde machte, meist von der Art, inwiefern die anderen Fakultätsmitglieder ihm das Leben schwermachten: Minsky, Lettvin und so weiter. Sie verdammten Shapman hinterrücks in Grund und Boden, aber er bewies Haltung. Und niemand konnte behaupten, er sei ein Gauner. Auch seine Mutter war auf dem Gebiet der Parapsychologie tätig; ich nehme an, sie hat ihr Interesse daran auf ihn übertragen. Sie waren beide Mitglieder der Gesellschaft zur Erforschung übersinnlicher Phänomene, trieben ihre Spielchen mit Rhine-Karten und so weiter und so fort. Kamen nicht sehr weit mit ihren Hirngespinsten, bis sie auf mich stießen. Von da an waren sie die glücklichsten Menschen unter Gottes Sonne.

Nicht, daß sie es mich je spüren ließen. Die alte Baker hatte recht, Shapman war nicht so ein Idiot wie die anderen; als er mich zufällig in dem McDonald's traf, nachdem ich meine achtzehn Monate abgedient hatte, und anfing mit den systematischen Tests, da war er mißtrauisch wie ein altes Weib. Er ließ mich die Sachen in einem Faradayschen Käfig ausführen, der in einem Raum stand, der von nichtleitendem Material umhüllt war. Andauernd überprüfte er den Kupferschirm mit Hilfe von Detektoren und suchte nach durchlässigen

Stellen. Er fand keine. Wer brauchte damals noch durchlässige Stellen? Da hatte ich doch bereits achtzehn Monate in Fritzls Gesellschaft hinter mir!

Aber richtungweisend für mich war Shapman, der mich in das Geschäft drängte, als ich noch sein Student war.

Ich stand so schlecht in Physik, daß ich hart am Durchrauschen war, was automatisch bedeutete, daß ich vom College hätte abgehen müssen. Das wäre nicht so schlimm gewesen, hätte ich in diesem Fall nicht umgehend meinen Militärdienst anzutreten gehabt. Also wollte ich unbedingt durchkommen.

Eines schönen Oktobertages erklärte Shapman mir, die letzte Laborarbeit hätte ich versaut. Also quetschte ich mir eine Träne ab, und Shapman gab mir die Erlaubnis, das Experiment zu wiederholen. Ich weiß nicht mehr, was es war, aber ich sollte irgend etwas mit einem Laser bewerkstelligen, den ich einfach nicht zum Lasen bringen konnte. So kam ich sehr zeitig morgens ins Labor, überprüfte die Instrumente genau, und dabei unterlief mir ein Fehler: Als ich einen Probelauf machen wollte, behielt ich die Spannungsanzeige nicht im Auge, und es gab einen Kurzschluß. Ich behob den Kurzschluß, und danach funktionierte überhaupt nichts mehr.

Zur Hölle damit, dachte ich, schaltete die ganze verdammte Anlage ab, verschloß die Tür und ging hinaus in den Park, um einen Joint zu rauchen. Die spätherbstliche Sonne über Massachussetts war gottvoll; der Stoff schmeckte prächtig. Ich saß da und las in einem Buch über Spinnen. An sich finde ich das Thema Spinnen ja nicht so ergiebig, aber einer der Jungs hatte mir erzählt, wie Spinnen sich paaren, und das klang zweideutig genug, um es den Mädchen abends in der Bar zu schildern, also ging ich der Sache auf den Grund. Und ich vergaß völlig, auf die Uhr zu sehen. Als ich zum Labor zurückging, stand Shapman bereits vor der Tür, in einer

Hand den Schlüssel, in der anderen eine kleine Pappschachtel mit Löchern darin. »Aha«, sagte er, als er mich leicht schwankend näher kommen sah, »ich sehe, Sie sind guter Dinge, Geissen!«

»Tut mir leid, daß ich zu spät komme, Sir.« Ich blinzelte auf die Schachtel. »Was haben Sie denn da, Herr Professor? Eine Schwarze Witwe?«

»Was?« Er erstarrte. Die Tür stand halb offen, und er sah mich argwöhnisch an.

»Ich sagte, vielleicht haben Sie eine Schwarze Witwe da drinnen, eine Spinne«, wiederholte ich zurückhaltend, ehrerbietig, auf der Hut.

Eine Sekunde lang antwortete er nicht. Dann sagte er: »Kommen Sie rein, Geissen!« Er hielt mir die Tür auf, trat selbst ein und legte die Schachtel auf den Schreibtisch. Er schien ein wenig in Gedanken versunken. »Wieso haben Sie das gewußt?« fragte er nach einer Weile.

»Was gewußt, Sir? Sie meinen doch nicht, daß tatsächlich eine Schwarze Witwe da drin ist, oder?«

Er funkelte mich an. »Nein, keine Schwarze Witwe, sondern eine Gestreifte Argiope. Aber immerhin eine Spinne.«

Ich mußte vorsichtig sein, durfte das Thema nicht allzu auffällig und übereifrig vorantreiben. »Ich kann es wirklich nicht sagen, Herr Professor«, erklärte ich treuherzig, praktisch die Aufrichtigkeit in Person. »Es war bloß, ich weiß nicht — ich hatte ganz einfach so ein Kribbelkrabbelgefühl ... Vielleicht habe ich auch unbewußt die Löcher in der Schachtel bemerkt.«

»Na ja.« Mit immer noch nachdenklich gerunzelter Stirn schaltete er das Licht ein und setzte sich neben seine Spinne. Ich sah, daß an einem Band ein Kärtchen hing — ein Kärtchen, wie man es an einem Geschenk befestigt. »Fangen Sie mit dem Experiment an«, sagte er. »Ich bin mit jemandem verabredet.«

»Ja, Sir.« Ich hatte nicht vor, ihm zu gestehen, daß ich

die Anlage kaputtgemacht hatte. Ich fühlte mich angenehm durchwärmt und überaus wohl als Folge des prima Stoffes und führte die gewohnten Handgriffe durch, ohne auch nur einen Gedanken daran zu verschwenden, was ich tat. Er ließ mich keine Sekunde aus den Augen.

»Sie bekommen nicht genügend Spannung«, sagte er plötzlich mit scharfem Unterton in der Stimme.

»Ich weiß, Herr Professor... irgendwas scheint mit der Anlage nicht zu stimmen.«

»Unmöglich«, entgegnete er im selben Tonfall wie vorher. Er legte die Spinnenschachtel wieder hin, die er in der Hand gehalten hatte, und trat neben mich. Nachdem er eine Minute lang an den Geräten herumhantiert hatte, ging er hinüber zum Trafo. »Das ist sehr komisch«, meinte er.

»Was denn, Herr Professor?« Ich troff geradezu vor Unterwürfigkeit.

»Die Anschlüsse stimmen nicht.« Er sah mich schroff an, Mißtrauen im Blick. »Haben Sie an diesem Teil herumgewerkt?«

»*Ich*, Herr Professor?« Die personifizierte Unschuld.

Er schüttelte den Kopf. »Nein, Sie können das nicht gewesen sein, nicht wahr? Sie waren ja gar nicht auf dieser Seite des Labors.« Das Mißtrauen klang ab, aber er starrte mich immer noch an. Und ich, ich fühlte mich ziemlich benebelt.

»Tja, das kann schon mal passieren«, bemerkte ich, ohne irgend etwas Bestimmtes damit zu meinen.

Unglücklicherweise bohrte er weiter. »Was wollen Sie damit sagen?«

Er stocherte in meiner wohligen Marihuanahülle herum, und ich wollte, daß er damit aufhörte. Ich mußte improvisieren. »Tja also...« erklärte ich, »ich meine, nun, das alles kann man mit Worten schwer ausdrükken, aber es passiert eben so allerhand...«

»Es *passiert*...?«

»Allerhand. Verschiedenes. Sicherungen brennen durch. Uhren bleiben stehen. Die Kabel vom Zündverteiler lockern sich. Solche Sachen, Herr Professor. Ich weiß nicht, warum sie passieren, aber sie passieren.« Meine Worte beflügelten mich geradezu; der Stoff sprach aus mir.

Er sah noch nachdenklicher drein als bisher, aber weiter geschah nichts. Er machte sich am Trafo zu schaffen, ich machte mich an der Argonröhre zu schaffen, und schließlich hatten wir einen guten Strom kohärenten Lichts. Aber danach sprachen wir kaum noch miteinander, und der Hundesohn ließ mich dann trotzdem durchfallen.

Also ging ich unter die Soldaten, kam nach Wiesbaden und dort, im Amerikahaus, lernte ich Fritzl kennen; er stahl Bücher aus der Bibliothek, um seine Englischkenntnisse zu verbessern. Der kleine Sauerkrautfresser mit dem belämmerten Gesichtsausdruck sah aus wie vierzehn und war in Wirklichkeit zwei Jahre älter als ich — und in gewissen Dingen viel, *viel* älter als ich. Er hatte vor, ein berühmter Zauberer zu werden. Normalerweise trafen wir uns in Frankfurt, im Hinterzimmer des Geschäfts für Zaubereiartikel, in dem er arbeitete. Er schwärmte mir vor, wie er einstmals nach Amerika gehen und dort ganz groß herauskommen wollte. Damit würde er ein Vermögen machen.

Dann kam ihm eine bessere Idee.

Habe ich schon erwähnt, daß die vortreffliche Miß Gwendoline Stella Baker große Ähnlichkeit mit einer Schlange hatte? Ich meine, nicht mit irgendeiner netten, freundlichen Viper oder Klapperschlange, nein, nein. Sie sah aus wie eine Kobra; das Haar stand ihr vom Kopf ab, daß es wirkte wie die Brille einer Kobra, und der lange Hals wiegte sich hin und her, als würde sie sich bereitmachen zum Zustoßen. Sie stieß zu. »Es überrascht mich, Mister Geissen«, zischte sie, »daß ein berühmter Fernsehstar wie Sie nicht schon eher zu uns gekommen ist.«

»Um herauszufinden, ob er uns nicht die fünfzigtausend Dollar abknöpfen kann«, fiel Hochwürden Doktor Samuel Shipperton Smith melodisch ein.

Ich nickte eilfertig, um zu zeigen, daß ich mich bemühte, die Sache von ihrer Warte aus zu sehen. »Ich mache Ihnen keinen Vorwurf, wenn Sie mißtrauisch sind«, sagte ich. »Ich wäre es auch. Ich nehme an, Sie werden wegen dieses Geldes von zahllosen Scharlatanen heimgesucht.«

»Sie müssen uns für sehr dumm halten, Geissen«, fuhr sie fort, immer noch äußerst kobrahaft. Es war zwar ein echtes Zischen, aber es klang nach mehr und erinnerte an das lispelnde Pfeifen, das ein schlechtsitzendes Gebiß verursacht. Und wenn man sie genau betrachtete, dann muteten Miß Bakers Zähne tatsächlich ein bißchen seltsam an: vermutlich ein Porzellanklavier. Wahrscheinlich stammte auch der üppige Busen nicht von Mutter Natur, und überhaupt paßte ihre ganze Figur nicht zu ihrer Person. Smith jedenfalls trug augenscheinlich ein Toupet und, dessen war ich ganz sicher, Make up, das eine gesunde Sonnenbräune vortäuschen sollte. Er mußte natürlich seinen Senf dazugeben:

»Sie halten sicher alle Leute für dumm. Glauben Sie tatsächlich, Sie könnten jemandem einreden, es gäbe auf dem Planeten Clarion Wesen, die daran schuld sind, daß ihre Kunststücke meist mißlingen?«

»Ich mache keine Kunststücke, Mister Smith«, korrigierte ich ihn höflich. »Möchten Sie, daß ich gehe?«

Eine Pause, während sie einander ansahen. Dann sagte Smith: »Wir haben Sie nicht hergebeten, also können Sie gehen, wann immer Sie wollen.«

Es klang nicht so, als würde er es wirklich meinen. Und deshalb öffnete ich bloß die Tür zum Vorzimmer und blieb eine Weile stehen, während die Empfangsdame aufblickte, um der Dinge zu harren, die da auf sie zukamen. Ich warf einen raschen Blick auf meine Armbanduhr und drehte mich zu den beiden Mißgeburten zurück. Ich setzte einen Ausdruck auf, als wollte ich zum Sprechen ansetzen, obwohl ich nicht erwartete, daß das nötig sein würde, denn die Sekretärin hatte meinen Blick auf mein Handgelenk bemerkt und sah natürlich ihrerseits auf die große Uhr an der Wand. Ihr Aufschrei kam später, als ich ihn erwartet hatte, aber er kam. »Hochwürden!« japste sie, »die Uhr ist stehengeblieben!«

Ich sah verlegen drein.

Smith machte ein höhnisches Gesicht. Diese hageren Züge wirkten schon sonst nicht besonders anziehend, aber wenn er solch einen höhnischen Ausdruck aufsetzte, glich er einem Wiesel zum Verwechseln. »Sie haben Ihre Zeit im Wartezimmer gut genützt, nicht wahr?« fragte er mich.

»Meine Zeit?« Ich blickte ihn verständnislos an. »Im Wartezimmer? Oh, Sie meinen, ich hätte mit der Uhr etwas anstellen können?« Ich gestattete mir eine gekränkte Miene. »Wenn Sie das vermuten, Mister Smith, dann, denke ich, sollte ich Ihre Zeit nicht länger in Anspruch nehmen.«

»Nein, bitte bleiben Sie noch«, sagte Miß Baker ebenso giftig wie er. Sie sah wirklich aus wie eine Schlange. Und er wie ein Wiesel. »Was für kleine Überraschungen haben Sie uns denn sonst noch zugedacht?«

»Es passiert eben so allerhand«, sagte ich kläglich. »Es tut mir leid. Ich sage doch immer allen, wie leid es mir tut!«

»Und sagen Sie ihnen auch, daß Sie ein Schwindler sind, Geissen?« wollte sie wissen.

»Das auch! Ja! Ich sage ihnen immer, daß ich das alles für Schwindel halte — nur weiß ich eben nicht, wer dafür verantwortlich ist!«

Weil das nämlich genau das ist, was ich tatsächlich immer sage, verstehen Sie, weil es das ist, was Fritzl mir aufgetragen hat. Es funktioniert immer. Je mehr man behauptet, absolut überhaupt nichts mit den Merkwürdigkeiten zu tun zu haben, die rundum passieren, desto hartnäckiger wollen einem die Leute das Gegenteil beweisen. Und natürlich gab es nach all diesen langen Stunden, die ich mit Fritzl in dem Laden in Frankfurt trainiert hatte, eine ganze Menge, was ich bewerkstelligen konnte.

Anfangs tat ich es nur zum Vergnügen. Wie damals, als Professor Shapman in dem McDonald's auftauchte. Er war lediglich auf einen Big Mac und ein Milchshake gekommen, aber als er mich erblickte, wurde er lila im Gesicht. »Geissen! Sind Sie nicht mehr beim Militär? Wann sind Sie entlassen worden? Hören Sie, ich muß mit Ihnen reden.«

Der Manager warf mir schon Seitenblicke zu. »Ich bin sehr beschäftigt, Herr Professor«, sagte ich; es entsprach der Wahrheit.

»Nur eine Minute!« bettelte er. »Sie da! Sind Sie der Manager hier? Dieser Mann ist ein ehemaliger Student von mir, und es ist außerordentlich wichtig, daß ich mit ihm spreche. In Ordnung?« Und dann, als wir an einem Tischchen im Hintergrund des Lokals saßen, sagte er: »Ich habe viel über Sie nachgedacht, Geissen. Wären Sie daran interessiert, an einer — ääh — Serie von Tests teilzunehmen?«

»Was für Tests?« fragte ich und sah zu, wie ihm Senfsauce-Pikant auf die Brust tropfte. Ich nahm eine Serviette, langte über den Tisch und putzte ihm das Ärgste vom Hemd.

»Paranormale Studien, Hans. Nur ein paar Stunden, verstehen Sie? Die Karten, die verschlossenen Briefumschläge, das übliche.«

»Ich weiß gar nicht, wovon Sie reden«, erklärte ich. »Um wieviel Geld geht's dabei denn?«

Verblüfft ließ er die Unterlippe hängen, und ein paar Krümel Big Mac rollten hervor. »Geld?«

»Ich kriege hier zwofünfunddreißig die Stunde, Professor Shapman. Ich lebe davon!«

»Wenn es eine Frage des Geldes ist ...«

»Genau das ist es. Eine Frage des Geldes.«

»... ließe sich schon etwas machen«, vollendete er den Satz und begann wieder zu kauen. »Denken Sie doch mal darüber nach. Und dann rufen Sie mich an.«

Ich seufzte und wischte ihm ein frisches Saucentröpfchen von der Krawatte. »Ich werde darüber nachdenken«, sagte ich. »Aber um ehrlich zu sein, Professor Shapman, weiß ich eigentlich nicht, ob mir danach ist, Ihnen einen Gefallen zu tun. Ihretwegen habe ich mein Studium aufgeben müssen. Und jetzt muß ich wieder an die Arbeit.«

Ich erhob mich und ging, ohne mich umzudrehen, aber aus dem Augenwinkel sah ich, wie er mich beobachtete, während er seinen Big Mac vollends aufaß. Ich war schwer beschäftigt. Ehe er sich zum Gehen anschickte, kippte er den Abfall von seinem Tablett in den dafür vorgesehenen Behälter und kam dann in meine Richtung. Ich dachte, er würde mir sagen, er habe bemerkt, daß seine M.I.T.-Krawattenspange zu einem U gebogen war, aber er hatte es noch nicht bemerkt. Alles, was er mir sagen wollte, war: »Apropos, die Spinnendame läßt Sie schön grüßen!«

Am Abend erzählte ich Fritzl davon, und er gab mir umgehend eine aufs Dach. »Du Trottel! Da hast du endlich einen, den du ausnehmen kannst wie eine Weihnachtsgans, und du läßt ihn laufen! Und was soll dieser Blödsinn mit der Spinnendame?«

Ich zuckte die Achseln. »In der *Tech Times* las ich seine Heiratsanzeige, also sandte ich ihm eine Glückwunschkarte und schrieb darauf: ›Alles Gute Ihnen und Ihrer Spinnendame.‹ Er hat ihr doch damals diese Spinne geschenkt, verstehst du, außerdem hatte ich was getrunken ...«

»Getrunken! Ja, du und die Sauferei in Wiesbaden, das weiß ich noch! Daß du nicht wieder damit anfängst, hörst du?«

»Du gibst mir keine Verhaltensmaßregeln, Fritzl«, sagte ich friedlich. »Es macht mir nichts aus, das Zimmer mit dir zu teilen, bis deine Karriere in Schwung gekommen ist, aber ...«

»Karriere? Du weißt nicht, was eine Karriere ist!« brüllte er und kam so richtig in Fahrt. »Jetzt hör mir zu, ich werde dir sagen, was du zu tun hast: Du rufst diesen Herrn Professor an und sagst ihm, du hättest es dir anders überlegt. Und dann beginnen wir mit der Karriere!«

Ich wurde ein bißchen ungehalten; er war immer schon ein herrschsüchtiger Typ, dieser Fritzl, aber die Abmachung, die wir in Deutschland getroffen hatten, besagte nur, daß ich sein Manager sein könnte, wenn ich ihm half, nach Amerika zu kommen. Mit keinem Wort hatten wir besprochen, daß er der meine sein würde! Von einer Bar in Lexington hatte er die Zusage, man würde ihm dort einen Probeauftritt gewähren, wenn er einen Gitarristen auftrieb, der ihn begleitete. Also begann ich: »Was ist mit ...«

»Was ist mit diesem, was ist mit jenem!« unterbrach er mich verbissen. »In einer Stunde rufst du diesen Herrn Professor an und sagst ihm, du kämst auf einen Sprung vorbei. Und dann erkläre ich dir, was du zu tun hast. Aber zuvor bringst du diese eine Stunde mit intensivem Kartentraining zu.«

Das beste an der Sache war, daß die Spinnendame eine gutaussehende Frau war. In Wirklichkeit hieß sie Lillian, und sie hatte diesen angenehmen Geruch an sich, der zum einen von Parfüm herrührt und zum anderen einfach von der Weiblichkeit an sich. Nachdem sie mich eingelassen hatte und mir einen Stuhl anbot, während ich auf ihren Ehemann wartete, machte es ihr durchaus nichts aus, ein bißchen in Tuchfühlung mit mir zu geraten, als sie mir den Mantel abnahm. Ungeahnte Möglichkeiten bahnten sich an … »Wir essen gleich, Hans«, sagte sie zu mir. »Sie sehen ganz so aus, als könnten Sie ein bißchen Hausmannskost vertragen!«

Ich ließ mich überreden. Sie war keine gute Köchin. Es gab Steak und eine im Rohr gebackene Riesenkartoffel, dazu Salat, aber das Steak war durch und durch grau und die Kartoffel noch hart. Doch während des Essens berührten sich unter dem Tisch unsere Knie ein paarmal. Dann räumte sie das Geschirr in die Küche, und Shapman holte die Rhine-Karten.

Sie wissen doch, wovon ich rede? Fünfundzwanzig Karten, je fünf mit dem gleichen Symbol darauf — Kreuz, Stern, Wellenlinien und so weiter. Ich nahm einen Brandy an, billiges Zeug aus dem Staat New York, irgendeine XY-Marke, von der ich noch nie gehört hatte und die ich jetzt nicht mehr trinken würde, aber damals schmeckte es ganz gut, und ich ließ Shapman dreimal die Karten durchgehen. Beim erstenmal hatte ich sieben Richtige. Beim zweitenmal vier. Beim drittenmal sechs. »Hmmm«, meinte er ein wenig enttäuscht, »na ja, ganz leicht über dem Durchschnitt, aber …«

»Ich habe überhaupt nichts gespürt«, sagte ich entschuldigend.

Er blickte mich nachdenklich an. »Was meinen Sie mit ›nichts gespürt‹?«

Ich hob die Schultern. »Manchmal habe ich das Gefühl, ich könnte es, und manchmal eben nicht. Es hat vermutlich nichts zu bedeuten. Ich meine, ich glaube wirklich nicht, daß ich diese verrückten Psi-Sachen kann …«

Er sah beleidigt drein, und die Spinnendame grinste. »Ich habe den Eindruck, Sie brauchen noch einen Brandy, Hans«, erklärte sie, und während sie aufstand, um ihn einzugießen, sagte Shapman: »Ich möchte Ihnen etwas zeigen.«

Er ging aus dem Zimmer, um es zu holen, und sie stand drüben vor der Anrichte, und hier war ich mit dem Päckchen Karten vor mir auf dem Tisch. Als sie mit dem Brandy zurückkam, lehnte ich bereits am Fenster und sah hinaus. Sie reichte mir das Glas und griff in ein Fach eines Regals neben mir, um ein Päckchen normaler Spielkarten herauszuholen.

»He, können wir nicht mit denen ein paar Tests versuchen?« fragte ich.

Sie lachte. »Ich mache nur Ordnung, Hans. Jerry ist so viel unterwegs, da lege ich des öfteren Patiencen. Sie wissen ja, er leitet die Zweigstelle der Gesellschaft zur Erforschung übersinnlicher Phänomene am M.I.T.« Ich wußte es nicht. »Er setzt große Hoffnungen in Sie«, fuhr sie fort. »Er ist der Meinung, Sie hätten einige Begabung auf dem Gebiet.«

»Einige Begabung«, nickte ich und sah sie an: hübsche Beine, wenngleich ein wenig drall, und dazu einen wirklich kurzen Rock, um sicherzugehen, daß man sie bemerkte. Altersmäßig stand sie mir weitaus näher als Shapman. »Aber«, so sagte ich, »dieses Psi-Zeug, davon verstehe ich wirklich nichts.«

»Ehrlich?«

»Es ist bloß so, daß hin und wieder allerhand komische Sachen geschehen. Ich nehme an, der Herr Professor hat Ihnen damals von der Laser-Testanlage erzählt, die plötzlich außer Kontrolle geraten ist. Und dann ...«, ich lachte leise und vergnügt in mich hinein, »...dann passierte wirklich etwas Lustiges, drüben in Deutschland. Ich hatte ein bißchen Stoff, na ja, Sie verstehen schon, in meinem Spind versteckt, als es eine überraschende Durchsuchung gab. Vor Schreck war ich ganz außer mir. Ich wünschte, das Gras würde sich verkrümeln, verschwinden, irgendwohin. Und dann, gerade als der Hauptmann zu mir trat, hörte ich ein Geräusch

— und die Haschischpfeife und der Beutel mit dem Zeug rollten über den Fußboden.«

Shapman war hinter mich getreten. »Teleportation?« erkundigte er sich eifrig.

»Was weiß ich, wie Sie es nennen. Jedenfalls war es nicht das, was ich mir gewünscht hatte! Ich wünschte mir, der verdammte Mist wäre in der Äußeren Mongolei! Der Hauptmann mußte die Sachen bemerken, sie lagen ja vor seinen Füßen! Aber es funktionierte dennoch: Er konnte nicht beweisen, daß sie mir gehörten, also wurde ich nur mit Hausarrest in der Kaserne bestraft, anstatt mit einer unehrenhaften Entlassung.«

Shapman seufzte und wechselte das Thema. Er hielt mir seine Hand entgegen. »Wissen Sie, was das ist?«

Natürlich wußte ich, was da auf seiner Handfläche lag. »Eine Krawattenspange des M.I.T. Warum haben Sie sie denn so verbogen?«

»Das wollte ich gerade Sie fragen!« bellte er.

Ich war ganz zerknirscht. »Ich glaube, ich habe noch nie bemerkt, daß Sie eine tragen, Herr Professor, jedenfalls tut es mir wirklich leid, wenn ich versehentlich daraufgetreten bin, ehrlich!«

Er seufzte wieder, während er die verbogene Spange ein paarmal hin- und herdrehte und sie dann in die Hosentasche steckte. »Warum nur sind die besten Talente so unberechenbar?« fragte er eine desinteressierte Welt.

Ich sagte: »Ich glaube nicht, daß ich ein besonderes Talent bin. O ja, es passiert so allerhand. Manchmal gehen Dinge kaputt — Bleistifte, Schlüssel, Armbanduhren. Gläser. Manchmal lege ich meine Sonnenbrille hin, wenn ich nach Hause komme, und weiß nicht, ob sie noch ganz sein wird, wenn ich sie wieder brauche.«

Er holte seine Pfeife aus der Jackentasche. »Versuchen Sie doch mal, die hier kaputtzumachen«, forderte er mich auf, und seine Frau begann augenblicklich zu zetern:

»Jerry! Ich habe vierzig Dollar für diese ...«

»Keine Angst, Mrs. Shapman!« lachte ich. »Ich wüßte gar nicht, wie ich das anstellen sollte! Obwohl ...« Ich zögerte und hob dann die Schultern, »ich gestehen muß, manchmal habe ich das *Gefühl,* als könnte ich so etwas. Ein ganz sicheres Gefühl.«

Er kramte in seiner Jackentasche auf der Suche nach einem Notizbuch und begann dann, darin Aufzeichnungen zu machen. »Und was für ein Gefühl hatten Sie, als Sie mit mir die Karten durchgingen?«

»Kein allzu sicheres Gefühl, nein, bestimmt nicht.«

»Möchten Sie es noch mal versuchen?« Er setzte sich umgehend in Richtung Tisch in Marsch.

Ich hielt ihn zurück. »Warten Sie einen Augenblick«, sagte ich. »Manchmal ... Hören Sie, Herr Professor, legen Sie einfach die Hand auf die oberste Karte, okay?«

Er sah mich mißtrauisch an, tat aber, was ich von ihm wollte. Ich dachte eine Weile nach. »Vielleicht ... wenn Sie vielleicht einen kleinen Blick darauf werfen würden ... Ich meine natürlich, ohne mich sehen zu lassen, was sich auf der Karte befindet!«

Er griff nach der Karte, zuckte zurück und nahm seine Brille ab: Nein, nein, keine Chance, mein Lieber, das Spiegelbild der Karte in meiner Brille zu erkennen — solche Tricks gibt es bei mir nicht! Er legte eine Hand schützend um das Päckchen Karten und hob mit der anderen die oberste etwas an. Dann starrte er mir erwartungsvoll ins Gesicht.

Ich enttäuschte ihn. Ich ließ ihn eine ganze Weile warten und schüttelte dann bedauernd den Kopf. »Lassen Sie es mich mal durch Berühren versuchen«, sagte ich, streckte die Hand aus und legte sie auf seine dürren Finger. Dann verzog ich das Gesicht. »Quadrat?« fragte ich zweifelnd. Es waren die Wellenlinien.

»Es sind die Wellenlinien«, sagte er betrübt.

»Ich empfange einfach nichts von Ihnen«, erklärte ich entschuldigend. »Wenn vielleicht Mrs. Shapman ...«

»Selbstverständlich! Los, komm schon, Lily! Leg einfach die Hand hier oben drauf ...«

Aber er brauchte dazu gar keine Überredungskünste. Lächelnd hob sie die nächste Karte, sah sie an und reichte mir ihre Hand.

Triumphierend sagte ich: »Quadrat!«

Das war es auch. Sie hob die nächste Karte an.

»Stern ...! Wieder Quadrat ...! Wellenlinien ...!« So ging es weiter, etwa zwanzig Karten lang, dann hörte ich auf.

»Ich mag nicht mehr«, sagte ich.

»Was soll das heißen, Sie mögen nicht mehr?« fragte Shapman hitzig. »Los, Geissen, weiter, es sind nur mehr ein paar Karten da!«

»Es tut mir wirklich leid.« Ich schluckte hart. »Der Brandy. Ich hätte vermutlich nicht ...«

»Ich flehe Sie an, Geissen! Sie haben siebzehn von zwanzig richtig! Beenden Sie die Serie!«

»Laß den Jungen in Ruhe«, ordnete seine Frau an und warf mir einen scharfen Blick zu. »Geht es Ihnen nicht gut, Hans?«

»Nicht besonders«, sagte ich mit schwacher Stimme. »Könnte ich vielleicht ein Glas Wasser haben? Oder ...« Ich stand auf, bemühte mich, Übelkeit auszustrahlen, und die Spinnendame verstand sofort und wies mir den Weg zur Toilette im Vorraum. Ich erbrach mich lautstark und heftig. Es war eine unumgängliche, wenngleich bedauerliche Verschwendung eines nicht übermäßig wohlschmeckenden Abendessens und des Brandys hinterher. Ich mußte nur meinen Finger ein Stückchen in die Kehle stecken, das war alles. Als ich mir den Mund ausspülte, klopfte es. Shapman. Er wartete nicht auf eine Einladung, sondern riß die Tür auf und sah mich abwartend an.

»Sieb — — — zehn!« sagte er.

Ich spuckte das Wasser in die Kloschüssel und nahm einen neuen Schluck.

»Bitte, Hans!« jammerte er. »Nur noch ein paar!«

»Ich möchte jetzt nach Hause«, sagte ich mit ersterbender Stimme. »Würden Sie mir bitte ein Taxi rufen?«

»Ich fahre Sie heim«, entschied er. »Oder Sie schlafen hier, und wir versuchen es gleich morgen noch mal! Lily! Ist das Gästebett ...?«

»Nein«, sagte ich mit Bestimmtheit. »Nach Hause.«

Ich konnte sehen, daß er schwankte zwischen Unerbittlichkeit und Nachgeben. Er entschloß sich zum Nachgeben, weil er, das wußte ich genau, auf ein nächstes Mal hoffte und mich dafür gefügig machen wollte. Allerdings glaubte ich nicht, daß es ein nächstes Mal geben würde, jedenfalls nicht mit ihm. Mit Lily Shapman lag die Sache möglicherweise etwas anders, denn die ganze Zeit über, während ich die Karten aus dem Päckchen aufzählte, spürte ich, wie ihre heiße, weiche Fingerspitze in meiner heißen, weichen Handfläche herumtanzte.

Als wir in den Wagen stiegen, erstarrte er plötzlich, holte wieder sein Notizbuch hervor und sagte: »Ich habe ganz vergessen, das Datum zu notieren! Außerdem brauche ich noch Ihre Unterschrift und — o *Gott!*«

Lillian Shapman, die mir soeben half, mich auf dem Beifahrersitz niederzulassen, rief leicht irritiert: »Was ist denn jetzt schon wieder, Jerry?«

»Sieh dir meinen Kugelschreiber an!« Es war ein Bic — ein in der Mitte entzweigebrochener Bic. »Ich *schwöre,* niemand hat den berührt, nachdem ich ihn in die Tasche gesteckt hatte!«

Als Fritzl mich fragte, wie es gegangen sei, sagte ich, alles bestens. »An den Kugelschreiber kam ich ran, als er mir in den Mantel half«, erklärte ich. »War nichts dabei. Und die Karten waren ein Kinderspiel.« Siebzehn aus zwanzig! Ich hätte sie alle zwanzig hersagen können — auf dem Kopf stehend, während ich ein Glas Wasser dazu trank —, nachdem er aus dem Zimmer gegangen war und mich mit den Karten allein gelassen hatte.

»Gut gemacht«, äußerte Fritzl widerwillig ein Lob. »Und jetzt hältst du dich für eine Weile von ihm fern.«

»Und was ist mit seiner Frau?« fragte ich, halb im Scherz. Aber Fritzl nahm mich ernst.

»Warum nicht? Wenn er dann später einmal behauptet, du wärst ein Schwindler, kannst du einen guten Grund für seine Feindseligkeit angeben. Gut, gut, gut. Und jetzt warten wir einfach, bis er einen Bericht darüber veröffentlicht.«

»Okay«, gähnte ich und machte mich zum Zubettgehen fertig. Aber ehe ich mich in die Falle haute, zog ich den Telefonstecker aus der Dose; ich wollte nicht, daß Shapman mich anrief, wenn er nach Hause kam und merkte, daß auch seine Pfeife in zwei Teile zerbrochen war.

Das ist das Geheimnis, verstehen Sie? Man darf nie irgend etwas Bestimmtes versprechen. Wenn Sie mich etwa ersuchen, eine Geheimbotschaft in einem verschlossenen Briefumschlag zu entziffern, lasse ich Ihre Armbanduhr stehenbleiben oder nenne Ihnen den Mädchennamen Ihrer längst verstorbenen angeheirateten Tante. Oder aber, was soll's, ich mache einen Knoten in Ihren Sockenhalter. Ich habe da meine wirklich bemerkenswerten Spezialitäten, müssen Sie wissen — wie zum Beispiel die eine, bei der ich Ihnen eine Schachtel Buntstifte gebe, Sie bitte, mit einem davon meinen Nakken zu berühren, und Ihnen dann sage, welche Farbe er hat. Allerdings — wenn *Sie* wollen, daß ich Ihnen dieses Kunststück vorführe, dann wird es mir vermutlich nicht gelingen ... Aber geben Sie während meiner vergeblichen Versuche auf Ihren Kugelschreiber acht!

Es kam dann so, daß ich sehr wohl zu Shapman zurückkehrte. Ich ließ mich von ihm in den Faradayschen Käfig sperren und brachte seinen Kompaß zum Rotieren und seinen Taschenrechner aus dem Häuschen — und während er die Abende in der Zweigstelle der Gesellschaft zur Erforschung übernatürlicher Phänomene verbrachte, befand ich mich im Käfig der Spinnendame, und ich behaupte, daß ich sie so sehr aus dem Häuschen brachte, bis sie rotierte wie ein Kreisel — und das gelang mir immer!

»Also«, grollte der hochwürdige Doktor, »setzen Sie sich schon hin, Geissen. Wollen Sie die fünfzigtausend oder nicht?«

An dieser Stelle begann mein Instinkt Warnsignale zu funken. Wenn er mich hinauswerfen wollte, hätte er mich längst hinausgeworfen; wenn nicht, hätte er ein bißchen freundlicher sein müssen ... Aber er war gar nicht unfreundlich, als er an mir vorbei und auf die Empfangsdame zusteuerte. Ich setzte mich unter dem wachsamen, starren Schlangenblick von Miß Baker, während Smith draußen mit dem Mädchen in ein gemurmeltes Zwiegespräch vertieft war.

Er kam zurück und schloß die Tür. »Alle roten Kugelschreiber haben jetzt schwarze Verschlußkappen, und die schwarzen haben rote. Ein äußerst primitiver Trick, Geissen. Und der elektrische Bleistiftspitzer funktioniert auch nicht.«

Ein Kobrazischen von der Miß. »Man würde erwarten, daß er ein bißchen Phantasie zeigt«, stellte sie fest. Ich hob die Schultern. Die beiden starrten mich ein Weilchen schweigend an.

Dann sagte Smith: »Es gibt da ein, zwei Dinge.«

Ich hob den Blick und versuchte so auszusehen, als sei mir die ganze Angelegenheit herzlich gleichgültig. »Ich weiß nicht, was Sie damit sagen wollen, Sir«, erklärte ich wohlerzogen.

Ein Grunzen. »Wir besitzen Aufzeichnungen von einigen Ihrer TV-Auftritte, Geissen.« Das hatte ich mir beinahe gedacht; es wäre sehr unwahrscheinlich gewesen, hätten die beiden auch nur einen davon versäumt, vorausgesetzt, es stimmte, wonach sie angeblich suchten. »Erinnern Sie sich an den Auftritt bei dem Talk-Show-Mann in Palo Alto?«

Ich tat so, als müßte ich in meinem Gedächtnis kramen, erinnerte mich aber in Wirklichkeit recht gut daran. Es war eine meiner besseren Nummern; damals mußte ich improvisieren, und darin bin ich weit besser als Fritzl.

»Ich denke ja«, sagte ich vorsichtig. »Ich glaube, ich bin damals zu spät gekommen.« Das war eine Lüge, um in Übung zu bleiben. Ich war nicht zu spät gekommen, ganz im Gegenteil, ich kam um etliches zu früh und saß dann in diesem grünen Zimmer und las in einer Zeitschrift. Jedermann konnte mich beobachten, um sicherzugehen, daß ich auch wirklich nicht heimlich meine Tricks vorbereitete. Ich lehnte es ab, mir Make-up auftragen zu lassen: weshalb sollte ein netter, sauberer Junge wie ich, der nichts erstrebenswerter fand, als anderen Freude zu bereiten, etwas Künstliches auf sein Gesicht schmieren? Ich rührte mich nicht vom Fleck, bis sie mich hinausschickten auf die Bühne.

Dann begannen die Schwierigkeiten.

Ich mußte mich hinsetzen; während die Werbung lief, rannte der Mensch, der mich interviewen sollte, hinter die Kulissen, und ich sah, wie seine Freundin ihm etwas in die Hand drückte. Ich konnte nicht erkennen, was es war. Dann war der Werbespot vorbei, und er stand vor seinem Tisch. »Also gut, Hans!« strahlte er. »Ich habe etwas in meiner Hand. Können Sie mir sagen, was es ist?«

Der Hundesohn. Ich kannte natürlich alles, was sich in seinem Schreibtisch und in seinen Hosentaschen befand; aber ich wußte selbstverständlich nicht, was seine Freundin ihm gegeben hatte. Ich klopfte auf den Busch. »Ich bekomme ein Bild ... nein, ich weiß nicht ... Alles, was ich erkennen kann — es ist irgendwie ...« Keine Reaktion auf seinem Gesicht. Was hatte ihm das Miststück bloß in die Hand gedrückt? Eine Puderquaste vielleicht? »Ich habe das Gefühl von etwas Weichem ... Es ist etwas ... irgendwie ...« Ich versuchte so dreinzusehen, als würde ich erröten. »Etwas Persönliches, denke ich.«

Höfliches Lächeln. »Können Sie sagen, welche Farbe es hat?«

»Äääh ... eigentlich nicht. Eine helle Farbe?«

Er grinste, öffnete die Faust, und es war — ausgerechnet! — *ein Eiswürfel!* Herrgott, wieso hatte ich das Wasser nicht bemerkt, das dem Kerl aus der Hand tropfte? Der Eiswürfel hatte begonnen zu schmelzen, und so waren die Ecken ein wenig abgerundet — aber das reichte wohl nicht aus ...

Ich versuchte, die Situation zu retten. »Ich nehme an, Clarion steht in Konjunktion zum Wassermann«, sagte ich und grinste.

Er lachte mir ins Gesicht. »Cla ... *was?*«

Ich wollte ihn hinhalten und auf eine Inspiration hoffen. »Der Planet Clarion. Ich weiß nicht, ob er wirklich existiert, aber jemand hat mir mal vorausgesagt, wenn er mit dem Wassermann in Konjunktion steht, wird mir einfach nichts gelingen.«

»Klar«, sagte er und zwinkerte dem Publikum unverhohlen zu. »Möchten Sie uns mehr von den Leuten in den fliegenden Untertassen erzählen, die Ihnen ins Handwerk pfuschen?«

»Soviel ich weiß, kommen sie nicht in fliegenden Untertassen. Außerdem ist es nur eine Fiktion, wissen Sie. Wie die Quadratwurzel aus minus eins.«

»Ach ja«, sagte der Schlaukopf und nickte ernsthaft. »Die Quadratwurzel aus minus eins?«

»Ganz richtig«, antwortete ich eifrig und zermarterte mir das Hirn — was hatte Fritzl über die Sachen gesagt, die sich in der Schreibtischschublade befanden? Oder in der Brieftasche dieser lächerlichen Figur? »Eine imaginäre Größe, aber es funktioniert. Weil sie nämlich Angst haben vor uns, verstehen Sie, und wenn sie einen Menschen entdecken, der tatsächlich über Psi-Kräfte verfügt, dann stören sie diese, damit die Erdenbewohner nie eine Gefahr für sie darstellen können ...« Diner's-Club-Karte, die goldene Kreditkarte von American-Express, zwei Fünfzig-Dollar-Scheine, einer davon bei den Autopapieren ... »Oh, jetzt weiß ich, was es ist!« rief ich laut.

»Ein Reinfall?« grinste er, und aus dem Publikum wogte Gelächter hoch.

»Nein, nein, ehrlich! Weich, rund, hell ... ja, das ist es!« Ich beugte mich zu ihm und flüsterte ihm ins Ohr: »Der Pariser in Ihrer Brieftasche!« Er machte einen Satz rückwärts und starrte mich an. »Allerdings«, fuhr ich mit lauter Stimme und richtiggehend verschämt fort, »würde ich mich nicht darauf verlassen, er hat nämlich ein Loch, wissen Sie.« Mehr brauchte ich nicht zu sagen, das erledigte sein Gesichtsausdruck für mich. Als das Publikum endlich mitbekam, worum es ging, erklang das wildeste Gelächter — das nicht gegen mich gerichtet war — meiner ganzen Laufbahn.

Doch ich bekam keine Einladung mehr zu dieser Show.

»Wieso haben Sie gewußt, daß er ein Kondom in seiner Brieftasche hat?« fragte Smith.

Ich zuckte mit den Achseln. »Viele Typen tragen welche mit sich herum.«

»Im Zeitalter der Pille?« bohrte er.

»Vielleicht aus Angst vor irgendeiner Krankheit?« sagte ich und errötete. »*Ich* weiß doch nicht, warum, Mister Smith!«

»Nein, natürlich nicht«, meinte Smith abwesend. Er sah die Frau an, und sie hielt den Blick ihrer lidlosen, funkelnden Augen auf ihn gerichtet. Er kam zu einem Entschluß. »Kommen Sie in mein Privatbüro«, sagte er schroff, stand auf, ging voraus, öffnete die Tür und betätigte den Lichtschalter.

Aber das Licht ging nicht an; statt dessen fing der Fernsehapparat an zu piepsen und zu rülpsen, und auf dem Schirm erschien eine Schrift. Das Kinderprogramm lief, ein Film mit dem Titel »Mein Liebling vom Mars«.

»Sie bleiben ganz ruhig hier sitzen!« befahl Smith; seine Augen blitzten zornig. Ich erwartete zwar eine Reaktion, aber daß sie so heftig ausfallen würde, hatte ich nicht angenommen. Also setzte ich mich. Miß Baker wühlte in seinem Schreibtisch herum, hielt plötzlich inne, quäkte etwas in Hochwürdens Ohr und hielt ein Blatt Papier hoch. Darauf befand sich eine Karikatur von Miß Baker, und sie war in der Schreibtischlade eingeschlossen gewesen. Smith murmelte eine Antwort und zeigte auf den Bücherschrank. Sie begann augenblicklich, darin herumzukramen, während er methodisch den Schreibtisch ausräumte.

Ich saß da und wartete. Fühlte mich gut. Bewunderte das Büro. Es war wirklich überkomplett ausgestattet, sogar mit einer üppigen, hochprozentigen Bar, einem Eisschrank, einer Spüle, einem kleinen Gasherd und einem Müllschlucker. An einer Wand stand eine hübsche Ledercouch, die um zweieinhalbtausend Dollar besser aussah als das zerlumpte alte Möbel im Empfangszimmer. Der Schreibtisch war aus Teakholz und der Stuhl dahinter eines jener Wunderdinger, die in jede nur vorstellbare Position gebracht werden können. Als Smith sich darauf fallen ließ und dabei geistesabwesend einen Knopf drückte, machte der Stuhl einen Satz nach vorn und schleuderte den hochwürdigen Doktor fast quer durchs Zimmer. Wütend schrie er auf. Ich verstand nicht, was er sagte, aber Miß Baker verstand. Sie hüpfte zum Fenster und zeigte hinaus auf die Feuerleiter. Smith hüpfte hinter ihr her, schüttelte den Kopf, knurrte etwas und zeigte auf die Fensterscharniere, die von unzähligen Schichten Farbe völlig verklebt waren. Offenbar hatte nie die Notwendigkeit bestanden, das Fenster zu öffnen, da ja direkt darunter die Klimaanlage montiert war; nein, nein, durch dieses Fenster war in letzter Zeit niemand hereingeklettert! Smith wandte sich ab und nach einer plötzlichen Eingebung wieder zurück; er starrte die Klimaanlage an und dann mich.

Nach einer Weile schüttelte er den Kopf. Gewiß konnte sich ein großer, kräftig gebauter Kerl wie ich nicht durch das relativ kleine Loch in der Mauer gequetscht haben, das die Klimaanlage ausfüllte, selbst wenn er in der Lage gewesen wäre, diese von außen abzumontieren. Nein, da konnte ich nicht durch …

Aber der dürre, kleine Fritzl konnte. Jetzt war er bereits wieder in unsere Wohnung zurückgekehrt und ruhte sich aus. Aber er hatte die Sache prächtig gemacht.

Ich weiß gar nicht, was die beiden alles fanden; Fritzl ist ein phantasievoller Mensch. Und er hatte mehr als eine halbe Stunde Zeit gehabt, während wir draußen plauderten. Ich bin auch nicht sicher, ob sie überhaupt alles entdeckten. Das einzige, was ich weiß, ist, daß Smith nach einer Weile aufhörte zu suchen und sich wieder am Schreibtisch niederließ, von wo aus er mich eingehend betrachtete. Er sagte etwas zu Miß Baker, das ich nicht verstand.

»Verzeihung, Mister Smith«, sagte ich höflich, »was haben Sie gesagt?«

»Ich sagte, wir können schließlich kein Risiko eingehen«, erklärte er, zu mir gewandt, und Miß Baker nickte dazu, wobei sie mich mit einem Blick fixierte, der mir absolut nicht gefallen wollte.

Er trat zur Wand, wo ein Gemälde des Kolosseums durch ein lebensgroßes Farbfoto ersetzt worden war, auf dem ich einen verbogenen Löffel in der Hand hielt. Smith riß das Foto herab und tastete die Wand dahinter ab. An dieser Stelle war überhaupt nichts zu sehen, doch er drückte seinen Fingernagel in einen feinen Riß in der Täfelung, und ein quadratisches Stück Holz senkte sich. Dahinter befand sich ein Safe. Ich sah Smith fasziniert zu; nicht mal Fritzl hatte den Safe entdeckt! Hochwürden öffnete ihn und nahm etwas heraus, das, sehr zu meiner Überraschung, aussah wie eine Waffe.

Es war eine Waffe.

Und sie hatte keinerlei Ähnlichkeit mit irgendwelchen Schußwaffen, die ich kannte. Sie machte auch nicht das typische Schußgeräusch. Alles, was sie von sich gab, war ein kurzes, dunkelrotes Aufglühen.

Aber das kurze, rote Aufglühen war von der wirkungsvollen Sorte, denn plötzlich wurde ich ganz schwach und schlaff, als stünde jeder einzelne Muskel, jeder Nerv unter der Einwirkung von Novocain. Nichts an mir fühlte sich mehr an, als würde es zu mir gehören. Ich fiel nach vorn. Keine meiner Gliedmaßen reagierte auf irgendeinen Befehl. Mein Mund wollte nicht sprechen. Nur meine Augen blieben offen.

Einen Moment lang waren Baker und Smith ebenso still wie ich. Dann hörte ich, wie sie miteinander flüsterten, während sie mich beobachteten, ohne sich zu rühren. Plötzlich zeigte Smith auf die Spüle, und Baker glitt hinüber, drehte das Wasser auf und schaltete den Reißwolf des Müllschluckers ein.

Er funktionierte nicht.

Sie bellte etwas in Smith' Richtung, und er kam herüber und sah mir in die Augen. »Haben Sie das auch auf dem Gewissen?« fragte er mich. »Aha, ein wirklich beeindruckendes Talent. Nun, ich hole gleich mein Werkzeug und bringe die Sache wieder in Ordnung.«

Miß Baker zeigte keine Reaktion; sie sah nicht einmal hin, als er den Raum verließ und die Tür hinter sich schloß. Sie war mit etwas anderem beschäftigt. Sie holte eine Plastikplane aus einem Schrank unter der Spüle und breitete sie auf dem Boden aus. Aus einem anderen Schrank nahm sie eine Auswahl von Messern, Hackbeilen und die Knochensäge eines Metzgers. Sorgfältig und mit flinken Bewegungen ordnete sie alles auf der

Plane an. Dabei fiel ihr das Haar ins Gesicht und über die Augen; sie nahm die Perücke ab, und so blank und kahl sah ihr Kopf noch schlangenähnlicher aus als vorher.

Sie sprach nicht. Und ich konnte nicht sprechen.

Nicht mit ihr und nicht mit Doktor Smith, als er zurückkehrte und begann, das Mahlwerk des Abfallzerkleinerers auseinanderzunehmen. Auch er sprach kein Wort. Kein Wort, während er es sich bequem machte, indem er seinerseits die Perücke abnahm und dazu noch die falsche Nase, die das häßliche Loch bedeckt hatte, durch das er atmete; kein Wort, während er das Mahlwerk wieder montierte; und kein Wort, als er Miß Baker in den weißen Overall half, der ihre Kleidung vor möglichen Flecken schützen sollte.

Erst dann kam er zu mir und blickte auf mich herab. »Eines wird Sie vielleicht interessieren«, sagte er. »Der Planet heißt nicht Clarion.« Er beugte sich herab und packte mich an den Schultern, worauf Miß Baker nach meinen Füßen griff. Dann trugen sie mich gemeinsam hinüber zu der Plastikplane mit den Messern, den Beilen und der Säge.

Originaltitel: ›The Things That Happen‹
Aus: ›Isaac Asimov's Science Fiction Magazine‹, Oktober 1985

Deutsche Übersetzung von Biggy Winter

KAREN JOY FOWLER

Das Gefängnis

Man führte Alice jeden Tag aus. Manchmal weinte sie, wenn sie zurückkam. Manchmal stellte sie sich lahm und mußte getragen werden. Das war eigentlich gar nicht ihre Art.

Sie war noch die Alice gewesen, wie man sie kannte, als sie und Tilly ins Basislager zurückkehrten und feststellen mußten, daß es zerstört worden war. Irgend jemand hatte das Zelt geplündert. Die Lampe und ein paar bunte Kleidungsstücke fehlten. Ein Päckchen Tampons war geöffnet, sein Inhalt zum Teil ausgepackt worden. Alice hatte einen Tampon vom Boden aufgehoben und hielt ihn wie eine tote Maus am Schwanz. Sie lachte und fragte Tilly: »Was die wohl davon gehalten haben?« Sie steckte ihn ins Ohr und hielt das andere mit dem Finger zu. »Sehr nützlich«, sagte sie. »Was? Bis tief in den Morgen schlafen und die Vögel nicht hören müssen.«

Alices Fröhlichkeit war kaum zu erschüttern. Sie, die Künstlerin und Amateurkarthographin, hatte Tilly erklärt, daß weiße Flecken auf Landkarten oft als *schlafende Dornröschen* bezeichnet würden. Tilly war verblüfft; sie fand es unverständlich, wie man dem Unbekannten mit einer so optimistischen Haltung begegnen konnte. Für sie bedeutete dessen Erforschung vor allem Mühe und Anstrengung. Von einem Schlangennest ins nächste, so umschrieb sie ihre Ansicht. Mach dich aufs Schlimmste gefaßt, und du wirst trotzdem enttäuscht. Auf das überfallene Lager reagierte sie unverhohlen bestürzt. Sie hatte gewußt, daß das Unternehmen gefährlich sein würde. Es war viel zu nachlässig geplant worden, verrückt von Anfang an.

Aber typisch Alice. »Hier ist bloß rumgeschnüffelt

worden«, hatte sie Tilly zu beruhigen versucht. »Von Heimtücke keine Spur. Es ist nicht mal was kaputtgegangen. Wenn wir ihnen nicht willkommen wären, hätten sie uns das bestimmt in eindeutiger Form wissen lassen. Das hier war reine Neugier. Nur schade um unsere Laterne.« Alice hockte vor dem Zelt in der Sonne, weil sie nachts nicht mehr arbeiten konnte. Auf den Knien hielt sie ein aufklappbares Pult. Sie war dabei, den Verlauf des Nhamunda-Flusses auf ihrer Skizze einzutragen.

Die Landkarte, die Alice und Tilly mitgebracht hatten, war nach Infrarotaufnahmen von Satelliten erstellt worden. Die Karte, an der Alice arbeitete, würde sehr viel detaillierter sein. An diesem Tag zeichnete sie an einer Skizze, die zwar wissenschaftlich exakt, aber stellenweise mit launischen Beigaben versehen war. Sie hatte die Flußbiegung aufgezeichnet und dann — im Wasser — den Kopf einer großen Schildkröte, der *tracaja,* hinzugefügt. Am Tag ihrer Ankunft waren sie stundenlang von einem solchen Tier beim Leerräumen des Bootes und Zeltaufschlagen beobachtet worden. Alice hatte das Schildkrötenlied aus der Sesamstraße gesungen, um, wie sie sagte, die hinterwäldlerischen Schildkröten Brasiliens ein bißchen zu zivilisieren; schließlich hätten ihre Artgenossen weltweit große Bildungsfortschritte gemacht, die hier jetzt nachgeholt werden müßten. Alice hatte Nichten und Neffen und eine Vorliebe für Informationen, die nur über Umwege zu beziehen waren. Tilly kannte das Lied nicht.

Auf Alices Schultern lagen zwei struppige braune Zöpfe. Ein leichter Windstoß blies ihr lose Strähnen ins Gesicht, die sie mit der linken Hand zurückstrich, während sie mit der rechten einen Pfeil in der Karte eintrug. »Da machst du dich gut«, hatte sie gesagt. Fröhlich.

Die Sonne stand hoch. Zartes, grünes Licht drang durch die Wände des Zeltes, in dem es nach Schlafsäcken, Wanderstiefeln und Feuchtigkeit roch. Der Einstieg blieb tagsüber immer offen, trotzdem herrschte im Zelt ständig Treibhausklima. Als Tilly an diesem Morgen aufwachte, sehnte sie sich nach Steven. Sie schwelgte weder in Erinnerungen, noch dachte sie an ihn. Er fehlte ihrem Körper. Ihrer Haut, die zu fragen schien: Wo ist er? Wo ist sein Mund, wo sind seine Hände? Sie ließ die eigenen Hände aushelfen, aber die Haut bemerkte den Unterschied. Und es gab noch einen Unterschied: die Tatsache, daß Alice neben ihr lag. Es war, als sei Alice ein Teil von ihr geworden, ein Arm, zwar weniger intim, aber trotzdem der eigene.

Alice schien noch fest zu schlafen. Für sie war der Schlaf jetzt die einzige Fluchtmöglichkeit. Tilly hätte sich schuldig gefühlt, wenn Alice von ihr gestört worden wäre. Sie hörte den Atem ihrer Freundin und versuchte festzustellen, ob sie schon wach war. Alice rührte sich so selten; ihr Körper lag hingestreckt wie eine Landschaft.

Tilly wäre gerne aufgestanden, aber dann hätte sie Alice mit Sicherheit geweckt, und außerdem war das Zelt so vollgestopft mit Schlafsäcken und Matten, dem unbenutzten Öfchen, Tillys Kamerataschen und Alices Karten, daß sie sich nur in der Zeltmitte hätte aufrichten können. Sie bekam klaustrophobische Anfälle. Tillys Welt bestand zur Zeit entweder aus dem Inneren oder der näheren Umgebung des Zeltes. Beide Bereiche waren für sie allumfassend und schlossen einander wechselseitig aus. Im Gegensatz zu Alice: Für sie waren beide Seiten eins.

Als Tilly noch die Möglichkeit hatte, zu kommen oder zu gehen, wann es ihr paßte, war ihr die Enge im Zelt nie bedrückend vorgekommen. Tatsächlich war das Zelt nicht einmal kleiner als ihr altes Kinderschlafzimmer, das sie nie als klein empfunden hatte, obwohl sich die Tür nicht einmal vollständig öffnen ließ. Dahinter hatte die Kommode mit den Schubfächern gestanden. Das Schlafzimmer war immer ein sicherer Ort gewesen, ein

Ort, an dem sie Pflege und Schutz erfahren hatte. Darauf war Verlaß mit selbstverständlicher Gewißheit. Als Tilly älter wurde, nahmen Konturen und Schatten einer anderen Welt für sie Gestalt an. Ein Mädchen aus der sechsten Klasse in Tillys Schule war auf dem Nachhauseweg von einem Mann im weißen Auto verfolgt worden. Ihr, Tilly, hatten die Eltern eingeschärft, sich nie von einem Fremden ansprechen zu lassen. Angela Ruiz, ein Nachbarkind, hatte von ihrer Kusine aus Chikago gehört, wie ein befreundeter Junge vom eigenen Vater mit einer Kneifzange geschlagen wurde, und zwar vor den Augen der Mutter. Im *Life*-Magazin hatte Tilly ein Foto von einem kleinen Jungen und seiner Schwester gesehen, die einen ganz merkwürdigen Eindruck machten; in dem Artikel dazu stand zu lesen, daß diese Kinder fünf Jahre lang im Keller versteckt worden waren, weil die Mutter deren Existenz hatte geheimhalten wollen. Aus Mangel an Sonne und Bewegung waren die beiden im Wachstum zu kurz gekommen. Als verunstaltete Bonsai-Kinder waren sie in den vergangenen Nächten durch Tillys Träume gespukt.

In Obidos, wo Zwölfjährige Fußball spielen und Sexerfahrungen machen, hatte ihnen der Krämer, bei dem Tilly und Alice einkauften, eine Geschichte erzählt, die wohl, wie Tilly im nachhinein registrierte, eine Art Moritat war. Es ging darin um einen Süßwasser-Delphin, *Boto* genannt, der eine Frau unter Wasser, aber auch in männlicher Gestalt an Land oder sogar in ihren Träumen begatten konnte. Falls sie den Akt überlebte, würde die Frau im Kindbett bleich werden und sterben, das Kind wäre deformiert und hätte das spitze Gesicht des Vaters, seine Gummihaut und ein Nasenloch im Kopf, wo sonst die Fontanelle sitzt.

Tilly hatte ihre Schlafmatte so ausgerichtet, daß sie im Verhältnis zum Eingang an der gleichen Stelle war wie das Bett im alten Kinderzimmer. Dazu hatte sie auch die Matte von Alice verschieben müssen, die aber nie ein Wort darüber verlor. Sie war zu der Zeit nicht dagewesen, sondern wie an jedem Tag weggeführt worden. Tilly beneidete sie darum trotz des kläglichen Anblicks, den Alice bot, wenn sie zurückkehrte.

Ein Vogel, ein Trogon, krächzte in der Nähe. Sein Geschrei übertönte die anderen Geräusche des Regenwaldes wie eine Polizeisirene den allgemeinen Straßenlärm. Schhhh. Vor dem Eingang hing ein Nylonvorhang, der im Wind wisperte. Ein zarter Mimosenduft wehte kaum spürbar durchs muffige Zelt und verschwand. Tilly richtete sich auf und stützte sich auf den Ellbogen, um Alice zu mustern, die unter die Zeltdecke starrte. »Alice«, sagte Tilly. Jedes Wort, das in diesem engen Raum gesprochen wurde, tönte viel zu laut. Schhhh, machte der Vorhang.

»Ich bin noch da«, antwortete Alice. »Hast du was anderes vermutet?« Sie drehte sich zur Seite und zuckte auf vor Schmerzen. Ihre Haare waren verfilzt. Vor Wochen hatte sie es das letzte Mal geflochten, als das letzte Gummiband zerriß. »Mein Rücken«, stöhnte sie. »Mir tut alles weh.« Sie sah Tilly an und sagte: »Mir ist noch einer eingefallen. Der Junge in der Seifenblase.«

Alice und Tilly hatten sich ein Spiel zum Zeitvertreib ausgedacht. Sie stellten eine Liste von berühmten Gefangenen zusammen. Je länger sie spielten, desto flexibler wurde der Rahmen. Tilly wollte Howard Hughes dazurechnen, weil es, wie sie meinte, auch ein inneres Gefängnis geben würde. Aber Alice war dagegen. Sie fand, daß ein Gefangener bewacht werden müsse, entweder von einer Person oder von einer Sache. Draußen vor dem Zelt hustete und bewegte sich etwas.

Als das Lager überfallen worden war, hatten Alice und Tilly Indianer im Verdacht gehabt. Das war zwar unwahrscheinlich, aber wer hätte sonst in Betracht kommen können? Es gab ein paar ansässige Stämme, die als kaum bekannt oder gar unberührt galten. Die Hixkaryana, Kaxuiana und Tirio besaßen Gewehre und

Motorboote und waren schon bis zu den größeren Städten vorgedrungen. Wenn man sie nach Michael Jackson fragte, würden sie kopfnickend zu verstehen geben, daß ihnen die Frage schon öfters gestellt worden war. Der Mann, der Alice und Tilly mit Waren versorgte, stammte von den Tirio-Indianern ab. Sein Rat an die beiden war zwar ausführlich gewesen, aber im wesentlichen unbrauchbar. Das Ereignis zweier Frauen, die im Regenwald Urlaub machten, hatte weniger Aufmerksamkeit erregt als angenommen. Auf portugiesisch hatte der Mann eine recht geheimnisvolle Bemerkung fallenlassen: »Wer als junge Frau in den Urwald geht, könnte sehr alt wieder herauskommen.«

Alice und Tilly hätten, bevor sie in den Urwald aufgebrochen waren, eine Erlaubnis von der FUNAI einholen müssen, jener brasilianischen Regierungsstelle, die Indianer vor neugierigen Touristen schützte. Aber Alice glaubte, darauf verzichten zu können, weil sie nur an der Gegend interessiert war und bei der Planung der Expedition kaum an die Indianer gedacht hatte. Steven, umsichtig wie immer, hatte die beiden Frauen darauf aufmerksam gemacht. Er war im vergangenen Jahr zweimal überfallen worden und sorgte sich um Tilly, die fernab von New York unter Wilden campierte.

Tilly hatte nach dem Überfall darauf bestanden, das Lager vom Fluß weg zu verlegen, nicht allzuweit, denn sie brauchten Wasser, und Alice war mit der Vermessung des Flusses noch nicht fertig. Sie investierte viel Arbeit für nichts und wieder nichts. Als Tilly das Zelt neu aufbaute, merkte sie, daß sie beobachtet wurde.

Aus der Entfernung hatten sie wie Indianer ausgesehen. Tilly konnte ihre Schatten zwischen den Bäumen ausmachen, die davonhuschten, als sie zum Fluß ging, um Wasser zu schöpfen. Sie fragte sich, wie sie jemals wieder würde baden können, wenn sie befürchten mußte, dabei beobachtet zu werden. Sie würde sich nicht einmal mehr die Zähne putzen. Sie ging zum Lager zurück und stritt mit Alice um die Frage einer Nachtwache. Es war kurz nach Mittag. Alice bereitete gerade eine Mahlzeit vor. »Darüber können wir später nachdenken«, sagte sie. »Später haben wir jede Menge Zeit dazu.« Aber später drangen sie ins Lager ein, und sie sahen überhaupt nicht aus wie Indianer. Ihre Köpfe waren allesamt haarlos und hinten abgeflacht. Die Gesichter ließen menschliche Züge erahnen: Zwei Augen saßen tief in wulstigen Hauttaschen, die beiden Nasenlöcher lagen platt im flachen Gesicht und gingen beim Atmen unmerklich auf und zu. Der Mund war groß und beweglich, der Gaumen bespickt sowohl mit Mahl- als auch Reißzähnen. Wäre ihr nur eine dieser Gestalten begegnet, hätte Tilly sie für eine Mutation, für krank oder für ein Unfallopfer gehalten. Aus Büchern kannte sie Abbildungen von ähnlich deformierten Menschen. Aber hier stand ihr eine Reihe gleicher Figuren gegenüber, die offenbar von einem anderen Planeten stammten. Davon war sie überzeugt.

Alice hatte Zweifel. An der Kleidung der Fremden fiel nichts Außerirdisches auf; sie trugen Wickeltücher aus ungefärbtem, losem Gewebe an jenen Körperstellen, die viele Menschen zwanghaft zu verbergen suchten. Alice wies auf die Tampons hin, die von ihren Gürteln baumelten. »Trophäensammler«, sagte sie. »Sie haben unsere Skalps. Findest du das nicht auch reichlich primitiv für eine Rasse mit interstellarem Horizont?« Alice lud sie tatsächlich ins Zelt ein. Tilly blieb draußen. Sie war zu Tode erschrocken und wollte über den Trampelpfad zum Fluß rennen. Für eine Fluchtchance hätte sie sogar Alice im Stich gelassen. Aber die Fremden waren zu zahlreich; sie hatte keine Chance. Einer, der gerade auf dem Weg ins Zelt war, warf Tilly einen Blick zu. Sie duckte sich, aber sein Arm war länger als erwartet. Die Hand landete auf ihrer Schulter. Die Finger waren sehr beweglich und mit einem zusätzlichen Gelenk ausgestattet, was Tilly allerdings nicht registrierte. Sie fühlte nur, daß die Hand kühler war als ihre Haut. Durch den Baumwollstoff ihrer Bluse war auch ein Pulsieren zu spüren, was aber möglicherweise vom eigenen Herzschlag herrührte. Vor Angst verlor sie die Besinnung — willentlich, wie ihr im nachhinein bewußt wurde. Ein schwarzer Vorhang zog sich vor ihren Augen zusammen, und die eigene Stimme warnte sie vor der drohenden Ohnmacht. Sollen wir abbrechen? fragte die Stimme, und Tilly antwortete: nein, nein, sei's drum, nichts wie weg.

Als die Plane am Zelteinstieg zur Seite bewegt wurde, klirrten die Verschlußhaken aneinander wie die Perlen eines Rosenkranzes. Das Frühstück wurde hereingebracht. Die Tassen und Teller stammten aus der gemeinsamen Ausrüstung. Tilly nahm ihr eigenes Geschirr in Empfang. Das von Alice wurde neben dem Eingang auf den Boden gestellt. Einer von ihnen blieb vor dem Zelt stehen und sah den beiden Frauen beim Essen zu.

Auf Tillys Teller waren eine winzige Orange, Brei aus selbstgeschrotetem Korn und ein kleiner, gekochter Fisch. Außerdem gab es für sie Kekse aus eigenen Vorräten. Alice wurde nur mit Keksen abgespeist. Dieser Unterschied in der Behandlung bestand von Anfang an. Natürlich teilte Tilly ihr Essen mit Alice. Dazu mußte sie auf Alices Matte rutschen und ihr jeden Happen regelrecht aufdrängen, denn eigentlich reichte die Portion nicht für zwei Personen. »Was für ein Fisch ist das wohl?« fragte Tilly, nahm einen Bissen und ließ Alice kosten.

»Toter Fisch«, antwortete Alice mit steinharter Stimme.

Tilly war sehr hungrig, desgleichen natürlich Alice, obwohl sie es nicht zugab. »Vielen Dank, Tilly«, sagte Alice dann, und anschließend kamen zwei weitere Gestalten ans Zelt. Zu dritt führten sie Alice fort.

Tilly hatte jedesmal Angst, daß sie Alice nicht zurückbringen würden. Dieses Gefühl war sicherlich selbstsüchtig, aber Tilly konnte sich nicht dagegen wehren. Sie sorgte sich um Alice, denn Alice gehörte zum Innenleben des Zeltes — im Gegensatz zu dem, was außerhalb lag und für Tilly von Bedeutung war: Steven zum Beispiel. Sie vermißte ihn. Er war so nett. Das sagten alle über ihn. Auch Alice wies Tilly immer wieder darauf hin. Alice meinte immer, das Problem mit Steven sei, daß er einfach zu nett ist. Und daran konnte sie nicht so recht glauben. »Laß uns ehrlich sein«, sagte sie, »Frauen wollen eigentlich keine netten Männer.«

»Ich doch«, antwortete Tilly.

»Warum bist du dann nicht mit ihm verheiratet?« wollte Alice wissen. »Warum bist du hier im Regenwald anstatt zu Hause bei deinem netten Mann? Weil mit Steven kein Abenteuer zu erleben ist. Nichts Aufregendes. Was an Kerlen wirklich fasziniert, ist die Tatsache, daß man ihnen kein Wort glauben kann. Das macht sie so interessant und anziehend.« Alice kannte viele verschiedene Männer. Manche hatten zu Anfang einen netten Eindruck gemacht. Aber Alice war ihnen immer schnell auf die Schliche gekommen. Bei etlichen stellte sich heraus, daß sie verheiratet waren. »Ich verstehe nicht, warum so viele Frauen darüber klagen, daß die Kerle so zugeknöpft sind«, sagte Alice. »Meine sind immer viel zu offenherzig.«

Wahrscheinlich machte sich Steven inzwischen Gedanken, ob alles in Ordnung war. Zuerst würde er ein bißchen besorgt sein, dann immer mehr. Von den Frauen keine Spur in Obidos, würde ihm mitgeteilt. Doch da hatte man sie schon vor vier Wochen erwartet. Vielleicht würde das Boot gefunden, überwuchert von den violetten Ranken, die auch den Uferstreifen erstickten. Ob Steven selber nach ihr, Tilly, suchen würde? Steven hatte sie zum Flughafen gebracht, in die Arme genommen und in letzter Minute gebeten, nicht wegzugehen. Tilly konnte immer noch den Druck seiner Arme spüren, wenn sie an den Abschied zurückdachte. Er hätte sie früher bitten sollen. Er hätte sie fester drücken können. Er war viel zu verständnisvoll gewesen, was ihre Reise anging. Tilly dachte den ganzen Tag an Steven und fühlte sich zunehmend einsam. Nachts träumte sie nie von ihm. In ihren Träumen tauchten Schatten und verzerrte Schemen auf mit überlangen Armen. In dieser Welt fand Steven keinen Platz. Trotz dieser Träume waren die Nächte ohne ihn weniger einsam.

Ein Schwarm großer, grüner Libellen prallte von außen gegen die Zeltwände. Es klang wie Regen. Grunzend versuchten die Gefängniswärter, die Insekten mit bloßen Händen zu verscheuchen. Sie standen vor und hinter dem Zelt. Weitere Fluchtversuche wären sinnlos gewesen. Alice dachte gar nicht mehr daran. Während sie ihre Rückkehr herbeisehnte, spielte Tilly Alices Spiel. Sie schlug die Beine übereinander, saß aufrecht und still, fuhr sich mit den Fingern durchs offene Haar und kramte in der Erinnerung nach einer Geschichte, die sie von ihrem Vater gehört hatte. Sie handelte von einem Mathematiker, der wegen eines Verbrechens zum Tode verurteilt wurde, an das sie sich nicht entsinnen konnte. In der Nacht vor seiner Hinrichtung hatte er in aller Eile ein paar mathematische Beweise abgeleitet. Die Aufzeichnungen waren kaum zu entziffern und an manchen Stellen unvollständig. Generationen von Mathematikern hatten an den Beweisen herumgerätselt — manche der darin behandelten Probleme waren bis dahin ungelöst gewesen. Tillys Vater war ebenfalls Mathematiker. Steven arbeitete als Industriedesigner.

Alice hatte behauptet, daß Tilly die Geschichte falsch wiedergegeben habe. »Er war kein Gefangener und auch nicht zum Tode verurteilt«, sagte sie. »Er stand vor einem Duell, und weil er kurzsichtig war, wußte er, daß er verlieren würde.« Alice weigerte sich, Tillys Mathematiker mit auf die Liste zu setzen. Tillys letzter Vorschlag, den Alice akzeptierte, betraf die Gefangene Maria, Königin von Schottland. Zu der Zeit hatte die Haft der beiden Frauen durch die Fremden gerade erst angefangen.

Der Fluß plätscherte, die Vögel schrien, und in der Ferne hörte Tilly das Röhren männlicher Brüllaffen, das aus der Distanz wie rauschendes Wasser anmutete. Käfer raschelten und klickten. Jeder gewöhnliche Laut war wie ein Betrug. Wie schnell doch der Urwald die Anwesenheit der Fremden hinnahm! Es war, als hätte man ein Messer ins Wasser geworfen: Die aufgewühlte Oberfläche kam sofort wieder zur Ruhe; der Vorfall schien bloß eine Illusion gewesen zu sein. Natürlich hatte der Dschungel in gleicher Weise auf das Auftauchen von Tilly und Alice reagiert. Für die Expedition der Fremden waren sie, die beiden Frauen, nun nichts weiter als Eingeborene oder Teile der örtlichen Fauna. Das jedenfalls glaubte Tilly. »Daß sie uns mit der Gegend hier in Zusammenhang bringen, ist unsere einzige Rache«, hatte sie zu Alice gesagt. »Wir bringen ihre Daten ganz schön durcheinander. Eine globale Invasion könnte daran scheitern, daß alle Berechnungen auf einem winzigen Fehler beruhen.«

Alice hatte zwei alternative Möglichkeiten in Betracht gezogen. Wie die von Tilly, so bewegten sich auch ihre Vorstellungen auf dem Niveau bunter Sensationsblätter. In der einen Version hielt sie die Fremden für die Abkömmlinge von Außerirdischen, die, in der Wildnis im Stich gelassen, auf ihren gegenwärtig primitiven Stand zurückgeworfen waren. Der anderen Version zufolge hatten sich Tilly und Alice auf irgendeinem darwinschen Nebenzweig der Evolution verirrt. Die besondere Umwelt bevorzugte, aus welchen Gründen auch immer, Individuen mit tief eingebetteten Augen und Korkenzieherfingern. Die Art war genetisch isoliert. »Und so soll es bleiben«, hatte Alice hinzugefügt und lächelnd den Kopf geschüttelt, daß die Zöpfe flogen. »Südamerikanische Schrumpfköpfe aus dem All schwängern Menschenfrau«, entwarf Alice als Schlagzeile.

Zu Anfang hatte Alice Tagebuch über die Gefangenschaft geführt. Sie fertigte ein paar Skizzen an und legte viel Wert auf Proportionen. Sie forderte Tilly auf, Fotos zu machen, aber Tilly scheute davor zurück. Also nahm Alice die Kamera ihrer Freundin und knipste selber. Die Filme lagen eng zusammengerollt in kleinen, schwarzen Zylindern und warteten darauf, den Frauen zu einem Vermögen zu verhelfen im Falle einer Flucht, Freilassung oder Rettung. Alice verbrachte die Tage im Zelt über ihren Zeichnungen und tat so, als würden die Fremden bald von ihnen ablassen. Aber das Wann blieb unbestimmt, so unbestimmt wie der Grund ihrer Gefangenschaft. Alice phantasierte über die Möglichkeiten einer Flucht. Tilly hätte gern die Tage mit Strichen an der Zeltwand markiert, ganz im Stil klassischer Tradition. Vier Senkrechte und ein Querstrich: die Hieroglyphen Gefangener; Zeichen der Auflehnung. Anne Boleyn hatte sechs Finger. Tilly fragte sich, wie sie wohl ihre Zellenwand bekritzelt hatte.

Die Plane am Einstieg ging klickend zur Seite. Tilly schreckte auf. Einer von denen, die Alice weggeführt hatten, kam mit einem Teller herein und beugte sich nach vorn. Tilly erkannte ihn sofort wieder. Er trug ihren grünen Pullover. Die Ärmel hingen ihm wie in grotesker Umarmung um den Hals; der Rest lag auf dem Rücken. Das Gesicht schien zu einem filmischen Gruselmonster oder einem Opernphantom zu gehören. Vom Hals bis zur Taille hätte er als Studienanfänger einer biederen Universität durchgehen können, was womöglich an dem Pullover lag. Unterhalb der Taille zeigte er den sackähnlichen Schurz, nackte Beine und bloße Füße. Vor den haarlosen Beinen abgesehen, wirkte er wie ein Mönch. Auf dem Teller lag eine zweite Auflage des Frühstücks. Tilly starrte ihn an und konnte es kaum glauben. Bisher war ihr noch nie eine zusätzliche Ration angeboten worden. Die Einstiegsplane fiel zurück, und sie war wieder allein. Sie nahm ein Stück Fisch mit den

Fingern, musterte es, steckte es in den Mund, nahm ein zweites und aß. Warum sollte sie sich von Alices Hungern abhalten lassen, selber zu essen? Ein Verzicht würde Alice auch nicht helfen können. Alice würde ihr zum Essen raten. Tilly schlang die Portion gierig hinunter und leckte sich die Finger ab. Sie aß die Orange samt Schale und Kernen und verscharrte die Fischgräten unter der Schlafmatte.

Alice war bleich und in Tränen aufgelöst, als sie zurückkam. Sie legte sich hin und schnappte schluchzend nach Luft. Kratzer oder Wundmale hatte sie nicht. Zu sehen war nur die Qual in ihrem Gesicht. »Was haben sie mit dir angestellt?« fragte Tilly, und Alice schloß die Augen. »War es heute anders als sonst?« wollte Tilly wissen. Sie rückte an Alice heran und strich ihr sanft über den Kopf, bis sie sich wieder beruhigt hatte.

Alice hing ihren eigenen Gedanken nach. »Warum machen sie das mit mir? Warum versuchen sie nicht, mit mir zu reden? Sie stellen mir nicht eine Frage. Ich weiß nicht, was sie wollen. Sie tun mir bloß weh, diese Monster.«

Dann herrschte lange Zeit Schweigen, denn die anderen Fragen, die beide bewegten, wurden im stillen gestellt. Warum geschieht all das mir und nicht auch dir? Warum dir und nicht mir?

Als an diesem Abend das Essen gebracht wurde, gab es für beide Frauen nur Kekse. Alice bekam mehr als Tilly, was gegen die sonst übliche Regel verstieß. »Sieh dir das an!« sagte Alice, und Tilly hörte zum ersten Mal ein Lispeln in ihrer Stimme. »Warum tun sie das bloß?« Sie teilte die Portionen gleichmäßig auf. »Wir werden ihnen zeigen, daß wir immer alles teilen, egal, was sie mit uns anstellen.«

»Ich will nichts davon«, antwortete Tilly. »Wirklich nicht. Nach dem, was sie dir heute wieder angetan haben, brauchst du es bestimmt nötiger als ich. Bitte, iß alles.«

Alice wurde wütend. »Du hast auch mit mir geteilt«, sagte sie bestimmt. »Immer. Wir teilen alles.« Die letzten Worte waren an denjenigen gerichtet, der vor dem Einstieg stand, um ihnen beim Essen zuzusehen. Tilly nahm ihre Kekse. Die Sonne ging unter. Die Vögel verstummten, das Krabbeln der Käfer wurde lauter. Baumfrösche sangen mit ausdauernden Altstimmen. Die Außenwelt hielt ihr schreckliches Gleichgewicht aufrecht. Drinnen wurden die Zeltwände dunkel, die Frauen allein gelassen. Alice lag auf dem Rücken und rührte sich nicht. Tilly zog all ihre Sachen aus, stieg in den muffigen Schlafsack und dachte wehmütig an Steven.

Mitten in der Nacht verspürte sie einen Druck in der Blase. Sie wartete und wartete, bis sie es nicht mehr aushalten konnte. Um Alice nicht aufzuwecken, schlüpfte sie so leise wie möglich aus dem Schlafsack und kroch zu dem leeren Eimer, der neben dem Einstieg im Zelt stand. Sie kippte den Eimer schräg in der Absicht, lautes Plätschern zu vermeiden, aber in dem kleinen Raum störte jedes noch so leise Geräusch. Alice würde natürlich alles hören und sich wundern, denn sie ging in letzter Zeit kaum mehr auf den Eimer. Tilly hätte ihn gern geleert, wagte aber nicht, nach draußen zu gehen. Sie stieg zurück in den Schlafsack und dachte an Steven, bis sie endlich irgendwann in der Frühe einschlief.

Als sie aufwachte, spürte sie wieder Verlangen nach Steven. Alice lag mit offenen Augen da. »Diese Lehrerin, die den Arzt umgebracht hat«, sagte Tilly, »den Diätarzt ... wie hieß sie noch?«

»Jean Harris«, antwortete Alice. »Die habe ich schon erwähnt.«

»Hast du nicht«, entgegnete Tilly.

»Ich habe keine Lust mehr. Das Spiel ist albern und geht mir auf die Nerven. Warum kannst du nicht endlich damit aufhören?« In den Morgenstunden war Alice natürlich immer besonders gereizt, weil ihr die tägliche

Strapaze noch bevorstand. Tilly versuchte, über das, was Alice morgens von sich gab, hinwegzuhören. Das war nicht leicht, denn Alice konnte in dieser Stimmung sehr gemein sein. Vielleicht wurde sie aus dem Grund anders behandelt als Tilly, denn Tilly hatte diese Launen nicht.

»Ich weiß noch jemanden«, sagte sie. Auf ihrer Stirn perlte schon der Schweiß; der Tag versprach, sehr heiß zu werden. Sie kletterte aus dem Schlafsack, streckte sich darauf aus und wischte sich mit dem Handrücken übers Gesicht. »Darauf bist du mit Sicherheit noch nicht gekommen. Ich hab den Namen vergessen, aber sie lebte um 1800 in Wales und war bekannt für ihr Fasten. Zwei Jahre lang soll sie weder gegessen noch getrunken haben. Die Leute glaubten an ein Wunder, kamen zu ihr, um gesegnet zu werden, und brachten ihrer Familie Geschenke mit.«

Alice antwortete nicht.

»Sie war ein junges Mädchen«, fuhr Tilly fort, »und hatte zwei Jahre lang das Bett nicht verlassen.« Alice drehte den Kopf zur Seite, weg von Tilly.

»Der Fall hatte unter Medizinern eine heftige Kontroverse ausgelöst. Die meisten hielten es für ausgeschlossen, daß jemand zwei Jahre ohne Essen und Wasser auskommen kann. Sie verlangten, das Mädchen rund um die Uhr beobachten zu lassen, und stellten Krankenschwestern ein, die das Kind nicht aus den Augen ließen. Kennst du die Geschichte?«

Alice schwieg. »Das Mädchen begann zu hungern. Vorher hatte es natürlich die ganze Zeit über heimlich gegessen. Das war den Ärzten klar. Sie baten das Kind, endlich zu essen, wollten aber dabeisein und ließen es nicht allein. Die Männer waren alles andere als taktvoll und nett. Das Mädchen weigerte sich zu essen. Auch die Eltern wollten nicht zugeben, daß alles nur ein Schwindel gewesen war. Das Mädchen starb vor Hunger, weil niemand die Wahrheit sagen wollte. In wessen Gefangenschaft war das Kind wohl? Frag mich! Frag mich, wer seine Wärter waren.«

Schhhh, machte die Einstiegsplane.

»Gib zu, du hast Hunger«, sagte Alice. »Diätärzte und fastende Mädchen ... Ich würde auch gern was essen und mir wünschen, du hörtest endlich damit auf.« Alice vergriff sich wieder im Ton.

Sie bekam Kekse zum Frühstück. Tilly hatte eine Banane, trockenen Brei und eine Art Kompott auf ihrem Teller. Sie setzte sich neben Alice und teilte mit ihr Löffel für Löffel. Alice bedankte sich nicht einmal. Als sie mit dem Frühstück fertig waren, wurde Alice wieder weggeführt.

Sie brachten Tilly Kaffee, Zucker, Zitronen und Sardinen aus der Dose. Dazu gab es ein Brot, das Tilly nicht kannte. Es bestand aus konzentrischen Krusten, die nacheinander abzubrechen waren, bis nur noch ein rundes Stückchen übrigblieb. Es sah sehr schön aus. Tilly war wütend auf Alice und aß alles auf. Beim Essen spürte sie zum ersten Mal, daß die Fremden sie liebten. Deshalb hatten sie ihr Kaffee und gebackenes Brot gebracht. Warum behandelten sie Alice nicht auch so gut? War Tilly daran schuld? Konnte man ihr etwas vorwerfen?

Sie war so satt, daß sie auf die Zitronenkerne verzichten konnte, die sie zu den Fischgräten unter die Matte legte. Obwohl sie die Nacht darauf geschlafen hatte, hingen noch die meisten der winzigen Knochen am Rückgrat des Fisches fest. Tilly fühlte sich an Märchen erinnert, an magische Fischgräten, an Prinzessinnen, die auf Geheimnissen schliefen, und an nette oder weniger nette Prinzen — nach außen ließen sie ihr eigentliches Wesen nie durchscheinen. Tilly konnte sich den Fisch vorstellen, wie er lebendig durchs Wasser schwamm im Schwarm der anderen transparenten Fische mit breiten Rückenflossen und zitternden, grünen Herzen. Sie zeigten ihr Innerstes. Im Gegensatz zu unsereins, dachte Tilly; von uns ist niemand so leicht zu durchschauen. Vielleicht war es Alices Fehler, daß sie ihr Herz nach außen kehrte und kein Blatt vor den Mund nahm. In letzter Zeit sprach sie zwar kaum noch, ließ aber ihre Gedanken deutlich durchblicken. Sie zeigte eine Menge Ressentiments Tilly gegenüber. Das war nicht zu übersehen. Warum bloß? Was hatte Tilly getan? Die Reise war Alices Idee gewesen; und zu ihrem Plan gehörte es, Tilly von Steven zu trennen.

Tilly kramte Alices Unterlagen hervor, neugierig zu erfahren, ob etwas über sie in den Aufzeichnungen stand. Aber Alice hatte schon seit Wochen nichts mehr zu Papier gebracht. Die letzte Eintragung endete mit dem Kürzel P. F. Tilly fuhr mit der Fingerspitze über die Buchstaben. Was mochten sie bedeuten?

Als Alice zurückkam, war Tilly schockiert über ihren Anblick. Sie wurde hereingetragen und auf Tillys Matte abgelegt, denn die befand sich unmittelbar neben dem Einstieg. Alice lag auf dem Rücken und rührte sich nicht. Sie war kaum mehr wiederzuerkennen, zerbrechlich und wie mit Schmirgelpapier geglättet. Früher bestand sie aus Ecken und Kanten, jetzt nur noch aus Knochen. Es war ein Fehler, sich so zu entblößen. »Was bedeutet P. F.?« fragte Tilly.

»Gib mir zu trinken«, flüsterte Alice.

Beim Einstieg neben dem leeren Eimer, der als Toilette benutzt wurde, stand ein Wasserbehälter. Eine große, weiße Motte mit zarter Zeichnung auf samtenen Flügeln trieb auf dem Trinkwasser. Hätte Tilly sie in den Behälter fallen sehen, wäre sie bestimmt zur Rettung geeilt. Alice hätte sich wahrscheinlich nicht darum gekümmert oder vielleicht sogar Spaß empfunden am Ertrinken der Motte. Sie wollte alles und jeden auf ihren erbärmlichen Zustand herabziehen. Das war die einzige Freude, die sie noch hatte. Tilly schöpfte das tote Insekt mit dem Wasser in den Becher, um Alice aufzuheitern. »Zuerst sagst du mir, was die Abkürzung bedeutet«, sagte sie und hielt den Becher auf Armlänge zurück.

Alice hob den Kopf. Die Worte quälten sich durch ihren Hals; die Stimme klang müde und weich. Schhhh, rauschte die Plane vor dem Einstieg. »Ein Kürzel, das Kartographen benutzen.« Ihre Lider ließen nur einen Spalt offen; die Augen waren auf den Becher gerichtet. »Es bedeutet, *Position in Frage.*« Tilly half ihr beim Aufrichten und führte den Becher an die Lippen. Nachdem sie getrunken hatte, legte sie sich wieder auf den Rükken. »Peinliches Fehlverhalten«, sagte sie, »Perspektiven fatal.«

Draußen waren die Brüllaffen zu hören, die heute näher am Lager zu sein schienen. Tilly glaubte, eine Stimme am schrillen Klang und eigenen Rhythmus vom Rest unterscheiden zu können. Im Zoo von San Diego hatte sie einen Stamm von Brüllaffen oft aus der Nähe beobachtet und mit jedem Maul das jeweilige Geschrei in Verbindung zu bringen gewußt. In San Diego hatte sie, Tilly, als Zaungast außen vorgestanden.

Typisch für Alice, so schnell aufzugeben, dachte Tilly. Früher war das nicht so gewesen. Heute verhielt sie sich völlig anders. Während der langen gemeinsam verbrachten Zeit hatte Alice ihr *wahres* Gesicht gezeigt. Die Menschen wirklich zu erkennen, war vielleicht von Anfang an die Absicht der südamerikanischen Nachfahren der Schrumpfköpfe aus dem All gewesen.

Nun, was hatten sie erfahren? Einerseits waren sie dem Wesen von Alice auf den Grund gegangen. Kein Wunder, daß sie ihr keine große Sympathie entgegenbrachten.

Andererseits hatten sie Tilly kennengelernt. Sie umzukrempeln, war nicht nötig.

Sie liebten Tilly.

Originaltitel: ››Duplicity‹
Aus: ›Isaac Asimov's Science Fiction Magazine‹, Dezember 1989

Deutsche Übersetzung von Michael Windgassen

Orson Scott Card

Carthago City

In diesen Tagen fuhren kaum Lastkähne den Hio hinunter, um Pioniere oder Siedlerfamilien mit Hausrat, Werkzeugen, Saatgut und einigen Zuchttieren zum Aufbau einer Schweinezucht an ihren Bestimmungsort zu bringen. Es waren gefährliche Zeiten. Nur ein paar Brandpfeile — und irgendein verlauster Stamm Rothäute konnte den Franzosen in Detroit jede Menge halbversengter Skalps verkaufen.

Hooch Palmer dagegen hatte diese Probleme nicht. Die Rothäute kannten seinen Lastkahn zu gut, erkannten ihn schon von weitem an den hoch aufgestapelten Fässern. In den meisten gluckerte Whisky, und dieses Geräusch war die einzige Musik, die diese verdammten Indianer verstanden. Doch in der Mitte der Ladung befand sich ein Faß, dessen Inhalt nicht gluckerte. Es war mit Pulver gefüllt und hatte eine Lunte.

Wozu er das Pulver brauchte? Nun, manchmal, wenn sie langsam mit der Strömung um eine Flußkehre trieben, waren sie urplötzlich von einem halben Dutzend Kanus umzingelt, die mit Indianern vom Stamm der Kicky-Poo in voller Kriegsbemalung besetzt waren. Oder sie entdeckten am Ufer ein Lagerfeuer, um das ein paar Teufel von Shaw-Nee-Indianern herumtanzten, die Brandpfeile bereit zum Anzünden. Für die meisten Zeitgenossen wurde es dann Zeit zu beten, zu kämpfen und zu sterben. Nicht für Hooch. Er stand aufrecht mitten auf seinem Kahn, hielt eine Fackel in der einen und die Lunte in der anderen Hand und schrie: »Whisky — bumm!«

Zwar verstanden die meisten Rothäute kein Englisch, doch inzwischen wußten sie, was die Worte ›Whisky‹ und ›bumm‹ bedeuteten. Keine Pfeile schwirrten, keine

Kanus schossen heran. Ein paar Rote riefen: »Carthago City!«, und Hooch schrie zurück: »Richtig!«

Zumeist verschwanden die Kanus dann stromab dorthin, wo der Schnaps verkauft wurde.

Die Jungs an den Staken, für die dies die erste Reise flußabwärts war, wußten natürlich nichts von diesen Dingen, die für Hooch Palmer schon alltäglich geworden waren, und machten sich beinahe in die Hosen, als sie zum ersten Mal Rothäute mit Brandpfeilen sahen. Als Hooch dann auch noch die Lunte anzuzünden drohte, wären sie am liebsten in den Fluß gesprungen. Hooch lachte sich halbtot.

»He, Jungs, was wißt ihr schon von Rothäuten — und Schnaps?« schrie er. »Sie werden nicht riskieren, daß auch nur ein Tropfen aus den Fässern in den Hio fließt. Diese Bastarde würden ohne Zögern die eigene Mutter töten, wenn sie sie nicht an das Faß heranließe. Doch an uns vergreifen sie sich nicht, aus Furcht, ich könnte ihr Feuerwasser in die Luft jagen.«

Insgeheim fragten sich dann die Jungs, ob Hooch wirklich das ganze Floß einschließlich Besatzung und Ladung hochgehen lassen würde. Doch da kannten sie ihren Boß schlecht. Er würde es tatsächlich tun. Hooch war kein großer Denker und hatte sich deshalb bisher kaum Gedanken über den Tod, das Jenseits oder ähnliche philosophische Begriffe gemacht. Wenn er schon sterben mußte, das hatte er sich geschworen, wollte er nicht allein sterben. Wenn man ihn schon umbrachte, sollten seine Mörder wenigstens keinen Profit aus ihrer Tat ziehen — nicht den geringsten. Und ganz besonders nicht ein paar angetrunkene feige Rothäute mit ihren Skalpmessern. No, Sir!

Was niemand wußte — Hooch hätte die Fackel nicht gebraucht, ebensowenig die Lunte. Wieso? Nun, die Lunte steckte überhaupt nicht im Pulverfaß, um ehrlich zu sein. Dafür hatte Hooch viel zuviel Angst, das Pulver könnte versehentlich hochgehen. Und sollte es wirklich einmal so kommen, daß er seinen Frachtkahn in die Luft jagen mußte, brauchte er sich nur abzusetzen und daran zu denken. Das Pulver würde dann schon sehr bald ein bißchen heiß werden. Vielleicht würde es ein wenig Rauch entwickeln und dann — *rumms!* — mit einem Donnerschlag hochgehen.

Ja, der alte Hooch war ein Feuerleger, ein Zündler. Oh, sicher behaupten einige Leute, daß es so was nicht gibt, und zum Beweis fragen sie: »Ist Ihnen schon mal einer begegnet, oder kennen Sie jemanden, der einen getroffen hat?« Doch das ist mitnichten ein Beweis. Denn sicher würden Sie, wären Sie ein Zündler, nicht herumlaufen und es jedem erzählen, oder? Nicht, um zu vermeiden, daß man Ihre Dienste in Anspruch nehmen könnte — dafür könnte man doch einfach Feuerstein und Eisen oder gar diese alchimistischen Streichhölzer benutzen. Nein, ein Zündler zu sein, hat nur den Vorteil, daß man aus der Entfernung ein Feuer entfachen kann, und das will man doch nur, wenn es ein *böses* Feuer sein soll, um jemanden damit zu treffen, um ein Haus niederzubrennen oder etwas in die Luft zu jagen. Und sollten Sie wirklich diese Art von Service anbieten, hängen Sie sich sicher kein Schild um den Hals: FEUERLEGER ZU VERMIETEN!

Schlimm dabei ist, daß man selbst für jedes noch so kleine Feuer verantwortlich gemacht wird, wenn sich eine solche Fähigkeit einmal herumgesprochen hat. Irgendso ein Bengel probiert in der Scheune Papas Pfeife aus, und die Scheune brennt ab. Glauben Sie, der Knabe geht zu seinem Vater und sagt: »Schön, Paps, also — ich war's?« Nee, der Bursche wird sagen: »Muß wohl so'n verdammter Brandstifter gewesen sein, Pa.« Und schon sucht man den Sündenbock in der Nachbarschaft. Nein, Mister, Hooch war kein Dummkopf. Er erzählte nie jemandem von seiner Fähigkeit, Dinge zu erhitzen und in Brand zu setzen.

Es gab noch einen Grund, weshalb Hooch seine zündelnde Fähigkeit selten einsetzte. Doch war er so tief in seiner Seele verborgen, daß Hooch dieses Phänomen selbst kaum erkannte. Tatsache war, er hatte panische Angst vor Feuer. Manche sind wasserscheu und fahren zur See. Einige fürchten sich vor dem Tod und werden Totengräber. Andere wiederum haben Angst vor Gott und fangen an zu beten. Nun, Hooch fürchtete sich vor nichts so sehr wie vor den Flammen — und wurde von ihnen magisch angezogen, wobei jedesmal Übelkeit in ihm aufstieg. Doch wurde es mal nötig, aus welchem Grund auch immer, selbst ein Feuerchen zu legen, wich er zurück, zögerte, suchte nach Gründen, es nicht zu tun. Hooch war durchaus geschickt, besaß aber zuviel Skrupel, um sein Talent häufiger einzusetzen.

Und trotzdem — in diesem Fall hätte er es getan. Er hätte das Pulverfaß und damit auch sich, die Jungs an den Staken und den ganzen Whisky in den Himmel geblasen, bevor sich eine verdammte Rothaut durch heimtückischen Mord daran vergreifen konnte. Hooch hatte zwar höllische Angst vor Feuer, doch konnte er sie sehr schnell überwinden, wenn man ihm zu nahe trat.

Welch ein Glück also, daß die Rothäute Schnaps zu sehr liebten, um auch nur einen Tropfen davon zu verschwenden. Kein Kanu kam zu nahe, kein Pfeil zischte heran und bohrte sich in ein Faß, und Hooch, seine Jungs, seine Säcke, Fässer und Kisten glitten friedlich über das Wasser in Richtung Carthago City, wie Gouverneur Harrison hochtrabend die kleine Ansammlung von Blockhütten hinter den Palisaden mit seinen hundert Soldaten an der Einmündung des Little My-Ammy River in den Hio nannte. Doch Bill Harrison gehörte zu den Männern, die einem Ort erst einen Namen gaben und dann unermüdlich alles daransetzten, daß er dem Namen Ehre machte. Und tatsächlich, diesmal kräuselte schon Rauch aus mindestens fünfzig Schornsteinen außerhalb des Forts, was bedeutete, daß Carthago sich langsam zu einem richtigen Dorf entwickelte. Hooch hörte das Geschrei der Indianer schon, ehe sein Kahn in Sichtweite des Anlegestegs glitt. Da mußten doch tatsächlich Kerle dabei sein, die über die Hälfte ihres Lebens damit verbrachten, am Ufer zu sitzen und auf das Schnapsboot zu warten. Und diesmal waren sie ganz besonders wild auf den Stoff, das wußte Hooch nur zu gut. Er hatte in Fort Dekane etwas Geld unter die richtigen Leute gebracht, die dann dafür sorgten, daß die anderen Schnapshändler ein wenig aufgehalten wurden. Carthago City mußte inzwischen so trocken sein wie der Euter eines Bullen. Und hier kam Hooch nun, den Lastkahn höher beladen als je zuvor. Er bestimmte den Preis, das war klar, und er würde einen guten Schnitt machen.

Bill Harrison mochte eitel wie ein Pfau sein und sich Gouverneur schimpfen, obwohl ihn niemand gewählt oder dazu ernannt hatte, doch von seinem Geschäft verstand er was. Er hatte seine Jungs in ihren strammen Uniformen mit geladenen Gewehren entlang des Ufers postiert, bereit, jeden Roten sofort abzuschießen, der einen Schritt auf den Pier zu wagte. Und das war auch verdammt notwendig, denn die Rothäute waren diesmal mächtig gierig, wie Hooch sehen konnte. Zwar sprangen sie nicht umher wie kleine Kinder, sondern standen nur da und schauten herüber. Sie waren aus der Dekkung der Büsche hervorgetreten, und es schien sie nicht zu kümmern, daß jeder sie sehen konnte, halbnackt, wie sie im Sommer immer waren. Sie standen da in demütiger Haltung, bereit, den Nacken zu beugen, zu bitten und zu betteln: »Bitte, Mr. Hooch, dreißig Hirschhäute für ein Faß!« Welch eine Musik in seinen Ohren! »Bitte, Mr. Hooch, einen Becher Schnaps für die zehn Bisamfelle hier.« Wäre das schön!

»Whee-haw!« schrie Hooch laut. Die Jungs an den Staken sahen ihn an, als sei er übergeschnappt. Aber sie wußten ja nicht, wie die Rothäute damals waren, als Gouverneur Harrison hier noch keine Läden aufgemacht hatte, mit welcher Verachtung sie den weißen Mann betrachteten, der in ihre Wigwams kriechen mußte und sich halbtot hustete vor Qualm und Gestank, der im Schneidersitz und in der Zeichensprache ihr Palaver mitmachen mußte, ehe er mit ihnen handeln konnte. Gewöhnlich erwarteten einen die Rothäute mit Bogen und Speeren bewaffnet, und man machte sich fast in die Hosen vor Furcht, sie könnten plötzlich beschließen, daß ihnen der Skalp des Besuchers mehr wert war als seine Waren.

Doch das war inzwischen Vergangenheit. Die Rothäute trugen keine Waffen mehr, sondern warteten schon mit hängenden Zungen auf den Schnaps. Und dann kippten sie den Fusel in sich hinein, bis sie — *whee-haw!* — tot zu Boden sanken. Was ohnehin für sie das beste war — das beste, was sie tun konnten. Denn nur eine tote Rothaut ist eine gute Rothaut, pflegte Hooch immer zu sagen, und die gemeinsamen Geschäfte mit Bill Harrison bescherten ihnen beiden eine erfreulich hohe Zahl von Indianern, die sich am Whsiky zu Tode soffen. Und für dieses Privileg bezahlten sie auch noch gut. Kein Wunder, daß Hooch der zufriedenste Mann der Welt war, als sie nun am Pier von Carthago City festmachten. Selbst der Sergeant salutierte respektvoll — man sollte es kaum glauben. Welch ein Gegensatz zu der Art, wie er von den US-Marshalls unten in Suskwahenny behandelt worden war! Als sei er Dreck auf ihrem Donnerbalken. Dagegen wurden freiheitlich gesinnte Männer wie Hooch hier draußen in den neuen Territorien noch geachtet und als Gentlemen respektiert, was Hooch sich gern gefallen ließ. Sollten diese stumpfsinnigen Siedler mit ihren unscheinbaren Weibern und ihren plärrenden Bälgern ruhig erst mal die Wälder roden, den Boden pflügen und Korn anbauen oder Schweine züchten, um damit ihr Leben zu fristen! Hooch würde erst kommen, wenn das Korn hoch stand und die Häuser hübsch in Reih und Glied saubere Straßen säumten. Er würde sein Geld nehmen und das größte Haus in der Stadt kaufen. Der Bankier würde vom Gehsteig in den Straßenstaub hinuntersteigen, um ihm Platz zu machen. Der Bürgermeister würde ihn mit ›Sir‹ anreden — falls er dann nicht längst selbst Bürgermeister war.

All dies sah Hooch in dem zackigen Gruß des Sergeanten, als er an Land stieg. Eine rosige, wunderschöne Zukunft.

»Wir werden hier abladen, Mr. Hooch«, sagte der Sergeant.

»Ich habe eine Ladeliste«, antwortete Hooch. »Also geben Sie acht, daß Ihre Jungs keine langen Finger machen. Doch ich könnte mir vorstellen, daß man beim Laden ein Fäßchen Rye-Whisky zu zählen vergessen hat. Dieses Faß dürfte man wohl kaum vermissen.«

»Wir werden sehr sorgfältig arbeiten, Sir.« Dabei grinste der Sergeant so breit, daß Hooch seine Backenzähne zu sehen glaubte, und der Händler wußte, daß der Sergeant einen Weg finden würde, das halbe Faß selbst zu behalten. War er auf den Kopf gefallen, verhökerte er das halbe Fäßchen Tropfen für Tropfen an die Indianer. Aber von einem halben Faß Whisky kann man nicht reich werden. Nein, wenn dieser Sergeant klug war, leerte er das halbe Faß Glas für Glas mit den Offizieren, die über seine Beförderung zu entscheiden hatten — und eines Tages würde er dann nicht mehr vor Lastkähnen strammstehen müssen! O nein, Sir, er wohnte dann sicher in einer schönen Offizierswohnung, hatte eine hübsche Frau in seinem Schlafzimmer und ein scharfes Schwert am Gürtel. Natürlich verriet Hooch nicht, was er dachte. Wenn der Mann nicht von selbst darauf kam, war er für diesen Job ohnehin nicht geeignet. Kam er drauf, brauchte er keinen schwimmenden Whiskyhändler, der ihm das erzählte.

»Gouverneur Harrison möchte Sie sehen, Sir!«

»Und ich ihn!« antwortete Hooch. »Aber zuerst brauche ich noch ein Bad, eine Rasur und dazu frische Kleider.«

»Der Gouverneur stellt Ihnen für Ihren Aufenthalt sein altes Haus zur Verfügung.«

»Sein altes Haus?« wiederholte Hooch. Harrison hatte doch seine offizielle ›Residenz‹ erst vor vier Jahren gebaut. Für Hooch gab es nur einen Grund, warum Bill so schnell ein neues Haus gebaut hatte. »Hat Gouverneur Bill sich wieder eine neue Frau zugelegt?«

»Ja, hat er«, bestätigte der Sergeant. »Bildhübsch natürlich, und gerade fünfzehn Jahre alt, denken Sie mal. Aber sie stammt aus Manhattan und spricht deshalb nicht besonders gut Englisch, — jedenfalls hört es sich kaum so an, wenn sie redet.«

Hooch fand das durchaus in Ordnung. Er selbst sprach auch sehr gut Holländisch, beinahe so gut wie Englisch und jedenfalls besser als Shaw-nee. Es würde ihn kaum Mühe kosten, mit Bill Harrisons Frau gut Freund zu werden. Vielleicht sogar etwas mehr? Er spielte mit dem Gedanken — aber nein, nein, es war nicht gut, mit der Frau eines anderen anzubändeln. Hooch hatte häufiger den Wunsch und das Verlangen danach, aber er wußte, daß sich die Dinge meist nur unnötig komplizierten, hatte man erst einmal diesen Weg eingeschlagen. Außerdem war er nicht auf eine weiße Frau angewiesen — bei all den gierigen Squaws hier in der Gegend.

Würde Bill Harrison jetzt, wo er eine zweite Frau hatte, seine Kinder hierher nachkommen lassen? Hooch war sich nicht sicher, wie alt die Jungen inzwischen waren. Wahrscheinlich alt genug, um das Leben hier im Grenzland aufregend zu finden. Trotzdem hatte Hooch das dumpfe Gefühl, daß die Jungen in Philadelphia bei ihrer Tante besser aufgehoben waren. Nicht, weil das Leben im Grenzland für sie zu gefährlich sein könnte! Sie hielten sich besser von ihrem Vater fern. Hooch mochte Bill Harrison sehr, doch zweifelte er stark an dessen erzieherischen Qualitäten — besonders den eigenen Kindern gegenüber.

Am Tor in dem Palisadenzaun blieb Hooch stehen. Na, das war aber eine nette Überraschung! Neben den üblichen Kultzeichen und Totems zum Schutz vor Feinden, Feuersbrünsten und anderem Unheil hatte Gouverneur Bill ein Schild über die ganze Torbreite anbringen lassen. In großen Lettern verkündete es: »Carthago City«, und darunter, in kleineren Buchstaben: »Hauptstadt des Staates Wobbish.«

Das war wieder mal typisch für Bill. Bestimmt glaubte er, das Schild habe eine stärkere abschreckende Wirkung als alle Zauberformeln zusammen. Als Zündler wußte Hooch, daß ein Zauber gegen Feuer ihn nicht aufhalten konnte, sondern das Anzünden nur etwas erschwerte. Er brauchte lediglich eine stärkere Lohe, und alles brannte wie Zunder. Doch dieses Schild da, das den Staat Wobbish und seine Hauptstadt Carthago City manifestierte, hatte sicherlich einen gewissen Einfluß auf die Denkweise der Menschen. Man braucht nur etwas oft genug zu behaupten, damit die Menschen es schließlich für wahr halten, und wenig später *ist* es dann wahr. Nein, sicher nicht so dummes Zeug wie: »Der Mond steht heute nacht am Himmel still und wandert dann rückwärts«, denn dann müßte der Mond erst mal deine Worte hören und sich so verhalten. Aber wenn du sagst: »Die Kleine da ist leicht rumzukriegen«, oder: »Der Mann da ist ein Dieb«, macht es nichts, ob die Person, über die du redest, sich dementsprechend verhält. Alle anderen werden deine Worte früher oder später glauben und die Person so behandeln, als seien sie wahr. Demzufolge wußte Hooch: Wenn Harrison genug Leuten ein Schild zeigte, das Carthago als Hauptstadt eines Staates Wobbish auswies, würde dies eines Tages zur feststehenden Tatsache. Dabei kümmerte es den Schnapshändler kaum, ob Harrison Gouverneur wurde und seinen Amtssitz in Carthago errichtete oder jener abstinente, selbstgerechte und sich für den Arm Gottes haltende Besserwisser Weaver oben im Norden, wo der Tippy-Canoe Creek in den Wobbish River mündete. Der würde natürlich Vigor Church zu seiner Landeshauptstadt küren. Sollten die beiden das doch unter sich ausmachen. Egal, wer siegte — Hooch wäre bis dahin ein reicher Mann und könnte tun, was ihm beliebte. Oder aber der ganze Ort ging in Flammen auf. Sollte Hooch jemals völlig ruiniert und am Boden zerstört sein, würde er zumindest dafür sorgen, daß niemand davon noch profitierte. Ein Feuerleger, dem sonst keine Hoffnung mehr blieb, hatte zumindest den Trost, ein gleichwertiger, nicht ein unterlegener Gegner gewesen zu sein. Und das war die einzige Genugtuung, die Hooch die Tatsache, daß er ein Zündler war, bescherte.

Natürlich brachte diese Eigenschaft den Vorteil mit sich, jederzeit heißes Badewasser zur Verfügung zu haben, war also nicht völlig unnütz. Es war mal wieder schön, vom Fluß herunterzukommen und ins zivilisierte Leben zurückzukehren. Saubere Kleidung lag für ihn bereit, und es war eine wahre Wohltat, sich die Bartstoppeln abrasieren zu lassen, ganz zu schweigen von dem Umstand, daß die Squaw, die ihn badete, sich in der Hoffnung auf eine Extraration Schnaps besondere Mühe gab. Am liebsten hätte Hooch die erste Rate ihres Tauschhandels sofort einkassiert, doch einer von Harrisons Soldaten klopfte an seine Tür und bat ihn, sich zu beeilen. Also trocknete er sich ab und kleidete sich an.

Die Squaw schien bestürzt, daß er schon ging. »Du bald zurück?«

»Schau mal — sicher bin ich bald zurück. Und dann bringe ich ein Fäßchen mit.«

»Bestimmt vor Dunkelheit?«

»Vielleicht, vielleicht auch nicht. Was macht das schon?«

»Bei Dunkelheit alle Roten wie ich müssen Fort verlassen haben.«

»Wenn das so ist, werde ich versuchen, vor dem Abend zurück zu sein. Und wenn nicht, werde ich mich sicher an dich erinnern. He, vielleicht vergesse ich dein Gesicht, aber sicher nicht deine Hände. Das war wirklich ein schönes Bad.«

Sie versuchte zu lächeln, brachte aber nur die groteske Imitation eines Lächelns zustande. Hooch würde nie begreifen können, wieso die Rothäute nicht längst ausgestorben waren. Ihre Weiber waren so häßlich. Doch wenn man die Augen schloß, erfüllte auch eine Squaw den Zweck, bis man wieder mit richtigen Frauen zusammenkam.

Harrison hatte sich nicht nur ein neues Haus gebaut, sondern die Umzäunung derart erweitert, daß das Fort jetzt doppelt so groß war. Die gesamte Palisade war mit einer soliden Brustwehr versehen. Harrison hatte sich offenbar auf Krieg eingerichtet. Hooch fühlte sich plötzlich unbehaglich. In Kriegszeiten war Schnapshandel nicht gerade ein einträgliches Geschäft. Rothäute, die kämpften, waren aus anderem Holz als die, die seinen Fusel tranken. Von diesen hatte Hooch in der letzten Zeit so viele gesehen, daß er die anderen beinahe schon vergessen hatte. Sogar eine Kanone stand da — nein, zwei waren es. Das war ein schlechtes Zeichen.

Harrison hatte sein Büro nicht in seinem Wohnhaus. Es befand sich im hellsten Trakt an der Südwestecke eines neuen Gebäudekomplexes, den der Gouverneur sich als Amtssitz errichtet hatte. Hooch registrierte diese Tatsache beiläufig und beobachtete eine Zeitlang das übliche Treiben — Wachen auf ihrem Rundgang, Offiziere, die irgendwelchen Papierkram erledigten, ein paar Rothäute, die vor dem Gebäude herumlungerten. Harrisons gezähmte Wilde — er hielt sich immer einige in seiner Nähe.

Doch diesmal waren es mehr Indianer als sonst. Hooch erkannte als einzigen Lolla-Wossiky, einen einäugigen Shaw-Nee, der stets am meisten trank und noch nicht am Feuerwasser krepiert war. Sogar die anderen Rothäute, selbst kaum besser, spotteten über ihn, weil er so schäbig und schmierig war — und ein Speichellecker dazu.

Die Tatsache, daß Harrison eigenhändig Lolla-Wossikys Vater erschossen hatte, machte die ganze Sache noch kurioser. Das war vor fünfzehn Jahren gewesen, und Lolla-Wossiky, damals noch ein junger Tölpel, hatte dabeigestanden, als es geschah. Harrison erzählte diese Geschichte manchmal sogar in Lolla-Wossikys Anwesenheit, und der betrunkene Einäugige nickte nur, lachte und grinste und tat so, als habe er keinen Funken Verstand im Kopf und keinerlei Stolz oder Würde — kurz, er war der ehrloseste und kriecherischste Indianer, den Hooch je gesehen hatte. Er dachte offenbar nicht im Traum daran, seinen getöteten Vater zu rächen — solange er nur sein Feuerwasser bekam. Nein, Hooch war keineswegs überrascht, Lolla-Wossiky vor der Tür zu Harrisons Büro auf dem Boden liegen zu sehen, so daß sich die Tür bei jedem Öffnen in sein Hinterteil bohrte. Hooch konnte es kaum glauben: Selbst jetzt, nach vier Monaten ›Trockenheit‹ — solange lag seine letzte Schnapslieferung für Carthago City zurück — war Lolla-Wossiky betrunken. Er erkannte Hooch, stützte sich mühsam auf dem Ellbogen hoch, hob grüßend einen Arm und sank wieder lautlos zu Boden. Das Taschentuch, das er gewöhnlich über die Stelle band, wo sein Auge fehlte, war verrutscht, so daß die leere Augenhöhle und das nach innen gesunkene Lid deutlich zu sehen waren. Hooch hatte den Eindruck, als beobachte ihn der Indianer mit dem nicht vorhandenen Auge, ein Gefühl, das er nicht mochte, ebensowenig wie er Lolla-Wossiky mochte. Aber Harrison war genau der Typ Mann, der solche erbärmlichen Kreaturen gerne um sich hatte — wahrscheinlich, um den Kontrast zu seiner eigenen Person noch zu unterstreichen, vermutete Hooch. Er selbst übersah am liebsten solchen Abschaum der Menschheit.

Warum war dieser verdammte Lolla-Wossiky noch nicht verreckt?

Er hob den Blick, um die Tür zu Harrisons Büro zu öffnen — und blickte einem anderen Mann geradewegs in die Augen. Seltsam, einen Moment lang glaubte er wieder Lolla-Wossiky zu sehen — so ähnlich waren sich die beiden Männer. Nur hatte dieser Lolla-Wossiky zwei Augen, und er war absolut nicht betrunken, o nein, Sir! Dieser Indianer war etwa einen Meter achtzig groß. Außer einer Skalplocke war sein Kopf glatt rasiert. Seine Kleider waren sauber. Er stand kerzengerade, wie ein Soldat beim Appell. Er sah Hooch nicht direkt an. Seine Augen blickten ins Leere. Hooch wußte aber, daß dem Burschen nichts entging, auch wenn er in keine bestimmte Richtung blickte. Es war lange her, daß der Schnapshändler einen Indianer gesehen hatte, der mit stoischer Ruhe seine Umgebung beobachtete.

Sehr merkwürdig — und gefährlich! Wurde Harrison allmählich leichtsinnig? Wie konnte er sonst eine Rothaut mit solchen Augen und dem Auftreten eines Königs in seinem eigenen Hauptquartier dulden? Die Arme des Indianers waren so muskulös, daß sie sicherlich einen Bogen, gefertigt aus einem sechsjährigen Eichenstamm, mühelos spannen konnten. Lolla-Wossiky war so unterwürfig, daß es Hooch krank machte. Dieser Rote, dem anderen wie aus dem Gesicht geschnitten, war das genaue Gegenteil. Er machte Hooch nicht krank, sondern wütend. Der Bursche gab sich so unverschämt stolz und selbstsicher, als sei er jedem Weißen ebenbürtig — mehr noch, überlegen. Das war's. Die Rothaut hielt sich für überlegen. Hooch wurde bewußt, daß er schon längere Zeit mit der Hand am Colt dastand und den Indianer regungslos anstarrte. Es war nicht gut, den Anwesenden zu zeigen, wie sehr ihn der Anblick dieser Rothaut aus der Fassung gebracht hatte. Er öffnete hastig die Tür und trat ein.

Aber er sprach nicht über diesen Roten, nein, Sir!

Harrison brauchte nicht zu wissen, wie sehr dieser eine stolze Shaw-Nee ihn beschäftigte, ihn wütend machte. Denn da saß Gouverneur Bill hinter einem riesigen alten Tisch wie Gott auf seinem Thron, und Hooch merkte sofort, daß sich die Dinge hier grundlegend geändert hatten. Nicht nur das Fort war gewachsen, sondern auch Bill Harrisons Eitelkeit. Wollte er hier den Profit machen, den er sich von dieser Fahrt versprochen hatte, mußte er mit Bill auf einer Stufe verhandeln, nicht wie ein kleiner Kaufmann mit einem hochgestellten Gouverneur.

»Ich habe deine Kanone gesehen«, begann Hooch sofort, ohne Harrison erst zu begrüßen. »Wozu brauchst du die Artillerie? Für die Franzosen aus Detroit, die Spanier aus Florida oder für die Roten?«

»Ist doch gleich, wer die Skalps kauft — letztlich sind's immer die Roten«, knurrte Harrison. »Nimm doch Platz, Hooch, und ruh dich etwas aus. Die Tür ist zu, deshalb schenken wir uns jetzt einfach mal die Förmlichkeiten.«

O ja, Gouverneur Bill liebte derartige kleine Spielchen — wie jeder echte Politiker. Gib einem Besucher zu verstehen, daß es eine Ehre für ihn ist, von dir einen Platz angeboten zu bekommen, verunsichere ihn, bis er sich wie ein Idiot vorkommt — und dann lang ihm in die Tasche. Nicht mit mir, mein Freund, dachte Hooch. Ich habe selbst ein paar Spielchen auf Lager. Wollen doch mal sehen, wer am Ende Sieger bleibt.

Hooch setzte sich und legte die Füße auf Gouverneur Bills Schreibtisch. Gemächlich kramte er ein Stück Kautabak hervor und schob es sich in den Mund. Mit Genugtuung bemerkte er, daß Bill leicht zusammenzuckte. Offensichtlich hatte seine Frau ihm einige seiner Männerunarten abgewöhnt. »Willst du auch ein Stück?« fragte er.

Es dauerte eine Weile, bis Harrison in der Lage war zu antworten. Als ob ihm der Verzicht nichts ausmache, sagte er: »Ich habe mir dieses Zeug abgewöhnt«, erwiderte er bedauernd.

Also fehlten Harrison seine liebgewordenen Gewohnheiten doch. Gut zu wissen, dachte Hooch. Dies gab ihm einen Ansatzpunkt, sein Gegenüber aus dem Gleichgewicht zu bringen, zu verunsichern. »Ich hörte, du hast dir einen weißen Bettwärmer aus Manhattan zugelegt«, rief er gutgelaunt.

Das saß. Harrisons Gesicht verfärbte sich. »Ich habe eine *Lady* aus New Amsterdam geheiratet«, sagte er leise. Seine Stimme klang kalt. Hooch ließ sich davon nicht aus der Ruhe bringen. Genau das hatte er erreichen wollen.

»Eine Ehefrau — na so was! Entschuldigung, Governor, das wußte ich nicht. Du mußt mir verzeihen. Ich habe mich nur an die — Gerüchte gehalten.«

»Gerüchte? Was für Gerüchte?«

»Nichts von Bedeutung. Vergiß es! Du weißt doch, wie Soldaten manchmal so reden. Tut mir leid, daß ich darauf gehört habe. Du hast die Erinnerung an deine erste Frau all die langen Jahre heilig gehalten. Besonders ich als dein Freund hätte wissen müssen, daß du nur eine Lady in dein Haus nehmen würdest — und nur als deine Ehefrau.«

»Wer hat dir gesagt, sie sei etwas anderes?« beharrte Harrison.

»Bill, laß es gut sein. Ist doch nur Soldatengeschwätz. Ich möchte keinem Schwierigkeiten machen, nur weil er mal seine Zunge nicht im Zaum halten konnte. Um Himmels willen, Bill, ich habe eine ganze Schiffsladung Schnaps mitgebracht. Du wirst den Leuten doch nicht ihr Gerede übelnehmen, wo sie doch nichts als den Gedanken an Whisky im Kopf haben. Komm schon, nimm ein Stück Kautabak und mach dir klar, daß deine Jungs dich mögen.«

Harrison nahm sich ein gutes Stück Kautabak aus dem dargebotenen Beutel und schob es sich zwischen die Zähne. »Das weiß ich, Hooch. Es ist mir auch ganz egal.«

Dabei wußte Hooch genau, daß ihn das Gerede keineswegs kalt ließ. In Wirklichkeit kochte Harrison vor Wut. Er konnte nicht einmal mehr geradeaus spucken, der Strahl Tabaksaft verfehlte deutlich den Spucknapf. Daß der Napf vorher blitzsauber war, hatte Hooch längst registriert. Spuckte denn außer Hooch hier niemand mehr?

»Du entwickelst dich zu einem zivilisierten Menschen«, bemerkte er ironisch.« Als nächstes kaufst du dir noch Spitzenvorhänge.«

»Die habe ich schon — in meinem Haus.«

»Und einen Nachttopf aus Porzellan.«

»Hooch, du hast den Verstand einer Schlange, aber ein Maul wie ein Ferkel.«

»Genau deshalb magst du mich, Bill — denn du hast die Schlauheit des Ferkels, aber das Maul einer Schlange.«

»Dann denke bei Gelegenheit auch daran, wie schmerzhaft mein Biß sein kann, tief und voller Gift. Denk daran, bevor du deine hinterhältigen Spielchen an mir ausprobierst.«

»Hinterhältige Spielchen?« rief Hooch aufgebracht. »Was willst du damit sagen, Bill Harrison? Was hast du mir vorzuwerfen?«

»Du warst es doch, der dafür gesorgt hat, daß wir in diesem Frühjahr vier lange Monate keinen Schnaps geliefert bekamen. Ich mußte drei Rothäute hängen lassen, weil sie in militärische Vorratslager eingebrochen sind. Sogar meine Soldaten saßen trocken.«

»Ich soll daran schuld sein? Ich habe diese Ladung hier so schnell wie möglich hertransportiert.«

Harrison lächelte nur.

Hooch behielt seinen entrüsteten Gesichtsausdruck bei — eine Mimik, die ihm immer bestens gelang. Außerdem war sein Zorn zum Teil echt. Hätten die anderen Whiskyhändler nicht nur Stroh im Kopf, hätten sie trotz Hoochs kleiner List eine Möglichkeit gefunden, ihren Stoff flußabwärts zu verschiffen. Es war doch nicht Hoochs Schuld, daß er anscheinend das einfallsreichste, hintertriebenste und abgebrühteste Stinktier in einem Geschäft war, das bestimmt nicht zu den saubersten und ehrenwertesten gehörte.

Hoochs gekonnter Gesichtsausdruck gekränkter Unschuld überdauerte Harrisons Lächeln — wie Hooch erwartet hatte.

»Hör zu, Hooch!«

»Vielleicht solltest du mich in Zukunft mit Mr. Ulysses Palmer anreden«, unterbrach ihn Hooch. »Nur meine Freunde nennen mich Hooch.«

Doch Harrison schluckte den Brocken nicht. Er machte keinerlei Anstalten, Hooch seiner unsterblichen Freundschaft zu versichern. »Hören Sie zu, Mr. Palmer, Sie wissen ebenso wie ich, daß diese Sache nichts mit Freundschaft zu tun hat. Sie wollen schnell reich werden, und ich möchte Gouverneur eines richtigen Staates sein. Als Gouverneur brauche ich Ihren Whisky — und Sie meine Protektion, wenn Sie Ihr Ziel bald erreichen wollen. Doch diesmal sind Sie zu weit gegangen. Ich hoffe, wir verstehen uns. Meinetwegen können Sie das Monopol auf Ihrem Gebiet haben, doch wenn ich von Ihnen nicht in regelmäßigen Abständen beliefert werde, suche ich mir einen anderen Lieferanten.«

»Nun, Governor Harrison, ich kann verstehen, daß Sie hier viel Ärger haben. Vielleicht kann ich Sie ein wenig besänftigen. Wie wäre es mit sechs Fäßchen besten Whiskys — nur für Sie allein ...?«

Doch Harrison war nicht in der Stimmung, sich bestechen zu lassen. »Sie vergessen offensichtlich, Mr. Palmer, daß ich mir die ganze Ladung Whisky nehmen kann, wenn ich das will.«

Nun, wenn Harrison ihm so kam — Hooch zahlte mit gleicher Münze zurück. Doch hatte er sich angewöhnt, solche Worte mit lächelnder Miene zu sagen. »Mr. Governor, Sie können mir meinen Whisky nur einmal beschlagnahmen. Aber welcher Händler wird dann noch mit Ihnen Geschäfte machen wollen?«

Harrison brach in schallendes Gelächter aus. »Jeder, Hooch Palmer, und das weißt du genau.«

Hooch wußte, wann er sich geschlagen geben mußte. Er fiel in das Lachen ein.

Es klopfte. »Herein!« rief Harrison und bedeutete Hooch mit einer Handbewegung, sitzen zu bleiben. Ein Soldat betrat den Raum, salutierte und meldete: »Ein Mr. Andrew Jackson möchte Sie sprechen, Sir. Sagt, er kommt aus Tennizy.«

»Ich warte schon seit Tagen auf ihn«, rief Harrison. »Schön, daß er endlich da ist. Immer herein mit ihm!«

Andrew Jackson — sicher der Anwalt, den sie alle Mr. Hickory nannten. Zu der Zeit, als Hooch noch den Tennizy-Distrikt abgraste, war Hickory Jackson ein typischer Bauernlümmel gewesen — tötete einen Mann im Duell, ließ hin und wieder seine Fäuste in anderer Leute Gesichter krachen und war bekannt dafür, immer sein Wort zu halten. Gerüchte besagten, daß er nicht wirklich mit seiner Frau verheiratet sei, weil sie einen Ehemann hatte, der noch lebte. Das war der Unterschied zwischen Hickory und Hooch — Hooch hätte längst dafür gesorgt, daß der Bursche das Zeitliche gesegnet und unter die Erde gekommen wäre. Der Händler war nicht wenig erstaunt, daß dieser Jackson inzwischen arriviert genug für Geschäfte sein sollte, die ihn von Tennizy hier herauf nach Carthago City brachten. Doch sein Erstaunen wuchs noch, als Jackson durch die Tür trat — kerzengerade, als habe er einen Besenstiel verschluckt, mit flammendem Blick. Er schritt durch den Raum und streckte Gouverneur Harrison die Hand entgegen, redete ihn aber mit Mr. Harrison an. Entweder war er ein Dummkopf — oder sich nicht ganz klar darüber, daß er Harrison ebenso brauchte wie dieser ihn.

»Hier lungern zu viele Rothäute herum«, begann Jackson. »Der Anblick dieses einäugigen Betrunkenen vor der Tür kann einem den Magen umdrehen.«

»Nun, ich betrachte ihn als mein Haustier. Die Rothaut als Haustier.«

»Er heißt Lolla-Wossiky«, machte sich Hooch bemerkbar. Ihm paßte es nicht, daß Jackson ihn einfach ignorierte. Und Harrison hielt es offenbar nicht für nötig, ihn vorzustellen.

Jackson wandte ihm den Blick zu. »Was haben Sie gesagt?«

Hooch wiederholte den Namen. »Lolla-Wossiky. Das ist der Name des einäugigen Indianers.«

Jackson musterte Hooch kalt. »Den Namen eines Pferdes will ich dann erst wissen, wenn ich es reite«, brummte er.

»Ich heiße Hooch Palmer«, sagte Hooch und streckte ihm die Hand hin.

Jackson übersah sie. »Ihr Name ist Ulysses Brock, und Sie haben drunten in Nashville noch unbezahlte Rechnungen in Höhe von mehr als zehn Pfund offen. Da in den Appalachen inzwischen die amerikanische Währung Gültigkeit hat, belaufen sich Ihre Schulden umgerechnet auf 220 Golddollar. Ich habe diese Summe bezahlt und Ihren Steckbrief gekauft. Seit ich weiß, daß Sie hier oben mit Whisky Handel treiben, trage ich das Papier immer bei mir. Ich denke, ich werde Sie unter Arrest stellen.«

Hooch hätte nie geglaubt, daß Jackson ein so gutes Gedächtnis besaß und daß er ein solches Stinktier sein könnte, die Schuldverschreibungen eines anderen aufzukaufen, die inzwischen über sieben Jahre alt und eigentlich schon längst verjährt waren. Tatsächlich zog Jackson einen Steckbrief aus seiner Tasche und legte ihn vor Gouverneur Harrison auf den Schreibtisch. »Da Sie den Mann ja nun schon verhaftet haben«, fuhr Jackson fort, »darf ich Ihnen die erfreuliche Mitteilung machen, daß gemäß den Gesetzen der Appalachen der Offizier, der den Gesuchten ausliefert, mit zehn Prozent an seinem beschlagnahmten Besitz beteiligt ist.«

Harrison lehnte sich genüßlich in seinem Sessel zurück und grinste Hooch an. »Nun, Hooch, offensichtlich sollten wir uns erst mal richtig miteinander bekannt machen. Mr. Jackson hier scheint dich besser zu kennen als ich.«

»Ich kenne Ulysses Brock zur Genüge«, behauptete Jackson. »Er gehört zu dem Ungeziefer, von dem wir Tennizy erst säubern mußten, ehe wir dort siedeln und die Zivilisation errichten konnten. Ich denke, auch Sie werden dieses Gesindel erst verjagen müssen, ehe Sie für Ihren Staat Wobbish die Aufnahme in die Vereinigten Staaten beantragen können.«

»Sie denken für meine Begriffe schon etwas zu weit«, antwortete Harrison. »Wir könnten ja auch unseren eigenen Weg hier draußen gehen und unabhängig bleiben.«

»Wenn die Appalachen-Region mit Tom Jefferson als Präsident die eigene Unabhängigkeit nicht durchsetzen konnte, werdet ihr es hier auch nicht besser machen können, schätze ich.«

»Vielleicht, vielleicht auch nicht. Möglicherweise müssen wir hier durchpeitschen, wozu Jefferson nicht den Mumm hatte. Und dazu brauchen wir dann Leute wie Hooch.«

»Sie brauchen Soldaten, keine Strauchdiebe und Wegelagerer.«

Harrison schüttelte den Kopf. »Ihre Art, Mr. Jackson, zwingt mich dazu, sofort zur Sache zu kommen. Ich verstehe jetzt auch, wieso die Bewohner von Tennizy gerade Sie zu mir geschickt haben. Also kommen wir zur Sache. Wir haben hier oben genau die gleichen Probleme wie Sie unten im Süden, und die lassen sich mit einem Wort umschreiben: Indianer.«

»Um so mehr wundert es mich, daß in Ihrem Hauptquartier betrunkene Rothäute herumhängen. Sie gehören auf die andere Seite des Mizzippy, das steht fest. Wir werden keinen Frieden und keine Zivilisation hier haben, ehe das vollbracht ist. Und da die Appalachen und die Vereinigten Staaten gleichermaßen der Ansicht sind, daß man Rothäute wie Menschen behandeln sollte, müssen wir das Indianerproblem lösen, ehe wir der Union beitreten. So einfach ist das.«

»Sehen Sie«, grinste Harrison breit, »wir verstehen uns auf Anhieb.«

»Warum lassen Sie dann so viele Rothäute in Ihrem Hauptquartier herumlaufen — als sei hier die Independence Street in Washington City? Dort läßt man männliche Cherokesen als Bürodiener arbeiten. Auch in Appalachee dringen sie schon in die Büros der Regierung vor und verrichten Arbeiten, die eigentlich dem weißen Mann vorbehalten bleiben sollten. Und jetzt komme ich hierher und muß feststellen, daß auch Sie Rothäute um sich dulden.«

»Langsam, Mr. Jackson. Beruhigen Sie sich mal wieder. Hält sich der König nicht auch Schwarze in seinem Palast in Virginia?«

»Seine Schwarzen sind Sklaven. Dagegen weiß jedes Kind, daß man Rothäute nicht zu Sklaven machen kann. Sie sind nicht intelligent genug, um dementsprechend geschult werden zu können.«

»Schön, Mr. Jackson, dann nehmen Sie doch jetzt mal in diesem Sessel da Platz, und ich werde versuchen, Ihnen so gut wie möglich das Gegenteil zu beweisen. Setzen Sie sich, ich werde Ihnen zwei hervorragende Shaw-Nees vorführen.«

Jackson packte den Sessel und rückte ihn von Hooch weg an die gegenüberliegende Wand. Das Verhalten des Mannes versetzte Hooch innerlich einen Stich. Männer wie Jackson wirkten so aufrecht und ehrenhaft, doch der Händler wußte, daß es solche Männer kaum gab, Männer, die sich nicht kaufen ließen, nicht in Schwierigkeiten steckten oder auch nur nicht den Mut hatten, sich einfach zu nehmen, was sie wollten. Nach dem zu urteilen, was Hooch in seinem Leben gesehen hatte, befand sich die Ehrenhaftigkeit auf dem Tiefststand. Und dann kam dieser Jackson daher, machte viel Wind und wollte ihn, Hooch, von Bill Harrison festnehmen lassen. Das mußte man sich mal vorstellen: Da kommt irgendso ein dahergelaufener Fremder aus Tennizy hier herauf und wedelt mit einem Steckbrief herum, den ein vergreister Appalachen-Richter ausgestellt hatte. Vor allen Dingen hatte der Wisch hier im Wobbish County soviel Rechtskraft wie ein vom König von Äthiopien ausgeschriebener Steckbrief. Nun, Mr. Jackson, von hier bis in deine Heimat ist es ein weiter Weg. Wollen doch mal sehen, ob dir nicht unterwegs ganz überraschend etwas zustößt! Doch Hooch verwarf diesen Gedanken gleich wieder. Es genügte nicht, mit diesen Leuten nur gleichzuziehen. Dabei geriet man zu leicht ins Hintertreffen. Die einzige Rache war die, so reich zu werden, daß sie alle einen mit ›Sir‹ anreden mußten. Nur so konnte man diesen Knaben beikommen, nicht durch das Legen von Hinterhalten. Solltest du jemals in den Ruf kommen, ein Bandit zu sein, Hooch Palmer, wäre das gewiß dein Ende!

Also machte Hooch gute Miene zu bösem Spiel und quittierte Jacksons Verhalten nur mit einem Lächeln. Im gleichen Moment wandte sich Harrison an ihn: »Hol doch mal eben Lolla-Wossiky, Hooch. Sag auch seinem Bruder, er soll mal hereinkommen.«

Lolla-Wossikys Bruder — sicher der Rote, der so herausfordernd an der Wand lehnte. Seltsam, wie zwei Erbsen aus derselben Schote so verschieden geraten konnten.

Lolla-Wossiky kam unterwürfig herein, grinste breit und ließ seinen Blick lauernd über die Gesichter der Weißen wandern. Sicher fragte er sich, was sie von ihm wollten oder wie er ihnen einen Gefallen erweisen konnte, damit sie ihn mit Whisky belohnten. Der Durst stand ihm ins Gesicht geschrieben, obwohl er auch jetzt schon wieder so betrunken war, daß er nicht gerade stehen konnte. Oder hatte er in seinem Leben schon so viel Schnaps getrunken, daß er immerzu schwankte, auch wenn er nüchtern war? fragte sich Hooch. Die Antwort ließ nicht lange auf sich warten. Harrison langte in den Aktenschrank hinter sich und holte einen Krug und eine Tasse hervor. Lolla-Wossiky verfolgte mit seinem einen Auge gierig, wie die braune Flüssigkeit in die Tasse gluckerte — als ob ihm allein schon der Anblick genügte, den Schnaps durch seine Kehle rinnen zu spüren. Doch machte er nicht den kleinsten Schritt auf die Tasse zu. Harrison beugte sich vor und stellte die Tasse dicht vor der Rothaut auf den Schreibtisch, aber der Indianer rührte sich nicht, sondern lächelte nur und schaute abwartend auf die Tasse und auf Harrison.

Der Gouverneur wandte sich lächelnd an Jackson. »Lolla-Wossiky ist wohl der zivilisierteste Rote im ganzen Wobbish-Distrikt, Mr. Jackson. Er würde niemals etwas nehmen, das ihm nicht gehört, er redet nie ungefragt, gehorcht aufs Wort und führt aus, was immer ich ihm auftrage. Als Gegenleistung erwartet er lediglich ein Glas Schnaps. Muß nicht mal ein guter Stoff sein, ihm ist auch Kornschnaps oder schlechter spanischer Rum recht, nicht wahr, Lolla-Wossiky?«

»Sie immer sehr Recht haben, Mr. Exzellenz«, antwortete Lolla-Wossiky. Für einen Roten sprach er überraschend deutlich, besonders für einen betrunkenen Roten.

Hooch beobachtete, wie Jackson den Einäugigen mit angeekeltem Blick musterte und die Augen dann zu dem hochgewachsenen Indianer, der ruhig neben der Tür an der Wand lehnte, wandern ließ. Belustigt studierte der Händler Jacksons Mienenspiel. Seine Abscheu verwandelte sich in Ärger. In Zorn — und auch in Furcht. Sieh mal da, Mr. Jackson, Sie sind ja überhaupt nicht so furchtlos. Sie wissen anscheinend auch, was Sie von Lolla-Wossikys Bruder zu halten haben. Er ist Ihr Feind ebenso wie meiner, der Feind jedes weißen Mannes, der seine Hand nach diesem Land hier ausstreckt, denn ab und zu zieht dir diese aufmüpfige Rothaut den Tomahawk über den Schädel und pellt dir genüßlich den Skalp ab. O nein, Mr. Jackson, er verkauft ihn mitnichten an den Franzmann, sondern wird ihn seinen Kindern schenken und ihnen sagen: »Das ist der einzige gute weiße Mann, der einzige weiße Mann, der nicht sein Wort bricht. Das muß man mit allen weißen Männern machen.« Hooch wußte das ebensogut wie Harrison oder Jackson. Der athletische Bursche dort an der Tür war der Tod. Es war dieser junge Wilde, der die Weißen dazu zwang, in der Enge ihrer alten Städte jenseits der Berge zu leben mit all den Rechtsanwälten und Professoren und hochgestochenen Menschen, die einem nie genug Platz zum Atmen gönnten. Menschen wie Jackson. Hooch hätte fast losgeprustet bei dem Gedanken. Eben wegen solcher Menschen wie Jackson machten sich viele Leute auf nach Westen — um sie loszuwerden. Wie weit nach Westen werde ich wohl gehen müssen, bevor diese verdammten Anwälte meine Spur verlieren und aufgeben?

»Sie haben Ta-Kumsaw also bemerkt, Lolla-Wossikys älteren Bruder — er ist einer meiner besten Freunde. Ich habe den Jungen kennengelernt, kurz bevor sein Vater starb. Schauen Sie nur, was für ein starker Mann aus ihm geworden ist.«

Falls Ta-Kumsaw merkte, daß man ihn verspottete, zeigte er es nicht. Seine Miene blieb ausdruckslos, er schaute unbeteiligt über die Anwesenden hinweg aus dem Fenster hinter dem Rücken des Gouverneurs. Doch Hooch konnte er nichts vormachen. Der Händler wußte, wohin der Indianer blickte, und konnte sich ziemlich gut vorstellen, was Ta-Kumsaw empfand. Diesen Indianern war ihre Familie sehr wichtig. Ta-Kumsaw beobachtete insgeheim seinen Bruder, und wenn auch Lolla-Wossiky zu betrunken war, um Scham zu fühlen, dann empfand sie sein Bruder um so mehr.

»Ta-Kumsaw, du siehst, ich habe dir einen Drink eingeschenkt«, sagte Harrison. »Komm, setz dich zu uns und nimm einen Schluck. Dabei können wir uns unterhalten.

Lolla-Wossiky erstarrte bei Harrisons Worten. Sollte der Drink wirklich nicht für ihn sein? Doch Ta-Kumsaw gab durch nichts zu verstehen, daß er Harrisons Worte überhaupt vernommen hatte.

»Sehen Sie«, sagte Harrison zu Jackson. »Ta-Kumsaw ist nicht einmal zivilisiert genug, um sich hinzusetzen und einen Drink auf das Wohlergehen seiner Freunde zu nehmen. Sein jüngerer Bruder dagegen ist zivilisiert — nicht wahr, Lolly? Tut mir leid, daß ich dir keinen Stuhl anbieten kann, mein Freund. Aber du kannst dich unter dem Schreibtisch zu meinen Füßen auf den Boden hokken und den Rum hier trinken.«

»Sie sein bemerkenswerter Mensch«, sagte der Rote in seiner seltsam klaren Sprechweise. Zu Hoochs Erstaunen schwankte der Einäugige nicht auf die Tasse zu, sondern setzte behutsam einen Fuß vor den anderen und ergriff die Tasse mit kaum zitternden Händen. Dann ging er vor Harrisons Schreibtisch in die Hocke, kreuzte die Beine und ließ sich, die Tasse vorsichtig balancierend, in eine sitzende Haltung sinken. Doch er befand sich immer noch vor dem Tisch, nicht darunter, und Harrison deutete mit dem Finger auf ihn. »Ich möchte, daß du unter meinem Tisch sitzt. Ich würde es als Höflichkeit mir gegenüber empfinden, wenn du meiner Bitte folgen würdest.«

Lolla-Wossiky blieb nichts anderes übrig, als den Kopf fast bis zu den Hüften zu beugen und auf den Hinterbacken hin und her zu rutschen, bis er unter dem Tisch saß. In dieser Haltung war es nicht leicht für ihn zu trinken, da er nicht den Kopf aufrichten, sondern nur an der Tasse nippen konnte. Doch irgendwie schaffte er es, sich vorsichtig von einer Seite zu anderen drehend.

Die ganze Zeit sprach Ta-Kumsaw nicht ein einziges Wort, zeigte nicht einmal, daß er bemerkte, wie sein Bruder gedemütigt wurde. Welche Rachegedanken mußte der Junge im stillen hegen, welches Feuer mußte in seinem Herzen brennen, dachte Hooch. Harrison schaffte sich hier ein echtes Problem. Wenn der Bursche wirklich Lolla-Wossikys Bruder war, mußte er doch außerdem wissen, daß Harrison seinen Vater während der Indianeraufstände in den neunziger Jahren erschossen hatte, als General Wayne gegen die Franzosen kämpfte. Ein Mann vergißt eine solche Sache nicht, besonders nicht ein roter Mann. Harrison stellte ihn auf die Probe, reizte ihn bewußt bis an die Grenze des Erträglichen.

»Da wir anderen jetzt alle bequem sitzen, könntest du auch Platz nehmen, Ta-Kumsaw, und uns sagen, warum du gekommen bist«, meinte Harrison.

Ta-Kumsaw setzte sich nicht, schloß auch nicht die Tür und tat keinen weiteren Schritt in den Raum hinein. »Ich sprechen für Shaw-Nee, Caska-Skeeaw, Pee-Orawa, Winny-Baygo.«

»Du weißt genau, Ta-Kumsaw, daß du nicht einmal für alle Shaw-Nee sprichst — und noch viel weniger für all die anderen.«

»Ich sprechen für alle Stämme, die haben unterzeichnet General Waynes Vertrag.« Ta-Kumsaw überging Harrisons Bemerkung einfach. »Vertrag sagen, Weiße nicht verkaufen Whisky an Rothaut.«

»Das stimmt. Wir halten uns ja auch an den Vertrag.«

Ta-Kumsaw schaute Hooch nicht an, sondern hob nur die Hand und deutete auf ihn. Hooch empfand die Geste wie eine spürbare Berührung. Aber diesmal empfand er keinen Zorn, sondern blanke Furcht. Er hatte gehört, manche Rothäute könnten so starke mentale Kräfte entwickeln, daß kein Zauber einen schützte, wenn sie einen allein in den Wald lockten und mit ihren

Messern langsam in Stücke zersäbelten, nur um einen schreien zu hören. Daran mußte Hooch denken, während Ta-Kumsaw haßerfüllt auf ihn deutete.

»Warum zeigst du auf meinen alten Freund Hooch Palmer?« fragte Harrison.

»Sieht so aus, als wäre ich zur Zeit ziemlich unbeliebt«, brummte Hooch und lachte, wurde aber seine Beklemmung damit nicht los.

»Er kommen mit Flachboot voll Whisky«, antwortete Ta-Kumsaw.

»Er hat eine Menge Dinge mitgebracht. Sollte wirklich Whisky dabei sein, ist er für den Marketender hier im Fort bestimmt, und ich versichere dir, kein einziger Tropfen davon wird an die Indianer verkauft. Wir halten uns an den Vertrag, Ta-Kumsaw, obwohl die Indianer selbst ihn in der letzten Zeit immer häufiger brechen. Das hat dazu geführt, daß Lastkähne nicht mehr allein und unbehelligt den Hio hinunterfahren können, mein Freund. Wenn sich das nicht bessert, wird meiner Meinung nach die Armee bald eingreifen müssen.«

»Und verbrennen unsere Dörfer, schießen auf unsere Kinder und alte Leute? Auf unsere Frauen?« fragte Ta-Kumsaw.

»Wie kommst du nur auf solche Ideen?« Harrison schüttelte den Kopf. Seine Stimme klang zutiefst betrübt. Hooch wußte, daß Ta-Kumsaw mit wenigen Worten das Vorgehen der Armee genau beschrieben hatte. Trotzdem ergriff er jetzt das Wort, um dem Roten zu widersprechen. »Ihr Indianer verbrennt ja auch harmlose Farmer in ihren Blockhäusern und setzt die Lastkähne auf dem Fluß in Brand. Sag mir also, wieso eure Dörfer verschont bleiben sollten.«

Ta-Kumsaw schenkte ihm immer noch keinen Blick. »Englische Gesetze sagen, wenn du Mann töten, der stiehlt dein Land, du nicht schlecht. Wenn du Mann töten, um zu stehlen sein Land, dann du sehr schlecht. Wenn wir töten weiße Farmer, wir nicht schlecht. Wenn ihr tötet rote Männer, die hier leben seit tausend Jahren, ihr sehr schlecht. Vertrag sagt, weißer Mann bleibt östlich vom My-Ammy-River, aber weißer Mann nicht dort bleiben — und ihr ihm helfen.«

»Mr. Palmer hat auch nur für sich gesprochen«, ergriff Harrison wieder das Wort. »Egal, was ihr Wilden mit unseren Leuten macht, ob ihr die Männer foltert, die Frauen vergewaltigt, die Kinder in die Sklaverei verschleppt — wir kämpfen nicht gegen die Wehrlosen. Wir sind zivilisiert und verhalten uns auch dementsprechend.«

»Dieser Mann verkaufen seinen Whisky an rote Brüder, die dann liegen wie Würmer auf Erde. Er geben seinen Whisky an rote Frauen. Sie dann schwach werden wie sterbende Rehe und alles tun, was er sagt.«

»Wenn er das tut, werden wir ihn einsperren«, sagte Harrison. »Wir werden ihn verhören und ihn bestrafen, wenn er das Gesetz gebrochen hat.«

»Du ihn nicht einsperren«, rief Ta-Kumsaw. »Du mit ihm Felle teilen und ihn schützen.«

»Nenn mich nicht einen Lügner«, sagte Harrison warnend.

»Dann du nicht lügen!«

»Mein lieber Freund, wenn du immer so mit dem weißen Mann redest, wird einer bald mal ziemlich böse werden und dir den Kopf durchlöchern.«

»Dann ich wissen, du ihn einsperren. Ich wissen, du ihn verhören und ihn bestrafen, weil er Gesetz gebrochen.« Ta-Kumsaw verzog bei diesen Worten keine Miene, doch Hooch hatte mit den Roten lange genug Handel getrieben, um ihre merkwürdige Art von Humor zu kennen.

Harrison nickte mit Nachdruck. Hooch überlegte, ob Harrison den Scherz des Indianers überhaupt als solchen erkannt hatte. Der Governor dachte sicher, daß Ta-Kumsaw wirklich von seinem Gerechtigkeitssinn überzeugt war. Aber nein, Harrison wußte genau, daß sie sich beide gegenseitig anlogen. Aber wenn beide Parteien logen und jeder wußte, daß der andere die Unwahrheit sagte, war es dann nicht fast dasselbe, als wenn beide die Wahrheit sagten?

Wirklich zum Lachen war dagegen, daß Jackson den ganzen Unsinn offensichtlich tatsächlich glaubte. »Das stimmt«, mischte sich der Anwalt aus Tennizy jetzt in das Gespräch. »Die Einhaltung des Gesetzes ist das, was zivilisierte Menschen von Wilden unterscheidet. Ihr Indianer seid einfach noch nicht weit genug in eurer Entwicklung, und wenn ihr euch nicht den Gesetzen des weißen Mannes beugen wollt, müßt ihr eben weichen und uns Platz machen.«

Zum ersten Mal schaute Ta-Kumsaw einen von ihnen direkt an. Er musterte Jackson kalt und sagte: »Diese Männer hier sein Lügner. Sie die Wahrheit wissen, aber anders sprechen. Du kein Lügner, du glauben, was sagen.«

Jackson nickte geschmeichelt. Tatsächlich wirkte er so harmlos, aufrecht und ehrlich, daß Hooch es sich nicht verkneifen konnte, den Sessel unter Jacksons Hinterteil ein wenig aufzuheizen, gerade genug, daß Jackson unbehaglich hin und her rutschte. Das nahm ihm einen Teil seiner Würde. Dock Jackson blieb sich selbst treu. »Ich glaube an das, was ich sage, weil es die Wahrheit ist.«

»Du nur sagen, was du glauben. Es trotzdem nicht wahr. Wie du heißen?«

»Andrew Jackson.«

Ta-Kumsaw nickte. »Hickory.«

Jackson starrte den Indianer überrascht an. Es schien ihn zu freuen, daß Ta-Kumsaw schon von ihm gehört hatte. »Manche Leute nennen mich so.«

Hooch erhöhte die Temperatur seines Sessels ein wenig mehr. »Blue Jacket sagen, Hickory sein guter Mann.«

Jackson hatte immer noch keine Ahnung, warum ihm

der Sessel plötzlich so unangenehm wurde, doch anscheinend wurde es ihm zuviel. Er sprang auf, schüttelte die Beine, um sich etwas Kühlung zu verschaffen, und trat von dem Möbel weg. Doch der Unterton der Ehrbarkeit schwang weiter in seinen Worten mit. »Ich freue mich, daß Blue Jacket so denkt. Er ist doch Häuptling der Shaw-Nees unten in Tennizy, nicht wahr?«

»Manchmal.«

»Was heißt das, manchmal?« fragte Harrison. »Entweder er ist der Häuptling oder nicht.«

»Wenn er offen reden, er Häuptling«, meinte Ta-Kumsaw.

»Trotzdem, ich bin froh, daß er mir vertraut«, sagte Jackson. Doch sein Lächeln wirkte etwas gezwungen, denn Hooch heizte jetzt den Boden unter seinen Füßen ziemlich auf, und der alte Hickory müßte schon fliegen können, um diesem Streich zu entkommen. Hooch hatte nicht vor, ihn lange zu quälen, er wollte ihn nur ein paar Hoppser machen sehen. Sollte der Bursche doch mal versuchen zu erklären, warum er vor der Nase eines jungen Shaw-Nee in Anwesenheit von Gouverneur William Henry Harrison plötzlich zu tanzen begann!

Doch Hoochs kleines Spielchen wurde von Lolla-Wossiky vereitelt, der just in dem Augenblick nach vorn kippte und mit einem idiotischen Grinsen im Gesicht unter dem Schreibtisch hervorrollte. Die Augen hatte er geschlossen. »Blue Jacket«, schrie er, wobei Hooch bemerkte, daß dem Indianer von dem Drink nun doch die Zunge schwer geworden war. »Hickory«, schrie der Einäugige.

»Du sein mein Feind«, sagte Ta-Kumsaw, ohne von seinem Bruder Notiz zu nehmen.

»Du irrst dich«, antwortete Harrison. »Ich bin dein Freund. Dein Feind sitzt weiter nördlich von hier, droben in der Stadt namens Vigor Church. Dein Feind ist dieser abtrünnige Arm-Gottes-Weaver.«

»Arm-Gottes-Weaver nicht verkaufen Whisky an Rothäute.«

»Ich auch nicht«, versicherte Harrison. »Aber er ist derjenige, der vom ganzen Land westlich von Wobbish Karten anfertigen läßt, um es später, nachdem er alle Indianer getötet hat, zu parzellieren und zu verkaufen.«

Ta-Kumsaw schenkte Harrisons Versuch, ihn gegen den Rivalen im Norden aufzustacheln, keinerlei Beachtung. »Ich kommen, dich zu warnen.«

»Um mich zu warnen? Du, ein Shaw-Nee, der für niemanden spricht außer für sich selbst, du willst mir drohen, hier mitten in meinem Fort, wo hundert Soldaten nur darauf warten, dich niederzuschießen, sobald ich den Befehl dazu gebe?«

»Du den Vertrag einhalten!«

»Wir halten den Vertrag ein. Ihr seid die, die sich nicht an die Vereinbarungen halten.«

»Ihr den Vertrag einhalten!« wiederholte Ta-Kumsaw.

»Sonst?«

»Sonst alle Roten westlich der Berge zusammenkommen und euch in Stücke reißen.«

Harrison warf den Kopf zurück und brach in schallendes Gelächter aus. Ta-Kumsaw verzog keine Miene.

»Alle Roten, Ta-Kumsaw? Du meinst, auch Lolla? Mein Haus-Shaw-Nee, meine gezähmte Rothaut? Sogar er?«

Zum ersten Mal schaute Ta-Kumsaw zu seinem Bruder hinüber, der schnarchend auf dem Boden lag. »Jeden Tag gehen Sonne auf, weißer Mann. Ist sie zahm deswegen? Zu jeder Zeit fallen Regen. Ist er zahm deswegen?«

»Entschuldige, Ta-Kumsaw, aber dieser einäugige Betrunkene hier ist so zahm wie mein Pferd.«

»O ja, du ihm Sattel auflegen, und Zügel. Du aufsteigen und reiten. Sehen, wohin zahme Rothaut gehen. Nicht dahin, wohin du wollen.«

»Genau dahin, wohin ich will«, antwortete Harrison. »Und schreib dir das hinter die Ohren. Dein Bruder ist immer in meiner Nähe. Solltest du jemals auf dumme Gedanken kommen, mein Junge, werde ich ihn als deinen Mitwisser einsperren und am höchsten Ast aufknüpfen lassen.«

Ta-Kumsaw lächelte dünn. »Sie so denken, vielleicht auch Lolla-Wossiky so denken. Aber er eher lernen, mit anderem Auge zu sehen, bevor du legen ihm Hand auf Schulter.« Mit diesen Worten drehte Ta-Kumsaw sich um und huschte leise, fast geräuschlos aus dem Raum, ohne die Tür hinter sich zu schließen. Er bewegte sich mit der Anmut eines wilden Tieres, eines sehr wilden, gefährlichen Tieres. Vor Jahren war Hooch, als er allein durch die Berge streifte, auf einen Kuguar gestoßen. So war Ta-Kumsaw auch — eine Killerkatze.

Harrisons Wachtposten schloß die Tür. Der Gouverneur wandte sich lächelnd zu Jackson um. »Sehen Sie?«

»Was sollte ich sehen, Mr. Harrison?«

»Soll ich es Ihnen etwa noch buchstabieren, Mr. Jackson?«

»Bitte, ich bin Anwalt. Ich lasse mir grundsätzlich alles buchstabieren — wenn Sie buchstabieren können.«

»Er kann nicht einmal *lesen*«, warf Hooch fröhlich ein.

»Und du kannst nicht mal den Mund halten«, fuhr Harrison ihn an.

»Okay, Mr. Jackson, ich werde es Ihnen buchstabieren. Hören Sie zu: Sie und Ihre Jungs in Tennizy, ihr redet davon, die Roten in die Gebiete westlich des Mizzipy zurückzudrängen. Nehmen wir mal an, das geschieht. Wollen Sie dann am ganzen Fluß entlang Soldaten postieren, die Tag und Nacht das Ufer bewachen? Die Rothäute könnten nach Lust und Laune den Fluß überqueren und brandschatzen, rauben, foltern und morden.«

»Ich bin schließlich kein Dummkopf, Mr. Harrison«, entgegnete Jackson. »Natürlich gäbe es eine blutige

Auseinandersetzung, doch wenn wir sie über den Fluß gejagt haben, sind die Roten am Ende — und Kämpfer wie dieser Ta-Kumsaw tot oder unglaubwürdig gemacht.«

»Ist das wirklich Ihre Meinung? Nun, während des langen blutigen Kampfes, von dem Sie reden, werden eine Menge weißer Männer, Frauen und Kinder sterben. Ich habe da eine bessere Idee. Diese Wilden saufen den Schnaps wie ein Kalb die Milch aus dem Euter der Mutterkuh. Noch vor zwei Jahren lebten über tausend Pee-Ankashaw-Indianer auf der Ostseite des My-Ammy-River. Dann begannen sie zu trinken. Sie arbeiteten nicht mehr und aßen kaum noch und wurden schließlich so anfällig, daß die erste kleine Krankheitswelle hier in der Gegend sie auslöschte. Sie radierte sie regelrecht weg. Sollte wirklich hier in der Gegend noch ein Pee-Ankashaw leben, dann weiß ich davon nichts. Und das gleiche geschah oben im Norden mit den Chippy-Wa, nur daß dort die Franzosen es ihnen besorgten. Das ist das Gute am Schnaps: er killt die Roten, ohne daß auch nur ein einziger Weißer stirbt.«

Jackson erhob sich langsam. »Ich denke, sobald ich wieder zu Hause bin, werde ich dreimal baden müssen — und mich dann immer noch schmutzig fühlen.«

Voller Schadenfreude bemerkte Hooch, daß Harrison nun wirklich wütend wurde. Er sprang auf und schrie Jackson so laut an, daß Hooch seinen Sessel vibrieren fühlte. »Kommen Sie mir ja nicht auf diese Tour, Sie Heuchler. Sie wollen ebenso wie ich ihren Tod. In dieser Sache gibt's zwischen uns keinen Unterschied.«

Jackson blieb an der Tür stehen und betrachtete den Gouverneur voller Abscheu. »Ein Meuchelmörder, Mr. Harrison, oder einer, der andere vergiftet, mag zwischen sich und einem Soldaten kaum unterscheiden. Ein Soldat dagegen kann und tut es.«

Im Gegensatz zu Ta-Kumsaw warf der Anwalt die Tür krachend hinter sich ins Schloß.

Harrison ließ sich wieder in seinen Sessel sinken. »Ich muß sagen, Hooch, daß ich den Kerl nicht sonderlich mag.«

»Vergiß es«, beruhigte ihn Hooch. »Trotzdem ist der derselben Meinung wie du.«

Harrison lächelte mühsam. »Das weiß ich. Wenn es zum Krieg kommt, stehen wir alle zusammen — außer vielleicht dieser Indianerfreund oben in Figor Church.«

»Auch er zieht mit, verlaß dich drauf. Sollte es wirklich Krieg geben, können die Roten ohnehin einen Weißen nicht mehr vom anderen unterscheiden. Dann werden diese Typen genauso sterben wie wir. Deshalb wird auch Arm-Gottes-Weaver kämpfen.«

»Schade, wenn Jackson und Weaver ihre Roten zum Saufen bringen würden wie wir, ließe sich der Krieg sicher vermeiden.«

Hooch schickte einen Strahl Kautabakspeichel in Richtung des Spucknapfes und verfehlte ihn nur knapp. »Diese Rothaut Ta-Kumsaw!« Er schüttelte den Kopf.

»Was ist mit ihm?« wollte Harrison wissen.

»Ich mache mir seinetwegen Sorgen.«

»Ich nicht. Ich habe seinen Bruder hier, ausgestreckt auf dem Boden. Ta-Kumsaw wird nichts unternehmen.«

»Als er auf mich zeigte, habe ich quer durch den Raum seinen Finger gespürt. Ich glaube, er hat einen Komm-näher-Zauber, oder er kann Leute aus der Ferne berühren. Ich halte ihn für gefährlich.«

»Glaubst du tatsächlich an Hexerei, Hooch? Du bist doch ein erfahrener Mann. Ich dachte immer, du seist gegen jede Art von Aberglauben gefeit.«

»Bin ich aber nicht, und du auch nicht, Bill Harrison. Du hast dir von einem Rutengänger festen Untergrund für dein Fort suchen lassen, und als deine erste Frau ihre Kinder bekam, hast du versucht, in einer Kerzenflamme die Lage des Babys im Bauch zu lesen.«

Zwischendurch: [redacted]

[redacted]

[redacted] Hooch macht es Spaß, die Dinge aufzuheizen – doch wer Wind sät... [redacted] Harrison ist nämlich ein Mann vom gleichen Schlage und das bedeutet, daß der Schnapshändler noch in wahrhaft brenzlige Situationen geraten wird. [redacted]

[redacted] Für die kommenden hitzigen Gefechte ist deshalb jetzt zwischendurch eine kleine Stärkung richtig: Ebenfalls dampfend, aber weitaus bekömmlicher als die heiße Luft der Streitenden ist der... [redacted]

[redacted]

»Ich warne dich«, sagte Harrison. »Unterlaß gefälligst jede Bemerkung über meine Frau.«

»Welche meinst du, Bill? Die neue oder die alte?«

Harrison stieß einen ellenlangen Fluch aus. Und Hooch freute sich unbändig. Er hatte ungemein Spaß daran, die Dinge aufzuheizen und auf die Spitze zu treiben. Es bereitete ihm die größte Freude, den Zorn eines Mannes zu schüren, denn dabei gab's keine Flammen, nur viel Dampf und eine Menge heißer Luft.

Hooch ließ den alten Bill Harrison eine Weile kochen, dann lächelte er und hob die Hände, als gäbe er auf. »Du weißt doch, Bill, ich habe es nicht böse gemeint. Ich konnte doch nicht ahnen, daß du in letzter Zeit so empfindlich geworden bist. Schätze, wir wissen beide, wo die Babys wachsen, wie sie hinein- und schließlich herauskommen. Deine Frauen sind da nicht anders als meine. Wenn die Frau in den Wehen liegt und schreit, ist das das Zeichen für dich, eine Hebamme zu holen, die weiß, wie man sie zum Schlafen bringt oder ihr die Schmerzen nimmt, und will das Baby zu spät kommen, versuchst du in der Kerze zu erkennen, wie es im Bauch liegt. Also hör mir jetzt mal gut zu, Bill Harrison. Dieser Ta-Kumsaw hat irgendeinen Zauber an sich, er verfügt über eine unnatürliche Macht. Hinter ihm steckt mehr, als man sieht.«

»Meinst du, Hooch? Nun, vielleicht ist das so, vielleicht auch nicht. Aber hat er nicht gesagt, Lolla-Wossiky würde eher mit dem einen Auge wieder sehen, als daß ich Hand an ihn lege? Nun, ich werde bald beweisen, daß er kein Prophet ist.«

»Da wir gerade vom Einäugigen sprechen; sein Gestank beleidigt langsam meine Nase.«

Harrison rief die Wache herein. »Corporal Withers soll sofort mit vier Mann zu mir kommen.«

Hooch konnte Harrison wegen der militärischen Disziplin seiner Soldaten nur bewundern. Es dauerte keine dreißig Sekunden, bis die fünf Männer eintraten. Corporal Withers salutierte zackig. »Zu Befehl, Sir — General Harrison.«

»Lassen Sie von dreien Ihrer Leute diese Kreatur hier in den Stall schaffen.«

Corporal Withers folgte dem Befehl augenblicklich, antwortete nur: »Jawohl, Sir — General Harrison.«

General Harrison. Hooch mußte unwillkürlich lächeln. Er wußte, daß Harrison im letzten Krieg gegen die Franzosen unter General Wayne nur den Rang eines Oberst erreicht hatte, und das durch Zufall. General, Gouverneur — wie hochtrabend!

Harrison erteilte Withers, während er zu Hooch hinüberblickte, einen weiteren Befehl: »Sie und Private Dickey stellen Mr. Palmer hier unter Arrest und sperren ihn ein.«

»Wieso einsperren?« schrie Hooch. »Was redest du da?«

»Er trägt immer mehrere Waffen bei sich, also durchsuchen Sie ihn sorgfältig«, fuhr Harrison ungerührt fort. »Ich schlage vor, Sie ziehen ihn aus und sperren ihn dann nackt ein. Ich möchte nicht, daß sich dieser schlüpfrige alte Knabe davonmacht.«

»Wofür werde ich eingesperrt?«

»Nun, schließlich haben wir hier einen Steckbrief wegen unbezahlter Schulden. Außerdem werden Sie beschuldigt, Whisky an die Indianer zu verkaufen. Natürlich müssen wir Ihre Waren beschlagnahmen — all diese seltsam aussehenden Fässer, die meine Leute den ganzen Tag über ins Fort geschafft haben — und sie verkaufen, um die Schulden zu begleichen. Wenn der Erlös reicht — und der üble Verdacht, Sie würden die Indianer mit Schnaps versorgen, sich nicht bestätigt —, werden wir Sie wieder laufen lassen.«

Mit diesen Worten verließ Harrison sein Büro. Hooch fluchte und stieß Verwünschungen gegen Harrisons Mutter und seine Frau aus, doch Private Dickey hielt ihm sein Gewehr mit aufgepflanztem Bajonett vor den Bauch, so daß der Händler sich schließlich in sein Schicksal fügte und sich zur Durchsuchung auskleidete. Doch richtig schlimm wurde es, als Withers ihn splitternackt durch das Fort trieb und ihm nicht einnal eine Decke gab, als er ihn in einen Lagerraum mit leeren Fässern der letzten Schnapslieferung sperrte. Hooch fluchte laut vor sich hin.

Die zwei Tage bis zur Verhandlung saß er in seinem Gefängnis und verspürte erstmals in seinem Leben Mordgelüste, malte sich in unzähligen Versionen aus, wie er sich an Harrison rächen würde. Er würde die Spitzenvorhänge in dessen Haus in Flammen aufgehen lassen oder den Schuppen abbrennen, in dem der Whisky lagerte; überall würde er Brände legen. Denn was nutzte es, ein Zündler zu sein, wenn er seine Fähigkeit nicht dazu verwenden konnte, auf gleicher Stufe wie die Leute zu stehen, die vorgaben, seine Freunde zu sein, und ihn dann einsperrten?

Aber Hooch legte keine Brände, denn er war kein Dummkopf. Zudem wußte er zu gut, daß ein Brand sich blitzschnell ausweiten und innerhalb einer halben Stunde das ganze Fort erfassen könnte. Und wie leicht konnte in dem allgemeinen Durcheinander, wenn alle versuchten, ihre Frauen und Kinder sowie die Pulver-und Whiskyfässer vor den Flammen zu retten, ein armer, in einen Lagerraum eingesperrter Whiskyhändler vergessen werden. Hooch hatte keinesfalls Verlangen danach, in einem selbstgelegten Feuer umzukommen — das war nicht die Rache, von der er träumte. Zum Zündeln war immer noch Zeit, wenn ihm eines Tages mal die Schlinge um den Hals gelegt werden sollte. Um aus einer Sache wie dieser herauszukommen, ging er nicht das Risiko ein, sich selbst zu töten.

Aber eigentlich war es nicht die Angst vorm Sterben, die ihn vom Zündeln abhielt, es war purer Geschäftssinn. Harrison rächte sich auf diese Weise dafür, daß Hooch die Lieferungen blockiert hatte, um so die Preise in die Höhe zu treiben. Er wollte Hooch zeigen, daß er wirkliche Macht hatte. Hooch besaß lediglich Geld. Gut, sollte Harrison ruhig den Mächtigen spielen. Auch Hooch wußte einige Dinge, zum Beispiel auch, daß der Wobbish-Distrikt eines Tages beim US-Kongreß in Philadelphia die Eingabe um die Anerkennung als Staat machen würde. Und ein gewisser William Henry Harrison gäbe dann alles dafür, wirklich Gouverneur zu sein. Hooch hatte in Susquehanny, Pennsylvania und Appalachee genug Wahlen erlebt, um zu wissen, daß man nur die nötigen Stimmen bekam, wenn man mit Silberdollars um sich warf. Hooch würde diese Silberdollars besitzen. Dann könnte er sein Geld unters Volk bringen, um für Harrison Stimmen zu fangen — oder gegen ihn. Wahrscheinlich gegen ihn. Er könnte einem anderen Kandidaten helfen, in den Gouverneurspalast einzuziehen — irgendwann einmal, wenn aus Carthago eine richtige Stadt und aus Wobbish wirklich ein Staat geworden war. Dann hatte Harrison den Rest seines Lebens Zeit, sich zu erinnern, wie mächtig er sich gefühlt hatte, wenn er andere Leute einsperren ließ, und er würde mit den Zähnen knirschen vor Zorn, daß jemand wie Hooch ihm dies genommen hatte.

Mit solchen Vorstellungen vertrieb sich Hooch zwei Tage und Nächte die Zeit. Dann holten sie ihn ab und brachten ihn ins Gerichtsgebäude — unrasiert, schmutzig, mit wirren Haaren und zerknitterter Kleidung. General Harrison war der Richter, und die gesamte Jury trug Uniform. Als Verteidiger fungierte — Andrew Jackson. Es war klar: Governor Bill wollte, daß Hooch die Fassung verlor und lauthals zu schimpfen begann. Doch Hooch war auch nicht von gestern. Was immer Harrison vorhatte — mit Schimpfen und Schreien würde alles nur noch schlimmer. Also setzte er sich hin und wartete ab.

Es dauerte nur ein paar Minuten.

Ein junger Leutnant sagte aus, daß Hoochs Whisky

zum Preis der letzten Lieferung an den Marketender verkauft worden war, und belegte dieses anhand von Lieferscheinen und Rechnungen.

Hoochs Gesicht blieb ausdruckslos. Laut Abrechnung hatte er nicht einen Penny daran verdient, daß er sie vier Monate lang auf die nächste Lieferung hatte warten lassen. In Ordnung, dachte der Händler. Harrison will mir zeigen, wie die Dinge zu laufen haben. Er sagte kein Wort. Hinter der Maske amtlicher Ernsthaftigkeit schien sich Harrison köstlich zu amüsieren. Freu dich nur, dachte Hooch, du bringst mich nicht aus der Ruhe.

Aber Harrison schaffte es schließlich doch. Er zog von dem Verkaufserlös zweihundertzwanzig Dollar ab und übergab das Geld, elf goldene Zwanzigdollarmünzen, noch im Gerichtssaal an Andrew Jackson. Zusehen zu müssen, wie das glänzende Metall in Jacksons Hände klimperte, bereitete Hooch fast körperlichen Schmerz. Dazu konnte er nicht mehr schweigen, doch schaffte er es, seine Stimme sanft und beherrscht klingen zu lassen. »Mir scheint es nicht korrekt, daß der Kläger hier gleichzeitig mein Verteidiger sein soll.«

»Er ist nicht Ihr Verteidiger, was die Schuldeinforderung betrifft«, belehrte ihn Seine Ehren Richter Harrison. »Er übernimmt nur Ihre Verteidigung, was den verbotenen Whiskyverkauf betrifft.« Harrison grinste und erklärte diesen Verhandlungspunkt für abgeschlossen.

Die Whisky-Angelegenheit dauerte kaum länger. Jackson legte pedantisch einen Lieferschein nach dem anderen vor, zeigte auch die Empfangsbestätigung, um zu belegen, daß jedes Faß Whisky ausschließlich an den Marketender vom Fort Carthago und kein einziger Tropfen an die Indianer verkauft worden war. »Obwohl mir scheinen will, daß diese Menge Whisky für eine Armee von zehnfacher Mannschaftsstärke der Truppe in Fort Carthago gut drei Jahre lang reichen würde«, meinte Jackson abschließend.

»Wir haben eben hand- und standfeste Männer in

unserer Einheit«, erklärte Richter Harrison. »Meiner Meinung nach reicht der Schnaps nicht mal für sechs Monate — ohne dabei auch nur einen Tropfen den Roten zu geben. Das versichere ich Ihnen, Mr. Jackson.«

Dann erklärte er alle Vorwürfe gegen Hooch Palmer alias Ulysses Brock für nicht nachweisbar. »Aber lassen Sie sich das eine Lehre sein, Mr. Palmer«, meinte Harrison mit bester Richterstimme.

»Auch im Grenzland herrschen Gesetz und Ordnung. Achten Sie in Zukunft darauf, Ihre Schulden zu zahlen, und vermeiden Sie tunlichst alles auch nur scheinbar Schlechte.«

»Ganz bestimmt«, antwortete Hooch erleichtert. Harrison hatte ihm zwar eine gehörige Lektion erteilt, doch war alles schließlich noch zu einem guten Ende gekommen. Natürlich ärgerten ihn die zweihundertzwanzig Dollar in Gold ebenso wie die zwei Tage Gefängnis, doch wegen Harrison machte er sich weiter keine Kopfzerbrechen. Was Jackson nämlich nicht wissen konnte, und was sonst auch niemand für erwähnenswert hielt, war die Tatsache, daß Hooch die Marketender-Lizenz für die gesamte US-Armee im Wobbish-County besaß. All diese Rechnungen und Lieferscheine, die bewiesen, daß er den Roten keinen Whisky verkaufte, belegten in Wirklichkeit nur, daß er seinen Whisky an sich selbst verkauft hatte — mit Gewinn natürlich. Jackson würde sich jetzt sicher auf den Heimweg machen. Dann konnte Hooch sich in seine Kantine begeben und den Fusel zu Wucherpreisen an die Indianer verkaufen, den Gewinn mit Governor Bill teilen und zusehen, wie die Rothäute wie die Fliegen starben. Es stimmte — Harrison war mit Hooch nicht gerade zimperlich umgesprungen, sein wirklich böses Spiel aber hatte er mit Old Hickory getrieben.

Hooch beeilte sich, um rechtzeitig am Anlegeplatz zu sein, wenn man Jackson zur anderen Seite des Hio übersetzte. Jackson hatte zwei alte Hinterwäldler aus den Appalachen mitgebracht, beide mit Gewehren bewaffnet. Hooch entging nicht, daß der eine fast wie eine Rothaut aussah. Vielleicht ein Cherriky-Halbblut. In den Appalachen gab's davon eine Menge, weil weiße Männer tatsächlich Indianer-Squaws *heirateten,* als seien es wirkliche Damen.

Auf beiden Gewehrläufen war der Name ›Eli Whitney‹ eingestanzt. Die Schießprügel stammten also aus dem Staat Irrakwa, wo dieser Whitney in seiner Fabrik die Gewehre in so kurzer Zeit herstellte, daß die Preise ins Schleudern gerieten. Man erzählte sich, daß all seine Arbeiter Frauen waren, dazu noch Irrakwa-Squaws — wenn man den Gerüchten Glauben schenken wollte. Jackson mochte soviel wie er wollte davon faseln, die Roten auf die Westseite des Mizzipy zurückzudrängen — dafür war es längst zu spät. Schuld daran war Ben Franklin, der den Irrakwa oben im Norden einen eigenen Staat zugestanden hatte. Und Tom Jefferson hatte alles noch verschlimmert, indem er die Cherriky in Appalachee während des Krieges gegen die Krone als Bürger anerkannte und ihnen das Wahlrecht zugestand. Klar, daß die Roten, wenn man sie wie vollwertige Bürger behandelte, auch glaubten, sie hätten die gleichen Rechte wie der weiße Mann. Wie sollte da ein geordnetes Gemeinwesen zustande kommen, wenn das so weiterging? Vielleicht würden sich bald die Schwarzen weigern, den Weißen länger als Sklaven zu dienen. Und der nächste Schritt wäre dann, daß man, wenn man an der Bar des Saloons seinen Drink kippt und dabei zufällig mal zur Seite schaut, links neben sich eine Rothaut und rechts einen Nigger stehen sieht. Nein, Sir, das wäre doch völlig gegen die Natur!

Da glaubte dieser Jackson doch wirklich, den weißen Mann vor den Indianern zu retten, indem er mit einem Halbblut herumreiste und von Indianern gefertigte Gewehre benutzte. Doch noch schlimmer war, daß dieser Bursche elf Goldmünzen in seiner Satteltasche mitnahm, die eigentlich Hooch Palmer gehörten. Darüber war Hooch so erbost, daß er kaum klar denken konnte.

Also heizte er die Satteltasche genau an der Stelle auf, wo sie mit einer Metallniete am Sattel befestigt war. Er konnte körperlich spüren, wie das Leder sich wölbte, aschgelb wurde und sich von der Niete zu lösen begann. Es konnte nicht lange dauern, bis sich die Tasche durch das Traben des Pferdes ganz löste und abfiel. Da sie das aber vielleicht zu schnell bemerken würden, beschloß Hooch, sich nicht auf die Satteltasche zu beschränken. Er erhitzte noch ein paar andere Stellen an Jacksons Sattel und verschonte auch die Begleiter nicht. Er beobachtete, wie sie die andere Flußseite erreichten, sich in die Sättel schwangen und davonritten. Hooch wußte, daß sie mit nacktem Hintern reiten würden, noch ehe sie Nashville erreichten. Doch damit nicht genug; Hooch wünschte sich, Jacksons Sattelgurt möge so ruckartig und unerwartet reißen, daß der alte Hickory schmerzhaft auf dem Hintern landen oder sich gar den Arm brechen würde. Diese Vorstellung milderte seinen Zorn und stimmte ihn fröhlich. Ab und an war es doch richtig schön, ein Zündler zu sein. Wenigstens auf diese Weise konnte man einen aufrechten Anwalt mit so ehrbarem Getue ein wenig in die Knie zwingen.

Eigentlich war ein so achtbarer Mensch wie Andrew Jackson ja auch kein Gegner für Halunken wie Bill Harrison und Hooch Palmer. Es war wirklich eine himmelschreiende Ungerechtigkeit, daß die Armee keine Orden an Soldaten verlieh, die ihre Feinde sich mit Schnaps zu Tode saufen ließen, anstatt sie zu erschießen. Täte sie das, wären er und Harrison beide wahre Helden, das wußte Hooch genau.

Aber auch so würde Harrison ganz bestimmt einen Weg finden, aus sich einen Helden zu machen, während Hooch nichts blieb als Geld. So ist das Leben nun mal, grübelte Hooch. Manche Leute ernten den Ruhm, andere das Geld. Doch mir soll's recht sein, solange ich nicht am Ende mit leeren Händen dastehe. Ich möchte nicht zu den Verlierern gehören. Sollte das aber wider Erwarten der Fall sein, dürfte es ihnen noch leid tun.

Während Hooch Jacksons Überfahrt verfolgte, beobachtete Ta-Kumsaw den weißen Whiskyhändler und wußte genau, was dieser trieb. Die meisten Indianer besaßen die Gabe, solange sie scharf beobachteten, besonders die, die keinen Schnaps tranken. Der weiße Mann tat eine Menge Dinge, die die Indianer nicht begriffen, doch wenn sie mit Dingen wie Feuer, Wasser, Erde oder Luft herumhantierten, konnten sie dies niemals vor den Indianern verbergen.

Ta-Kumsaw sah nicht etwa das glimmende Sattelzeug von Andrew Jacksons Pferd oder fühlte die Hitze, er empfand vielmehr einen schwachen Luftzug, einen leichten Wirbelwind, einen Sog, der seinen Blick unwillkürlich zum Wasser hinlenkte. Etwas störte das sonst friedliche Bild. Manche Indianer konnten dies nicht so deutlich spüren wie Ta-Kumsaw, andere wiederum — wenn auch nur wenige — noch viel stärker. Ta-Kumsaws jüngerer Bruder, Lolla-Wossiky gehörte zu denen mit einem ausgeprägten Sinn für solche Luftgebilde, solche Wirbelströme. Ta-Kumsaw erinnerte sich, wie ihr Vater davon gesprochen hatte, daß Lolla-Wossiky eines Tages der Medizinmann des Stammes sein würde und Ta-Kumsaw ein großer Kriegshäuptling — ehe das Lügenmaul Harrison Pucky-Shinwa direkt vor Lolla-Wossikys Augen niedergeschossen hatte.

Ta-Kumsaw erinnerte sich noch genau an jenen Tag. Er war auf der Jagd gewesen, etwa einen halben Tagesmarsch weiter nördlich — und doch hatte er den Schuß gespürt, als sei das Gewehr dicht hinter ihm abgefeuert worden. Wenn ein Weißer eine Verwundung, einen Fluch oder einen Zauber aussprach, fühlte Ta-Kumsaw immer ein Kribbeln auf der Haut, doch wenn ein Weißer tötete, empfand er das so schmerzhaft wie einen Messerstich. Sein Bruder Methowa-Tasky war bei ihm, und er fragte ihn: »Hast du das auch gespürt?« Methowa-Taskys Augen weiteten sich. Er hatte nichts gefühlt. Doch Ta-Kumsaw war sich absolut sicher, er zweifelte selbst schon in diesem Alter — er war nicht einmal dreizehn Jahre alt — nicht im geringsten an sich und seinen Fähigkeiten. Er hatte es gespürt, es war wahr, ein Mord war geschehen, und er mußte zu dem Sterbenden gehen.

Er bahnte sich den Weg, eilte im Laufschritt durch den Wald. Seine Bewegungen waren voller Harmonie, standen — wie bei fast allen Indianern — im Einklang mit der Wildnis. Er brauchte nicht darauf zu achten, wohin er die Füße setzte, wußte, daß die Zweige darunter sich senken und nachgeben würden, daß die Blätter nicht rascheln, sondern seine Schritte dämpfen würden, daß die beiseite geschobenen Äste in ihre alte Stellung zurückschwingen und niemandem verraten würden, daß er diesen Weg genommen hatte. Manche Weiße rühmten sich, sich ebenso lautlos vorwärtsbewegen zu können wie ein Indianer, und tatsächlich konnten es auch einige — aber nur, weil sie sich langsam bewegten, sorgsam jeden Zentimeter Boden musterten und die Büsche umgingen. Sie bedachten dabei nicht, daß sich ein Indianer kaum Mühe geben mußte, sich lautlos zu bewegen und keine Spuren zu hinterlassen.

So achtete Ta-Kumsaw nicht darauf, wohin er trat, sondern er ließ sich von dem Strudel weiterziehen, der immer mächtiger wurde, je näher er dem Ort kam, wo dem Frieden eine Wunde gerissen worden war, um einem Mord Raum zu geben. Auch Methowa-Tasky spürte es inzwischen. Sie fanden ihren Vater am Boden liegend, mit einem Loch in der Stirn, und daneben, schweigsam und nicht begreifend, stand Lolla-Wossiky, gerade zehn Jahre alt.

Ta-Kumsaw lud sich den Leichnam des Vaters wie ein Reh auf die Schulter und trug ihn nach Hause. Methowa-Tasky nahm Lolla-Wossiky an der Hand, weil sich der Junge allein nicht von der Stelle gerührt hätte. Die Mutter empfing sie mit dem Klagegesang, obwohl sie nicht wußte, daß es ihr Mann war, bis die Söhne ihn brachten. Auch sie hatte die Gegenwart des Todes gespürt. Sie band den Toten auf Ta-Kumsaws Rücken, und er kletterte auf den höchsten Baum und schnürte den Leichnam an den höchsten Ast, den er erreichen konnte. Dabei wäre es schlimm gewesen, wenn er seine Kraft nicht richtig eingeschätzt hätte und der Tote seinem Griff entglitten wäre. Doch Ta-Kumsaw überschätzte sich niemals. Er band seinen Vater an einen festen Ast, auf den fortwährend die Strahlen der Sonne fielen. Vögel und Insekten würden von ihm essen, Sonne und Luft würden ihn austrocknen, der Regen würde ihn wieder zu Boden spülen. Auf diese Weise gab Ta-Kumsaw seinen Vater der Erde zurück.

Doch wie konnten sie Lolla-Wossiky helfen? Er redete nicht mehr, aß nur, wenn man ihn fütterte, und wäre wohl ewig auf demselben Fleck stehengeblieben, wenn man ihn nicht an der Hand fortgeführt hätte. Die Mutter war zutiefst erschrocken über das, was ihrem Sohn widerfuhr. Sie liebte Ta-Kumsaw sehr, inniger als jede Mutter im Stamm ihren Sohn liebte, doch Lolla-Wossiky liebte sie noch mehr. Wie oft hatte sie ihnen erzählt, daß Lolla-Wossiky jeden Winter beim ersten bitteren Frost zu weinen begann, und sie vergeblich versuchte, seinen Tränen Einhalt zu gebieten, indem sie ihn fast unter Bärenfellen und Büffelhäuten begrub. Erst als er sprechen gelernt hatte, erklärte er ihnen den wahren Grund für seine Tränen. »All die kleinen Bienen müssen sterben«, sagte er. So war Lolla-Wossiky der einzige Shaw-Nee-Junge, der den Tod der Bienen fühlen konnte.

Das war der Junge, der neben dem Vater stand, als Colonel Bill Harrison ihn über den Haufen schoß. Wenn Ta-Kumsaw den Mord einen Halbtagesmarsch entfernt wie den Stich eines Messers spürte, was mußte dann Lolla-Wossiky, als Kind schon so empfindsam, dicht neben seinem Vater gefühlt haben? Wenn er den Tod der Bienen jeden Winter beweinte, was mußte er durchgemacht haben, als man den Vater vor seinen Augen umbrachte?

Zwar begann Lolla-Wossiky nach ein paar Jahren wieder zu sprechen, doch in seinen Augen war das Feuer erloschen, und er wurde nachlässig. So verlor er auch das eine Auge durch eigene Schuld — er stolperte über eine Wurzel, stürzte und stach sich an einem gebrochenen Ast eines Busches das Auge aus. Welche Rothaut tat schon so etwas? Es war, als ob Lolla-Wossiky seine Fähigkeit verloren habe, das Land zu verstehen und in ihm aufzugehen. Er hatte sich von einem äußerst sensitiven Krieger in einen Mann verwandelt, dessen Empfindungen ebenso stumpf waren wie die des weißen Mannes.

Vielleicht hallt auch immer noch der bis dahin nie gehörte Donnerschlag des Schießeisens so laut in seinen Ohren, daß er den Pulsschlag der Welt um sich herum nicht mehr vernimmt, dachte Ta-Kumsaw. Lolla-Wossiky hatte seinem Schmerz nie die Schärfe nehmen können — bis zu seinem ersten Whisky.

Das war der Grund, warum Ta-Kumsaw Lolla-Wossiky niemals wegen seiner Trunksucht schlug, was er bei jedem anderen Shaw-Nee, den er mit dem Gift des weißen Mannes erwischte, getan hätte — selbst bei seinem Bruder, selbst bei einem alten Mann.

Niemals wäre der weiße Mann in der Lage zu begreifen, was der rote Mann sah, hörte und fühlte. Die Weißen brachten Tod und Einsamkeit ins Land, sie fällten ehrwürdige alte Bäume, die viel zu erzählen hatten, und junge Setzlinge, die noch viele Leben hätten kommen und gehen sehen; und sie fragten nie: Gibst du mir eine Bleibe für mich und meinen Stamm? Der weiße Mann hackte und rodete, riß aus und brannte nieder, was ihm im Weg stand. Das war seine Art. Nimm, was du willst — vom Wald, vom Boden, vom Fluß — aber gib nie etwas zurück! Der weiße Mann tötete die Tiere, obwohl er sie nicht als Nahrung brauchte, obwohl sie ihm nie etwas zuleide getan hatten. Wenn mal ein Bär hungrig aus dem Winterschlaf erwachte und sich nur ein einziges junges Schwein holte, jagte ihn der weiße Mann, bis er ihn zur Strecke gebracht hatte. Der weiße Mann würde nie das Gleichgewicht der Erde und der Natur begreifen und empfinden.

Kein Wunder, daß das Land den weißen Mann haßte! Kein Wunder, daß die ganze Natur des Landes gegen jeden Schritt des weißen Mannes aufbegehrte, unter seinem Fuß knackte, sich zur falschen Seite bog und dem roten Mann zuschrie: »Hier ist der Feind, hier kommt der Eindringling, durch diese Büsche, diesen Hügel herauf.« Der weiße Mann sagte im Scherz, daß der rote Mann sogar auf dem Wasser seiner Spur folgen könne, und lachte dann darüber, als ob das nicht wahr sei. Aber es war tatsächlich so, denn wenn ein Weißer einen Fluß oder einen See überquerte, gluckste und sprudelte das Wasser noch Stunden später.

Und jetzt stand da dieser Hooch Palmer, der immer, wohin er auch ging, dieses Gift bei sich hatte, entflammte seine dummen kleinen Feuerchen am Sattel eines anderen weißen Mannes und glaubte, niemand wüßte etwas davon. Diese Weißen mit ihren pathetischen kleinen Tricks, mit ihren Zauberformeln und ihrem Aberglauben! Sie merkten nicht einmal, daß ihre Zaubersprüche nur dazu dienten, unnatürliche Dinge fernzuhalten und abzuwehren. Bei einem Dieb, der wußte, daß er Unrecht tat, würde ein guter, starker Zauber die Furcht vor Entdeckung so lange steigern, bis er laut schreiend davonrannte. Doch der rote Mann war niemals ein Dieb. Der rote Mann, egal, wo er sich aufhielt, gehörte in dieses Land. Zauberei war hier wirkungslos, ein Wirbel in der Luft, nicht mehr!

Ta-Kumsaw beobachtete, wie Hooch sich abwandte und zum Fort zurückging. Bald würde er wieder eifrig sein Gift verkaufen, und die meisten Roten, die hier herumlungerten, wären dann in kürzester Zeit betrunken. Ta-Kumsaw würde hierbleiben und zuschauen. Er brauchte nichts zu sagen. Seine roten Brüder sollten ihn nur sehen, und die, die noch etwas Würde besaßen, würden weiterziehen, ohne sich zu betrinken. Seine Anwesenheit allein wirkte auf sie wie ein stummer Vorwurf.

Er ging zu der Stelle, wo Hooch eben noch gestanden hatte, und ersetzte den Aufruhr, den Hooch hinterlassen hatte, durch seine unerschütterliche Ruhe. Bald beruhigten sich die aufgebracht umhersummenden Insekten wieder, der Geruch des Schnapshändlers verflüchtigte sich, und die Wellen rauschten wieder in ihrem gewohnt gleichmäßigen musikalischen Rhythmus ans Ufer.

Wie leicht doch das Land zu heilen wäre, wenn nur der weiße Mann weiterzöge! Wenn alle weißen Männer heute noch verschwänden, wäre das Land morgen schon wieder im Gleichgewicht, und in einem Jahr würde nichts mehr darauf hindeuten, daß der weiße Mann jemals hier gewesen war. Selbst die Ruinen seiner Häuser würden wieder ein Teil der Erde, würden zu Behausungen für die kleinen Tiere und schließlich unter der wuchernden Wildnis verschwinden. Das Metall des weißen Mannes würde rosten, seine Steinbauten zu kleinen Hügeln und engen Höhlen verfallen. Seine Mordtaten würden zu versonnenen, schönen Tönen im Lied des Rotkehlchens — denn das Rotkehlchen erinnerte sich stets an alles und versuchte alles zum Guten zu wenden, wenn es möglich war.

Den ganzen Tag lang blieb Ta-Kumsaw vor dem Fort stehen, sah seine roten Brüder hineingehen und sich ihr Gift kaufen. Männer und Frauen aus allen Stämmen, Wee-aws, Kicky-Poos, Potty-Wottamees und Chippy-

Was, Winny-Baygos und Pee-Orawas. Sie alle gingen mit Fellen oder Körben hinein und kamen meist nur mit Bechern oder Krügen voll Feuerwasser, manche aber auch ohne alles, wieder heraus. Ta-Kumsaw konnte spüren, wie die Roten, die dieses Gift getrunken hatten, sich von der Heimat lösten. Sie störten zwar das natürliche Gleichgewicht nicht so sehr wie der weiße Mann. Es war eher so, als ob sie einfach aufhörten zu existieren. Der rote Mann, der Whisky trank, war von vornherein für das Land, seine Heimat, gestorben. Ich stehe hier und schaue zu, wie die Toten langsam auf ihr Grab zuschwanken, sagte Ta-Kumsaw zu sich — wenn auch nur in Gedanken. Doch das Land fühlte seine Trauer, und der Wind sang seine Antwort im Laub der Bäume.

Als die Dämmerung über das Land hereinsank, ließ sich ein Fink dicht vor Ta-Kumsaw auf der Erde nieder.

Erzähl mir eine Geschichte, sagte der Fink in seiner stillen Weise und hob den Kopf zu dem schweigsamen roten Mann empor. Du kennst doch schon meine Geschichte, ehe ich sie erzähle, antwortete Ta-Kumsaw wortlos. Du spürst meine Tränen, ehe ich sie weine. Du schmeckst mein Blut, ehe es vergossen wird.

Warum trauerst du um rote Männer, die nicht vom Stamm der Shaw-Nees sind?

Wir haben, ehe der weiße Mann kam, nicht erkannt, daß alle roten Männer Brüder sind, Kinder unserer Mutter Erde, sagte Ta-Kumsaw still. Wir dachten, alle Kreaturen seien dazu geschaffen, miteinander zu wetteifern. Also kämpften wir mit anderen roten Männern, wie der Bär mit dem Puma kämpft, wie die Bisamratte den Biber anpfeift. Dann kam der weiße Mann, und ich erkannte, daß alle roten Männer im Vergleich mit ihm wie Zwillinge sind.

Wer ist der weiße Mann? Was macht er?

Der weiße Mann sieht aus wie ein Mensch, aber er zermalmt alles Leben unter seinen Füßen.

Aber warum sehe ich, wenn ich in dein Herz schaue,

den Wunsch, dem weißen Mann nichts zuleide zu tun, Ta-Kumsaw? Warum willst du ihn nicht töten?

Weil der weiße Mann nicht weiß, daß er Böses tut. Der weiße Mann hat kein Gefühl für das Gleichgewicht der Natur. Wie soll er dann wissen, daß er es zerstört? Ich kann dem weißen Mann keine Schuld geben, kann aber auch nicht zulassen, daß er bleibt. Daher versuche ich ohne Grausamkeit, ihn zum Weggehen zu bewegen. Ich füge ihm nicht mehr Schmerz zu als nötig, um ihn zu vertreiben.

Der Fink nickte einmal, zweimal, dreimal, viermal. Dann schwang er sich auf einen Ast über Ta-Kumsaws Kopf und sang ein kurzes Lied. Aus diesen Tönen hörte Ta-Kumsaw keine Worte, doch er verstand, daß da seine Geschichte erzählt wurde. Von jetzt an wurde seine Geschichte in jedem Lied der Finken im ganzen Land verkündet, denn was ein Fink wußte, wußten alle für immer und alle Zeiten.

Jemand, der Ta-Kumsaw zufällig beobachtete, konnte nicht wissen, was vorging. Sein Gesichtsausdruck blieb unverändert, nicht die geringste Regung verriet seine Gedanken. Er stand immer noch auf demselben Fleck, auf dem er schon den ganzen Tag ausgeharrt hatte. Ein Fink war in seine Nähe gehüpft, hatte ein Lied gezwitschert und war wieder davongeflogen.

Und doch war dies der Wendepunkt in seinem Leben, das wurde Ta-Kumsaw schlagartig klar. Bis zu diesem Moment war er nur ein junger Krieger gewesen, fast ein Kind noch. Er hatte, wie es jedem Shaw-Nee zustand, seine Meinung gesagt, dann aber geschwiegen und andere die Entscheidungen treffen lassen. Doch von jetzt an würde er selbst die Entscheidungen treffen — als Häuptling, als Kriegshäuptling. Nicht als Häuptling der Shaw-Nee oder der Indianer in diesem nördlichen Territorium, sondern als Häuptling aller roten Brüder im Kampf gegen den weißen Mann. Er hatte seit langem gewußt, daß es so kommen mußte, aber bis zu diesem

Moment geglaubt, andere Häuptlinge wie Cornstalk oder Blackfish, vielleicht sogar einer von den Cree-Ek oder den Chok-Taw unten im Süden, würden die Führung übernehmen. Aber der Fink war zu ihm, zu Ta-Kumsaw, gekommen und hatte ihn in sein Lied aufgenommen. Wo immer im Land, das des Finken Lied vernommen hatte, Ta-Kumsaw in Zukunft auftauchte, wäre sein Name den Weisen der Indianerstämme vertraut. Er war der Häuptling aller Stämme, das Land hatte ihn dazu auserkoren. Er stand am Ufer des Hio und fühlte sich eins mit der Erde. Er war das Feuer der Sonne, der Wind in der Luft, die Kraft der Erde und das Tanzen der Wellen. Die Kräfte der Natur vereinigten sich in ihm und blickten durch seine Augen auf die Welt. Ich bin das Land, ich bin die Hände und Füße, der Mund und die Stimme des sich gegen die Last des weißen Mannes aufbäumenden Landes. Das Land erhob sich, um sich vom weißen Mann zu befreien.

Dies waren seine Gedanken.

Regungslos stand er dort, bis es Nacht geworden war. Die anderen Indianer waren schon längst zu ihren Hütten und Schlafstätten zurückgekehrt — oder lagen besinnungslos betrunken irgendwo bis zum Morgen herum. Ta-Kumsaw erwachte langsam aus der Trance seines Zwiegespräches mit dem Finken. Vom Indianerdorf drang Lachen herüber, und aus dem Fort ertönte das Singen und das Gelächter der Soldaten des weißen Mannes.

Ein Gedanke schoß Ta-Kumsaw durch den Kopf. Wenn ich Hoochs Fähigkeit zum Feuerlegen besäße, könnte ich jetzt den Ort niederbrennen und alle Bewohner auf einen Schlag töten. Doch schon allein diese Vorstellung machte ihn krank. Solche Dinge konnte der weiße Mann vollbringen, weil er sich vom Land gelöst hatte. Doch der rote Mann mußte die Verbundenheit mit dem Land bewahren. Was wäre er denn sonst noch? Mochten die Weißen alle Dinge manipulieren und auf ihre unnatürliche Weise verdrehen, Brände und Überschwemmungen hervorrufen und dem Land Gewalt antun. Der rote Mann beherrschte das Land nur so weit, wie es dies zuließ. Keine Feuersbrünste, die nicht von den Blitzen des sich spaltenden Himmels entzündet wurden, keine Rodungen, die nicht die wirbelnden Fallwinde aus dem Südwesten verursachten. Keine tiefen Gräben oder Stollen im Gesicht der guten Mutter Erde, die nicht von den hohen Wassern der Bäche und Flüsse gegraben wurden. Kein erbebender Boden, wenn sich die Erde nicht selbst schüttelte. Was würde ein roter Mann schon mit einem Zauber wie dem von Hooch anfangen? Er würde ein Weißer werden — das würde geschehen! Und sich dies zu wünschen, wenn auch nur für einen Moment, hieß, viel weißer und dem Land abtrünniger zu sein als der weiße Mann. Durfte der Mann, den das Land auserkoren hatte, Häuptling aller Indianer zu sein, einen solchen Gedanken haben? Mehr denn je mußte er in vollkommener Harmonie mit sich und dem Land leben.

Beschämt verließ er die Stelle, an der er viele Stunden ausgeharrt hatte. Seine Gelenke waren steif, doch er stolperte nicht, sondern zwang sich zu einem geschmeidigen Gang. Die Erde federte sanft unter seinen Schritten. Der weiße Mann mußte grobe, schwere Stiefel tragen, wenn er sich tiefer in dieses Land hineinwagte, denn der Grund saugte und zerrte an seinen Füßen. Der rote Mann trug jahrelang dieselben Mokassins, denn das Land war sanft zu ihm und erwartete seine Schritte. Während er sich jetzt vorwärtsbewegte, spürte Ta-Kumsaw Erde, Wind, Fluß und Wetterleuchten in sich, fühlte innerlich das Land, fühlte all die lebendigen Dinge darin, verstand sich als Hände, Füße und Gesicht der großen Mutter Erde. Daran muß ich festhalten, mahnte er sich selbst, ich darf niemals davon ablassen, sonst bin ich nichts mehr wert.

Aus dem Fort scholl plötzlich Geschrei herüber.

»Ein Dieb, ein Dieb!«

»Haltet ihn! Er hat ein Fäßchen gestohlen!«

Flüche, Gejohle! Und dann das schlimmste Geräusch: Ein Gewehrschuß. Ta-Kumsaw wartete auf den stechenden Schmerz des Todes in seiner Brust. Er blieb aus.

Statt dessen tauchte oben auf der Brüstung plötzlich eine schemenhafte Gestalt auf. Der Mann selbst war nicht zu erkennen, doch er balancierte eindeutig ein Faß auf seiner Schulter. Einen Moment lang stand er schwankend auf der Brüstung, dann sprang er herunter. Ta-Kumsaw wußte sofort, daß es sich nur um einen Indianer handeln konnte. Kein weißer Mann schaffte es, mit einem Faß auf der Schulter drei Körperlängen tief zu springen und bei der Landung fast kein Geräusch zu machen.

Ob absichtlich oder nicht — der flüchtende Dieb rannte genau auf Ta-Kumsaw zu und blieb dicht vor ihm abrupt stehen. Ta-Kumsaw erkannte den Mann im hellen Mondlicht sofort. »Lolla-Wossiky!«

»Habe mir ein Fäßchen geholt.«

»Ich sollte es zertrümmern.«

Lolla-Wossiky reckte nur den Kopf und musterte seinen Bruder. »Dann müßte ich mir ein neues holen.«

Die weißen Verfolger hatten inzwischen das Tor erreicht und riefen den Wachtposten zu, es zu öffnen. Das muß ich mir merken, dachte Ta-Kumsaw. Es wäre ein einfacher Weg, ins Innere des Forts zu gelangen. Noch während er dies dachte, packte er seinen Bruder samt Faß unter den Armen. In sich fühlte Ta-Kumsaw immer noch die Kraft der Erde, des Landes, und dieselbe Kraft übertrug sich auf Lolla-Wossiky, während er ihn an sich preßte und sein Keuchen hörte.

Die weißen Verfolger stürmten aus dem Fort. Obwohl Ta-Kumsaw und Lolla-Wossiky völlig ungedeckt, für jeden sichtbar in offenem Gelände standen, sahen die weißen Soldaten sie nicht. Doch — sie sahen sie wohl, schenkten den beiden Shaw-Nees aber keine Beachtung, sondern liefen an ihnen vorbei, schrien sich gegenseitig Worte zu und feuerten ziellos in den Wald. Dann sammelten sie sich in der Nähe der Brüder, standen so dicht neben ihnen, daß sie sie mit ausgestrecktem Arm hätten berühren können. Doch sie hoben keine Hand gegen sie, rührten die Indianer nicht an.

Nach einer Weile gaben die Weißen ihre Suche auf und kehrten fluchend und Verwünschungen ausstoßend ins Fort zurück.

»Das war diese einäugige Rothaut!«

»Dieser versoffene Shaw-Nee!«

»Lolla-Wossiky!«

»Wenn ich ihn in die Finger kriege, bringe ich ihn um.«

»Hängen müßte man diesen stehlenden Teufel.«

So schimpften sie, und keinen Steinwurf von ihnen entfernt stand Lolla-Wossiky mit dem Fäßchen auf der Schulter.

Als der letzte Weiße im Fort verschwand, begann Lolla-Wossiky zu kichern.

»Du lachst und hältst dabei das Gift des weißen Mannes auf der Schulter«, brummte Ta-Kumsaw.

»Ich lache, und mein Bruder hält mich mit dem Arm umschlungen.«

»Laß den Whisky hier und komm mit mir, Bruder! Der Fink hat meine Geschichte gehört und verkündet sie in seinem Lied.«

»Dann will ich diesem Lied lauschen und alle Tage meines Lebens glücklich sein«, antwortete Lolla-Wossiky.

»Das Land ist auf meiner Seite, Bruder. Ich bin das Gesicht des Landes, und das Land ist mein Atem und mein Blut.«

»Dann werde ich deinen Herzschlag im Rauschen des Windes hören.«

»Ich werde den weißen Mann in die See zurückjagen.«

Statt einer Antwort begann Lolla-Wossiky plötzlich zu weinen. Dies war kein Schluchzen eines Betrunkenen, sondern die trockenen, schweren Seufzer eines Mannes, der von großem Kummer gepeinigt wird. Ta-Kumsaw drückte seinen Bruder fester an sich, doch der stieß ihn weg. »Worte, Worte, nichts als Worte«, rief Lolla-Wossiky. »Du starker Krieger und großer Häuptling, wo warst du, als der weiße Mörder Harrison unseren Vater tötete?«

Ta-Kumsaw zeigte Geduld mit seinem Bruder. »Ich hasse nicht diesen einzelnen Mann. Er kann nichts dafür, daß er ein Weißer ist — wie ein Bär auch nicht schuld daran ist, daß er ein Bär ist.«

»Wer von uns beiden ist da der klügere?« hielt Lolla-Wossiky dagegen. »Du haßt alle Weißen, weil einige von ihnen schlecht sind, und verzeihst diesem einen sehr schlechten Mann. Ich hasse diesen einen weißen Mann, weil er sehr böse ist, und verzeihe allen anderen.«

»Er wird dafür bezahlen, indem ich ihn im Kampf besiege — indem eine Rothaut ihn im Krieg schlägt.«

»Er wird dafür büßen, indem er verliert, was er liebt — so, wie ich meinen Vater verloren habe.«

Mit diesen Worten wankte Lolla-Wossiky, das Faß immer noch auf der Schulter, in die Dunkelheit des Waldes davon.

Jeder weiß, wie es mit Lolla-Wossiky weiterging, wie er sein Traumtier suchte und ihm auf dem Hügel mit den Acht Gesichtern begegnete. Es war ein einäugiger Bär, und Lolla-Wossiky sah ihn nur, wenn er sein sehendes Auge schloß. Der Bär führte ihn zu dem goldenen Baum, wo Lolla-Wossiky einmal in eine seiner weißen Früchte biß und nie mehr Durst auf Feuerwasser verspürte.

Als er vom Hügel mit den Acht Gesichtern zurückkehrte, hieß er nicht mehr Lolla-Wossiky. Jetzt war er Tenskwa-Tawa, »der Eingang«, und er machte sich daran, die Indianer aller Stämme die Abkehr von den Gewohnheiten des weißen Mannes zu lehren, und warnte sie ganz besonders vor seinem Feuerwasser. Er erzählte ihnen von den Erscheinungen, die er auf dem Hügel der Acht Gesichter gehabt hatte. Einige davon betrafen die Zukunft, und seine Brüder nannten ihn den Propheten.

Als Governor Bill Harrison von dem einäugigen Roten hörte, den alle Welt den Propheten nannte, rief er lachend: »Himmel, das ist kein anderer als mein alter Freund Lolla-Wossiky. Sobald das Whiskyfaß, das er mir gestohlen hat, einmal leer ist, wird er sicher keine Visionen mehr haben.«

Nach einer Weile aber mußte er einsehen, wie sehr die Worte des Propheten bei seinem Volk Anklang fanden. Die Indianer sprachen seinen Namen mit der gleichen Ehrfurcht aus wie ein wahrer Christ den Namen Jesus. Das beunruhigte ihn irgendwie. Deshalb trommelte er alle Rothäute in der Umgebung von Carthago City zusammen — es war kurz vor dem Tag der Whisky-Ausgabe, so daß er sicher sein konnte, daß ihm die Indianer zuhörten — und hielt vor ihnen eine Rede, in der es nur um einen Punkt ging. »Wenn der alte Lolla-Wossiky wirklich ein Prophet ist«, sagte er, »soll er vor unseren Augen ein Wunder tun, um zu beweisen, daß er nicht nur ein Schwätzer ist. Ihr sollt ihn dazu bewegen, sich eine Hand oder einen Fuß abzuschneiden und sich das Körperteil wieder anzusetzen. Das würde doch beweisen, daß er wirklich ein Prophet ist, oder nicht? Oder noch besser — soll er sich doch ein Auge herausreißen und es dann wieder einsetzen. Was sagt ihr? Ihr sagt, er hat schon ein Auge verloren? Gerade darum soll er ein Wunder tun. Ich behaupte, solange er nur ein Auge hat, ist er kein Prophet.« Die Kunde davon erreichte den Propheten, als er gerade seine Lehre auf einer Wiese verkündete, die keine Meile oberhalb der Wobbish-Mündung sanft zu den Ufern des Tippy-Canoe abfiel. Ein paar rote Whisky-Einkäufer überbrachten sie und verhöhnten den Propheten. »Wir sind gekommen, um zu sehen, wie du dein Auge wiedererlangst.«

Der Prophet musterte sie lange mit seinem gesunden Auge und antwortete schließlich: »Mit diesem Auge sehe ich zwei rote Brüder, schwach und krank, dem Feuerwasser verfallen — Brüder, die mich mit den Worten des Mannes, der meinen Vater umbrachte, verspotten wollen.« Dann schloß er sein gutes Auge. »Und mit diesem Auge sehe ich zwei Kinder dieses Landes, geschmeidig, stark und schön, die ihre Frauen und Kinder lieben und gut zu allen Kreaturen sind.« Er öffnete sein Auge wieder. »Nun sagt, welches Auge ist krank, und welches sieht die Wahrheit?«

Und sie sagten zu ihm: »Tenskwa-Tawa, du bist ein wahrer Prophet, und du siehst mit beiden Augen.«

»Dann geht und erzählt dem weißen Mörder Harrison, daß ich das Zeichen gegeben habe, nach dem er verlangt hat. Und erzählt ihm von einem Zeichen, das er nicht gefordert hat. Berichtet ihm, daß eines Tages in seinem Haus ein Feuer auflodern wird, das keines Menschen Hand löschen kann. Nur der Regen wird dieses Feuer löschen, doch bevor es erstirbt, werden die Flammen dem weißen Mann etwas nehmen, an dem er mehr hängt als an einer Hand, einem Fuß oder einem Auge. Und er wird nicht die Macht haben, es zu ersetzen.«

Hooch war verblüfft. »Sie meinen, Sie wollen nicht die ganze Ladung?«

»Wir haben noch genug Vorrat von der letzten Lieferung«, sagte der Quartiermeister. »Vier Fässer — und das ist, um offen zu sein, mehr als wir brauchen.«

»Da bringe ich nun das Opfer und komme wie versprochen mit einer vollen Ladung den ganzen Fluß von Dekane herunter, ohne die am Fluß liegenden Orte zu beliefern, und dann wollen Sie mir sagen ...«

»Schon gut, Hooch, wir wissen alle, was für ein Opfer

das für Sie war.« Der Quartiermeister grinste. »Ich denke, Sie werden schon noch Ihre Unkosten hereinbekommen — und noch mehr. Sonst könnte das nur bedeuten, daß Sie mit den Profiten, die Sie früher bei uns gemacht haben, nicht richtig umgegangen sind.«

»Wer verkauft sonst noch an Sie?«

»Niemand.«

»Ich komme nun schon seit fast sieben Jahren regelmäßig nach Carthago City. In den letzten vier Jahren hatte ich das Monopol ...«

»Und wenn Sie recht überlegen, werden Sie sich daran erinnern, daß die Indianer uns in früheren Zeiten den größten Teil Ihres Fusels abnahmen.«

Hooch entfernte sich ein paar Schritte von dem Quartiermeister, stand im feuchten Ufergras und schaute sich um. Sein Lastkahn schaukelte träge auf dem Wasser. Nirgends war eine Rothaut zu sehen — tatsächlich keine einzige. Dabei handelte es sich nicht um eine Verschwörung, das wußte Hooch. Schon bei seinen letzten seltenen Besuchen waren die Roten immer weniger geworden, doch stets hatten ein paar von den versoffenen Wilden hier herumgehangen. Er drehte sich zu dem Quartiermeister um. »Wollen Sie mir etwa weismachen, daß es keine Whisky-Indianer mehr gibt?«

»Natürlich gibt's die noch. Aber da wir noch genügend Vorrat haben, liegen sie sicher vollkommen betrunken irgendwo herum.«

Hooch fluchte nicht schlecht. »Ich will mit dem Gouverneur darüber sprechen.«

»Das geht heute nicht. Er ist sehr beschäftigt.«

Hooch lächelte säuerlich. »Für mich ist er nie zu beschäftigt.«

»Diesmal schon, Hooch. Er hat ausdrücklich angeordnet, daß niemand ihn stören darf.«

»Er mag vielleicht glauben, er sei zu beschäftigt — ich nicht!«

»Machen Sie, was Sie wollen«, entgegnete der Quartiermeister. »Soll ich die vier Fässer für uns schon mal abladen lassen?«

»Nein, das veranlasse ich selbst.« Und er schrie seinen Männern, insbesondere diesem Mike Fink, der die schlimmste Gaunervisage besaß, zu: »Ich möchte bei jedem, der der Ladung zu nahe kommt, wenigstens vier Einschußlöcher im Körper sehen, ehe wir seinen Kadaver in den Fluß werfen.«

Die Stakmänner winkten und lachten — außer Mike Fink, der das Gesicht zu einer Grimasse verzog. Er war schon ein harter Bursche. Es wurde gemunkelt, daß man die Leute, die je mit ihm aneinandergeraten waren, leicht erkennen konnte. Sie hatten keine Ohren mehr. Und weiter wurde gemunkelt, man müsse, wollte man wenigstens ein Ohr behalten, am besten so lange warten, bis Mike an dem ersten abgebissenen Ohr herumkaute, ihm dann zwei Schwinger versetzen und sich schleunigst aus dem Staub machen. Ein echter Junge vom Fluß! Selbst Hooch wurde leicht nervös bei dem Gedanken, ihm jetzt seine Heuer nicht zahlen zu können. Bill Harrison mußte diese ganze Ladung kaufen, sonst gab es Ärger.

Auf seinem Weg ins Fort fielen Hooch einige Dinge auf. Die Tafel, die Harrison vor vier Jahren angebracht hatte, hing immer noch am alten Platz. Sie war verblaßt, der Regen hatte die Farbe verwaschen, doch keiner hatte sie instandgesetzt. Auch der Ort war nicht mehr weiter gewachsen, die Aura des Neuen war verflogen. Die Stadt wirkte heruntergekommen und trostlos.

Das war nicht im gesamten Hio-Territorium so. Kleine Orte wuchsen aus ihren Palisaden heraus, verwandelten sich in richtige Städte mit sauberen Häusern und ein paar gepflasterten Straßen. Hio erlebte einen Aufschwung, zumindest der östliche Teil am Suskwahenny, und unter den Bewohnern verbreitete sich immer mehr die Meinung, daß es bald zum Staat ausgerufen werden sollte.

In Carthago City war von diesem Aufschwung nichts zu merken. Hooch schlenderte über die Hauptstraße im Innern des Forts.

Überall waren Soldaten zu sehen, und die Disziplin war gut — das mußte man Governor Bill lassen. Doch früher waren die Straßen immer von Rothäuten bevölkert, die begierig auf die neue Lieferung Feuerwasser warteten. Jetzt sah man nur den menschlichen Abfall vom Fluß herumhängen, verkommener noch als Mike Fink, üble Gestalten mit tagealten Bärten und einer Whiskyfahne, schlimmer als bei jeder versoffenen Rothaut. Vier alte Gebäude hatte man zu Saloons umgebaut, die für diese nachmittägliche Stunde recht gut besucht waren.

Deshalb also, dachte Hooch. Carthago City hatte sich in eine typische Stadt am Fluß verwandelt — in eine Saloon-Stadt. Klar, daß sich in ihrer Nähe niemand niederlassen wollte — bei all dem Gesindel, das sich hier herumtrieb. Carthago war eine Whisky-Stadt geworden.

Wenn meine Überlegung aber stimmt, müßte Governor Bill doch meine ganze Ladung kaufen, nicht nur vier Fässer, dachte Hooch.

»Sie können gerne warten, wenn Sie wollen, Mr. Palmer. Doch der Gouverneur kann Sie heute nicht empfangen.«

Hooch hockte sich auf die Bank vor Harrisons Büro. Er bemerkte, daß Harrison mit seinem Adjutanten das Büro getauscht hatte. Hatte sein schönes großes Amtszimmer eingetauscht gegen — was? Gegen ein kleineres Büro im Zentrum des Hauses — nur Wände, keine Fenster! Das hatte doch etwas zu bedeuten. Sicher wollte Harrison verhindern, daß die Leute zu ihm hereinschauten. Vielleicht hatte er Angst, umgebracht zu werden.

Zwei Stunden saß der Schnapshändler auf der Bank. Soldaten kamen und gingen. Nur ruhig Blut, mahnte er sich. Harrison liebte es manchmal, die Leute lange Zeit warten zu lassen, bis sie, wenn er sie dann vorließ, so aufgebracht waren, daß sie keinen klaren Gedanken mehr fassen konnten. Manchmal gingen die Leute auch einfach wieder — oder kamen sich gegenüber Harrison schließlich ganz klein und unbedeutend vor, was diesem natürlich schmeichelte. Hooch wußte das alles und übte sich deshalb in Geduld. Als es aber Abend wurde und die Soldaten zum Wachwechsel antraten, wurde es ihm zuviel.

»Sagen Sie mal — was machen Sie da eigentlich?« herrschte er den diensttuenden Corporal im Vorzimmer an.

»Ich beende jetzt meinen Dienst«, antwortete der Soldat gelassen.

»Hören Sie mal, ich warte immer noch!«

»Machen Sie doch auch einfach Schluß für heute.«

Hooch empfand diese schnodderige Antwort wie einen Schlag ins Gesicht. Selbst solche Burschen wurden Hooch Palmer gegenüber schon aufmüpfig. Die Zeiten änderten sich einfach zu schnell. Hooch gefiel das überhaupt nicht. »Jetzt paß mal gut auf, mein Junge. Es wäre vielleicht nicht schlecht gewesen, wenn ich deine Mutter beizeiten an den Meistbietenden versteigert hätte.«

Das saß. Der Corporal schaute absolut nicht mehr gelangweilt drein. Trotzdem behielt er die Beherrschung, nur seine Haltung straffte sich. Ruhig sagte er: »Mr. Palmer, von mir aus können Sie hier die ganze Nacht und den ganzen Tag bis zum Abend warten. Sie werden Seine Exzellenz, den Herrn Gouverneur, trotzdem nicht zu Gesicht bekommen. Daß Sie trotzdem hier den ganzen Tag herumsitzen und warten, beweist mir, daß Sie einfach zu dumm sind zu erkennen, wie die Dinge stehen.«

Jetzt war es Hooch, der die Beherrschung verlor und zu einem Schlag ausholte. Es war kein richtiger Schwinger, mehr ein Tritt, denn Hooch hatte nie nach den Regeln eines Gentleman kämpfen gelernt. Ein Duell sah für ihn so aus, daß man hinter einem Felsen versteckt auf den Gegner wartete, ihn in den Rücken schoß und wie der Teufel wegrannte. Hoochs Stiefel traf das Knie des Soldaten und drückte es weit nach hinten durch. Der Corporal schrie Zeter und Mordio — aus gutem Grund, und nicht nur aus Schmerz. Nach diesem Tritt würde sein Knie nie mehr in Ordnung kommen. Vielleicht hätte Hooch nicht so hart zutreten dürfen, doch der Bursche war so verdammt vorlaut gewesen, hatte ja praktisch danach gelechzt. Das Problem war nur, daß der Soldat nicht mehr allein war. Beim ersten Aufschrei stürzten ein Sergeant und vier Soldaten mit Bajonetten in der Hand aus dem Zimmer des Gouverneurs und schauten sich grimmig um. Der Sergeant befahl zwei Soldaten, den Corporal in die Krankenstube zu schaffen. Dann nahm er Hooch unter Arrest, diesmal jedoch nicht so höflich wie vor vier Jahren. Wie rein zufällig, dafür aber ziemlich unsanft, stießen die Uniformierten ihm die Gewehrläufe in den Rücken, und plötzlich, wie durch Zauberei, zeigten Hoochs Kleider überall die Abdrücke von Stiefeln. Schließlich landete er in einer Gefängniszelle — diesmal war es kein Lagerraum. Sie ließen ihm seine Kleidung — und hatten ihm viele schmerzende Körperteile beschert.

Kein Zweifel — hier hatte sich einiges drastisch verändert.

In dieser Nacht erhielt Hooch noch Gesellschaft. Sechs weitere Individuen wurden eingesperrt, drei davon sturzbetrunken, die anderen drei wegen Randalierens. Keiner war ein Indianer. Hooch lauschte ihren Gesprächen. Keiner von ihnen schien sonderlich helle. Trotzdem mochte Hooch seinen Ohren kaum trauen. Kein Wort davon, daß sie sich mit Indianern prügelten, ihre Späßchen mit ihnen trieben oder ähnliches. Es war, als seien die Roten spurlos aus der Nachbarschaft verschwunden. Vielleicht war das auch so, vielleicht waren die Roten wirklich vom Erdboden verschwunden. Genau das hatte Governor Harrison doch gewollt. Aber wieso blühte Carthago City dann nicht auf, quoll über von weißen Siedlern?

Den einzigen Anhaltspunkt lieferten ihm ein paar Worte, die einer der Schläger von sich gab. »Schätze, bis zum Steuertermin bin ich blank.«

Die andern lachten und johlten.

»Habe zwar nichts gegen den Staatsdienst, aber 'ne richtige Arbeit is' das ja auch nich'.«

Hooch brauchte nicht zu fragen, er wußte genau, wovon die Rede war, mußte nicht unnötig die Aufmerksamkeit auf sich lenken und sich zum Gespött der Leute machen, weil er so übel zugerichtet im Gefängnis saß. Womöglich meinten die Typen dann noch, sie könnten seinen Körper als Objekt für ihr Nahkampftraining benutzen. Er hatte nicht vor, ein neues Leben als heruntergekommener Radaubruder zu beginnen — nicht mehr in seinem Alter.

Am Morgen holten ihn die Soldaten, diesmal andere, die nicht so grob mit ihren Füßen und Gewehrläufen umgingen. Sie führten Hooch aus dem Gefängnis — und jetzt endlich bekam er Bill Harrison zu Gesicht. Nicht in seinem Büro, nein, in einem Kellerraum seines Amtssitzes. Die Soldaten, fast ein Dutzend, marschierten hinter dem Haus vorbei. Plötzlich stürzte einer vor und riß eine Falltür auf. Zwei andere schleppten Hooch ein paar Stufen hinab. Dicht über ihren Köpfen krachte die Tür ins Schloß, doch die Soldaten strebten stur vorwärts. Hooch gefiel das alles überhaupt nicht. Harrison wollte offenbar nicht mit ihm zusammen gesehen werden, was bedeutete, daß ihr Zusammentreffen vielleicht ziemlich ungemütlich werden würde. Auf diese Weise konnte Harrison es jedenfalls jederzeit leugnen. Natürlich hätte Hooch die Soldaten als Zeugen, doch sie alle wußten inzwischen sicherlich von seinem gestrigen Zusammenstoß mit einem gewissen Corporal, dessen Kniegelenk dabei ein wenig in die falsche Richtung gebogen worden war. Sie wären sicherlich nicht gerade scharf darauf, für Hooch Palmer als Zeugen auszusagen.

Doch Harrison begrüßte ihn wie immer lächelnd, schüttelte ihm die Hand und schlug ihm auf die Schulter. »Hooch, du alter Flußpirat, wie geht's dir?«

»Ging mir schon mal besser, Governor. Was machen Frau und Kind?«

»Meine Frau ist gesund und lebt so, wie es einer Dame von Stand hier draußen im Grenzland eben möglich ist. Und mein Kleiner ist schon ein richtiger Soldat. Wir haben ihm eine hübsche Uniform nähen lassen. Du solltest ihn mal darin marschieren sehen!«

»Bei solchen Schilderungen erwacht in mir der Wunsch, mir doch irgendwann mal 'ne Frau zuzulegen.«

»Ich kann's dir nur empfehlen. Aber, Hooch, entschuldige, wo habe ich bloß meine Gedanken? Komm, setz dich erst mal.«

Hooch ließ sich ächzend auf einen Stuhl fallen. »Danke, Bill.«

Harrison nickte zufrieden. »Schön, dich zu sehen. Es ist lange her.«

»Ich hätte dich gern gestern schon gesehen«, brummte Hooch.

Harrison lächelte reuig. »Tut mir leid. Ich hatte zu tun. Haben meine Männer dich nicht wissen lassen, daß ich absolut keinen Termin mehr frei hatte?«

»Dein Terminplan war bisher nie so voll, daß du mich nicht empfangen konntest, Bill.«

»Du weißt doch, wie das manchmal geht. Ich hatte wirklich zu tun. Was hätte ich machen sollen?«

Hooch schüttelte den Kopf. »Komm, Bill, ich denke, wir haben uns jetzt genug Lügen erzählt. Das, was mit mir passierte, war geplant. Aber es war nicht mein Plan.«

»Wovon sprichst du überhaupt, Hooch?«

»Vielleicht war der Beinbruch des Corporals nicht eingeplant, aber offensichtlich hatte der Mann den Auftrag, mich so zu reizen, daß ich ihn angriff.«

»Er hatte nur Befehl, niemanden zu mir vorzulassen, der keinen Termin hatte, Hooch. Von einem Plan weiß ich nichts.« Harrison machte ein bekümmertes Gesicht. »Hooch, ich muß dir sagen, die Sache ist wirklich übel. Einen Offizier der U.S.-Armee anzugreifen ...« Er schüttelte den Kopf.

»Ein Corporal ist kein Offizier, Bill.«

»Ich wünschte, ich könnte dich zur Verhandlung zurück nach Suskwahenny schicken. Dort gibt es Anwälte, Geschworene und so weiter. Doch leider muß die Verhandlung hier stattfinden. Die Geschworenen aus unserer Gegend machen mit Leuten, die Beine von Soldaten brechen, kurzen Prozeß.«

»Es wäre besser, du würdest mit deinen Drohungen aufhören und mir endlich sagen, was du wirklich von mir willst.«

»Was ich von dir will? Ich bettele nicht um einen Gefallen, Hooch. Ich bin nur besorgt wegen eines meiner Freunde, der mit dem Gesetz in Konflikt geraten ist.«

»Muß schon was besonders Schlimmes sein, was du vorhast. Sonst würdest du mich rundheraus danach fragen. Du scheinst der Ansicht zu sein, daß ich dir den Gefallen abschlagen könnte, wenn du mir nicht vorher Todesangst einjagst. Ich bin neugierig, was so schlimm ist, daß du glaubst, ich würde es nicht tun. Da gibt es nicht viele Möglichkeiten, Bill.«

Harrison schüttelte den Kopf. »Das siehst du völlig falsch, Hooch.«

»Diese Stadt stirbt, Bill. Die Dinge laufen nicht so, wie du es willst, weil du meiner Meinung nach ein paar Dummheiten gemacht hast. Die Roten haben sich verzogen — oder sind inzwischen alle verreckt. Und da gehst du idiotischerweise hin und holst dir, um die Einnahmen aus dem Whiskygeschäft nicht ganz zu verlieren, den Auswurf der Menschheit in die Stadt, den weißen Abschaum, Flußgesindel wie die Männer, mit denen ich die Nacht in der Zelle verbringen mußte. Und von solchen Ganoven läßt du auch noch die Steuern eintreiben, stimmt's? Die Farmer ärgern sich schon genug über die hohen Steuern, aber sie ärgern sich noch mehr, wenn solche verkommenen Subjekte sie eintreiben.«

Harrison goß sich drei Fingerbreit Whisky in seinen Becher und leerte ihn mit einem Schluck zur Hälfte.

»Auf diese Weise verlierst du deine roten Säufer wie auch deine weißen Farmer. Dir bleiben nur noch deine Soldaten, das Flußgesindel — und das Geld, das du von der Summe, die der U.S.-Armee zur Befriedung des Westens zur Verfügung steht, in deine Tasche abzweigst.«

Harrison trank den Becher leer und rülpste.

»Was bedeutet, daß du schlecht geplant und dumme Entscheidungen getroffen hast. Und von mir erwartest du nun, daß ich dir aus dem Schlamassel helfe.«

Harrison goß sich erneut ein, trank aber nicht, sondern holte aus und warf Hooch den Becher ins Gesicht. Der Whisky rann dem Händler in die Augen, der Becher prallte ihm gegen die Stirn. Hooch stürzte zu Boden und versuchte, sich den Alkohol aus den Augen zu reiben. Wenig später setzte er sich wieder auf seinen Stuhl und preßte sich ein feuchtes Tuch gegen die Stirn. Sein Verhalten war jetzt auffallend vorsichtiger und vernünftiger, jedoch nur, weil er genau wußte, daß Harrison einen Flush auf der Hand hielt, er dagegen nur zwei Pärchen. Wichtig war jetzt vor allem, hier lebend herauszukommen, dann würde man weitersehen. Okay!

»Ich treffe niemals idiotische Entscheidungen«, sagte Harrison unverändert freundlich.

Nein, du bist der schlauste Gouverneur, den Carthago je verkraften mußte. Mich wundert ehrlich, daß du noch kein König bist. — Dies hätte Hooch ihm gerne geantwortet, doch er schwieg klugerweise.

»Der Prophet ist schuld, diese verdammte Rothaut oben im Norden. Baut doch tatsächlich seine Prophetenstadt auf der anderen Seite des Wobbish — genau gegenüber von Vigor Church. Du willst mir doch nicht weismachen, daß das Zufall ist. Da steckt doch dieser Arm Gottes dahinter — er versucht, mir den Staat Wobbish wegzunehmen, und benutzt diese Roten für seine Zwecke. Ich wußte, daß eine Menge Indianer nach Norden gezogen waren. Jeder wußte das. Doch ich hatte immer noch meine Feuerwasser-Indianer — die, die bis dahin noch nicht verreckt waren. Die paar Roten, die nach dem Abzug der Shaw-Nee noch blieben, waren nicht der Rede wert. Deshalb wollte ich weiße Siedler ins Land holen. Und was meine Steuereintreiber betrifft — da irrst du dich. Sie haben die weißen Siedler nicht vertrieben. Das war Ta-Kumsaw.«

»Ich dachte, es sei der Prophet gewesen.«

»Komm mir nicht frech, Hooch. Ich habe zur Zeit wenig Sinn für solche Scherze.«

Das hättest du mir auch sagen können, ehe du mir den Becher an den Kopf geworfen hast. Aber nein, Hooch, halt den Mund, sonst dreht er noch ganz durch.
»Tut mir leid, Bill.«

»Ta-Kumsaw ist ein gewitzter Bursche. Er tötet keine Weißen, sondern zeigt sich nur mit fünfzig seiner Krieger auf den Farmen. Er schießt niemanden nieder. Auch den Siedlern muß wohl rasch klar geworden sein, daß es nicht sonderlich ratsam ist, das Feuer auf fünfzig Indianer, die in voller Kriegsbemalung ums Haus herumgeistern, zu eröffnen. Die Bauernlümmel schauten also nur untätig zu, wie die Shaw-Nee die Tore der Ställe und jedes Gatter öffneten und das Vieh heraustrieben. Pferde, Schweine, Milchkühe. Und wie dem Rattenfänger folgten die Tiere den Shaw-Nee freiwillig in die Wälder — auf Nimmerwiedersehen.«

»Du willst mir doch nicht erzählen, daß die Siedler nicht ein paar Stück Vieh wiedergefunden haben.«

»Die Tiere blieben verschwunden, man fand nicht mal ihre Fährte. Als ob sie sich in Luft aufgelöst hätten. Und es ist diese Furcht, daß eines Tages ihr ganzes Vieh spurlos verschwindet, die die Farmer aus unserer Region fernhält.«

»Haben die Shaw-Nee die Tiere gegessen?«

»Wie soll ich das wissen? Die Weißen kommen zu mir und sagen: Holen Sie unsere Tiere zurück. Doch weder meine Soldaten noch meine Kundschafter wissen bis heute, wo Ta-Kumsaws Meute steckt. Nirgends ein Indianerdorf, nichts. Ich habe ein Caska-Skeeaw-Dorf oben am Little My-Ammy durchsuchen lassen, mit dem einzigen Erfolg, daß nur noch mehr Rote ihre Jagdgründe verließen und Ta-Kumsaw den Rücken stärkten.«

Hooch konnte sich lebhaft vorstellen, wie die Durchsuchung ausgesehen hatte. Alte Männer, Frauen und Kinder — abgeschlachtet, erschossen, verbrannt! Hooch wußte zu gut, wie Harrison mit Indianern umsprang.

»Und dann, letzten Monat, tauchte dieser Prophet hier auf. Ich wußte, daß er kommen würde. Selbst die Feuerwasser-Indianer sprachen von nichts anderem mehr. Der Prophet kommt — wir müssen den Propheten sehen. Ich habe herauszufinden versucht, wohin er gehen, wo er reden würde, setzte dafür sogar ein paar meiner abgerichteten Wilden ein. Keine Chance. Nicht die kleinste Information. Keiner wußte was. Und dann verbreitete sich eines Tages die Nachricht wie ein Lauffeuer durch die Stadt: Der Prophet ist da. Wo? Komm mit, er ist hier. Keiner verriet, wo er war. Ich schwöre, diese Roten können miteinander reden, ohne zu sprechen — wenn du weißt, was ich meine.«

»Bill, du hast doch sicher Spione hingeschickt. Sonst müßte ich glauben, du bist nicht mehr der alte.«

»Spione? Ich bin selbst hingegangen. Was sagst du jetzt? Und weißt du, wieso? Ta-Kumsaw hat mir eine Einladung geschickt. Jetzt bist du sprachlos, was? Ich sollte ohne Soldaten und Waffen kommen.«

»Und du bist hingegangen? Er hätte dich kidnappen können und ...«

»Er gab mir sein Wort. Ta-Kumsaw ist zwar eine Rothaut, doch er hält sein Wort.«

Verrückte Welt, dachte Hooch. Harrison, der sich damit brüstete, Indianern gegenüber nie sein Wort zu halten, baute umgekehrt darauf, daß Ta-Kumsaw sein Versprechen nicht brach. Und er war tatsächlich lebend zurückgekommen, oder nicht? Ta-Kumsaw stand wirklich für sein Wort ein.

»Ich ging also hin. Anscheinend waren alle Indianer aus dem gesamten My-Ammy-County dort zusammengeströmt. Müssen über zehntausend gewesen sein. Hockten da in dem brachliegenden Maisfeld herum — dank Ta-Kumsaw gibt's ja jetzt jede Menge davon! Hätte ich hundert Soldaten und meine zwei Kanonen dabei gehabt, hätte ich das ganze verdammte Indianerproblem mit einem Schlag gelöst, darauf kannst du wetten.«

»Schade, daß du es nicht getan hast.«

»Ta-Kumsaw bot mir einen Platz in der ersten Reihe an, doch ich wollte nicht. Ich habe mich nach hinten verzogen und zugehört. Der Prophet erhob sich, stellte sich auf einen Baumstumpf und redete, redete, redete.«

»Hast du was davon verstanden? Du sprichst doch kein Shaw-Nee!«

»Er sprach Englisch, Hooch. Es waren zu viele verschiedene Stämme vertreten, und die einzige Sprache, die alle verstanden, war Englisch. Manchmal verfiel er in sein indianisches Kauderwelsch, doch das meiste, was er sagte, war zu verstehen. Er sprach von der Bestimmung des roten Mannes, der sich vor der Vergiftung durch die Weißen hüten sollte. Die Roten sollten alle gemeinsam in einem Teil des Landes leben — die Weißen im anderen, so daß alle ihr eigenes Land hätten — und eine Stadt aus Kristall bauen. Hörte sich alles recht hübsch an, sieht man mal von der Tatsache ab, daß die Roten nicht mal imstande sind, einen Schuppen richtig zu bauen. Mag gar nicht drüber nachdenken, wie da ihre Stadt aus Glas aussehen würde. Doch am häufigsten mahnte er immer wieder: Trinkt kein Feuerwasser, nicht einen Tropfen! Gebt es auf, haltet euch fern davon. Schnaps ist die Fessel, die der weiße Mann benutzt, die Fessel und die Peitsche und das Messer. Zuerst fängt er dich, denn peitscht er dich aus, und dann tötet er dich. Das Feuerwasser tötet dich zum Schluß immer. Und wenn der weiße Mann dich getötet hat mit seinem Whisky, dann kommt er, nimmt dein Land, zerstört es und macht es unfruchtbar, tot, nutzlos.«

»Scheint, als hätte er dich tief beeindruckt, Bill«, brummte Hooch. »Du kennst ja seine Rede beinahe auswendig.«

»Auswendig — unmöglich! Er hat geschlagene drei Stunden gesprochen. Erzählte was von Erscheinungen aus der Vergangenheit, von Zukunftsvisionen. Schwafelte was von — verdammt, Hooch, war das ein Quatsch, aber diese einfältigen Wilden schluckten das wie ... wie ...«

»Wie Whisky.«

»Richtig, wie Whisky. Anstelle von Whisky. Dann folgten ihm alle, jedenfalls fast alle. Zurück blieben nur ein paar Feuerwasser-Indianer, die ohnehin bald über den Jordan gehen, und natürlich meine abgerichteten Wilden. Doch die zählen nicht. Sonst sind nur noch ein paar unbefriedete Stämme auf der anderen Seite des Hio übrig.«

»Sie folgten ihm? Wohin?«

»Zur Stadt des Propheten. Das ist es, was mich noch umbringt, Hooch. Sie alle zogen nach Prophetstown am gegenüberliegenden Ufer von Vigor Church. Aber auch alle Weißen ziehen dorthin, zwar nicht direkt nach Vigor Church, aber in die Umgebung. Und da hält dieser verdammte Arm des Teufels Weaver den Daumen drauf. Sie stecken alle unter einer Decke, Hooch, da möchte ich wetten — dieser Ta-Kumsaw, der Arm-Gottes-Weaver und der Prophet.«

»Sieht fast so aus.«

»Das schlimmste daran ist, daß ich diesen verdammten Propheten bestimmt tausendmal in meinem Büro hatte. Ich hätte den Burschen schon längst umbringen und mir viel Ärger ersparen können. Aber das weiß man ja immer erst nachher.«

»Du kennst den Propheten?«

»Heißt das, du kennst ihn nicht?«

»Ich kenne nur wenige Indianer beim Namen, Bill.«

»Und wenn ich dir verrate, daß der Prophet nur ein Auge hat?«

»Du meinst doch nicht etwas Lolla-Wossiky!«

»Genau den.«

»Diese einäugige Schnapsnase?«

»So wahr ich hier vor dir sitze, Hooch. Nennt sich jetzt Tenska-Tawa. Das bedeutet ›Offene Tür‹ oder so was Ähnliches. Am liebsten würde ich diese Tür schließen. Ich hätte ihn umbringen sollen, als ich noch die Möglichkeit dazu hatte. Aber ich habe mich immer darauf verlassen, nachdem er sich davonmachte ... du weißt, er hat ein Faß gestohlen und ist damit in den Wäldern verschwunden ...«

»Ich war in dieser Nacht hier und habe mich an der Verfolgung beteiligt.«

»Also, als er nicht zurückkam, habe ich geglaubt, er hätte sich an dem Faß zu Tode gesoffen. Statt dessen predigt er jetzt den Roten, wie er immer Alkohol haben mußte, bis ihm Gott Visionen schickte, und er von da an keinen Drink mehr anrührte.«

»Schick mir Visionen — und ich gebe auch das Trinken auf.«

Harrison nahm einen Schluck Whisky, diesmal direkt aus dem Krug, denn der Becher lag immer noch in der

Zimmerecke auf dem Boden.»Du hast mein Problem erkannt, Hooch?«

»Nicht nur dieses eine. Du hast eine Menge Probleme. Doch ich weiß nicht, was ich damit zu tun habe — abgesehen von der Tatsache, daß du mir nur vier Fässer Whisky abgekauft hast.«

»Oh, du steckst da tiefer drin, als du denkst, Hooch. Viel tiefer. Denn ich bin noch nicht am Ende. Zwar hat der Prophet all meine Feuerwasser-Indianer bekehrt, und Ta-Kumsaw hat meine weißen Siedler das Fürchten gelehrt, aber ich gebe mich noch nicht geschlagen.«

»Nein, du bist ein Kämpfer«, bestätigte Hooch. Im stillen dachte er bewundernd: Du bist zwar eine falsche Schlange, aber kein Feigling. Der Händler hütete sich jedoch, diesen Gedanken laut auszusprechen, denn Harrison hätte seine Worte bestimmt wieder in den falschen Hals bekommen. Der Governor war eben doch ein Mann von seinem Schlag.

»Die Sache ist ganz einfach — Ta-Kumsaw und der Prophet sind die Schuldigen. Ich muß sie töten. Nein, ich muß mich verbessern. Ich werde sie erst besiegen und dann töten. Ich muß sie zunächst als Wirrköpfe brandmarken und dann umbringen.«

»Eine gute Idee. Ich organisiere die Wetten darauf.«

»Das traue ich dir glatt zu, Hooch. Dastehen und Wetten annehmen! Nun, ich kann nicht einfach mit meinen Soldaten nach Vigor Church raufmarschieren und Prophetstown ausradieren. Arm-Gottes-Weaver würde sich mir sicher entgegenstellen und möglicherweise die Truppen in der Garnison von Fort Wayne als Verstärkung anfordern. Und ich verliere dabei vielleicht meine staatliche Akkreditierung als Gouverneur. Ich muß die Sache so einfädeln, daß mich die Leute in Vigor Church und im ganzen Wobbish darum bitten, sie von der roten Seuche zu befreien.«

Jetzt verstand Hooch erst richtig, was dies alles bedeutete. »Du willst eine Provokation inszenieren?«

»Bist 'n kluger Kopf, Hooch. Ich werde ein paar Rote raufschicken, die echte Scherereien machen, dann jedem erzählen, Ta-Kumsaw und der Prophet hätten sie dazu angestiftet, und den beiden so alle Schuld in die Schuhe schieben.«

Hooch nickte. »Ich verstehe. Das müßte aber dann schon was Schlimmeres sein, als den Weißen ihre Kühe wegzutreiben oder so was Ähnliches. Nein, es muß schon was sein, das die Siedler nach Rache schreien läßt. Sie sollen sich nach Norden aufmachen und die Roten abschlachten. Ein paar Kinder entführen, sie zu Tode martern, ihnen dann Ta-Kumsaws Namenszeichen in die Haut ritzen und sie irgendwo liegenlassen, wo man sie sicher findet.«

»Ich werde mich hüten, Hooch, jemanden einen derart schrecklichen Auftrag zu geben. Ich glaube nicht, daß ich überhaupt genaue Instruktionen geben werde. Es genügt doch, den Roten zu sagen, sie sollten was machen, das die Weißen da oben auf die Palme bringt, und dann das Gerücht zu streuen, Ta-Kumsaw habe es so befohlen.«

»Dann darfst du dich aber nicht wundern, wenn es zu Vergewaltigungen und Folterungen kommt.«

»Sie dürfen natürlich keine weißen Frauen anrühren. Das ist doch klar.«

»Natürlich, verstehe. Bliebe also nur, die Kinder zu Tode zu quälen, und selbstverständlich nur die männlichen.«

»Wie ich schon sagte — ich würde nie jemandem befehlen, so etwas zu tun.«

Hooch nickte mit geschlossenen Augen. Sicher würde Harrison keinem eine solche Tat befehlen, aber auch nicht ausdrücklich verbieten. »Es dürfen dann aber auch keine Rothäute hier aus der Gegend sein, Bill, denn die sind ohnehin fast alle verschwunden. Und deine abgerichteten Wilden sind der wertloseste Abschaum, den die Welt je erlebt hat.«

»Zugegeben, das stimmt.«

»Also brauchst du Indianer aus dem Gebiet südlich des Flusses, Rote, die des Propheten Worte bis jetzt nicht vernommen haben, immer noch scharf auf Whisky sind und andererseits aber noch genug Verstand haben, den Job richtig auszuführen. Blutrünstige Wilde, die die Kinder wirklich qualvoll sterben lassen. Und du brauchst meine Ladung als Köder.«

»So könnte es sein, Hooch.«

»Sie gehört dir, Bill. Du brauchst nur die Anklage gegen mich fallen zu lassen. Dafür kriegst du meinen Whisky fast umsonst. Gib mir nur das Geld, um meine Schiffsleute auszuzahlen, sonst fallen sie auf der Heimfahrt mit den Messern über mich her. Ich denke, das wäre nicht zuviel verlangt.«

»Hooch, du weißt genau, daß mir das allein nicht genügt.«

»Aber mehr werde ich nicht tun, Bill.«

»Ich kann doch nicht selbst zu den Indianern gehen und sie darum bitten. Ich kann doch nicht diesen Cree-Ek oder Choc-Taw erklären, was sie für mich tun sollen. Das muß ein anderer machen, damit ich alles abstreiten kann, wenn die Sache auffliegt. Ich muß sagen können, daß ich nie einen derartigen Auftrag gegeben habe, daß der Whisky die Roten dazu verleitet hat.«

»Damit man mich dann dafür verantwortlich macht. Bill, ich verstehe deine Beweggründe. Doch du hast mich schon richtig eingeschätzt. Was du vorhast, ist so ungeheuerlich, daß ich nicht mitziehe.«

Harrison musterte ihn kalt. »Hooch, der Angriff auf einen Offizier ist in diesem Fort ein Delikt, das mit dem Tod durch den Strang bestraft wird. Hatte ich mich vielleicht nicht deutlich genug ausgedrückt?«

»Bill, ich habe gelogen, betrogen und manchmal auch getötet, um in dieser Welt ein wenig vorwärtszukommen. Doch ich habe noch nie jemand dazu angestiftet, ein paar Müttern ihre Kinder wegzunehmen und sie zu Tode zu quälen. Bei meiner geringen Ehre — ich habe das noch nie getan, und werde es auch niemals tun.«

Harrison studierte Hoochs Gesicht. Der Whisky-Händler meinte seine Worte ernst. »Na, das überrascht mich aber. Es gibt tatsächlich ein Verbrechen, das Hooch Palmer nicht begeht, selbst wenn er dafür ins Gras beißen müßte.«

»Du wirst mich nicht töten, Bill.«

»Aber sicher werde ich das tun, Hooch. Dafür gibt es zwei Gründe. Der erste: Du hast mir meine Bitte abgeschlagen. Der zweite: Du kennst als einziger meinen Plan. Hooch — du bist ein toter Mann.«

»Wie schön für mich. Dann nimm ein besonders rauhes Seil, und bau den Galgen stabil genug, mit einer zwanzig Fuß tiefen Fallgrube. Ich möchte eine Hänge-Party, von der die Leute noch lange sprechen.«

»Du wirst an einer Astgabel baumeln, Hooch, und wir werden das Seil so langsam hochziehen, daß du dir nicht das Genick brichst, sondern elendiglich erstickst.«

»Auch so bleibt's den Leuten lange in Erinnerung«, brummte Hooch.

Harrison rief nach der Wache und ließ Hooch wieder ins Gefängnis schaffen. Diesmal hielten sich die Soldaten nicht mehr zurück und stießen und schlugen ihn, so daß Hooch noch mehr Prellungen und eine angebrochene Rippe davontrug.

Hooch blieb nicht mehr viel Zeit. Er streckte sich vorsichtig auf dem Boden aus. Die Betrunkenen hatte man wieder auf freien Fuß gesetzt, dafür hatten die Randalierer die freigewordenen Pritschen belegt. So blieb ihm nur der Boden, was Hooch nicht sonderlich störte. Er wußte, Harrison würde ihm kaum mehr als eine oder zwei Stunden Zeit lassen, sich zu bedenken. Dann würde er ihn holen und ihm die Schlinge um den Hals legen lassen. Vielleicht würde er so tun, als gäbe er ihm noch eine letzte Chance. Doch damit wäre ihm sicher nicht ernst, denn er durfte Hooch nun nicht mehr trauen. Der Whiskyhändler hatte seinen Wunsch nicht erfüllt, deshalb konnte er ihn nicht mehr frei herumlaufen lassen. Hooch könnte ja seinen Plan verraten.

Hooch würde die ihm verbleibende Zeit gut zu nutzen wissen. Er begann ganz unauffällig, schloß die Augen und baute innerlich langsam Wärme auf — zündete einen Funken. Sekundenbruchteile später sandte er den Funken aus und schickte ihn auf die Suche. Bald hatte er sein Ziel gefunden: Governor Bill's Haus. Der Funke war aber zu weit von Hooch entfernt und deshalb zu schwach, als daß er ihn auf einen speziellen Punkt hätte ausrichten können. Das Ziel durfte nicht zu widerstandsfähig sein. Hooch pumpte Haß, Wut und Schmerz in den Funken, machte ihn heißer und heißer. Er ließ die Hitze aus sich herausströmen wie nie zuvor in seinem Leben, stieß den Funken hierhin und dorthin, bis er schließlich die ersehnten Worte hörte ...

»Feuer! Zu Hilfe — Feuer!«

Die Worte drangen von draußen zu ihm in die Zelle, zuerst nur schwach, dann immer lauter und häufiger. Schüsse knallten und machten jedermann auf die drohende Gefahr aufmerksam.

Die Schläger hörten den Ruf ebenfalls. Einer von ihnen trat sogar auf Hooch — so eilig hatten sie es plötzlich, zur Tür zu kommen. Sie rüttelten am Griff und schrien nach den Wachen. »Aufmachen! Laßt uns hier raus, ehe ihr zum Feuerlöschen verschwindet. Wir wollen nicht hier drin bei lebendigem Leib schmoren.«

Hooch registrierte kaum, wie der Mann auf ihn trat. Sein Körper war ohnehin nur noch ein einziger Schmerz. Er blieb still liegen und spielte mit seinem Zündfunken, ließ ihn das Metall des Zellenschlosses aufheizen. Dieses Ziel war näher und deutlicher, sein Funke wurde hier sehr viel heißer.

Der Wachtposten kam, steckte den Schlüssel ins

Schloß und öffnete die Zellentür. »Ihr Jungs könnt heraus, das hat der Sergeant so angeordnet. Ihr sollt beim Löschen helfen.«

Hooch kam mühsam auf die Beine, doch der Soldat schob ihn in die Zelle zurück. Hooch war nicht überrascht. Er heizte den Funken weiter auf, bis das Metall im Schloßinnern zu schmelzen begann. Das Schloß glühte schon mattrot.

Der Posten warf die Tür zu und wollte den Schlüssel drehen, verbrannte sich aber sofort die Finger. Er fluchte heftig und wickelte sich den Hemdzipfel um die Hand. In diesem Moment stieß Hooch von innen heftig gegen die Tür. Der Soldat stürzte zu Boden. Hooch traktierte ihn mit ein paar harten Fußtritten gegen den Kopf und brach ihm womöglich dabei das Genick. Er empfand das nicht als Mord, sondern als ausgleichende Gerechtigkeit. Der Posten hätte ihn sonst in seiner Zelle den Flammen preisgegeben.

Hooch verließ das Gefängnis. Niemand schenkte ihm sonderlich Beachtung. Er konnte das Haus des Gouverneurs nicht sehen, freute sich aber über die dunkle Rauchwolke. Der Himmel war grau und verhangen. Vielleicht würde es regnen, ehe das ganze Fort abbrannte. Hooch hoffte, der ganze Ort möge ein Raub der Flammen werden. Rothäute umzubringen war für Hooch durchaus okay. In diesem Punkt war er mit Harrison einer Meinung. Das beste Mittel dazu war der Whisky, und wenn das nicht hinhaute, konnte man immer noch mit ein paar Kugeln nachhelfen. Aber man tötete keine Weißen, oder ließ nicht ihre Kinder von angeheuerten Indianern zu Tode quälen. Möglich, daß Harrison darin keinen Unterschied sah. Für ihn waren dies vielleicht ähnliche Verluste an Menschenleben wie bei den Soldaten, die im Kampf gegen die Roten fielen. Nur daß diese Soldaten sehr viel jünger wären. Und sie würden doch für eine gute Sache geopfert, oder nicht?

Okay, Harrison mochte so denken — Hooch nicht. Er

war darüber selbst ziemlich verwundert, wie er sich eingestehen mußte. Er hatte doch mehr von Andrew Jackson in sich, als er geahnt hatte. Es gab für ihn eine Linie, die er nicht überschritt. Er zog sie zwar großzügiger als der alte Hickory, doch es gab sie, und Hooch würde eher sterben, als sie zu übertreten.

Natürlich hatte er nicht vor zu sterben, wenn er es verhindern konnte. Deshalb durfte er nicht einfach vom Fort zur Anlegestelle hinunterspazieren. Dort würde man ihn zu schnell entdecken. Hooch kletterte auf die Palisadenbrüstung. Die Posten schauten alle zu dem brennenden Haus hinüber. Der Whiskyhändler kletterte hinüber und ließ sich an der Außenseite zu Boden fallen. Keiner bemerkte ihn. Er eilte die zehn Meter zum Wald hinüber und arbeitete sich mühsam durch das Dickicht zum Flußufer hinab. Seine Rippen schmerzten höllisch, und er hatte zum Erhitzn des Funkens ziemlich viel Energie verbraucht. Er war erschöpft.

Schließlich erreichte er die freie Fläche oberhalb der Anlegestelle. Dort lag sein Lastkahn, immer noch hoch beladen mit den Fässern. Seine Schiffsleute standen in der Nähe und beobachteten die Menschenkette, die dreißig Meter flußauf das Löschwasser in Eimern zur Brandstelle weiterreichte. Es wunderte Hooch kaum, daß seine Männer nicht mithalfen. Sie gehörten nicht zu den Menschen, denen das Gemeinwohl sonderlich am Herzen lag.

Hooch stolperte zur Anlegestelle und winkte seine Leute zu sich. Er sprang auf das Boot, wobei er vor Schwäche und Schmerz ein wenig taumelte. Er drehte sich um, wollte seiner Crew erklären, warum sie sofort ablegen mußten, doch die Männer standen immer noch am Ufer und schauten zu ihm herüber. Hooch winkte erneut, doch sie rührten sich nicht. Schön, dann fuhr er eben ohne sie. Er wollte die Leine loswerfen, als ihm bewußt wurde, daß nicht alle Stakmänner am Ufer standen. Einer fehlte. Und wo der war, wußte Hooch genau.

Hier auf dem Boot, dicht hinter ihm, die Hände nach ihm ausstreckend ...

Mike Fink war kein Messerheld. Natürlich stach er auch zu, wenn es sein mußte. Aber lieber tötete er mit bloßen Händen. Das Töten mit dem Messer, pflegte er zu sagen, sei ähnlich wie das Pfählen einer Hure mit einem Besenstiel. Hooch wußte sofort, daß er nicht durch ein Messer umkam, daß er langsam sterben würde. Harrison mußte geahnt haben, daß Hooch fliehen würde, und hatte daher Mike Fink gekauft. Fink würde nicht lange zögern ...

Als sich im nächsten Augenblick tatsächlich dessen Hände um seinen Hals schlossen und so heftig zudrückten, daß Hooch glaubte, der Kopf würde ihm abgequetscht, lenkte der Whiskyhändler seinen Funken zu dem gewissen Faß an der Stelle des Bootes, die er sofort lokalisieren konnte, und brachte ihn zum Glühen, heizte das Faß immer mehr auf, immer weiter ...

... und wartete auf den Knall, wartete auf die Explosion, die nie erfolgte. Inzwischen schienen Finks Hände seinen Kehlkopf schon bis zum Rückgrat durchgedrückt zu haben. Hooch fühlte, wie seine Muskeln nachgaben, merkte, daß er um sich trat, daß seine Lungen nach Luft lechzten, die nicht mehr zu ihnen fand. Trotzdem heizte er seinen Funken immer weiter auf, hoffte bis zur letzten Sekunde, daß das Pulverfaß hochging. Dann war er tot.

Mike Fink lockerte seinen Griff erst eine Minute später. Vielleicht liebte er das Gefühl der Schwere, das Gefühl, einen Toten in den Händen zu halten. Schwer zu sagen bei Mike Fink. Manche Leute behaupteten, er könnte der netteste Mensch auf der Welt sein, wenn er wollte. Sicher dachte Mike Fink auch so über sich. Er war gern freundlich, hatte gern Freunde um sich und trank gern ein paar Gläschen in geselliger Runde. Doch wenn's darum ging, einen Menschen umzubringen — auch das tat er gern.

Aber schließlich konnte man einen Toten ja nicht ewig so festhalten. Fast bedauernd warf er Hoochs Leichnam ins Wasser.

»Rauch«, rief einer der Bootsmänner aufgeregt und streckte den Arm aus. Tatsächlich stieg aus der Mitte der Fässer Dampf auf.

»Das Pulverfaß!« schrie ein anderer, und sofort spritzten alle auseinander. Mike Fink begann unbändig zu lachen und hievte ein Faß nach dem anderen auf den Anlegesteg, bis er auf das Faß mit der Lunte stieß. Er rührte es nicht mit den Händen an, sondern rollte es mit der Stiefelspitze zum Schiffsrand. Inzwischen trauten sich auch die anderen wieder näher heran und verfolgten mißtrauisch Finks Treiben. »Ein Beil«, knurrte Fink. Einer der Männer löste seins vom Gurt und reichte es ihm. Nach ein paar wuchtigen Schlägen klaffte die obere Hälfte auf, und Dampf strömte zischend heraus. Das Wasser im Innern war kochend heiß.

»Dann war also überhaupt kein Pulver drin?« rief einer. Er war nicht gerade der Schlaueste, doch es gab nicht viele Leuchten unter den Leuten am Fluß.

»Natürlich war da Pulver drin, als er es zwischen die Ladung packte — oben in Suskwahenny. Aber ihr glaubt doch nicht, daß Mike Fink mit einem Pulverfaß unterm Hintern den Fluß runterschippert.«

Er sprang auf den Landungssteg und rief so laut, daß man im Innern des Forts seine Worte deutlich hören konnte und die Menschen in der Löschkette einen Moment mit der Arbeit innehielten: »Ich heiße Mike Fink, Leute, und ich bin der abgefeimteste Bastard eines Alligators, der je einem Büffel den Kopf abgebissen hat. Ich verspeise zum Frühstück die Ohren erwachsener Männer, zum Abendessen die Ohren von Bären, und mein Durst ist so groß, daß ich die Niagara-Fälle wegtrinke. Wenn ich pinkle, flüchten die Leute am Fluß in die Boote und treiben fünfzig Meilen weit, und wenn ich furze, sammeln die Franzosen den Duft in Flaschen und verkaufen ihn als Parfüm. Ich bin Mike Fink, und hier auf dem Fluß liegt mein Lastkahn. Solltet ihr elenden Wichte jemals das Feuer löschen können, gibt's für jeden einen Becher Whisky umsonst.«

Danach ging er mit den Männern zu der Menschenkette hinüber und half beim Löschen. Den Rest besorgte schließlich der Regen, der wenig später einsetzte.

In dieser Nacht, während die Soldaten tranken und sangen, rührte Mike Fink keinen Tropfen an. Statt dessen genoß er das Gefühl, jetzt selbst im Whiskygeschäft zu sein. Nur einer der Stakmänner war bei ihm — der jüngste, der ihn auf seine Art bewunderte. Er spielte mit der Zündschnur des Pulverfasses.

»Die Lunte hat nicht gebrannt«, sagte der Junge zögernd.

»Nein, vermutlich nicht.«

»Wie konnte dann das Wasser kochen?«

»Schätze, Hooch hatte da ein paar Tricks auf Lager. Sicher hatte er auch bei dem Brand seine Finger im Spiel.«

»Und du wußtest das, stimmt's?«

Fink schüttelte den Kopf. »Nein, ich hatte bloß so 'ne Ahnung. Manchmal habe ich solche Ahnungen und treffe Vorkehrungen. Wie bei dem Pulverfaß.«

»Du meinst, du kannst hellsehen?«

Statt eine Antwort zu geben, erhob sich Fink und ließ die Hose herunter. Auf seiner linken Hinterbacke befand sich eine sechseckige Tätowierung. »Die hat mir meine Mutter eingeritzt, als ich ein Jahr alt war. Sie sagte, das würde mich beschützen, auf daß ich so lange lebe, bis ich eines natürlichen Todes sterbe.« Er drehte sich ein wenig und zeigte dem Jungen die andere Pohälfte. »Und von der hier sagte sie, sie würde mir helfen, mein Glück zu machen. Ich wußte nicht, wie das möglich sein könnte, und meine Mutter starb, ohne es mir zu verraten. Bis jetzt hat sie aber recht behalten. Die Tätowierung bringt mir Glück. Durch sie fühle ich jedesmal, was ich zu tun habe.« Er grinste. »Jedenfalls hat mir mein Gefühl diesmal 'nen Lastkahn und 'ne Ladung Whisky eingebracht.«

»Will der Gouverneur dir wirklich 'nen Orden anstekken, weil du Hooch gekillt hast?«

»Sieht ganz so aus — zumindest dafür, daß ich ihn geschnappt habe.«

»Der Gouverneur war anscheinend nicht sonderlich traurig über Hoochs Ableben.«

»Sicher nicht. Der Gouverneur und ich wir sind inzwischen gute Freunde. Er sagt, er hätte da eine Sache, die nur ein richtiger Mann wie ich erledigen könnte.«

Der Achtzehnjährige betrachtete ihn mit bewunderndem Blick. »Darf ich mitkommen und dir dabei helfen?«

»Hast du schon mal gekämpft?«

»Schon oft.«

»Auch schon mal einem 'n Ohr abgebissen?«

»Nein, aber 'nem Kerl mal ein Auge eingedrückt.«

»Das ist doch keine Kunst. Augen sind weich.«

»Und dann hab ich mal einem das Maul poliert, daß ihm anschließend fünf Zähne fehlten.«

Fink dachte einen Moment darüber nach. Dann grinste er und nickte. »Na schön, du kannst mitkommen. Wenn ich mit dieser Sache fertig bin, gibt es keinen Mann, keine Frau und kein Kind mehr in hundert Meilen Umkreis vom Fluß, die meinen Namen nicht kennen. Oder zweifelst du daran, mein Junge?«

Der Junge bezweifelte es nicht.

Am nächsten Morgen setzten Mike Fink und seine Mannschaft mit dem Kahn zum südlichen Ufer des Hio hinüber, an Bord einen Wagen, ein paar Maultiere und acht Fässer Whisky. Sie würden ein paar Tauschgeschäfte mit den Roten machen.

Am Nachmittag begrub Governor William Harrison die traurigen Überreste seiner zweiten Frau und seines Jungen. Die Mutter hatte dem Jungen im Kinderzimmer gerade die neue Paradeuniform anprobiert, als sich das ganze Zimmer von einem Moment zum anderen in ein Flammenmeer verwandelte. Das Feuer in seinem Haus, nicht von Menschenhand entzündet, hatte die, die Bill Harrison am nächsten standen, von ihm genommen, und keine Macht auf Erden konnte sie ihm zurückgeben.

Ta-Kumsaw kehrte aus den Dörfern der Choc-Taw zurück, um seinen Bruder, den Propheten, zu besuchen. Er hatte den Stamm überreden wollen, mit seinen Kriegern seine Streitmacht zu verstärken. Er traf seinen Bruder in Prophetstown, wo der Tippy Canoe in den Wobbish mündete, genau gegenüber Vigor Church, der Stadt des weißen Mannes.

»Ich habe getan, was ich konnte, aber weniger erreicht, als ich erhoffte«, sagte Ta-Kumsaw. »Doch bald steht meine Armee, und dann vertreiben wir den weißen Mann.«

Der einäugige Prophet lächelte nur. »Mach mit deiner Armee, was du willst, Ta-Kumsaw, du Gesicht und Stimme des Landes. Ich habe vollbracht, was du nicht konntest.«

»Was?« fragte der größte Krieger unter allen Indianern. »Was könntest du tun, das ich nicht kann?«

»Ich habe den weißen Mörder Harrison für den Tod unseres Vaters mit dem Leben seiner Frau und seines Sohnes bezahlen lassen.«

Voller Kummer schrie Ta-Kumsaw auf. »Seine Frau und sein Sohn?«

»Ich lenkte den Funken des zündelnden Whiskyhändlers Hooch.«

»Du Narr«, rief Ta-Kumsaw. »Der weiße Mann tötete einen Vater — eine ruchlose Tat. Aber du hast einen Sohn getötet, und dazu alle zukünftigen Söhne und Töchter im Bauch seiner Frau. Der weiße Mann hat dir deine Wurzel abgeschnitten, du aber hast seine ganze Saat vernichtet. Vor deiner törichten Tat stand der weiße

Mann in der Schuld unseres Landes, und die große Mutter Erde war auf unserer Seite. Ich war das Gesicht und die Stimme des Landes, ich konnte Stürme und Fluten herbeirufen. Ich hätte die Erde erbeben lassen können. Doch nun hast du bewirkt, daß die Schuld des weißen Mannes getilgt wurde. Jetzt besitze ich nur noch die Kräfte meines Armes und die meiner Krieger.«

Der Prophet kniff sein gesundes Auge zu. Eine Träne quoll hervor, eine zweite aus dem geschlossenen Lid des anderen Auges.

»Ich wünschte, du wärest dem Whisky treu geblieben, Lolla-Wossiky«, sagte Ta-Kumsaw leise.

Es währte kein Jahr, da hatten die Kanonen von Governor Harrison Prophetstown dem Erdboden gleichgemacht, und der Prophet überquerte mit dem kümmerlichen Rest seiner Anhänger den Mizzipy. Ta-Kumsaw, von den Franzosen im Stich gelassen, wurde in der Schlacht bei Fort Detroit von Old Hickorys weißen Truppen vernichtend geschlagen. Es gab viele Augenzeugen, die berichteten, Ta-Kumsaws Körper habe aus unzähligen tiefen Wunden geblutet, doch er wurde nie gefunden. Einige behaupteten, die Erde habe ihn in sich augenommen. Das Land würde seine Wunden heilen. Ta-Kumsaw würde mit einer großen Indianer-Streitmacht zurückkehren, um sein Land wieder in Besitz zu nehmen.

Originaltitel: ›Carthage City‹
Aus: ›Isaac Asimov's Science Fiction Magazine‹, September 1987

Deutsche Übersetzung von Claudia Pape

Kai Riedemann

Isabellas Kind

Der Brief war am Morgen gekommen. Pünktlich zu Stephans fünftem Geburtstag. Er hatte zwischen den Glückwunschkarten der Onkel und Tanten gelegen, ein schlichter grauer Umschlag inmitten bunter Kärtchen und kleiner Pakete, und Isabella hatte ihn zunächst gar nicht beachtet.

Rechnungen, hatte sie gedacht, konnten warten an so einem Tag. Schließlich sollte es Stephans Tag werden. Mit viel Kakao für Katja, Ulli, Meike, Kim und Andy, und natürlich einer richtig altmodischen Negerkuß-Party. So war der Brief also erst einmal im Küchentisch gelandet, in der linken Schublade, direkt neben den Strohhalmen.

Der Vormittag war mit viel Aufregung und den üblichen hektischen Vorbereitungen verlaufen; mittags gab es mal wieder Bockwurst und Kartoffelsalat. Dann das Eintreffen der kleinen Gäste. Alle sorgsam von Mutti und Vati abgeliefert. Noch ein paar Ermahnungen, ein letztes Zurechtzupfen der Haare und der Kleidchen, ein Lächeln und das Versprechen, die Kinder spätestens um halb fünf wieder abzuholen.

Stephans erste richtige Negerkuß-Party, so mit allem Drum und Dran, und darauf war er auch mit Recht stolz. Katja, Ulli, Meike, Kim und Andy, sie alle lärmten einen halben Nachmittag lang durch die kleine Wohnung, vom Wohnzimmer ins Schlafzimmer, vom Schlafzimmer ins Wohnzimmer, und dazwischen immer wieder in die Küche, um die dort aufgebauten Süßigkeiten gar nicht erst alt werden zu lassen.

Schließlich gelang es Isabella immerhin, die Kinder wenigstens für kurze Zeit still am kerzengeschmückten Wohnzimmertisch zu vereinen. Es gelang ihr mit viel Zureden und der Drohung, keinen Kakao einzuschenken, und während die Kinder dann Kakao schlürften und Marmorkuchen kauten, hatte sie endlich einmal Gelegenheit, sich in der Küche etwas auszuruhen.

Sie setzte sich an den Küchentisch, überlegte dabei schon wieder, ob man noch Brause anbieten sollte, und wenn ja, ob dann mit Strohhalm, als ihr der Brief wieder einfiel. Also nahm sie den grauen Umschlag aus der Schublade, versuchte mißtrauisch, den Absenderstempel zu entziffern, öffnete schließlich den Brief und begann zu lesen.

FREIE UND HANSESTADT HAMBURG
SCHULBEHÖRDE
REFERAT FÜR BEGABTENSONDERFÖRDERUNG

Schöberl-Straße 18
2000 Hamburg 13

Fernsprecher: 4123- 009
Behördennetz: 9.38- 009
Zimmer-Nr.: 401
Auskunft erteilt: Marianne Surtich

Hamburg, den 23.09.1998

Herrn/Frau
Isabella Ellschak
Els-Oksaar-Weg 211
2000 Hamburg 76

Betr.: Begabtensonderförderung
hier: Aufforderung zum Primärtest
für Ihren Sohn/ihre Tochter Stephan Ellschak
Geburtsdatum: 24.09.1993
Aktennummer: BSF SG I 731/93
(Bei Anfragen bitte angeben!)

Sehr geehrte(r) Herr/Frau
Isabella Ellschak

Wir beziehen uns auf unser Schreiben vom 13.01.1994 über die bei der Geburt Ihres Sohnes/Ihrer Tochter durchgeführten genetischen Beurteilungen und ärztlichen Untersuchungen.

I. AUFFORDERUNG

Sie werden hiermit aufgefordert, mit Ihrem Sohn/Ihrer Tochter am 30.09.1998 um 9.30 Uhr im Referat für Begabtensonderförderung, ärztliche Untersuchungsabteilung Zimmer 413 vorstellig zu werden. Beiliegender Fragebogen ist ordnungsgemäß ausgefüllt mitzubringen.

II. BEGRÜNDUNG

Wie Ihnen bereits in unserem Schreiben vom 13.01.1994 mitgeteilt wurde, ist Ihr Sohn/Ihre Tochter in die Sondergruppe I eingestuft worden und muß deshalb nach Vollendigung des fünften Lebensjahres für weitere Begabungstests zur Verfügung gestellt werden.
Gemäß Paragraph 2 Absatz 1 des Hamburgischen Gesetzes zur Sonderförderung des wissenschaftlichen und künstlerischen Nachwuchses (HmbGSN) ist diese Aufforderung bindend.
Über die Bewilligung der Förderung bzw. über Art und Umfang entscheidet eine unabhängige Kommission. Bei Überführung des Kindes in eine städtische oder staatliche Förderungsanstalt steht Ihnen eine angemessene Entschädigung zu.

III. RECHTSBEHELFSBELEHRUNG

Gegen diese Aufforderung kann weder Widerspruch noch unmittelbar Klage erhoben werden. Über Rechtsschritte bei Förderungsbewilligung oder -ablehnung informiert Merkblatt 13.

im Auftrage

- Surtich -

Wie lange Isabella dagesessen hatte, am Küchentisch mit den leeren Negerkußtellern, den Saftgläsern und dem zerknüllten Bonbonpapier, wie lange sie dagesessen hatte, den Brief in der Hand, das wußte sie selbst nicht mehr. Erst das laute Schreien und Lachen aus dem Wohnzimmer brachte sie zurück in die Wirklichkeit, und so sah sie auf von dem vorgedruckten Briefbogen und direkt in die graugrünen Augen Stephans. Sie versuchte zu lächeln.

»Alles in Ordnung?« fragte sie und fuhr ihm durch das kurze blonde Haar.

Stephan nickte nur.

»Alles in Ordnung«, sagte er, »aber Meike und Andy möchten noch etwas Kakao.«

Isabella stand auf, legte den grauen Umschlag zurück in die Schublade, holte die Kanne mit dem Kakao von der Warmhalteplatte.

»Geh schon vor«, sagte sie, »ich bringe euch gleich noch ein paar Kekse.«

Aber Stephan blieb vor ihr stehen, sah zu ihr hoch, legte den Kopf etwas schief.

»Bei dir alles in Ordnung, Mama?« fragte er dann.

»Ja«, sagte Isabella, »auch bei mir alles in Ordnung.« Auch wenn sie ihm dabei nicht in die großen Augen sehen konnte.

Treffpunkt war wieder das Eiscafé. Wie damals. Isabella hatte Mario noch am gleichen Abend angerufen, und der hatte diesen Treffpunkt vorgeschlagen. Nicht aus Sentimentalität oder einer plötzlichen Anwandlung von Romantik, sondern aus praktischen Gründen: er arbeitete jetzt nebenan im neuen High-Tech-Center.

So saßen sie sich gegenüber wie damals. Bei Cappuccino und Keksen. Sogar die gleiche Musik erklang aus den versteckten Lautsprechern.

»Du hast Angst«, fragte Mario und nippte an seinem Cappuccino, »Angst, daß sie ihn dir wegnehmen?«

Isabella nickte. Dabei fiel ihr eine Strähne des dunkelblonden Haars in die Stirn. Aber bevor Mario sie ihr aus dem Gesicht streichen konnte, so wie früher, warf Isabella sie selbst mit einer energischen Kopfbewegung zurück.

»Ich weiß, was Kristina passiert ist«, sagte sie dann leise. »Kristina und ihrer Anika. Abgeholt haben sie das Mädchen, einfach so, und in ein Elite-Internat gesteckt. Kristina hat sie seitdem kaum wiedergesehen.«

»Das ist leider so üblich«, meinte Mario ernst. »Du kennst ja die Grundsätze der Sonderförderung. Die hochbegabten Kinder können nur ausreichend gefördert werden, wenn sie von Anfang an richtig erzogen und unterrichtet werden. Das geht nur in den Spezialinternaten. Zuviel Kontakt zu den Eltern könnte da sogar schaden.«

Isabella sah Mario ungläubig an. Sie wollte lachen, aber so ganz gelang ihr das nicht.

»Du kannst also einfach so zusehen, wie sie uns vielleicht unser Kind nehmen?« fragte sie schließlich.

Mario fuhr sich mit dem Zeigefinger der rechten Hand über den blonden Schnurrbart.

»Nein, so einfach ist das alles nicht, Isa.« Er schüttelte den Kopf. »Glaub ja nicht, mir wäre egal, was mit Stephan geschieht. Im Gegenteil. Aber wir können doch nichts machen außer hoffen, daß er bei den Tests nicht in die Sondergruppe eingestuft wird. Uns sind doch die Hände gebunden.«

Isabella merkte, daß ihr Cappuccino bereits kalt geworden war, griff nach einem Keks, legte ihn dann aber wieder zurück auf den Teller. Ihr Blick fiel auf die gelben Rosen, die Mario ihr mitgebracht hatte.

»Außerdem darfst du nicht vergessen, daß diese Förderung vielleicht für Stephan die große Chance ist. Wenn er erst mal das Internat erreicht hat, wenn er es geschafft hat, dann kann ihm doch das alles egal sein, die Suche nach Jobs, die miese Arbeit, nur um ein paar Mark zu verdienen. Dann ist er wer, dann hat er die Zukunft vor sich. Verstehst du das, Isa? Willst du ihm da im Weg stehen?«

»Warum wirst du so laut, Mario?« fragte Isabella.

Sie nahm die Rosen in die Hand, roch an den gelben Blüten, aber sie dufteten nicht.

»Warum wirst du so laut?« wiederholte sie. »Hast du vergessen, daß ich dir immer so gern zugehört habe, wenn du leise gesprochen hast? Weil du dann ehrlich bist?«

Mario antwortete nicht. Und er sah Isabella nicht an.

Also stand sie wortlos auf, ließ die Rosen auf dem Tisch zurück, drehte sich nur an der Tür des Eiscafés noch einmal um.

Mario sah ihr nach. Und sie wußte wieder einmal nicht, was er wirklich dachte.

Isabella hatte sich freigenommen für diesen Tag. Kein großes Problem, denn als wissenschaftliche Assistentin an der Universität konnte sie sich die Arbeitszeit etwas freier einteilen. Also hatte sie Stephan früh am Morgen zum Referat für Begabtensonderförderung gebracht, amtsärztliche Abteilung, Zimmer 413. Den ausgefüllten Fragebogen hatte sie abgegeben, noch ein paar Auskünfte erteilen müssen und selbst keine erhalten; dann hatte sie plötzlich allein im Flur gestanden.

Ein heller, freundlicher Flur, links sogar ein paar Fenster mit Blick auf die Alster, rechts gelbe und rote Türen, zwischen denen ständig Männer und Frauen in weißen Kitteln hin und her zu pendeln schienen.

»Sie brauchen nicht zu warten«, hatte die Frau von Zimmer 413 zu ihr gesagt, »es wird etwas dauern.«

Und daß sie Stephan erst am Nachmittag wieder abholen könnte, hatte sie gesagt, so gegen vier. Und daß sie sich keine Sorgen zu machen brauchte: Essen würde er natürlich hier in der Kantine.

Eine Weile hatte Isabella trotzdem gewartet. Erst als sich die Zeiger der großen Uhr über ihr allzu langsam weiterzudrehen schienen, hatte sie das hohe, rotverklinkerte Haus verlassen und war hinuntergegangen an die Alster.

Im Park hatte noch der Morgennebel gelegen; viel zu kalt, diese Jahreszeit, um sich noch in einen der großen weißen Holzstühle zu setzen. Nasses Gras, eine merkwürdige Stille, und auch das andere Ufer des Flusses war kaum zu erkennen gewesen, so daß Isabella schließlich den Kragen ihres Mantels hochgeschlagen hatte und quer durch den Alsterpark in Richtung Innenstadt gegangen war.

Links die Boote und kleinen Segeljachten, die schon auf den Winter vorbereitet wurden, dicht an dicht vertäut, im unruhigen Septemberwasser auf und ab dümpelnd, und dann die Telefonzelle. Isabella hatte erst Mario anrufen wollen. Aber dann war ihr das allzu kurze Treffen im Eiscafé eingefallen, seine Worte zwischen Cappuccino und Keksen, und sie hatte den Plan wieder aufgegeben. Statt dessen hatte sie versucht, Kristina zu erreichen.

Die hatte zwar heute noch Dienst, aber so gegen

drei, da würde sie sich mit Isabella treffen können. Im Amt.

So war sie den ganzen Vormittag durch die Innenstadt gelaufen, mehr oder weniger ziellos durch die Kaufhäuser, die Spitalerstraße hinauf, über den Gerhart-Hauptmann-Platz und dann die Mönckebergstraße wieder zurück. Immer unter den graugrünen Glaskuppeln entlang.

Sie hatte auch versucht, etwas zu essen, aber der Teller hatte noch nach einer halben Stunde unberührt vor ihr auf dem Tisch gestanden, so daß sie es schließlich aufgegeben hatte. Wie sie die letzten Stunden verbracht hatte, wußte sie nicht mehr so genau; jedoch um Punkt drei hatte sie wieder auf dem Flur des Referates für Begabtensonderförderung gestanden, auf Kristina gewartet.

Und jetzt saßen sie also vor den roten und gelben Türen. Isabella und Kristina. Auf weißen Kunstlederstühlen, den Blick auf die Alster hinter sich, und sie waren nicht einmal allein, denn inzwischen warteten mehrere Männer und Frauen darauf, daß man ihre Kinder wieder aus den Untersuchungszimmern entließ.

Isabella wußte ziemlich genau, was sich hinter den Türen abspielte. Kristina hatte es ihr erzählt, und die wußte es von ihrer Tochter Anika. Speziell entwickelte Begabungstests. Spielerischer Umgang mit Grundbegriffen aus allen möglichen Wissenschaftsbereichen, immer auf die Altersgruppe abgestimmt und immer mit dem Ziel, frühzeitig überdurchschnittliche Begabungen festzustellen. Um die Kinder gezielter fördern zu können, hieß es.

»Hast du überhaupt noch Kontakt zu Anika?« fragte Isabella in die Stille.

Kristina schüttelte nur den Kopf.

»Kaum«, sagte sie dann. »Anfangs durfte sie noch fast jedes Wochenende nach Hause, aber inzwischen sehen wir sie höchstens mal zu den Feiertagen. Die Anträge werden immer wieder abgelehnt. Wir dürfen ihr noch nicht einmal schreiben.«

»Und Wolfgang?«

»Hat alles versucht, um die Überstellung zu verhindern. Von vornherein war das hoffnungslos. Du kennst ja die Argumentation« — sie warf einen Blick auf den Mann im schwarzen Anzug neben ihr, der merkwürdigerweise mit einem Blumenstrauß in der Hand wartete — »man bekommt immer als Antwort, daß alles zum Wohl der Kinder geschieht und sowieso zu unser aller Wohl, weil nur mit einer rechtzeitig geförderten Elite der wissenschaftliche und technologische Vorsprung der anderen Länder aufgeholt werden kann und so weiter und so fort. Du kennst das ja.«

»Warum ist Mario eigentlich nicht hier?« fügte sie nach einer Weile hinzu.

Isabella antwortete nicht und zuckte nur mit den Schultern. Kristina war klug genug, um nicht weiter nachzufragen.

Der Mann mit dem Blumenstrauß war inzwischen aufgestanden und begann, vor den durchnumerierten Türen auf und ab zu gehen. Jedesmal wenn er an den beiden vorbeikam, warf er einen Blick auf seine Digitaluhr. Obwohl direkt über seinem Kopf die Zeiger der großen Uhr die genaue Zeit anzeigten. Viertel vor vier. Irgendeine andere Digitaluhr piepte gerade durch den hallenden Flur.

Isabella sah sich um. Da waren die Mütter und Väter, und in deren Gesichtern spiegelten sich die unterschiedlichsten Gedanken. Der Mann mit dem Blumenstrauß, der immer noch auf und ab ging. Eine Frau, die sich für diesen besonderen Tag ein aufwendiges weißes Spitzenkleid angezogen hatte und kerzengerade auf ihrem Kunstlederstuhl saß. Ein bereits grauhaariger Mann mit großer schwarzer Aktentasche, der nervös auf der Lehne seines Stuhls trommelte. An seiner Seite eine jüngere Frau, die leicht vornübergebeugt an der Wand lehnte, zwischen zwei Fenstern mit Alsterblick. Isabella hätte gerne ihr Gesicht gesehen, aber die langen rotbraunen Haare fielen ihr über die Stirn und verbargen Lächeln oder Tränen.

Dann plötzlich die Tür. Zimmer 413. Isabella sprang auf, sah im hellen Neonlicht die kleine Gestalt Stephans und lief ihm entgegen. Eine Frau führte ihn an der Hand, eine Frau im weißen Kittel, eine dicke Aktenmappe unter dem Arm.

»Frau Ellschak?« fragte sie.

Isabella nickte. Sie konnte nicht sprechen, auch wenn sie jetzt Kristinas beruhigende Hand in ihrer Hand spürte.

»Die Untersuchungen sind erst einmal abgeschlossen«, sagte die Frau im weißen Kittel. »Natürlich können wir Ihnen noch kein endgültiges Ergebnis mitteilen, aber die Chancen stehen leider nicht besonders gut für Ihren Sohn.« Sie versuchte einen bedauernden Blick. »Nach den bisherigen Auswertungen wird er wohl kaum die Anforderungen erfüllen können. Sie erhalten aber noch einen entsprechenden amtlichen Bescheid.«

Dabei strich sie dem Jungen über das kurze blonde Haar, nickte Isabella zum Abschied noch einmal zu, drehte sich um und schloß die rote Tür hinter sich.

Einen Augenblick standen sie stumm da: Isabella, Stephan und Kristina. Dann nahmen die Frauen das Kind zwischen sich, gingen wortlos zwischen Alsterblick und Amtstüren hindurch den Flur entlang. Sie spürten die Augen der anderen im Rücken. Isabella bildete sich tatsächlich ein, mitleidige und neidische Blicke unterscheiden zu können. Erst als sie draußen standen, vor dem rotverklinkerten Haus, nur eine Straßenbreite vom Alsterpark entfernt, wagte sie es, Stephan in die Arme zu schließen.

Sie schloß ihn in die Arme, wirbelte ihn durch die Luft, daß seine blonden Haare flogen, gab ihm einen Kuß auf die Nase.

»Weißt du was?« sagte sie. »Irgendwie bin ich froh, daß du für die da drinnen nicht schlau genug bist.«

Stephan blickte seine Mutter an, die Müdigkeit in seinem Gesicht wich einem Lächeln, und dann kniff er einfach das rechte Auge zu.

»Bist du sicher, Mama?« fragte er leise. »Vielleicht bin ich ja auch einfach nur schlauer als die?«

Isabella sah ihn an, wußte nicht, ob sie lachen sollte, schüttelte schließlich nur den Kopf. Sie nahm Stephan wieder bei der Hand, zog ihn mit auf das Gras des Alsterparks, lief mit ihm zwischen den großen weißen Holzstühlen hindurch.

Nur Kristina blieb etwas zurück. Sie sah den beiden nach, bis alles vor ihren Augen merkwürdig verschwamm.

Sie weinte nicht vor Freude.

Der Autor:

Geboren am 4. 1. 1957 in Elmshorn/Schleswig-Holstein; Studium der Germanistik und Allgemeinen Sprachwissenschaft in Hamburg; abgeschlossen 1987 mit einer Doktorarbeit über die Comic-Serie »Peanuts«; 1984 bis 1988 Lehrbeauftragter an der Universität Hamburg; seit 1988 tätig als Redakteur einer Fernseh-Illustrierten.

Veröffentlichungen:
SF-Kurzgeschichten in Anthologien der Verlage Goldmann, Ullstein, Bastei-Lübbe, Rowohlt, Moewig, HEYNE u. a.; bei Heyne in STORY READER 7, 19, im Band DENK, MASCHINE! sowie Beiträge in den HEYNE SF-MAGAZINEN 3, 10; seit 1985 Schwerpunkt auf Kinder-Literatur mit Erzählungen bei Rowohlt, Signal, Metta Kinau und dem Goethe-Institut (mit Nachdrucken in Schulbüchern); literarische Kurztexte für den Rundfunk (WDR).